Un abrazo,
Marta

PARA QUETA

Para Queta
Marta López Moersen

Editado por:
PUNTO ROJO LIBROS, S.L.
Cuesta del Rosario, 8
Sevilla 41004
España
902.918.997
info@puntorojolibros.com

Impreso en España
ISBN: 9788418194467

Maquetación, diseño y producción
© 2020 Marta López Moersen
© 2020 Punto Rojo Libros, de esta edición

PARA QUETA

MARTA LÓPEZ MOERSEN

Para mis amores:
Lee, Rafi, Mari y Charlie

La mancha de plátano

por

Luis Lloréns Torres

Mata de plátano, a ti,
a ti te debo la mancha
que ni el jabón, ni la plancha
quitan de encima de mí.
Desque jíbaro nací
al aire llevo el tesoro
de tu racimo de oro
y tu hoja verde y ancha;
llevaré siempre la mancha
por *secula seculorum*.

Prólogo
El plátano maduro -amarillitos-

Loíza Aldea, Puerto Rico, 1937

—Sabes que los amarillitos son más ricos ¿verdad? —Queta, con la mirada perdida, escuchaba la voz del niño. —¿A ti no te gustan más también? —El niño con la nuca y la sien ya sudadas por el calor de esa cocina.

—Felipito, mi niño, me encantan, pero pues, dejé de hacerlos.

Felipito se exaltó al encontrar entre tantas viandas y frutas del país el plátano perfecto para acompañar su comida, porque sin ello no era comida.

—¡Lo encontré Queta, éste con las manchitas negras! —le alcanzó a la joven mujer, fiel a sus caprichos. El niño adoraba pasar horas de su día con su sirvienta de color caoba; la agarró e hizo que se agachara para darle un beso en ese cachete sudado—. ¿Me lo fríes, por favor?

Loíza Aldea, 1925

Una niña descalza, siguiendo las instrucciones de su abuela, empezó la tarea de romper el cascarón a todos los jueyes que le pusieron enfrente los mayores. Su prima, que le llevaba cuatro años, con poco interés en la tarea, más bien pendiente de lo que hacían los chicos a la vista, le sacaba la carne lentamente poniéndola en la olla. La primita se inclinó, señalando con su dedo índice:

—Dejaste aquí un buen pedazo de carne, Lala —le dijo en tono autoritativo para que su abuela la oyera y la fuera a subir de rango como la mejor nieta asistente.

—Hazle caso a Queta o te mando a lavar ropa al río —se oyó el regaño que trajo la brisa.

—Esa abuela tiene unos oídos... —susurró Lala.

Queta anhelaba tener más a su mando en la cocina, le encantaba la preparación de todos los platos de su abuela. A sus ocho años ya se había dado a respetar por la gran faena que hacía con tanto gusto. Seguía las instrucciones de su amada abuela y sus dos tías, sin importarle la dificultad. Lo que más le encantaba a la niña eran aquellos olores que salían al aire libre de lo que cocinaban, seguido por probarlo después. No había otra obra de arte más importante. Al terminar de romper el último cascarrón, agarró el machete y fue a partir varios cocos.

—Titi Lulú, ¿cuántos cocos querías? —Un día típico para la niña Queta.

Se acostaba por la noche a gusto consigo misma y por su contribución a la familia, sentando su cuerpo delgado en el colchón donde dormía junto a sus hermanos y primos, en una pequeña casa de madera casi podrida que compartían con sus tíos. La madre de Queta vivía en San Juan, donde trabajaba como sirvienta, y venía algunos domingos a visitar a su familia. Su abuela vivía con una de sus hijas y sus tres criaturas en la casa de al lado.

Las conversaciones seguían de noche, ya que se oían por las ventanas abiertas.

—¡Métete dentro del mosquitero ya, que va a llover mucho esta noche, los mosquitos van a estar locos! —se oían los regaños de su tía Cuqui. Queta se quedaba dormida casi todas las noches oyendo

desde la casa vecina las voces de su tía y su abuela casi a coro: —
No seas tan maleto, que mañana hay que madrugar.

Hacienda La Donostia - Loíza Aldea, 1926

Teresa con un vaso de agua de tamarindo en la mano, entró al comedor donde estaba sentado su marido, Benat. Él con muchos papeles enfrente, aliviado de que el último huracán no le hubiera afectado a él ni a sus tierras tanto como a otras fincas en la isla. La joven esposa, tratando de interesarse por los asuntos de su marido, le dijo: —¿Puedo ayudarte con algo?

Benat le contestó: —No querida, estos son asuntos de hombres.

Teresa exhaló; sabía que no era así, ya que numerosas veces su padre le había contado sus dilemas laborales. Tanto ella como su abuela, que crio a sus hijos sola, le daban consejos, y él siempre las halagaba dándoles las gracias por darle ideas o simplemente por escucharlo. Una vez oyó a su padre decirle a la vecina que le encantaba compartir las novedades de su día, fueran cosas buenas o malas, para que su hija estuviera preparada para un mundo real y no de tontadas, de tantos romances que leían ella y sus amigas. Cómo extrañaba a su papá.

—Me puedes traer una cerveza y sentarte aquí conmigo. —Teresa despertó de su trance al oír la voz de su marido, y aceptó la invitación, pensando que ese era su deber; por lo tanto, sería lo que haría.

Se sentó un rato junto a Benat, que no decía ni una palabra. Ella le sonrió un par de veces y después se excusó, pero él no se dio cuenta. Buscó su libro y se sentó a leer en una esquina del gran balcón de la casa. Extrañaba todas sus amistades, sus primos y su vida de San Juan. Dejando su mirada vagar alcanzó a ver una larga fila de palmas hacia el oeste, en donde había dejado su otra vida.

Antes del atardecer, se presentó el licenciado Gutiérrez para poner a Benat al tanto de la última venta de cañas que mandarían a Fajardo. No podrían moler toda la caña que ya habían cortado para vender y mandar como azúcar a los Estados Unidos. Teresa oyó la conversación desde su salita de estar y se puso de pie, amistosamente interrumpió a los hombres para preguntar:

—¿Y por qué no distribuyen la caña entre varias fábricas para no depender solo de la tuya y la más cercana?

Frustrado, Benat le contestó impacientemente: —¡Porque cuesta más!

Teresa no se rindió: —Pero si se pierde ahí cortada, no puedes venderla, pues entonces, el costo de transporte a Vega Baja o a Guánica lo pones como deducción a la hora de la planilla, y ya verás, tendrás alguna ganancia, pienso yo...

Gutiérrez se le quedó mirando, hizo el cálculo más rápido que Benat, y dijo: —Pues correcto. La doñita tiene razón, Benat.

Teresa, con su libro ya debajo de su brazo, le dijo que era imprescindible para producción que vendieran más por toda la isla, ya que depender de una sola fábrica no era suficiente.

—Averigua quién me la quiere comprar por allá entonces, pero rápido que hay que molerla ya —gruñó Benat. El abogado, apuntando algo en sus notas, le respondió:

—Está bien, me voy al Ancón temprano antes de que empiecen las filas. —Se refería al cruce del Río Grande de Loíza, que se hacía en balsa de madera transportada al otro lado del río por sogas, las cuales eran jaladas por los hombres negros más fuertes. Las filas eran peor durante el fin de semana cuando tantos querían ir y venir de Loíza a San Juan.

Sacando unos papeles de su maletín de cuero, el abogado, muy eficientemente y serio, exhaló. —También hablemos de la venta de algunos acres. Eres dueño de más de 515 cuerdas.

Ahora frustrado, Benat le contestó: —Y dale con esa cantaleta, que no va a pasar *na'*, esa es la ley más ambigua. —Se refería a la Ley Foraker, por la que ningún individuo ni corporación podía ser dueño de más de 500 acres.

—Benat, hay que cumplir con las leyes, y ésta de ahora, la Jones Act, nos tiene con la horca.

En este caso Gutiérrez estaba hablando de una serie de leyes del presidente McKinley, cuya administración nunca le consultó al puertorriqueño su opinión. El licenciado continuó:

—Cierto, en los tiempos de tu padre no se tomaba seriamente, pero ahora el gobierno federal nos puede multar u obligar a vender, y tendrías una pérdida mayor —le recordó, ya acalorado. Al notarlo, Teresa llamó a la sirvienta para que trajera agua con limones verdes para refrescar la sed del invitado. —Gracias Doña Teresa, con esta humedad acaba uno sudando libras.

—De nada licenciado. A pesar de los años, se me hace raro oír libras, ¿sabe? Mi abuela siempre decía kilos. Benat, ¿te sirvo?

Sin mirarla, su marido contestó —sí— y se puso a escribir números, calculando los acres que vendería. Teresa no pudo contenerse al ver los apuntes.

—Benat, 527 menos 48 son 479, no son 471.

Teresa se alejó de la mesa con la jarra de agua en las manos, mientras el licenciado fingía que no había notado a su jefe enfurecido. El abogado temía contarle que los jornaleros quizás se iban de huelga, si se cumplieran los rumores que andaban circulando de un recorte de sus salarios. No había duda de que las tensiones laborales debido a las leyes estadounidenses que se le imponían a la isla estaban creando situaciones difíciles a los hacendados puertorriqueños, que llevaban siglos cosechando. Para mandar el producto de Puerto Rico a los Estados Unidos, tenía que ser transportado en navíos estadounidenses solamente. Esto a un costo mucho más alto, algo que también afectaba a los intereses locales.

Esa misma noche, ya tarde, contemplando su propia soledad y extrañando su vida en San Juan, Teresa volvió a su rincón favorito en el balcón, ya que hacía más fresco allí. Meciéndose en el sillón, admiraba la vista desde el balcón que le daba la vuelta alrededor de la casa, cuando de repente, oyó llegar a Benat. Tan pronto lo vio subir por las escaleras lo llamó dulcemente:

—Mi amor, te espero aquí. —Pasaron unos segundos antes de que Benat se asomara, venía enrollándose las mangas de la camisa blanca. Ella lo encontraba tan guapo. Se paró para darle un beso. Él olía a ron, ella decidió ignorarlo—. Oye que linda noche —dijo tratando de que se relajara la tensión que su marido obviamente traía.

—Están alborotados los coquíes, quizás llueva mucho mañana, maldita sea —observó Benat.

—Oye eso, ¿oíste? Es un búho, creo, nunca he visto uno, ¿sabes? —dijo Teresa, volviendo a ignorar su tono brusco.

—Múcaro, se dice múcaro. —Benat ni se sentó, se fue a acostar.

Teresa sintió las lágrimas que le empezaron a rodar por las mejillas. Se quedó parada un rato más mirando hacia el horizonte oscuro. Al rato comenzaron los tambores, se imaginaba a los trabajadores bailando al compás. Sintió envidia. En la distancia vio una fogata que parecía esa noche más grande que en anteriores. Sintió un impulso incomprensible de tirarse en ese fuego y acabar con su vida.

Al cabo de unas horas entró en la alcoba. Se metió en la cama pensando que su marido estaría ya en el quinto sueño, cuando notó que se le acercó, se le trepó encima. Estaba desnudo. Esa noche y las tres noches que le siguieron Benat le hizo el amor a su esposa, sin que ella lo entendiera bien: a veces era bueno y dulce con ella, y en otras era verbalmente abusivo. Era un juego de control al que ella no quería jugar. Nunca pensaba en complacerla a ella, en dejarla terminar, llegar a un orgasmo. Teresa entre tanto volvía a sentirse avergonzada por sus deseos de mujer, ¿sería un pecado?

Pensó que trataría de hablar con él, quería entenderlo; reconocía que él era dominante, pero eso no justificaba que fuera áspero con ella. Teresa sólo quería tener un matrimonio feliz. Trató más de una vez de explicarle que no debía llegar a la casa de tan mal humor, que tenía que ser más gentil con quienes lo querían.

Una tarde que la visitó Amalia, su cuñada, compartió con ella lo difícil que estaba encontrando acoplarse a la vida del campo; aunque el cañaveral era bello y a veces un encanto, se sentía sola y no sabía por qué Benat la había escogido a ella para casarse, entre tantas muchachas que le coqueteaban. ¿Por qué a ella? Ya no le demostraba cariño ni amistad.

—¿Tan rápido se cansó de mí?

Amalia era la hermana mayor de Benat. Congenió enseguida con Teresa, tan pronto se conocieron; menos mal, una amiga tenía. La cuñada trató de explicarle a la joven esposa que la muerte de su padre, unos pocos años antes, le había afectado muchísimo.

—Y después nuestra madre, que enseguida le dio ese derrame horrible... tenle paciencia.

—Mi padre falleció hace cuatro meses, Amalia —Teresa le contestó—, y nunca se me ocurriría ser tan grosera con mi marido, ni con nadie.

—Creo que tan pronto tengan algunos hijos y se sientan en familia se calmará. —Ni la propia hermana de Benat se creyó su solución.

Mi Casa es mi Casa

—Amalia, ¿por qué no te quedaste a vivir con tu hermano después de la muerte de tus padres? —preguntó Teresa, mirándola fijamente a los ojos.

—Mi padre me dejó ese terreno, me hice mi casa, de la cual me siento muy orgullosa, y me entretengo con mis cien acres de tierra. Me imagino que me las dejó por si me casaba, que por lo menos tuviera una dote.

—Ah, no sabía. ¿Y algún candidato?

—Mejor sola que mal acompañada, cuñada —respondió Amalia con una sonrisa. Teresa se quedó pensando... —pues sí.

Se acordó entonces de la historia de su abuela paterna, que ayudó a críarla hasta sus dieciséis años, cuando falleció repentinamente del corazón. Con sus dos hijos, el padre de Teresa y su tío el mayor, se embarcaron desde Galicia a Puerto Rico en 1884 buscando a su marido, quien llevaba ya dos años que no regresaba a España. Ella se cansó de esperarlo y, con las prendas que tenía de su familia, las vendió para comprar los pasajes para irse en barco. Tan pronto llegó a San Juan comenzó a buscar a su marido.

Efectivamente, lo encontró: se había vuelto a casar y tenía otra familia. A los seis meses de dar con él, un día tarde en la noche, le pidió volver con ella, ya que la otra esposa lo había echado de la casa. Su abuela lo aceptó, creyendo en su arrepentimiento, aunque más bien por razones económicas y para que sus hijos tuvieran un padre. Casi al cumplirse el año ella, ya lo había echado también; aparentemente era muy mal ejemplo para sus hijos. Además de borracho, una noche le pegó un par de veces y ella decidió que tendría que buscar la manera de deshacerse de él.

Un día, de camino al trabajo y a dejar a sus hijos en el colegio, habló con dos hombres vendedores de frutas de una calle que frecuentaba a diario. Se había hecho una clienta favorita, ya que a sus hijos les habían fascinado las frutas del país. Les encantaba como mondaban las chinas, que ellos aún las llamaban naranjas. La joven madre, con desesperación en la voz, les ofreció a los vendedores de fruta un negocio, prometiendo que les pagaría y que siempre les compraría a ellos solamente sus viandas y frutas, y regaría la voz que ellos eran los mejores.

—Pero necesito ayuda con urgencia, antes de que me mate este hombre.

Una noche siguieron al esposo borracho, le metieron una golpiza y le dijeron que si volvía a aparecerse por la casa de la señora Matienzo vendrían a matarlo. Él entendió perfectamente la amenaza de muerte, ya que se sentía como un muerto ahogándose en su propia sangre de los golpes recibidos. Cuando se despertó de la pelada brutal que le dieron, se dio cuenta de que estaba enfrente del puerto de San Juan. Pidiéndole a unos extraños que lo ayudaran a moverse, tomó el barco que iba a Cuba.

María Teresa criaría a sus dos hijos para ser excelentes ciudadanos, y grandes hombres, mientras ella trabajaba en un almacén nuevo en el Viejo San Juan que le pagaba lo suficiente. Allí llegaría a ser gerente del departamento de ropa de damas, hasta que se jubiló. —Mejor estar sola que mal acompañada—, y nunca volvió a casarse ni a aceptar a ningún pretendiente; fue en esa ocasión, la primera vez que Teresa oyó esa frase.

Sin embargo, más adelante le contarían su padre y su tío, orgullosos de su madre, que en verdad ellos pensaban que lo mandó a matar, y no que se había ido a Cuba. Además, ¿cómo iba ella a saber que eso fue lo que sería de él? Ese mismo día, Teresa se dio cuenta de que estos grandes hombres llevaban el apellido de su madre, Matienzo, y no el de su padre.

—Mamá no pudo sacarnos de España con papeles con nombres de papá, sin su firma, así que nos puso su propio apellido, Matienzo Coira.

—¡Fascinante la historia de abuela! —Teresa y sus primos se reían recordando las aventuras de su abuela, pero sobre todo, la admiraban completamente.

—Cuál habría sido nuestro apellido entonces? —se preguntaban más de una vez. Los hijos de María Teresa se miraban entre sí, decían que ni se acordaban, o tal vez fuera que no querían ellos volver a pronunciarlo.

Teresa asentía recordando la frase de su abuela: —Mi casa es mi casa y ese marido que tuve ya no era bienvenido —decía con voz firme, una mujer fuerte.

Teresa le pidió permiso a su marido para volver a San Juan unos pocos días, ya que tenía que hacerse cargo de algunos asuntos de la casa de su padre. Él le contestó que mandaría a su abogado y que fuera pensando en venderla.

—Nunca, mi padre me pidió que jamás vendiera esa casa —dijo ella, sin temor ninguno. —La mandó hacer él mismo, la quiso para su madre, que los trajo a él y a su hermano de España de chiquitos, ¿sabes? Sé exactamente cómo mi padre hubiera querido que se hicieran las cosas, siempre me incluyó en sus negocios, Benat. Además, me muero por ver al bebé de mi mejor amiga, Sara, ¿te acuerdas de ella? —Esperando que él reaccionara, pero ni pio dijo, ella continuó: —Es más, quiero que vengas conmigo; por favor, anímate.

Con ese ruego, a Benat le cambió la cara y prefirió dejarla ir: —Ve tú a ver a tu amiga —respondió, para que no siguiera rogándole.

—La próxima vienes entonces, mi amor —ella le contestó, dándole un beso encima de la cabeza, feliz y sin sentir remordimiento por haber manipulado a su marido para dejarla ir.

Esa noche vio a su marido arreglarse de lo más guapo para salir. —¿Y adónde vas? Mañana me voy a San Juan por algunos días, quédate, mi amor.

—No llegaré tarde, tengo unos asuntos pendientes con mis amigos, no me esperes —dijo dándole un beso. Ella olió su colonia que tanto le encantaba, viéndolo por el espejo de su coqueta lo notó muy alegre. Se veía demasiado guapo para salir con los amigos. Sintió que se le caía el alma a los pies.

Por la mañana Teresa salió temprano a San Juan, montándose en la balsa del Ancón. No tuvo que esperar mucho tiempo ya que muchos obreros le insistieron que fuera antes de ellos en el próximo viaje.

—De ninguna manera, ustedes tienen que llegar a sus trabajos —les contestó a los jornaleros Teresa con una voz gentil.

—No, señora Sánchez, por favor, usted primero, nosotros agarramos cuando vuelva.

—Gracias caballeros, son ustedes todos muy amables. —Teresa discretamente le dijo al muchacho orgulloso de tener al mando el Ancón ese día— a esos siete hombres no le cobres el pasaje, aquí, toma —poniéndole unas monedas en la mano— corre de mi parte.

Se fue sentada con varios otros empleados que parecían tener trabajos en algunas oficinas. Observó lo orgullosas que se veían las dos señoras en su juego de falda y camisa, quizás eran secretarias en alguna oficina gubernamental. Iban charlando y riéndose. Teresa las encontró radiantes, eran dos mujeres relativamente jóvenes, quizás unos veinticinco años, pensó. La tez de una, achocolatada contra el contraste de su blusa amarilla, y la otra llevaba una rosada pálida, una belleza inexplicable, esas lindas sonrisas, sin saber lo que les traería la jornada. ¿Qué fe profesaban que radiaban confianza en sí mismas?

Continuaba admirándolas disimuladamente; el día estaba bello, los colores del verdor de las altas gramas y los árboles de fondo hacían un contraste con la piel de las mujeres: se imaginó un cuadro de Campeche. No, era que sus risas con sus dientes de perlas hacían que esa felicidad que Teresa aún no entendía abarcara una belleza que jamás había visto.

En la distancia vio a un campesino mojándose hasta las rodillas junto a dos niños que llenaban potes de agua; luego los iban echando al enorme barril que llevaban los dos bueyes atados como un vagón. —El acueducto de Loíza —pensó Teresa.

Volvió su mirada hacia sus compañeras de viaje, vio cómo una de las damas se reía con uno de los muchachos que jalaban la soga para llegar al otro lado del Gran Río de Loíza. El otro obrero que jalaba los observaba mientras Teresa sonreía y aunque no podía escuchar toda la conversación entre los dos, era evidente que se tenían mucho cariño. Teresa disfrutó del viaje, y de lo poco que alcanzó a escuchar, le pareció que las bromas que se hacían eran graciosas y divertidas. Hizo pasar el viaje rápido, aunque la lentitud del río debajo de ella la tranquilizaba, o tal vez fuera que se estaba alejando de quien la amargaba. Teresa les dio las gracias a los muchachos.

—Alfredo Martín, para servirle; este es Samy Juncos.

Les deseó un lindo día a sus compañeras de viaje, con quienes solo había compartido sonrisas, pero ellas sabían quién era ella.

—A usted, señora de Sánchez. —Todavía no se acostumbraba a que la llamaran así. —Qué lindas personas —pensó Teresa una y otra vez.

Cuando llegó a su antigua casa, Teresa se sintió triste al verla tan vacía.

—Bien difícil volver y esperar que todo sea igual como lo dejamos, Teresita, —le dijo doña Matilde, la madre de Sara, su mejor amiga. —Ven, quédate a dormir en casa. Y la tuya ponla en alquiler. Si quieres llamo a Hernández, nuestro abogado y amigo de confianza, él le hizo un par de transacciones a tu papá, ¿te acuerdas?

—¿Quién era, el abogado mayor que le hizo el testamento?

—Ese fue el Licenciado Colón, ya está bien viejito. Acuérdate que fue un licenciado joven que estaba tomando sus casos, Colón dejó de trabajar después del derrame que le dio. Si quieres le digo a mi esposo que te ayude también, quédate tranquila. —Tomándole la mano a Teresa— y quien sabe, quizás algún día te regreses con tu familia a tu casa, aquí la tendrás esperándote.

Teresa, tratando de contener las lágrimas, asintió con la cabeza. Doña Matilde y Sara ambas le prestaron sus sirvientas y entre las cinco limpiaron su antiguo hogar, almacenando cuadros y algunos muebles. La biblioteca la mandaría a Loíza, así se entretendría leyendo los libros de su padre. La casa podría alquilarla por algunos años y esconder ese dinero en una cuenta de banco de la que nadie sabría su existencia. —¿Y por qué quiero hacerlo? —se preguntó más de una vez, como si otra yo supiera algo que ella aún no.

Padre orgulloso

Teresa volvió a Loíza a los once días con desgano. Estaba a punto de montarse en la balsa para cruzar el Río de Loíza, cuando oyó una voz familiar que la llamaba: era el doctor a quien ella había visto en varias ocasiones en la hacienda atendiendo a los jornaleros. El Dr. Molino venía acompañado de un hombre mucho menor que él.

—Doña Teresa, le presento a mi hijo, el recién graduado Dr. Felipe Molino.

Teresa le brindó una sonrisa amistosa, aunque sus ojos reflejaban una inmensa melancolía. Después de felicitar al joven médico e intercambiar unas frases placenteras, la invitaron a que se montara en su carro que estaban poniendo en la balsa. Se los agradeció, sin mucho ánimo, pero sabía que tenía que ser cortés, le preguntó al Dr. Molino:

—¿Cómo es que los trabajadores pueden recibir sus servicios? —preguntó Teresa, sin pretender ser maleducada, sino interesada por los asuntos del cañaveral, ya que sabía que la mayoría eran muy pobres— ¿Les da un plan de pago?

—No, yo no les cobro a sus empleados —le contestó el Dr. Molino padre—. Le cuento: el abuelo de Benat, buenísimo hombre, se llamaba Ángel, claro que sí, me parece aún verlo... —sonriéndole a sus propios recuerdos— él implementó un programa que se inició en Puerto Rico a finales del siglo pasado, El Ahorro Colectivo, eso fue idea del Dr. José Celso Barbosa, y era estadista.

—Ah sí —intervino Teresa— me acuerdo de haber leído sobre él en los periódicos, Dr. Molino; él fue nuestro primer médico negro también. Qué orgullo puertorriqueño —dijo mientras miraba por su ventana el agua del Gran Río Loíza que se movía debajo de ellos.

En ese momento, el médico vio una serie de árboles que conocía muy bien, más grandes que nunca. Recordó la vez que, con apenas unos catorce años, a las escondidas, mientras le robaba besos a una morena preciosa en un rincón del río, se encontró con el antiguo hacendado. De la vergüenza salió la muchacha corriendo, mientras él se subía los pantalones rápidamente.

—Mira que las negras quedan preñadas enseguida, ten cuidado muchacho —le dijo el viejo. Lo pensaría dos veces antes de intentar tener sexo otra vez.

Los tres continuaron en silencio el viaje hacia el Ancón de Loíza. El joven médico por el espejo retrovisor vio como Teresa estaba perdida en sus propios pensamientos, como si en otro mundo. Ella, olvidándose de que estaba en el carro sentada detrás, hipnotizada por el ruido que hacía el agua al jalar los hombres las sogas. Los veía una vez más, sonriendo y bromeando entre ellos mientras jalaban sincronizados. El médico recién titulado, sentado al timón del carro siguió estudiando a la mujer blanca de ojos azules tan tristes, mientras se deslizaban por el agua.

Sin duda esos hombres eran más felices que ella y míralos, lo pobres que son, ¿o no? —¿Cuántos tipos de pobreza hay? —se preguntó Teresa.

Entretanto, el viejo médico, viendo el movimiento del río volvió a perderse en sus recuerdos de esa linda niñez jugando a la orilla del gran río. Volvió a mirar a su hijo, ya hecho un médico. Qué orgullo sentía, pero como ha volado el tiempo... volvió a sentir una nostalgia por la vida.

Río Grande de Loíza

Por
Julia de Burgos

¡Río Grande Loíza!... Alárgate en mi espíritu
y deja que mi alma se pierda en tus riachuelos
para buscar la fuente que te robó de niño
y en un ímpetu loco te devolvió al sendero.

Enróscate en mis labios y deja que te beba,
para sentirte mío por un breve momento,
y esconderte del mundo y en ti mismo esconderte,
y oír voces de asombro en la boca del viento.

Apéate un instante del lomo de la tierra,
y busca de mis ansias el íntimo secreto;
confúndete en el vuelo de mi ave fantasía,
déjame una rosa de agua en mis ensueños.

¡Río Grande de Loíza!... Mi manantial, mi río,
desde que alzóme al mundo el pétalo materno;
contigo se bajaron desde las ruedas cuestas,
a buscar nuevos surcos, mis pálidos anhelos;
y mi niñez fue toda un poema en el río,
un río en el poema de mis primeros sueños.

Llegó la adolescencia. Me sorprendió la vida
prendida en lo más ancho de tu viajar eterno;
y fui tuya mil veces, y en un bello romance
me despertaste el alma y me besaste el cuerpo.

¿A dónde te llevaste las aguas que bañaron
mis formas, en espiga de sol recién abierto?

¡Quien sabe en qué aguacero de qué tierra lejana
me estaré derramando para abrir surcos nuevos;
o si acaso, cansada de morder corazones,
me estaré congelando en cristales de hielo!

¡Río Grande de Loíza!... Azul. Moreno. Rojo.
Espejo azul, caído pedazo azul de cielo;
desnuda carne blanca que se te vuelve negra
cada vez que la noche se te mete en el lecho;
roja franja de sangre, cuando bajo la lluvia
a torrentes su barro te vomitan los cerros.

Río hombre, pero hombre con pureza de río,
porque das tu azul alma cuando das tu azul beso.

Muy señor río mío. Río hombre. Único hombre
que ha besado mi alma al besar en mi cuerpo.

¡Río Grande de Loíza!... Río Grande. Llanto grande.
El más grande de todos nuestros llantos isleños,
si no fuera más grande el que de mí se sale
por los ojos del alma para mi esclavo pueblo.

A Caballo Regalao no se le mira el colmillo

Todos recibieron a Teresa alegres, incluso Benat parecía haberla extrañado. Los días que siguieron estuvo muy dulce con ella, hasta jugaron un par de manos de canasta juntos. Ella lo dejó ganar.

La joven esposa empezó a aceptar los modos bruscos de Benat, imposible que fuera cien por ciento del tiempo simpático. Sí le ofendió que se burlara del regalo que le trajo de San Juan; ella ingenua, pensando que se alegraría su marido con las cajetillas de cigarrillos americanos, Chesterfield. En cambio, él se mofó y se quejó del sabor liviano, un puro no es...

—¿Cuánto te costó esto?

A los minutos llegó Amalia, metiéndose en la conversación del joven matrimonio. Le quitó a Benat de la mano el cigarrillo encendido, lo probó con curiosidad. Le pareció liviano también y se lo devolvió a su hermano. Teresa alejándose oyó a Benat decirle:

—Te apuesto a que fue hecho con tabaco puertorriqueño enviado a los Estados Unidos y nos los envían pa' tras y nosotros aquí como pendejos pagamos un montón por esta porquería.

Amalia le dio la razón, mientras se fijaba en la cajetilla: —Los he visto a la venta en el colmado de Antonio. —Teresa notó que había presenciado algo raro entre los hermanos: era la primera vez que estuvieron de acuerdo en algo.

Sin embargo, Benat se demostró chistoso y en varias ocasiones la besó, era obvio que la había extrañado. "Qué bueno", pensó Teresa. Antes de regresarse al campo, Benat se volvió a reír de los cigarrillos americanos: —espero que no te hayas gastado muchos chavos en esto. —Se metió dos cajetillas en un bolsillo; esa tarde los repartiría entre los jornaleros al final del día.

—Qué mal educados —decía Teresa mientras le contaba a su sirvienta, Encarna. Ella martilleaba la carne escuchando a su joven patrona con un nudo en la garganta. Más tarde le contaría a su marido, Míster Carlos, y él le contestaría que la señora Teresa tenía razón, —al caballo *regalao* no se le mira el colmillo, esos muchachos son mal agradecidos—. La nieta Luz, que no podía dejar de entrometerse en las conversaciones de los demás, añadió:

—¡La última vez que les hace un regalo! O por lo menos uno hecho por allá en los Estados Unidos.

—Le tenemos una deuda a los americanos, Luz —le dijo Míster Carlos, en un tono bajo—. Han traído su sistema de sanidad, ingenieros y médicos.

El amado esposo de Encarna, el Míster Carlos Ryder, el jubilado maestro de escuela elemental de Loíza, sin duda el hombre más conocido en toda la aldea. A pesar de su ceguera reconocía el saludo y las risas aún de sus alumnos por más mayores que fueran.

Un mes más tarde

Teresa estaba radiante y feliz porque sería madre prontamente, darle un hijo a su marido era su gran deseo. Siempre había añorado tener una familia numerosa como las que ella admiraba en San Juan. Su mejor amiga Sara tenía siete hermanos, cómo le encantaba pasar tardes con ellos. Qué linda escena familiar hacían, siempre pensaba. Qué dicha la de su querida amiga al ver a todos los hermanos hablando y los padres dedicados y cómo se bromeaban. Solo que Teresa no sabía que entre ellos, a las espaldas de otros, se peleaban y muchas veces hacían sentir a Sarita como poca cosa, con sus necedades de "lo que dirán y ponte esto; no te pongas eso; te hace ver gorda, o te hace ver muy tetona; mira que no vas a conseguir un marido guapo y con chavos"... Todo eso Teresa no lo sabía, ella se imaginaba a la familia Rivera Castellón perfecta, siempre lo serían, porque con ella siempre se habían portado tan bien. Ella, siendo hija única, se decía que un día tendría muchos hijos y lo que más quería en el mundo era ser una gran madre.

En efecto, así sería, una gran madre.

Benat venía a almorzar todas las tardes y a veces era amable y otras no decía ni pío. Cuando Benat estaba de buen humor, Teresa se sentía completa, era una gran felicidad; pero cuando Benat estaba de malas ella volvía a hundirse en su depresión. Sabía que tenía que cuidarse por el bebé que esperaba y añoraba, pero aún así se le hacía tan difícil no llorar a solas varias veces al día. Se dio cuenta de que su felicidad la controlaba su marido. Nunca se había sentido así, no entendía qué le estaba pasando. Esas Navidades fueron un sube y baja para Teresa. Extrañaba a su padre, sus primos, y en especial su casa en San Juan donde tantas navidades felices había pasado.

Benat invitó a sus tíos, su primo Eduardo y su esposa para las Navidades. Amalia poco se aparecía, pasó Nochebuena con ellos y después de conversar con Eduardo y su mujer se fue a meter a la cocina a conversar con la servidumbre. Teresa había encontrado a Eduardo muy simpático; su madre era una mujer quizás más joven de lo que aparentaba, ya que se veía muy mayor y un poco descuidada.

Teresa había notado que la tía Maritza, hermana del difunto padre de Benat, parecía no seguir bien las conversaciones, solo sonreía dulcemente, y daba las gracias con frecuencia. No obstante Ramona, la mujer de Eduardo, presumía de condesa de algún reinado. Teresa se reía por dentro hasta de como agarraba la cucharita para revolver el azúcar en el café. Obvio que Amalia no la soportaba, observó Teresa. Entre sus preguntas, Ramona hacía notar todos los detalles incorrectos de cómo se vestía.

—Así no vas a encontrar marido Amalia, digo si es que quieres uno.

Al llegar a la Donostia enseguida mencionó: —qué pobreza aquí todavía, ¿cómo es que los americanos no han limpiado esto aún? Hasta a Benat se le quitó la sonrisa. —Solo esta gente puede vivir así —continuó ella. Desde la cocina, Encarna volteó los ojos en descontento.

Amalia se levantó y ofreció a ayudar a Teresa a servir la comida, contemplando el plato; Teresa pensó "será que está tentada en escupirle en el plato de Ramona..." volvió a reírse por dentro. Pasarían unos días antes de que Amalia se volviera a asomar por la casa, y Teresa la extrañaba, ya que con su embarazo lo último que quería hacer era entretener a esta visita. Por lo menos, Benat se llevaba al tío y al primo a pasear por las tierras a ver el río y el mar. Volverían con las mismas quejas de lo asfixiante que eran las leyes norteamericanas hacia el agricultor puertorriqueño. —Quieren que dejemos de cosechar la tierra y punto.

Varios días corridos, Teresa se sentaba en el sillón del balcón a escuchar a Ramona; de vez en cuando añadía algo para aparentar que la estaba atendiendo. Sí le dio lástima que la pobre mujer había perdido tres embarazos y parecía que ya no podría volver a quedar embarazada.

Una tarde, Maritza estaba sola parada en la sala, enfrente de varios cuadros. Teresa se le acercó y sin esperar una respuesta le dijo:

—Esa es la madre de Benat y Amalia, Doña Ana Concepción, ¿se acuerda de ella?

—Pobre María, y Jesús. Pobrecito Jesús —dijo Maritza señalando el cuadro con el dedo índice. Teresa se dio cuenta de que la mujer estaba en otro mundo. A punto de corregirla, vio que la tía tenía los ojos aguados, suplicando otra vez —pobrecito Jesús, mi sobrinito— . Teresa le puso el brazo en el suyo y la llevó a la cocina para saludar a Encarna, quizás ella sabría cómo hablarle.

Encarna, relativamente seria, saludó cortésmente, pero haciéndose la ocupada ignoró a ambas mujeres. Al rato salió de la cocina diciendo que tenía que ir al palo de limón. Teresa sintió que algo estaba raro.

Luego de que los hombres volvieran, Benat y su primo se llevaron a Maritza a su cuarto. Teresa se quedó esperando a Encarna, ya que no quería tener que volver a conversar con Ramona.

Encarna regresó al rato y Teresa intentó hablarle, tratando de mirarla a los ojos, mientras ella se los esquivaba.

—Tuve un extraño incidente con esa pobre mujer, te quise repetir lo que me dijo enfrente de ella a ver si podías descifrarlo. —La cocinera paró lo que estaba haciendo. Se quedó perdida en sus propios pensamientos, Teresa lo notó—. Ella no se acuerda de mí. —Sin decir nada, Encarna volvió aplastar los dientes de ajos sobre su tabla de madera ignorando a la patrona.

Sus primeras Navidades como casada, embarazada y sin su propia familia.

Teresa le dio las gracias a Encarna y a su nuera por ayudarla toda esa semana que le pareció una eternidad.

Menos mal que se fueron después de la despedida de año, hasta Reyes no hubiera aguantado.

Amalia: escucho, pienso, si me molesta, me largo

Teresa ya llevaba casi un año que se había casado y mudado a Loíza. Extrañaba su casa, sus amigas, primos y su vida en San Juan. Lo dejó todo por este matrimonio que no marchaba como ella había pintado su novela ideal. Por lo menos tenía a Amalia con quien contar.

Una tarde, Teresa invitó a su cuñada a que comiera con ellos. Pensó que como matrimonio joven tendrían que hacer más amistades, y por qué no invitar a la buena hermana de su marido. Amalia hacía una semana que no se aparecía porque había tenido una discusión fuerte con Benat en el campo, algo que no era extraño entre ellos, pero esta vez había causado resentimiento. Teresa no tenía idea, simplemente invitó a su cuñada. La recibió efusivamente dejándole saber lo mucho que la había extrañado.

Benat habló poco durante la comida, y tan pronto terminó de comer se levantó sin excusarse.

—No seas maleducado, quédate con nosotras —lo regañó Teresa.

—¡Mujer estúpida, aprende que yo hago lo que me dé la gana! —gritó Benat, golpeando con la mano sobre la mesa. Teresa se quedó helada, sintió que le bajaba la presión y una cascada de lágrimas le siguió. Benat volvía a ser el mismo de siempre, que desgraciada se sentía. Amalia, sentada al otro lado de la mesa, se le acercó y abrazó a la futura madre. Tratando de consolarla, hizo que la sirvienta le trajera un agua templada con limón y le aconsejó que se lo bebiera despacio.

—Encarna, por favor, quédate aquí con Teresa.

Amalia se levantó y sin tocarle la puerta entró al dormitorio de su hermano; los gritos se podían oír por toda la hacienda. Amalia lo empujó tan fuerte que se tropezó, haciéndolo caer y volcando la silla contra su escritorio. Se oyó una bofetada.

—¿Quién le pegó a quién? —pensó Encarna, acordándose de las frecuentes peleas entre los dos desde muy chicos.

Amalia salió del cuarto a punto de irse sin despedirse, cuando de repente, Teresa empezó a gritar.

Muy tarde de esa misma noche del 27 de enero, nació el primer bebé del nuevo matrimonio de Loíza Aldea. Todos en el pueblo vendrían a felicitarlos y los tambores anunciarían el regocijo.

Teresa, recostada en su almohada, cerró los ojos y se dejó llevar por el ritmo hipnotizante. Le parecía escuchar la voz de una mujer, en tono de plegaria, que acompañaba el ritmo de un sólo tambor. Le resultó bonito el canto. El tono era dulce, como si fuese la misma caña de azúcar la que estuviera dándole la bienvenida a este mundo a su pequeña.

Benat y Teresa recibieron a su hija Susana María. Una beba saludable, a pesar de ser una sietemesina. Nació cubierta en lanugo.

—Pronto se le caerá todo ese pelo negro —dijo la comadrona.

Todos decían que la cara era idéntica a la del padre. La nueva madre feliz con su hija, sin embargo, presentía que su marido estaba fingiendo su felicidad, puesto que había estado refiriéndose al bebé en masculino por meses; en varias ocasiones hablaba de ponerle el nombre de su abuelo, Ángel Gabriel. Nunca mencionó un nombre por si fuera niña.

—El próximo será un varoncito, amor —le dijo cariñosamente Teresa a su esposo la noche siguiente, tratando de olvidar sus insultos de la previa tarde. Ella notó que se estaba poniendo muy guapo para salir, y no supo cómo expresar lo que estaba sintiendo, esa soledad y frustración que se apoderaban de ella. Él se le quedó mirando, se le acercó y le dio un beso en la frente.

—Los próximos tres serán varones, dirás tú —le dijo en voz autoritaria. Recogiendo algunos papeles, se despidió diciendo— no me esperes que tengo muchas diligencias que hacer, y también me esperan para celebrar los *compays*.

—¿No te quieres quedar con nosotras, tu familia? Mi amor, trabaja aquí, celebra conmigo.

Benat, sin darle mucha importancia al deseo de la joven madre, salió por la puerta del cuarto matrimonial pero antes le contestó: —Estás muy bien acompañada, mira todas las sirvientas que tienes.

Cierto, la capitalina estaba siendo muy bien atendida por sus sirvientas y más aún por su cuñada, que estaba atenta y pasaba ratos largos con Teresa, ya que sabía que ella se sentía muy sola.

Los días pasaron, mientras tanto Amalia estaba preocupada por la salud de Teresa, presentía que era más débil de lo que había pensado originalmente. Encarna le había confiado lo mucho que la veía llorar.

Teresa se dedicó a su niña por completo, ya que Benat parecía estar siempre muy ocupado; o más bien, lo que ella presentía, poco tiempo quería dedicarles. La madre se sentía muy delicada y le daba una tristeza inmensa, especialmente de noche cuando oía los tambores de las parcelas cercanas, sabiendo que esos obreros tenían mucho menos que ella; no obstante, escuchando su música y voces, de lo que alcanzaba oír, le parecía una alegría que ella añoraba compartir. Mientras tanto, ella en la tristeza se hundía entre sus sábanas recién planchadas.

No aprendemos gracias a la escuela, sino gracias a la vida - Séneca-

—Abuela, a mi no me gusta esta ropa.

—Es el uniforme de la escuela, Queta, y toditos se me van hoy a aprender algo y me cuentan lo que aprendieron.

—Me pica y no me gustan estas medias, y los zapatos me quedan *apretao*.

La vieja miró a su nieta preferida, sabía que los zapatos eran pequeños, pero fue lo más cercano a su tamaño que le pudieron dar. La tía Lulú se asomó: —¿listos? —Le dio una sonrisa cariñosa a su sobrina— te esperamos afuera, vente.

Lulú acompañó a su pequeño grupo caminando por un sendero de tierra, regañando a sus hijos y sobrinos que evitaran todos los *chalcos*. Tan pronto llegaron a la calle principal empezaron a caminar en una fila casi perfecta detrás de la tía. Ella le dio un beso a cada uno y les dijo: —los busco a las dos de la tarde. —Mirando a su sobrino, el mayor— Por favor, Ismael, cualquier cosa que no llegue porque salga tarde del trabajo me esperan un rato y si no llego te regresas a la casa con los seis. Son seis de ustedes, acuérdate.

—Sí, titi —contestó el sobrino, el más sabio y con experiencia escolar.

—El día más largo de mi vida, —pensó Queta a sus siete años. Y no entendía por qué rayos tenía que reconocer garabatos para escribir su nombre; ella sabía que se llamaba Enriqueta, pero prefería Queta, y no quería estar sentada horas haciendo letras, con tanto trabajo mucho más importante que tenía que hacer junto a su abuela—. ¿Cómo se supone que comamos y tengamos ropa limpia? Hay tanto que hacer hoy en la aldea, ¿y si la abuela no se acuerda de darle de comer a las gallinas? —pensaba Queta preocupada, mientras la maestra regañaba y hablaba alto.

A las 2:30 aún no había llegado la tía Lulú.

Ismael puso a Queta y a Chachi a caminar agarradas de la mano enfrente a él, los demás iban hablando a todo pulmón de su día. Sólo a Chachi le había gustado la maestra.

—¡Mis nenes! —gritó la abuela al ver a sus nietos— ¿Pero por qué están descalzos? —Todos se habían quitado las medias y los zapatos incluyendo el mayor.

—Abu, para poder caminar libremente.

—Y para poder caminar por los *chalcos* —dijo Queta, orgullosamente porque fue su idea, que así refrescarían los pies acalorados por las siete largas horas que tuvieron que llevar medias y zapatos.

—¡Se me van al río a lavarse esos pies ya!

Esa tarde, el tío Samy sentándose en la mesa que le servía a la familia de comedor al aire libre, y estaba hecha de madera que le había sobrado de varios proyectos que hizo, les preguntó a los niños qué les había parecido la nueva maestra. Queta, todavía cansada por el largo día, le contestó:

—Habla alto y regaña mucho.

—Se la pasó diciéndonos que íbamos a aprender mucho y hoy no aprendimos nada —le dio la razón Juan, con una sonrisa

—Muchas reglas en la escuela, no me gusta —dijo Chiqui—. ¿Viste como regañaba por todo a Cali?

—¿A quien? —se le quedó mirando Queta

—Al nene bien negrito, que se desabotonó los primeros botones de la camisa y luego se paró porque estaba cansado de estar sentado mucho tiempo.

—Ah sí —afirmó Queta, recordando exactamente de quien hablaba su prima—, pero ese nene se llama Nocali.

Chiqui se le quedó mirando: —No, Queta, el nene se llama Cali, la maestra decía —No, Cali...

Todos en la mesa se echaron a reír y repetían —no, Cali. —El chiste de la primera semana de vuelta a clases. Tristemente, más de la mitad de los niños de la escuela no continuarían yendo a clases, ya que muchos empezarían trabajos, fuera en los cañaverales o cuidando a sus hermanitos mientras sus padres se iban a trabajar.

Sincronizado, el grupo de primos empezó a cantar mientras recogían la mesa: —Pollito *chicken*, gallina *hen*, lápiz *pencil*, pluma *pen*, ventana *window*, puerta *door*, maestra *teacher*, y piso *floor*.

La amabilidad es un lenguaje que los sordos pueden escuchar y los ciegos pueden ver. - Mark Twain.

Teresa aprendió a admirar y a depender de Encarnación, la vieja sirvienta y de su marido, el ciego Mr. Carlos, que llevaban muchos años con la familia. Desde el primer día trató con respeto y cariño a la servidumbre. —Muy amorosa la nueva patrona, ¿verdad? —se decían entre ellos en la cocina con frecuencia. —Qué suerte la nuestra que don Benat se casó con una dama tan bondadosa.

Encarna oyó un ruido y se asomó por el ventanal de su cocina. Vio al joven médico, el Dr. Felipe Molino. Había venido a la Hacienda Donostia para hacer sus rondas por las parcelas y a presentarse a los empleados, ya que más y más haría él las consultas a los ingenios para que su padre permaneciera en la clínica a atender a quien llegara.

—*Doctol*, venga —dijo Encarna, bajando los escalones sin hacer ruido

—Dígame, señora.

—Mire, su padre nos conoce bien, venga —bajando la voz siguió— yo estoy preocupada por la señora que dio a luz hace unas semanas y no sale del cuarto.

—Ah, lo más seguro es que tiene las hormonas alborotadas, ya se le pasara —le dijo con una sonrisa. Encarna miró al suelo, la tierra aún mojada de las lluvias, y decepcionada hizo una mueca; ella sabía que lo de Teresa era algo más. El doctor al notar la cara de Encarna recapacitó.

—Bueno, ¿qué tal si la visito con el pretexto de ver al recién nacido?

—¡Gracias, doctor! Y no es un varón, es una niña preciosa, la llamaron Susana.

—Vuelvo en una hora, déjele saber que es una visita rutinaria.

El doctor se fue a ver algunos niños de las parcelas. Sintió tristeza por las condiciones de las viviendas, unas de paja y otras de madera con agujeros, todos los niños descalzos. El pueblo que lo vio nacer, tantas buenas personas que contribuyeron a su crianza, las sirvientas de su casa, los obreros, sus maestros, todos grandes loiceños, de gran corazón, y en todos estos años no había mejorado su condición de vida. Se sintió enojado y frustrado por esa buena gente que trabajaban día a día por el bien de las cosechas, sin ver una mejoría para sus propios hijos.

A la hora volvió hacia la casona, viendo al ciego sentado en un tronco cortando con un cuchillo palitos de caña con tanta habilidad:
—Buenas tardes, pase doctor.

El joven médico sorprendido se quitó el sombrero para saludar al viejo maestro como si lo pudiera ver.

—¿Se encuentra Doña Teresa? —

—Sí, la buena señora no ha salido de ese cuarto. Hay que ayudarla doctor. Gracias por su visita a las parcelas también, Dios lo bendiga.

Llegó Encarna a la puerta principal, interrumpiendo el trance de admiración del médico hacia el viejo maestro, haciéndole una señal con la mano que subiera.

—Pase, pase, ¡Doña Teresa, el *doctol*! —gritó Encarna. Nada, ni un ruido en su cuarto.

—Estará durmiendo —dijo el médico.

—Lo dudo, venga. —Tocándole la puerta vio que Teresa estaba meciendo a Susana con la mirada hacia la ventana abierta—.Doña Teresa, aquí está el médico, viene a ver a todos en La Donostia, quiere ver si Susana está bien.

—Hola, doña Teresa, ¿se acuerda de mí? —El doctor se le acercó.

—Hola doctor, sí me acuerdo, nos conocimos en el Ancón. Gracias por traerme a la casa esa tarde.

—De nada, ¿puedo ver a Susana? —tomando a la bebé en sus brazos, se quedó mirando a la joven madre, que parecía estar exhausta y sin emoción—. ¡Enhorabuena! Bella niñita... Lindo nombre le puso —dijo con una pequeña sonrisa.

—El nombre de mi madre —le contestó. El Dr. Molino sostenía a la bebé, que comenzó a moverse abruptamente y empezó a llorar. Teresa se quedó mirando a la niña, tocándose el pecho que se le calentaba con la leche que le corría; él lo notó y se la devolvió delicadamente.

—En unos meses paso para darle dos vacunas a Susana, la pertusa para prevenir la tos ferina, y una nueva que es para prevenir difteria —dijo el médico mientras ella ponía a Susana a amamantar—. ¿Se está recuperando Ud. bien, ha podido dormir?

—Creo que sí, tengo toda la ayuda del mundo. —Su tono sonaba medio sarcástico, pensó el doctor.

—¿Hay algo que pueda hacer por usted Doña Teresa? —Ella se quedó callada, como pensando mientras miraba por la ventana. Como no contestaba, el médico volvió a preguntar: —¿Alguna parienta o amiga que la pueda venir a visitar y quedarse con Ud.?

—Todas tienen sus vidas en San Juan —respondió Teresa sin mirarlo—; mi padre falleció el año pasado, de hecho al mes de casarme.

El doctor se acercó a la ventana a contemplar lo que la tenía capturada, al ver más allá pudo contemplar el mar.

—Muy linda vista desde el cuarto de la nena.

Teresa le daba de lactar a Susana con dificultad- El médico la observaba; el gesto de la bebé pegada al pecho de su madre, cuántas veces habría visto esa misma escena. Hoy en especial, en las casuchas de las parcelas, pensó el médico. La mujer es la mujer: todas tenían ciertas cosas en común, pero las que acababa de dejar en las parcelas estaban sonriendo con sus hijos, hablando con las otras mujeres mientras cocinaban, todas juntas encargándose de las faenas cotidianas. Mientras que esta bella mujer estaba atrapada en un cuarto precioso, en una inmensa casa, solitaria.

Al bajar vio al ciego aún sentado en el tronco, pero ahora repartía pedazos de la caña a varios niños que empezaban a morder y chupar con entusiasmo.

El doctor sonrió, los niños respetuosamente saludaron al doctor, Mr. Carlos, estrechó la mano, —tome Dr. Molino para el camino, esto le dará fuerza.

Agradecido aceptó y se fue caminando hacia su casa.

—Qué ironía, papá —le contaría el hijo a su padre al volver al consultorio.

—Es que esa familia es complicada —respondió el viejo doctor—. Ese Benat tuvo que irse a la capital a buscar esposa para asegurarse que nadie lo conociera, me consta que no la trata bien. Él siempre ha tenido amoríos con varias negritas y la Irma, ¿te acuerdas de la hija de los de la Hacienda Ferrero?

—Papá, no hables mal de las mujeres, es culpa del hombre, en fin —se levantó el joven molesto.

—Pues tienes razón, hijo. ¿Sabes?, me acuerdo de que el padre era bravo.

—¿Murió hace unos años, ¿verdad? —El padre asintió con la cabeza, sin querer recordar ese episodio, o quizás por mantener la confidencialidad. Algún día se enteraría su hijo, contempló el viejo médico.

Cuanto Más Azúcar Más Dulce

Amalia se había llevado varios baúles de su ron hecho por ella, le vendería una docena a cada colmado, entre Carolina hasta San Juan.

Era común que las haciendas azucareras elaborasen ron. Esto lo aprendió Amalia viendo a sus abuelos prepararlo clandestinamente, y ellos viendo a los suyos. Esta tradición familiar la continuó Amalia con mucho orgullo, junto a la ayuda de unos jornaleros que le tomaba prestados a las escondidas a Benat. Si se enteraba su hermano se volverían a pelear, pero a ella no le importaba. Esta vez, se trajo una mujer joven y fuerte que le encantaba el pitorro dulce de Amalia.

Una botella que no le pareció muy buena al probar un sorbo, Amalia no la desperdició: hizo un bizcocho con una libra de mantequilla y al salir del horno lo bañó del ron de coco.

—Cuanto más azúcar más dulce, señorita Amalia. —Los jornaleros y algunas de sus esposas que pasaron por frente de la casa de Amalia en ese momento, disfrutaron de la nueva receta—. Este bizcocho está borrachito.

Amalia disfrutó tanto de esa tarde que quería que se volviera a repetir. Le fascinó tener a tantos a su alrededor deleitándose de una de sus creaciones.

Amalia regresaría con los baúles llenos de víveres y aceite de oliva de la capital. Su última parada fue en el colmado, llamado Don Feliz, el dueño le dijo que le vendiera el doble en su próximo viaje, que había mucha demanda. Además, el ron de Amalia gustaba más que otros. Ella astutamente lo vendía más barato que otros proveedores también, a todos les gustaba por diferentes razones.

Con el tiempo muchos colmados vendían los productos de Amalia. Muchos tenían un bar pegado, y era ahí que llegaban a cada hora a beber los hombres, y una que otra mujer que se empleaba en el oficio más antiguo conocido por el hombre. En Don Feliz salían todos alegres.

Agua de manzanilla, un ramo de margaritas

A los meses le seguía la mirada triste a Teresa. Encarna ya no sabía como hacerla salir de esa depresión, ni salía de su alcoba. Sin que su patrona supiera, Encarna le daba vasos de agua con manzanilla, ya que sus poderes curativos eran infinitos. Teresa se los bebía sin preguntar. Yeiza, la curandera del pueblo, le sugirió que también le colocara unas flores, preferiblemente margaritas o una planta de lavanda.

—Su aroma y simple presencia levanta el espíritu —le dijo. Encarna le puso varias plantas en el cuarto a Teresa, y también en el de la niña, donde parecía pasar más tiempo.

—El olor es bien rico, doña.

—Gracias, Encarna. —agradeció la atención Teresa, con un hilo de voz.

Yeiza también le dijo a la sirvienta que le diera tiempo: —Ha sido un año de mucho cambio para la joven; la muerte de su padre, apenas meses después de que se casara, mudarse de su mundo y venir aquí, a un pueblo muy diferente a lo que ella estaba acostumbrada, y encima de eso casarse con ese sinvergüenza del hijo de Paco Sánchez.

La curandera se presentó en la hacienda sabiendo ante cuando Benat no estaría por la mañana. Encarna entró al cuarto de la bebé y en voz cariñosa le dijo a su patrona que le gustaría que se dejara ver por Yeiza, ella entendía de estas cosas. Teresa se le quedó mirando y asintió con la cabeza. Caminando a través del cuarto grande como si no estuviese pisando, pues ni un crujido al piso de madera se sintió, Yeiza se paró enfrente de la joven madre. Sacó de su bolsa de tela una botella de aceite. Encarna sonrió, moviendo la cabeza en todo gozo de su aroma. La curandera, hablando en su yoruba, empezó a pasarle a Teresa el aceite en las manos, en especial en las muñecas, dándole masajes lentamente entre los dedos y las palmas. Luego le puso el olor debajo de la nariz.

—Huela, por favor. —Teresa lo hizo, y con voz de hilo le dio las gracias. Entonces fue cuando Yeiza le vio las lágrimas. Inclinándose hacia la joven patrona le susurró algo que Encarna no pudo escuchar. Teresa alzó la mirada asombrada y de repente le sonrió

—Sí, y gracias —le contestó a la curandera. Yeiza entonces le dio unos masajes a Susana, poniéndole la mano en la frente al pequeño ser.

—Será una buena curandera —le dijo a la madre.

—¿Ah sí, cómo lo sabes? —preguntó Teresa a la vieja.

—Mire como ya la está curando a usted, *Babalú Ayé* —tocándole la frente otra vez con su aceite aromático— esta niña está llenando su corazón de amor, esperanza y de mucho valor. Vivirá usted por ella y por usted, es usted una mujer fuerte, doña Teresa.

Al salir, le tocó la frente a la joven madre por última vez con otro aceite con olor a coco. Teresa cerró los ojos, descansando la cabeza en el espaldar del sillón. Yeiza salió del cuarto sin hacer ruido ninguno.

Esa misma tarde, cuando llegó Amalia con botellas de aceite de oliva y sacos de arroz, le comentó Encarna de la visita de Yeiza, debido a su preocupación por la joven madre.

—Le pedí que viniera, mi niña, es que nada estaba sirviendo para ayudarla del abismo en que se encontraba.

—Pues hay que buscarle algo que hacer para que no esté así todo el día —dijo Amalia impacientemente.

Entonces invitó a Teresa a que fuera con ella y la bebé a caminar por la plaza. Amalia le iba conversando del pueblo, de los pocos amigos que tenía, pero los que tenía eran como hermanos. —Qué más se necesita, ¿verdad?

Teresa le sonrió, queriendo complacer a su cuñada, ya que le agradecía que la sacara a pasear. Nadie lo había hecho jamás desde que se había mudado a Loíza.

—Sabes, esta mañana vino la curandera a verme; lo más seguro es que Encarna la hizo llamar.

—Te apuesto que así mismo fue, Encarna es muy fiel a las hierbas de Yeiza; tiene un don esa santera. Mi mamá también dependía mucho de ella. Bueno, también del Padre Ignacio. Mi pobre madre... Quería como fuera cambiar a mi padre. —Amalia quiso cambiar el tema enseguida, nunca le gustaba hablar de sus padres—, bella tarde, ¿verdad?

Empujando el cochecito de Susana, Teresa miraba de un lado a otro. Nunca se había fijado en los detalles de la plaza, ni de las casas a sus lados. Le parecía todo nuevo, los colores de las flores contra el cielo azul, conversar con su cuñada. Caminar bajo el calor del sol la puso de mejor humor. Sacándola de su sosiego por fin.

—Amalia, gracias por tu invitación, no sé que me ha pasado en estos últimos meses.

—Tranquila, Teresa, sé que has pasado por mucho últimamente, mucho cambio...

—Pero es que yo nunca he sido así —Teresa la interrumpió—, siempre fui una niña alegre; sabes que siempre hubo mucho amor en mi casa, a pesar de que me crie sin una madre. Mis abuelas aportaron tanto a mi vida y mi padre y yo hablábamos tanto y de todo. Te juro que no sé por qué no conocí mejor a tu hermano antes de aceptarlo, me dejé convencer, la ilusión de un pretendiente.

—Teresa, para, no digas más ahora, hablemos del futuro, de tu bella hija; nos traerá mucha alegría esta niña.

Teresa paró de empujar el cochecito, abrazó a su cuñada y empezó a llorar. Amalia sería ahora su mejor amiga, su pilar.

—¡Fuerza, Teresa! —dijo Amalia, tomándole la cara entre sus manos y secándole las lágrimas.

De regreso, se encontraron con algunos obreros muy jóvenes que venían de los manglares. Tan pronto Amalia vio que cargaban jueyes, sugirió: —¿Vamos a comprarles y hacemos caldo santo mañana? —Les compró varias docenas.

—Llévense los jueyes a la hacienda y vayan por detrás, al burén. Allí afuera preguntan por Encarna. —Teresa sonrió a los niños, una lástima que tuvieran que trabajar. Amalia miró a su cuñada: —mañana habrá caldo santo para todos.

Siguiendo por el camino conversando y haciéndole reír a Susana. Al pasar por la casa de los vecinos, a Teresa le pareció ver el caballo de Benat. Amalia se quedó pensativa pero enseguida le contestó.

Ah sí, son viejos amigos, nos criamos todos juntos. De hecho, ella y su marido fueron parejita de novios toda la vida. Ven, vamos a saludarlos y de una vez vemos si Beni está allí.

Teresa con delicadeza sacó a Susana, que llevaba un buen rato despierta riéndose solita. Dejando el cochecito en la sombra, subieron las escaleras altas hasta el balcón trasero de la casona, donde encontraron a Benat fumándose un cigarro, charlando con Irma mientras se mecían en los sillones, hablando muy a gusto. Amalia tuvo un mal presentimiento, pero disimuló y saludó efusivamente a la vecina.

—¡Hola Irmita! Ay, mi hermano aquí otra vez... Beni, ¿sigues queriéndole comprar las tierras a Enri? ¿Cuántas veces te va a decir que no?

Benat se paró medio boquiabierto al ver a su mujer con la bebé en los brazos, luego le clavó la mirada a su hermana. Irma se paró e inclinó para darle un beso a la visita. Teresa no se movió, nunca supo por qué reaccionó así, simplemente no le dio la gana de reciprocar el cachete.

—¡Tu niñita, linda, igual al padre! —dijo Irma, pretendiendo que no se dio cuenta.

—Así es, muy pelinegra como Benat. ¿Tú tienes hijos? —contestó Teresa con una sonrisa hipócrita. Sabía perfectamente que no y que llevaba años de casada. ¿Por qué se sentía envenenada por Irma? ¿A qué energía estaba reaccionando?

—Ese cabello es de los vascos Gorriti.—interrumpió la voz ronca de Benat, tomando a su esposa delicadamente por el codo para que se sentara en el sillón grande junto a él.

—Así es, mi amor, es idéntica a ti. Tú y Amalia se parecen mucho, así que es pura Sánchez Gorriti. —Teresa le dio un beso en la frente a su hija, sintiendo que tenía que protegerla del mal de ojo de Irma, que seguía mirándola. Sin poder comprender por qué se sentía tan incómoda y nerviosa, empezó a respirar lentamente y se fijó en un árbol en la distancia con flores rojas. El flamboyán estaba precioso, suspiró aliviada al ver algo positivo. Teresa permaneció centrando su mirada en el árbol floreado por el resto del rato que estuvieron ahí.

Se quedaron más de lo que ella hubiera querido en ese gran balcón. Amalia habló la mayor parte del tiempo acerca de la historia de las tierras y las compras y ventas a través de los años, de los tasadores ineptos, de que seguramente habían sido sobornados por el vendedor. Al rato se fueron todos juntos de regreso a la Hacienda Donostia. Teresa no se despidió de Irma, simplemente bajó las escaleras cuidadosamente y puso a Susana en su cochecito.

—¿Cuánto tiempo llevabas allí? —le preguntó por fin a Benat, rompiendo el silencio entre los tres. Amalia disimulaba que no oía la conversación y hacía muecas a Susana en el cochecito que ella ahora empujaba.

—Esperando a Enri, pero nunca llegó... o a lo mejor ya llegó, pero bueno, llegaron Uds. y las estoy acompañando.

—¿Me recriminas que hayamos llegado? —Teresa se volvió a sentir repentinamente triste, la linda tarde que había pasado con Amalia no sirvió de nada. Benat la había hecho sentir que era una molestia. Se quedó pensando, —¿seré poca cosa? ¿Ni su hija le robó el corazón?

El caballo, inquieto, se expresaba entre resoplidos y relinchos, no acostumbrado a trotar tan lento con su jinete andando a su lado. O quizás era la tensión en el aire que tenía al caballo incómodo. Era tanta la energía negativa que ni los animales la soportaban, las lagartijas salían del camino nerviosamente, a todo apuro.

Caminando hacia las caballerizas, Amalia saludó con la mano al joven doctor Molino, que venía por el lado opuesto del mismo sendero.

—Benat, ¿cómo estás? Buenas tardes, doña Teresa.

Amalia se le acercó para darle un beso: —¿cómo estás, Felipe?

—Vine tan pronto pude, me temo que Pedro perdió tres dedos, y perdió mucha sangre. Mario, tu capataz, se lo llevó a la clínica hace unos cinco minutos. Lo alcanzo, ya le avisé a mi padre.

—¡ay bendito, pobrecito! —exclamó Teresa, llevando la mano a la boca.

Mirando al dueño, el doctor le dijo: —¿quieres venirte conmigo? —Benat puso cara de molesto. Amalia lo notó y enseguida intervino:

—Yo me voy contigo Felipe. La esposa me limpia la casa, yo los quiero mucho, ¿sabes? —Pasándole el cochecito a Teresa, se despidió de su cuñada con un beso y se inclinó al cochecito para hacerle un mimo a su sobrina. A su hermano lo ignoró.

Pasaron primero a buscar a la esposa de Pedro, Silvia, quien enseguida se puso a llorar. Se la llevaron con ellos en el carro del doctor.

Teresa se quedó pensando en la reacción de su marido, medio decepcionada: era su obrero, y su deber era acompañarlo y estar allí. Eso sí, ningún problema de pasar toda la tarde en casa de la vecina tuvo.

Sopa de Loíza

Al día siguiente, continuando con las tradiciones y preparativos de Semana Santa en Loíza, Encarna invitó a la patrona a que se acercase a la cocina del patio y ayudara en la preparación del caldo santo con jueyes para toda la hacienda.

—Tradición loiceña —dijo con orgullo la vieja sirvienta—, este plato es de aquí. —Teresa admiró la gran producción del caldo santo, acordándose de la primera vez que vio a Encarna cocinar en su caldero, al aire libre, encima de un fuego hecho sobre piedras y carbón, producido por la madera del manglar y de cáscaras de cocos. El resultado: el mejor arroz con jueyes.

—Este caldo es de nuestras tradiciones afro-tainas. —le comentó Míster Carlos, el viejo marido de Encarna, mientras ella iba demostrando las viandas que usarían.

—Doña Teresa, mire, yo le echo batata, ñame, malanga, mucha yuca, como le gustaba al padre de Benat, y plátanos verdes. ¡Y mire todo eso que le vamos a echar!

—Huele riquísimo, Encarna, tienes un gran don. —Teresa le puso el brazo en la espalda en agradecimiento a la sirvienta—. ¿Puedo ayudarla?

—Tome doña, corte estos plátanos por la mitad, y luego unas cuatro o cinco veces más.

—¿Así? —preguntó Teresa tímidamente.

—Muy bien, que queden como la mitad de su pulgar.

Mientras la nuera de Encarna iba abriendo los cocos, separando la pulpa de la cáscara para hacer leche de coco para el caldo, Encarna empezó a cortar la pulpa en pedacitos. Sus hijas y las nietas la miraban con admiración, cuando por fin la vieja las puso a trabajar:

—Échame esa agua aquí adentro, ven. —Las jóvenes atentamente se acercaron y con cuidado obedecieron—. Ahora vamos a exprimir, fíjense cómo lo hago yo para que hagan ustedes las próximas. —Poniendo la mezcla del coco y agua en la estopilla, empezaron a exprimir la mezcla con fuerza. Salía una leche de coco que hizo a las niñas gritar emocionadas. Teresa las observaba con una sonrisa. Este procedimiento lo harían unas tres veces más hasta que el coco quedó seco y la olla llena hasta la mitad como había pedido la vieja Encarna.

Del otro lado de Loíza Aldea, cerca del mar, los mismos olores de jueyes se cocinaban. Algunas loiceñas preparaban el mismo caldo con las mismas viandas y especias. Mientras las mujeres pelaban y cortaban las viandas, las niñas descalzas le echaban más cáscaras de coco a la leña negra, el úcar y con hojas de plátano abanicaban el caldo santo.

—Queta, no te acerques tanto, nena —dijo la tía Lulú. Queta absorbía con sus ojos grandes todo lo que le echaban las mujeres al caldo; día tras día, ella se hacía cargo del fuego y del caldero de las cocineras de su aldea. ¡Cómo le encantaba y añoraba ser una de ellas! Algún día podría ser ella quien diera las órdenes escuetas a sus asistentes.

El Bautismo de Susana

Teresa no estaba completamente recuperada, así que con esa excusa le hicieron un bautizo informal a Susana. Los pocos invitados se reunieron en la Iglesia del Espíritu Santo y San Patricio para el acontecimiento. De ahí se irían a la Donostia, donde Encarna y las nueras volvieron a preparar un banquete para la celebración. Allí estaban Enri e Irma; Eduardo, el padrino, con sus padres, pero sin

Ramona, quien estaba indispuesta y no pudo hacer el viaje; la madrina, Amalia, y la familia del Dr. Molino.

Durante el almuerzo, el viejo doctor Molino, observaba a la tía Maritza, ella le respondía con sonrisas y le tocaba la mejilla. Teresa se le acercó.

—Dr. Molino, titi Maritza tiene una fascinación con algunos de estos cuadros.

—Esa era su cuñada, Ana, que en paz descanse. —respondió el médico, acordándose de sus amigos.

—María —dijo Maritza, señalando uno de esos cuadros. Encogiendo los hombros, Teresa le preguntó al médico:

—Así la llama a la mamá de Benat, María, ¿por qué será?

El doctor iba a decir lo que estaba pensando, cuando el marido de Maritza y su hijo Eduardo se le acercaron. También Benat, a quien se notaba molesto.

—Esa es mi mamá, Ana Concepción Gorriti.

—No te molestes, Benat —le respondió Eduardo—. Tu pobre tía está senil. —Maritza se quedó mirando al médico y a su mujer, a quien tomó por la mano y se la llevó a sentarse con ella. Así estuvieron el resto de la tarde, Maritza a gusto con una vieja amiga, quien sabía exactamente lo que estaba pasando por su mente. Teresa, sin embargo, no pudo evitar sentirse intrigada por algo que había en ese cuadro, que tenía a Maritza con la mirada clavada en él.

Hacienda Donostia

Teresa empezó a pasear más y más a Susana en su cochecito por la hacienda hasta el río, a veces atreviéndose a acercarse a la casa de la vecina. A menudo se llevaba a Luz, una de las muchachas, o algunos de los hijos de los obreros, para que la ayudaran en cualquier cosa que se presentara; como aquella vez que se le salió una rueda al cochecito. Dos niños de las parcelas cargaron el cochecito mientras Teresa llevaba a Susana en los brazos. Ese día se dio cuenta de que, por más de una razón, era bueno pasear acompañada.

A los niños les encantaba pasear con la patrona, iban chupando pedazos de caña mientras ella les preguntaba por sus estudios del día, y en varias ocasiones iban practicando la tabla de multiplicación, especialmente después de que uno de los nenes, el dulce Benito, le confesó que la maestra lo llamó burro porque no podía aprendérsela. En un pedazo de cartulina, Teresa le escribió al niño la tabla de multiplicación completa con él a su lado. Viendo a la linda patrona escribir los números, Benito repetía las tablas del siete y el ocho, las que le causaban más problemas. Poco a poco, empezó a progresar hasta llegar a ser un estudiante sobresaliente, las matemáticas le encantaban. Al final de ese verano falleció su madre; Benito y su hermano menor se fueron a vivir a Canóvanas con las hermanas de su madre, sus titis.

Teresa los extrañaría; viendo a otros niños subir a las palmas para buscar cocos, igual como lo hacía el Benito, se preguntaba cómo estarían esos dos niñitos.

Luz y Teresa paseaban a Susana una mañana fresca, cuando vieron al joven Dr. Molino salir de una casa.

—Hola, doña Teresa. —la saludó con la mano efusivamente, y aceleró el paso hacia las mujeres.

—Buenos días, Dr. Molino. —El médico se inclinó a ver a Susana en su cochecito.

—Veo que está usted comiendo muy bien, señorita Susana —dijo, haciéndole cosquilla en los pies desnudos. Luz se rió.

—Aquí tengo las medias, se las quita. —Teresa le sonrió al médico, y él observó sus ojos melancólicos.

—Se ve usted recuperada, me alegro.

Tan pronto escuchó esas palabras, Teresa se sintió triste y se le cayó la mirada al suelo, pensando en su marido y su vida en el pueblo. —¿Qué estará pasando en esa casa? —se preguntó el doctor. Luz notó la mirada decaída de su patrona y se atrevió a seguirle la corriente al médico:

—Doña Teresa es una mujer muy linda y buena, *doctol*, todos la queremos mucho. —La joven madre giró su mirada hacia Luz y le puso el brazo alrededor en agradecimiento.

Esa noche, el joven doctor Molino se puso a escribir en su diario. Describió su tercer encuentro con Teresa: —Quisiera que fuera feliz, es la mujer más bella que he visto.

El hombre casado es un animal perfecto, el hombre soltero es un perfecto animal.

La alegría de la familia se palpaba por casi toda la aldea. Queta encantada asistía en la preparación de los cuatrocientos pasteles. Su abuela, sus tías y su madre, que había llegado para la boda del primo Sicilio, todas preparadas en sus estaciones alrededor de la mesa, como en una línea de montaje.

—Sami, ayuda tú a mamá, ponme el caldero aquí y empezamos desde acá —instruía la tía Lulú a sus hermanos. Las nietas observaban a su abuela, listas con su cucharita a mano para cuando les tocara pasar una hoja de plátano. A las mayores les correspondía el honor de ponerle a la masa de cada pastel unos pedacitos de carne picada de cerdo, o dos garbanzos. Queta estaba emocionada porque a ella le tocaba ponerles aceitunas y algunos morrones picaditos. Le encantaba el agua salada de las aceitunas, especialmente el olor de la bolsa que había traído su madre de San Juan.

Con los ojos grandes, Queta observaba como una de sus tías colocaba una cantidad generosa en la hoja de plátano, se lo pasaba a Chiqui, ella le echaba pedazos de carne, y luego le tocaría a ella. Su mamá, con gran agilidad en las manos, tomaba el cordón y los amarraba. Queta le pidió si ella podía intentarlo con uno. Junto a su madre iba imitando el proceso. Le encantó esa noche, tiempo después soñaría con ese momento una y otra vez, acordándose de la última vez que hizo algo junto a su madre.

—¡Ahí está Sicilio! —gritaron los primos, corriendo detrás de él. Queta observaba el relajo desde la mesa. La abuela se veía contenta por el acontecimiento.

—Así se hacen las cosas: primero se encuentra un buen trabajo, se casan enamorados, y después se tienen los muchachos.

Sus hijas se miraban, sabiendo bien que se los decía a ellas, ya que ninguna se había casado con el padre de sus hijos. Queta notó los ojos tristes de su madre. Sabía que nunca debía volver a preguntarle quién era su padre, ya que esa pregunta no la sabía contestar.

La novia de Sicilio, Natalia, se veía preciosa en su vestido blanco, con un velo que se había hecho de un mosquitero. Todos salieron de la iglesia felices, caminando hacia el área de la fiesta entre sus casas. En honor a los novios, los músicos, amigos de Sicilio, los recibieron con una bomba junto a sus barriles que servían de tambores. El buleador y el subidor empezarían una conversación musical. Como de costumbre, se abría el batey, la pista de baile, que era el círculo que se formaba entre los invitados. De súbito, entró la bailadora y al ritmo del tambor, empezaría la noche. Al rato, varias mujeres se unirían a la danza. El movimiento de todas las faldas blancas moviéndose al compás de los tambores parecían un oleaje. Queta se les quedaba mirando en admiración a sus primas, improvisando los pasos, los piquetes, como hipnotizadas por los tambores.

Fue una noche preciosa para los novios, y todos estaban felices de que Sicilio hubiera hecho las cosas en el orden correcto, como Dios manda. —El hombre casado es un animal perfecto, señores. El hombre soltero, es un perfecto animal —fue el brindis de la abuela que nunca tuvo problemas en decir lo que pensaba.

Amalia le mandó un recado a su hermano para que la fuera a ver. Benat fue a los dos días a la casa de su hermana, una mañana muy temprano, y se sorprendió al encontrar a una mujer relativamente joven vestida en forma muy parecida a su hermana, morena y alta, pero con el pelo cortado bien corto.

—¿Está Amalia?

—Sí, claro, ahora viene ¿Quiere un café?

Benat intentaba recordar dónde había visto antes a esa mujer, pero sintiéndose nervioso en su presencia, rechazó el café. Se quitó el sombrero y se sentó a la mesa de mimbre oscuro que había estado una vez en la hacienda. Se acordó de cuando su hermana le dijo que se la llevaba, sin preguntar. Interrumpió sus pensamientos una voz alta.

—Hola, Beni. ¿Has estado ocupado?

—Pues sí, bastante, ¿sabes?

—Voy al grano, Beni: tienes que cuidar mejor a tu mujer. Tienes que tratarla con respeto y también ser más amable y cariñoso con ella. —Benat se paró pasmado, ya que pensaba que venía a discutir con su hermana por un problema laboral o de tierras—. Teresa es una gran mujer y anda con una tristeza inmensa, Benat. —Amalia continuó entonces recordándole lo mucho que había sufrido su propia madre con las andanzas de su padre—. Acuérdate como él mismo tenía su propia balsa para cruzar el río, para ir a ver a su amante. Te acuerdas, ¿verdad? A veces pienso que eres más descarado o perezoso... ¿Será que te estás fornicando a la vecina?

—¡Cállate, Amalia! —respondió Benat, al tiempo que se paraba y salía de su casa. Amalia lo siguió y lo encontró bajo la marquesina; llena de cólera, continuó reclamándole a su hermano. Algunas personas en la distancia oían las voces de ambos discutiendo, pero no podían distinguir lo que se decían. Sí les era claro, por los gestos de manos moviéndose rápidamente, que la señorita Amalia estaba furiosa.

—¿Cuánto tiempo llevas con ella? —continuó Amalia, levantando la voz—. Irma lleva años amándote, burro. ¿Por qué no te casaste con ella? Si tanto te gusta meterte en su cama, ¿por qué no te casaste con ella?

Benat no respondió, se puso el sombrero y se fue sin defenderse, no quería pelear más con Amalia. "Esa maricona hermana mía", se dijo así mismo, lleno de ira.

Esa noche, sin embargo, llegó con una sonrisa a su casa. Teresa estaba recostada en la cama del matrimonio con Susana en sus brazos, mirándola mientras tenía un libro en la falda. Alzó la mirada, asombrada al ver a su marido tan sonriente.

—Te veo contento, ¿alguna novedad en el ingenio? —Benat sacó una caja de su bolsillo y sentándose junto a ella en la cama, se la dio. La joven esposa, agradeciendo, abrió la caja y observó que eran unas pantallas de oro con unas perlas. Tan pronto vio Teresa que no eran los pendientes típicos para orejas perforadas, sino de tornillo, se le fue la alegría. Intentó fingir que le gustaban, aunque odiara los pendientes de tornillo por el dolor que le causaban. Además, la mayoría de las mujeres tenían las orejas perforadas, ¿por qué le compró esto? ¡Qué mala suerte la suya!, pensó.

—¿No te gustan? —preguntó Benat con voz firme. Ella lo miró tratando de mantener una sonrisa, pero sabía que no le quedaba energía fingir.

—Me has dejado tan sorprendida... ¡Me encantan las perlas, Ben! Ya te habrás dado cuenta, pues siempre las llevo; gracias de veras.

—¿Te las pones? —Ella se quitó las pantallas de perla de su abuela y trató de ponerse las nuevas. Benat vio el problema que le estaba causando—. ¿Qué pasa?

—Es que estas de tornillo son un pugilato, ¿sabes?

—No te gustan, ¿verdad?

—Ben, fíjate que me alegré cuando llegaste con una sonrisa; no tenías que darme más nada. Y si te hubieras fijado más en mí, te habrías dado cuenta de que ya llevo pantallas de perla y tengo las orejas perforadas.

Él le quitó la caja y la prenda de la mano bruscamente, y sin saludar ni despedirse de su bebé salió del cuarto. Teresa cerró los ojos, sentía que se le llenaban de lágrimas. —Me casé con un burro... ¿o soy yo la burra por haberme casado con él?

En días sucesivos, Teresa paseó a Susana en su cochecito y al pasar por la casa de Irma y Enri le pareció escuchar la voz de Benat traída por la brisa. Salvo que sólo se escuchaban las voces de Irma y Benat.

—¿Qué hago Papá Dios? Ayúdame, ¡soy tan infeliz!

En la distancia podía escuchar los tambores lejanos de los loiceños. Después de un día largo de trabajo, no dejaban de juntarse para celebrar algún santo o el nacimiento de un nuevo miembro de la familia. Teresa miraba hacia dónde venía el ruido, como si pudiera ver a través de las paredes.

San Felipe, 1928

El siguiente año fue marcado por muchas tormentas en el Caribe, cargado de inundaciones y problemas económicos para todos. La peor de todas fue la devastación agrícola que sufrió la isla después del huracán San Felipe II, la peor tormenta tropical en la historia hasta la fecha, de categoría 5. El 13 de septiembre se oían las palmas furiosas, horas de vientos y lluvias feroces que acabaron con todas las ilusiones de miles de campesinos. Los cafetales perdieron toda su cosecha, los cañaverales quedaron planos. Ni las fábricas se salvaron de la furia de San Felipe.

Por muchas noches seguidas se oían los tambores y los cantos de los loiceños, parecían quejas a los dioses. Muchos perdieron sus casas y otros a familiares. Pueblos completos habían sido liquidados.

El presidente de los Estados Unidos, Calvin Coolidge, organizó un proyecto para recaudar fondos para la isla; también mandó donaciones y equipamiento a través de la Cruz Roja. Los voluntarios y el ejército les lanzaron cajas con ayuda a los miles de damnificados. Puerto Rico se demoró diez años en superar esa catástrofe. Ya para entonces, muchos puertorriqueños se fueron a los Estados Unidos a vivir una vida un poco mejor; no obstante, se encontraron con un criterio racista en ese país y muchos sufrirían malos tratos en sus empleos en las ciudades grandes.

Para finales del mismo mes de San Felipe II, Benat contrató a cuantos obreros pudo, y más sirvientas, para ayudar a reparar su casa y la de los propios obreros. Había conseguido campesinos asalariados. Les pagaría bien, pero esperaba mucho de ellos. Tan pronto como la casa estuvo arreglada, Benat comenzó a pasar horas largas en los campos.

—Algún día este cañaveral será lo que una vez fue. —le dijo Benat a su capataz. Sería cierto. Sin embargo, él nunca llegaría a ver a la Hacienda Donostia superar ese bache. Jamás podría imaginar que quien lo conseguiría sería su hermana.

Bien cena quien bien trabaja

Todo el mundo ayudaba en la reconstrucción de la hacienda y sus alrededores; el trabajo no discriminaba, todos trabajan por igual. Las esposas de los hacendados y sus sirvientas juntas, ya podía ser cocinando al igual que martillando con clavos en mano. A pesar de la dolorosa situación, Teresa se sentía feliz de poder ayudar a su marido, de sentirse conectada con él y sus obreros, que parecían admirarla.

Hasta los niños más pequeños de la hacienda trabajaban. Luz, la nieta de Encarna y Míster Carlos, el antiguo profesor, se encargaba de cuidar a Susana; jugaba con ella y le encantaba leerle libros en inglés. Hacía unos años, la madre de Luz se había mudado a los Estados Unidos en busca de una vida mejor. Cada vez que podía les mandaba dinero a sus padres y algunos libros en inglés a su hija.

Susana parecía disfrutar mucho sentada en una manta en el balcón de su casa, desde allí podía ver a todos a su alrededor. Le llamó la atención una pila de hormigas cercana: todas se veían concentradas trabajando con tanto esmero... La laboriosidad de esos animalitos había hecho reflexionar a la niña a su tan temprana edad.

Luz tenía su perro que la seguía por todos lados, así que Susana aprendió sus primeras palabras en inglés dándole órdenes al perro Duque: —*sit*; *come here*; *stop* Duque... — También pasaban horas tirándole un rollo de medias viejas que habían hecho en forma de una bola; el perro feliz se la traía de seguido. Y así pasaron septiembre, octubre y noviembre, la bola de media bien gastada y disfrutada. Susana y Luz jugarían con Duque por años.

Veintiocho años después, Susana juraría que ese era su primer recuerdo.

—Imposible —le respondería la profesora de historia en la Universidad de Puerto Rico, Luz Montés— eras muy pequeña.

—Me recuerdo como si fuera ayer, Luz, todos, mi mamá, papá, los jornaleros, Encarna, todos parecían hormigas de un lado a otro trabajando. —le afirmaría Susana cuando se reencontrasen en un funeral.

Encarna, feliz pero frustrada, lidiaba con sus ayudantes nuevos en la cocina y en la casa. Estaba tan ocupada enseñándoles a hacer limpieza y un buen desayuno correctamente, que pensaba que sería más rápido si lo hubiera hecho ella misma. No tenía la misma paciencia del bueno de su marido, el viejo maestro.

Benat mandó a su capataz a que fuera a buscarle más obreros, que ofreciera buena paga y dos comidas diarias. Mario lo que le trajo fue un grupo que la mayoría decía que eran adolescentes, pero parecían niños. Obvio que sus padres los enviaban con la esperanza de que sus hijos pudieran ganar un poco de dinero y aprender un oficio. Y además les darían de comer, lo cual en ese momento era importante ya que el alimento era escaso, debido a la furia de devastación que dejó Felipe II. Cualquier cosa sería mucho más de lo que ellos podrían darles a sus propios hijos en esos tiempos.

Queta, a sus apenas catorce años, no quería que la mandaran a trabajar lejos; le encantaba su vida rodeada por todas las mujeres de su familia, especialmente después de que desapareciera su propia madre el año anterior. Sin embargo, tan pronto Mario la vio de asistente a las cocineras, le dijo a la muchacha —vente, que te van a pagar bien y ayudas con ese dinero a los demás—. Efectivamente, la niña tenía gran experiencia en la cocina y se lucía en las frituras, el bacalaíto frito, las alcapurrias, los tostones y los rellenitos de yuca le quedaban deliciosos.

Al despedirse de sus tías, su titi Octavia le recordó que se llevara su acta de nacimiento. La suerte que había tenido Queta en nacer en el año 1917, le recordarían más de una vez, ya que por eso era una ciudadana de los Estados Unidos. Ninguna de sus tías, y menos sus abuelas presentes y pasadas, habían sido ciudadanas de ningún país, no tenían ningún papel que les diera la constancia de que eran alguien por la ley. Aunque Queta sabía que había sido un hombre blanco, su madre y su abuela nunca le dieron información de quién era su padre. Cuando nació la niña, ellas fueron a la corte con el dinero necesario para escribir su nombre en el libro de registros. Allí les informaron de que la debían bautizar primero, para que hubiera confirmación de su nacimiento. Sin entender el por qué, y siguiendo las instrucciones de la oficina gubernamental, así lo hicieron. En la iglesia un buen padre les hizo el favor. Le añadió, al nombre de Enriqueta, María Martín. Volvieron al registro con su documento, eso era todo lo que necesitaba.

—Quetita, eres americana y eres católica —le susurró la mamá, optimista de que su hija tendría un mejor futuro.

—*Agbara* —murmuró su abuela en su idioma ancestral, el yoruba. Eso significaba —fuerza, energía y poder—. Todo lo que tendría en su vida.

A cada día su pesar y su esperanza

El carro se acercaba a la Hacienda Donostia. Queta agarraba sus pertenencias cerca de su pecho, observando alrededor de ella la explotación agrícola y las casitas que se podían ver en la distancia. Cuando vio a Amalia parada en un escalón, vestida en pantalones, Queta enseguida pensó que la había visto antes. Chiqui y los otros tres niños hablaban entre ellos, hasta que uno se atrevió a preguntarle a Mario: —¿vamos a vivir en una de esas casitas o en la casona?

—Ya le dirán todo eso los patrones. No se preocupen, la señorita Amalia es muy buena.

—Amalia —pensó Queta... ese nombre le sonaba familiar.

Chiqui se le acercó a Queta un poco más y la agarró de la mano. Se miraron a los ojos. Queta le dio una sonrisa esperando que eso la tranquilizase.

Teresa y Encarna recibieron a los jóvenes que había traído Mario; rápidamente los colocaron a trabajar. Encarna se llevó a las dos niñas a la cocina.

—¿Cuánto dijeron que nos pagarían? —le preguntó Chiqui en voz baja a Queta. La hermana mayor se encogió de hombros.

—Por lo menos no seremos esclavas.

Hace más una hormiga andando que un gigante parado

—Sabes hacer mucho al fuego, nena. ¿Quién te enseñó? —preguntó Encarna a Queta, que estaba muy concentrada en sus tareas.

—Mi abuela Otilia nos puso a cocinar de chiquitas —respondió la niña con orgullo.

—Ay, yo la conozco, claro —se asombró Encarna al pensar que tenía ante sí a la nieta de una de sus más queridas amigas de la niñez—. Sí, de nenas éramos muy buenas amigas, uno de sus hijos trabajó por aquí en el manglar y la vi varias veces visitarlo, le traía comida.

—Ah, ese era mi tío Ramiro, ahora está en Carolina. —A Queta enseguida le simpatizó Encarna, se parecía a su abuela y era mandona como ella. Encarna no soltaba su carácter de capitana, las cosas se hacían así; mandaba a las niñas y las supervisaba con ojo de águila, —tengo que vigilar a mis nuevas asistentes—, y sin piedad las regañaba cuando era necesario.

—Ese Mario sabe reconocer el talento —diría Amalia en varias ocasiones. Pasaba con frecuencia por la cocina para deleitarse con las frituras de la niña Queta y ver cómo hacía ella las cosas—. Queta, hagamos estas frituras, un arroz con jueyes y varios postres para los jornaleros que ya se regresan para sus casas el próximo sábado. Hay que agradecerles todo el trabajo de más que han tenido.

—¡Mi niña, qué rápido me reemplazaste! —dijo con una risita Encarna. Se le quedó mirando a su niña Amalia, la que conocía desde que nació, dándole una sonrisa como de agradecimiento, ya que sabía demás la difícil situación de estos hombres.

Queta se emocionó de tal encargo, pero primero se fijó en ojo de aprobación de la jefa de la cocina de la Hacienda Donostia.

—Y ten por seguro que le quedará riquísimo a esta niña, mi señorita Amalia —contestó una sonriente Encarna— ¡Esta nena tiene una mano mágica! Pero hay que hacerle algo con ese moño... —con el dedo le tocó todos los pelos sueltos por el costado del cuello sudado y la cara—. Mira, tiene esas greñas paradas y no quiero pelos en mis ollas.

Teresa entró en la cocina, y habiendo escuchado justo el final de la conversación se ofreció a solucionarlo: —Ah, pues le hago una trenza con el pelo mojado y ya.

Amalia se acercó a la niña y la hicieron sentarse, entre las dos cuñadas se mojaron las manos para humedecer el cabello y luego le hicieron una trenza prolija. Se le veía la cara bella y Teresa le dijo en un tono cariñoso: —eres una mujercita preciosa, ¿sabes? —Queta miró a su nueva jefa con una sonrisa tímida pero agradecida; nadie nunca le había dado un traje nuevo, ni zapatos tan cómodos y bonitos. Se sentía muy a gusto en esa casa, nunca se lo hubiera imaginado.

—Dime niña —preguntó Teresa— ¿Asististe a la escuela? —Queta se le quedó mirando extrañada.

—¿Para qué? ¡Si hay tanto trabajo que hacer! Yo me la pasaba ayudando a mi abuela y tías a cortar boniato, plátanos, hervir agua, a veces me mandaban a lavar ropa...

Teresa tomó nota de cómo la joven había dicho todo eso con orgullo, con satisfacción. Pensó admirada que la gente de la aldea estaba constantemente en movimiento, trabajando todo el día. Hasta los niños cooperaban en su familia y comunidad.

—Eso es muy común aquí, pocos van a la escuela, o si van es hasta tercero, si mucho hasta sexto grado; aquí no hay escuela superior, tendrían que ir a Carolina —explicó Amalia a su cuñada.

De repente, Queta recordó adónde había visto a Amalia antes: era por su lado de Loíza, cerca del río donde se bañaban. Vio la imagen en su memoria de las varias veces que la había visto. —Esta es la señorita que conocía a mi madre y a mi tía —se acordó, pero sin atreverse a decir nada.

Al pasar unos meses, ya Queta estaba muy establecida en los quehaceres del hogar y se había convertido en la mano derecha de Encarna. Era normal verla en todos los cuartos de la hacienda día y noche; sus responsabilidades ya se habían expandido, era de completa confianza. Amalia con frecuencia se acercaba a la cocina para saborear unas de sus tortillas de amarillos o guisos de tortuga.

Tanto a Amalia como a Benat les encantaban los plátanos maduros con unos pinchos de pollo o de tortuga, seguido por una taza de café con leche bien azucarado después de la siesta. Más tarde, volvían al campo para asegurarse que todos estuvieran de regreso con machetes en mano.

Sin embargo, a Benat no le gustaba cuando se presentaba su hermana por la hacienda, y mucho menos las veces que se quedaba a comer. Amalia siempre encontraba la forma de reprocharle algún error que estaba cometiendo en los cañaverales; él se quitaba su frustración con algún obrero o sirviente de la hacienda. No cabía duda de que a Benat se le hacía difícil discutir con su hermana, ya que ella solía saber todos los errores cometidos por él cada semana; ella venía con los datos ya preparados para respaldar lo que decía, y con su labia lo sacaba de quicio. Teresa disimulaba que no veía la fricción entre ellos, siempre haciéndole alguna gracia a Susana y dejando que ellos se gritaran. De lejos se escuchaba los machetazos, casi sincronizados, de los jornaleros que cortaban la caña del campo. Teresa se imaginaba que cada machetazo era un insulto entre los hermanos.

Esa noche Benat llegó tarde. Teresa estaba completamente decepcionada, ya que había esperado por horas a su marido para contarle la buena noticia: esperaban otro bebé.

—No sabes cuantas horas llevo esperándote —lo recibió, enojada—. Mandé a prepararte un filete y amarillos con arroz y habichuelas como te gustan.

—Estuve muy ocupado —él exhaló malhumorado, y le dijo— además Irma y Enri me invitaron a pasar la tarde con ellos, yo no tengo que darte cuenta.

—Sí me tienes que dar cuenta, Benat. Soy tu esposa, y mandé a preparar una cena especial porque...

—¡No me grites, estúpida! ¿Qué te crees tú? —y sin decir más, volvió a salir.

—Te iba a decir... —comenzó la frase Teresa, pero Benat nunca la oyó.

El próximo día, cuando volvió Benat se encontró con una carta que le entregó Encarna. Teresa se había ido a San Juan con Susana y Queta, sin explicar el porqué, y volvería cuando terminara algunos asuntos personales. Terminó su carta así: —Y lo que te quería decir anoche era que estoy encinta otra vez, y quería recibirte con esa noticia—. Benat se sentó en el comedor con la cabeza entre las manos. Así lo dejó Encarna; ni le ofreció comida, dejó la cocina limpia y se fue a su casita al final del sendero donde la esperaba su viejo y amado esposo Carlos.

Queta nunca había estado en San Juan antes, ni había cruzado el Gran Río de Loíza. ¡Le pareció todo tan fascinante! Ir al Ancón, montarse en la barca como tantos otros le habían contado anteriormente, en especial su prima mayor, Cecilia. Con suma atención, miraba de un lado a otro, para adelante y para atrás, fijándose en todo lo que llevaba este cruce. Notó que uno de los hombres usaba una especie de palanca de bambú para controlar la dirección de la pequeña barca. A cada rato, le daba una sonrisa calmante a Queta.

—No se preocupe, nena, que esta parte del río no es muy profunda.

Efectivamente, esa parte del río estaba llegando a su desembocadura hacia el Atlántico; a veces se podía pasar a Piñones a pie por un banco de arena que había en su desembocadura, conocido por muchos como La Boca del Chorro.

Una vez en San Juan, pasaron tres días con Carmela, la querida prima hermana de Teresa, que no se habían visto desde el bautizo de Susana. Su prima era muy feliz en su matrimonio, pero aún no podía tener hijos. Pasaron muchos casi a diario a ver a Teresa y su niña. Después de unos días llenos de charlas y paseos por San Juan, se fueron a quedar con su querida amiga Matilde, la vecina de su propia casa, y allí estuvieron tres días más.

Queta encontró la calle de Teresa preciosa, con árboles que arropaban las casas con una sombra ideal. Después de sus días en San Juan, sintió que entendía a su patrona mejor.

Según se acercaba el momento de volver, Teresa iba sintiéndose más nerviosa. Sólo se había ido por la rabia que sentía, pero ahora estaba preocupada: ¿cómo reaccionaría su marido?

Tan pronto llegaron a la casa, Teresa fue a ver a Encarna: —¿Cómo andan las cosas por aquí?

Antes de responder, Encarna puso a Queta en cargo de moler algunas hierbas; después siguió a su señora.

—Creo que ha estado muy triste, doña Teresa —le dijo en voz baja—, y he rezado porque esto haya hecho cambiar al señor.

Teresa sintió alivio, quizás Benat quisiera cambiar. Salió a caminar entre las cañas, para ver si encontraba a su marido. Lo vio montado en su caballo. Él la vio, y al galope fue hacia ella.

—¿Te vas a bajar del caballo y besar a tu mujer? —Benat reaccionó enseguida: se bajó y le dio un beso en la mejilla.

—Felicidades por el bebé que esperas —dijo sin más.

—Gracias. —Teresa se viró y regresó a la casa.

Por una semana, Benat estuvo más atento y medía sus palabras. Teresa le contestaba si le hacía una pregunta, pero se acabó: ella no iba a tratar de empezar conversaciones o intentar acariciarlo, ya se había cansado.

Queta estaba en la cocina echando achiote en el pilón; laboriosamente lo aplastaba con la maceta, echándole aceite de oliva poco a poco, y con cuidado lo iba poniendo en la masa de yuca y pollo. Luz, con Susana en la falda, se puso a contar en inglés las hojas de plátano.

—Haremos *fifty-eight* pasteles.

—¿Cuánto es eso? —preguntó Queta.

—Cincuenta y ocho —respondió Luz con su voz de educadora.— Hay que aprender inglés, ¿sabes?

—Por lo menos para contar los pesos, ya. Están llegando los americanos para ayudarnos, ¿verdad? —preguntó Queta, pensando en el desastre de San Felipe, que seguía siendo evidente meses después. Las inundaciones eran de proporciones bíblicas.

—Estos pasteles le quedaron riquísimos a la joven, —comentaría Teresa a Amalia más tarde— qué don en esas manos. Qué sazón tan rico tiene la Queta. —Todos aplaudieron a la nueva asistente de cocina, que entre lo que ya sabía hacer y lo que estaba aprendiendo con Encarna, su futuro sería brillante. Teresa la elogió mucho, e hizo que saliera al comedor a recibir personalmente la felicitación de los invitados. Queta disfrutó los halagos, pero no le gustó cómo la miró de reojo el patrón. Fue la primera vez que se sintió extraña enfrente de un hombre.

Las semanas que siguieron le dieron un mal presentimiento a Queta. La niña trataba de nunca quedarse a solas en un salón, ya que había empezado a tenerle miedo a don Benat. La miraba con ojos maliciosos y una vez, en frente de la misma Teresa, le dio una palmada en el fondillo para que se apurara en traerle la jarra de agua. Teresa se preguntaba si ese comportamiento sería normal, nunca había visto a su padre, ni al padre de ninguna de sus amigas hacer algo parecido a su servidumbre... No podía entender con quien se había casado, ¿por qué con tantos pretendientes que tuvo en San Juan terminó con Benat? Este no era el gran final del cuento de hadas que le contaban de chica. Qué bien hizo Amalia en no casarse, se dijo a sí misma, aún sin entender bien del todo a su cuñada.

Una noche, tras regresar tarde y muy bebido, Benat entró a la cocina al ver que había luz de velas todavía encendidas. Vio a la joven Queta guardando trastes, parada en una silla de la cocina. Le había prometido a Encarna que terminaría de colocar todo en las tablillas nuevas que habían puesto en la cocina esa mañana. Tan pronto sintió ella la mirada de Benat, que la recorría de arriba abajo, pensó que se iba a marear y caer del pavor tan grande que le dio. Benat, con una sonrisa llena de lujuria, se le acercó, pateó la silla debajo de sus pies y la tumbó de un manotazo. Queta cayó en sus brazos. La tiró al suelo, le tapó la boca, moviéndose rápidamente arriba de ella, bien excitado. Su olor a ron se evaporaba por los poros y la boca. Ese olor Queta nunca lo olvidaría, ni podría soportarlo sin tener que vomitar. Benat, desesperado por llegar al orgasmo, le subió la falda blanca, arrancándole el panti, y con una fuerza dolorosa se introdujo en ella.

Benat gemía con placer mientras Queta, con sólo catorce años, gritaba ahogada bajo la mano aplastadora de su violador, que apenas le permitía respirar. Al quedar ya quieto el patrón, la niña empezó a llorar, mientras recuperaba la respiración. Él se paró, riéndose de su travesura, y se dio cuenta de la sangre, que ahora era evidente. Volvió a agacharse sobre de ella.

—Qué honor, fui tu primero... —le susurró a su presa.

Se enderezó, se sirvió un vaso de agua y observó un momento las nuevas tablillas, proyecto del que había oído hablar a su mujer con uno de los trabajadores. Queta seguía sin poder moverse, tirada en un rincón de la cocina. Notó una lagartija paralizada, único testigo de lo que acababa de ocurrir. Benat le siguió los ojos y, al ver lo que le había atrapado la vista, con un puño aplastó la lagartija. Riéndose satisfecho de su hazaña, salió de la cocina.

Queta se quedó inmóvil y aterrada no sabría por cuanto tiempo, con la mirada fija aún en la mancha sangrienta de la lagartija aplastada contra la pared. Cuando al fin pudo levantarse, cogió un cubo de agua y se lo echó encima. Después echó otro al piso y se puso a trapear. Limpia dejó toda la cocina, sólo la mancha de la lagartija en la pared permaneció por tres días.

Cuando hubo terminado, Queta salió corriendo y, sin saber cómo, llegó finalmente a su destino. Se quedó a dormir, encorvada en una posición fetal, sobre el suelo de tierra en casa de Yeiza. Al encontrarla la mañana siguiente, la santera nunca tuvo que preguntarle qué le había sucedido. La vieja se lo pudo leer en los ojos aterrados.

Ani Conchi

En 1930 nació la segunda hija de doña Teresa. Las sirvientas se turnaban cuidando a la niña, ya que la pobre madre perdió mucha sangre durante el parto. Por las complicaciones que tuvo, el viejo Dr. Molino le explicó que jamás podría tener más hijos. No había manera de consolarla, no se cumpliría su gran sueño: el de tener una gran familia.

Meses de depresión siguieron al nacimiento de Ani Conchi.

Las abuelas de Teresa

Teresa fue hija única. Su madre falleció durante el parto, algo que marcaría ese hogar de manera silenciosa. A pesar de que era el sol de todos, ella sabía que muchos le tenían pena.

El padre de Teresa siempre fue muy consentidor, con las mejores intenciones. Astuto, dejó que ambas abuelas lo ayudaran a criar a la niña, y en orientar a Teresa: qué amistades cultivar, a cuáles de las tantas fiestas debería de asistir para que encontrara al marido correcto. A veces se sentía asfixiada; sin embargo, sabía que las abuelas tenían buenas intenciones y, a pesar de una que otra pelea, ella siempre terminaba haciendo lo que le recomendaban.

No comprendió lo dichosa que fue ella hasta que se dio cuenta de que sus hijas no tendrían abuelas.

—Pero tienen una madre, y tú no la tuviste, —le dijo Amalia—. No pienses eso; sólo se extraña lo que tuvimos, no lo que nunca tuvimos.

De Fiestas

El padre de Teresa, un buen hombre, pensó que el joven Benat era de buena familia: hacendado, había heredado la Donostia, la hacienda mejor conocida por su producción de la caña de azúcar más próspera de Puerto Rico. Tenían leguas y leguas de finca. Era un excelente candidato para su hija. Alto, bien parecido, era de ascendencia vasca por parte de madre y padre. Algo que todos en la isla sabían, ya que Benat se procuraba de recordarlo constantemente. El padre de Teresa estaba convencido de que su hija sería muy afortunada con esa boda, tendría seguridad, y quizás un día lograría convencer a su marido de vivir en San Juan. Pero era su deber ser una buena esposa y conocer bien el negocio del azúcar para ayudar a su marido en todo. El pobre hombre murió a los dos días del casamiento de su hija adorada, nunca llegó a saber lo infeliz que sería.

El capricho de Benat de querer casarse con una mujer rubia y de ojos azules, capitalina preferiblemente, se había convertido en una obsesión para él y su madre. Iba a San Juan durante días y semanas para asistir a fiestas y conocer a la candidata perfecta. Se lo había sugerido su padre en varias ocasiones. Sólo que no tomó los consejos muy en serio durante su vida, sino hasta después de su muerte, y fue entonces que quería ser todo lo que su padre había deseado que él fuera.

Teresa era caucásica, y mantener el blanqueamiento para sus futuros herederos era importante para los Sánchez Gorriti. Él bien sabía que había varios bastardos Sánchez prietuzcos por ahí, pero esos no eran hijos por la ley, no contaban a la hora de herencias.

—Así que no importan —le decía su madre—; así son los hombres: tienen sus necesidades... es normal para ustedes.

Una noche, Benat conoció a Teresa en la fiesta de un primo suyo. Bailó con ella casi toda la noche. La encontró preciosa, un poco tímida, pero lo suficientemente amable. A sus veintiocho años de edad, Benat había por fin encontrado a su esposa: una capitalina rubia, de ojos azules, con veintiún años recién cumplidos. Cuando Amalia supo que se trataba de una señorita joven temió por la futura esposa; conocía muy bien a su hermano, no podría hacer feliz a nadie porque él mismo no lo era.

Amalia reconocía que ese era su propio caso también. Sin embargo, ella disfrutaba cuando otros eran felices. Se sentía alegre al ver que había hecho algo para ayudar, le daba una satisfacción que querría repetir una y otra vez. Ella comprendía bien de dónde venía ese gran vacío que sentía. Que la quisieran por lo que ella era. "Soy una buena persona, a pesar de que no sea como tú", se mortificaba entre pesadillas.

La boda de Teresa y Benat fue preciosa. Amalia admiraba lo dulce que era la novia con todos. La semana completa fue de fiesta en fiesta; entre los tíos, los primos y el gran fiestón en Loíza, para finales del mes ya todos estaban listos para descansar una buena temporada.

Puñeta

Después del gran huracán San Felipe, los constantes reglamentos entre la Ley de los 500 Acres y con el *Jones Act*, que ya llevaba varios años bien implementado, los productos agrícolas que fuesen importados y exportados tenían que viajar en naves estadounidenses de la marina mercante. Esto aumentaba el precio de productos para todos los puertorriqueños. A menos que subieran los precios del azúcar y el café a los Estados Unidos.

Las compañías norteamericanas se estaban apoderando de las fincas de café, tabaco y las azucareras. El agricultor puertorriqueño estaba sufriendo. —¿Estas leyes no se las imponen a los Estados Unidos? ¡Nos están aplastando! — se decían entre ellos los productores isleños—. ¡Nuestro producto es nuestra pasión! ¡La agricultura es el corazón y el pulmón de un país! —gritaban otros en las reuniones de San Juan—. ¡Puñeta! Estas compañías americanas han cambiado hasta nuestra manera de cosechar; éramos más que azucareros, éramos vistos por muchos países europeos como artesanos... nos admiraban y querían ser como nosotros. El coraje en la isla era intenso. Pronto vendría más descontento con huelgas frecuentes de los jornaleros.

Mientras tanto, en Centroamérica, las Bahamas y Cuba estaban aprovechándose de la situación, ya que ellos podían mantener sus precios bajos para el resto del mundo. Cuánto extrañaba Benat a su padre en estas situaciones; él siempre sabía cómo ganarle al sistema. Su padre supo cuándo invertir en negocios con algunos amigos sin que los gringos se dieran cuenta; se admiraba Benat de lo vivos que habían sido los de esa generación. Más genio se demostró cuando su padre supo cuando salirse del negocio. —Malditos yanquis! —dijo su padre ese día una docena de veces: —sólo quieren hacerse más ricos ellos y que nos jodamos aquí nosotros.— Benat recordaría esta escena por años, cuando él mismo tuvo que tragarse el orgullo y pedirle a un hombre de negocios norteamericano que por favor le diera un buen precio por su caña. Y además todo resultó ser un fracaso, pues la Gran Depresión en los Estados Unidos empezaba estar en su apogeo.

Pensando en sus propios fracasos, entró con esa pesadumbre a ver a su mujer. Teresa estaba desconsolada porque no podría darle un varón a su marido. Benat entró medio cansado y apurado a ver a la bebé.

—La niña se llamará Ana Concepción, como mi madre —dijo Benat, sin siquiera mirar a Teresa, sin acercársele, ni un beso.

—Benat, tanto quise que fuera un varoncito para hacerte feliz... —respondió ella, y rompió a llorar—. Me acaba de decir el Dr. Molino que no podré tener más hijos.

—Es preciosa —solo dijo Benat, acercándose al moisés. Y, sin más, salió del dormitorio. Ni hablaron del nombre, él decidió Ana Concepción y punto. La decisión fue solamente suya.

La pobre madre habrá llorado por dos meses. Poca leche tenía para alimentar a Ana Concepción, y los productos de leche infantil eran escasos. Amalia encontró una nodriza en el pueblo, una pobre mujer, joven, que había perdido a su criatura a la semana de nacer. Se la trajo a la casa de su hermano.

—Amalia, gracias, eres una salvación.

Amalia venía a visitarla cada tarde, pero no encontraba cómo consolar a su cuñada. Tan bien que se solían llevar antes, hablaban y jugaban barrajas a las escondidas de su hermano; pero ya no, Teresa era otra. Amalia se había enterado por las sirvientas de la causa de la gran depresión que había poseído a la reciente madre. Su misión era socorrerla, que no cayera más profundo en su abismo. Además, Teresa siempre había sido buena con ella y la aceptaba tal como era, sin cuestionar su manera de vestir ni sus manierismos.

Entonces empezó a quedarse con frecuencia en la casa de su hermano. Ayudó a Teresa junto a las dos sirvientas, la nena Queta, quien ya llevaba dos años en la hacienda, y la veterana Encarna, que por cierto todo lo sabía y tenía una solución para todo menos la muerte. Como solía decirle su padre, —pregúntale a Encarna, que es un pozo de conocimientos. "Parecía un síndrome típico de todas las loiceñas a cierta edad", pensaba Amalia.

Al cumplirse el segundo mes después del parto, Encarna le sugirió a la señorita Amalia que tratara llevar a su cuñada al mar, que caminaran un ratito por la arena. Amalia le dio la razón, acordándose ella misma de las muchas veces que su abuelo la llevaba a ver los pescadores entrando de regreso después de una larga jornada laboral en la mar. Ella dejaba que el mar la alcanzara hasta las rodillas, qué sensación tan increíble...

—Queta, mañana nos llevamos como sea a Teresa al mar; la vestimos y no aceptamos que nos diga que no.

A las 9:30 de la mañana estaban las tres mujeres caminando por la arena. Queta, descalza, se sentía libre y relajada. Se sobresaltó al ver lo que se acercaba.

—Allí regresan unos botes, señora, mire... ¡Creo que ese es uno de mis primos! —gritó emocionada la adolescente.

Al rato empezaron a llegar más personas a la orilla a ayudar a los pescadores. Una madre dejó a su niño en la arena, Teresa lo vio. Era un varoncito al que le notó algo diferente. El niño le sonreía a todo el mundo y echaba puños de arena al aire a carcajada limpia.

—Mire, es Andrés, ¡qué bello! —le dijo Queta a Amalia.

—Está precioso, esa alegría contagiosa —le contestó Amalia, quien conocía a todos en el pueblo y por sus nombres. Se le acercaron al nene. En eso, uno de los pescadores se enredó, y Queta se dio cuenta de que era uno de sus primos. Fue a ayudarlo, riéndose de su torpeza. Amalia le dio un beso a Andrés, y al girarse decidió ir a ayudar a los muchachos, caminó hacia el mar, sin darse cuenta de que Teresa se sentó junto a Andrés. Había visto otros niños así, se acordó enseguida de lo cariñoso que eran.

—Hola ¿te gusta la arena? —El pequeño se tiró encima de Teresa, dándole un beso y abrazo, la acarició, tocándole la cara blanca con las manos bien abiertas. Teresa le notó la palma, se la tomó y se la besó—. ¿Está tu papi pescando?

Andrés reaccionó dando pequeños saltitos. Los minutos se hicieron horas; el niño, tan a gusto con su nueva amiga, se puso muy cómodo encima su falda. La mamá vino corriendo a disculparse con la señora Teresa.

—No, déjalo que es puro amor. —La mujer volvió a ayudar a los pescadores y empezó la faena de limpiar los pescados. El aire salado, el sol, los sonidos de las olas y voces trajeron a Teresa devuelta a la vida.

Amalia al rato volvió a sentarse junto a su cuñada —Andrés, veo que te encontraste una silla nueva —dijo sonriéndoles. Teresa le devolvió la sonrisa y le dio otro beso en la cabeza a su nuevo amiguito playero. Allí sentada en la arena, siguió absorbiendo el sol y aire salado, escuchando las voces de los pescadores con el fondo de las olas que rompían contra sus botes coloridos. Eran todos tan atentos y buenos seres, caballerosos con las muchachas presentes, y a cada rato le daban un beso a uno de sus hijos. ¿Cuándo fue la última vez que vio a Benat darle un beso a Susana o Ana Concepción?

Mientras tanto en La Donostia, Encarna le rezaba a la diosa del mar —*Lemanyá*, ayuda a la buena señora.

Amalia y Queta ayudaron a Teresa pararse y empezaron la caminata de vuelta a la hacienda. Queta le contaba de su niñez a Amalia, mientras Teresa escuchaba todo a su alrededor. De repente oyó un gallo cantar con energía. —Despierta, Teresa —se dijo a sí misma.

Al llegar a la casa y entrar a su alcoba, respiró hondo y exhaló. Buscó su vestido amarillo. Horas después, se atrevió verse en el espejo por fin: —¡horror! —Se encontró que había envejecido mucho, y solo tenía 23 años—. ¡Basta! —se dijo.

Paulatinamente empezó a disfrutar de sus hijas; jugaba con Susana y mecía a Ani Conchi, el apodo cariñoso que decidió usar: así le dirían de ahora en adelante, dictaminó. Benat la siguió llamando Ana Concepción. Teresa estaba convencida de que tenía que vivir por sus niñas. Más importante aún, tenía que encontrar la manera de volver a San Juan.

A los dos meses, doña Teresa estaba regia, más bella que nunca, y decidida que jamás volvería a llorar. Viviría por sus hijas, les daría lo mejor de ella. Sería inquebrantable.

La lealtad que sintió por parte de Amalia y sus dos sirvientas sería una deuda, estaría agradecida de por vida. —Las hermanas que no tuve —se repetía Teresa.

—Queta, —le decía— quiero que te quedes conmigo siempre. Mira cómo te quiere Susana, y yo te estoy tan agradecida por todo, ¿sabes?

Queta, más que nunca, buscaba cómo esconderse de Benat y salir de la casa a la misma hora que Encarna, para no estar sola por los pasillos, donde el patrón pudiera acorralarla.

No siempre tenía suerte la pobre Queta, ya que en varias ocasiones Benat era más vivo y se ponía a vigilar cada paso que daba. Una tarde, cuando Teresa se fue a pasar el día por San Juan llevándose a las hijas, con la casa casi vacía, la atrapó por detrás y la arrastró a su cuarto con la boca tapada. Tan pronto trancó la puerta, ella le rogó que la soltara. Él se puso más arrecho con sus súplicas, la tiró encima de la cama boca abajo diciéndole que dejara de llorar, que él la adoraba y que ella era su única debilidad, su única pasión. Bajándose los pantalones a toda prisa, se cogió a la niña por detrás, por fin se satisfizo con ella.

—¡No te muevas! —le suplicó sin aliento. No la dejó irse, quería verla desnuda por completo. Le encantaba con locura el olor y el color de piel de la joven. Le arrancó toda la ropa, y empezó a pasarle la lengua por todo el cuerpo, mientras ella lloraba en silencio. Volvió a introducirse en ella.

Para Queta fue el peor día de su vida. —Ahora sí me escaparé —pensó entre asfixias Queta, —sin importarme lo buenas que son Teresa, Amalia y Encarna conmigo.

Queta había estado planeando su escape, y volvía a pensarlo; no quería que la fueran a encontrar, pero ¿adónde ir? Tendría que averiguar por su tía dónde había terminado una de sus primas para reunirse con ella. De seguro podría ayudarle a buscar trabajo.

Los siguientes días, sin el patrón por la casa, le encantaron a Queta. No había trabajo que no le gustara hacer, en especial porque doña Teresa era tan agradecida y amable siempre. Cada vez que la ayudaba con las niñas, le encantaba ver cómo jugaba con ellas; además, le permitía ingresarse en los juegos: al esconder, a la rueda, y con Susana a la cuica. —¡Qué gran madre es doña Teresa!— les decía a Encarna y las otras por las noches.

Benat y su licenciado se fueron de viaje a San Germán y a Manatí para ver algunas nuevas fábricas que molían la caña con maquinarias más sofisticadas. Estas fábricas tenían sus propias plantas de energía. Para sorpresa de ellos, la central azucarera era todo un pueblo, incluyendo un pequeño hospital. Las pequeñas casas para los empleados y sus familias eran bonitas, los ingenieros y otros químicos tenían casas más grandes y levantadas sobre la tierra. Todas eran hechas de madera con techos de planchas de acero galvanizado. Los llevaron primero a las oficinas centrales, donde les enseñaron unos planos de la maquinaria nueva. Luego les dieron una gira completa por los molinos, el batey y las calderas masivas y altas. Benat quedó muy sorprendido de lo que vio, no podía dejar de pensar en lo mucho que a su hermana le hubiera encantado estar allí, ya que ella orgullosamente le contó que había leído sobre todo ese nuevo proceso científico. Él bien sabía que ella podría explicarlo todo mejor que él, además sabría qué preguntas hacer y sonaría más inteligente que él. Si Amalia hubiera sido hombre, estaría en su lugar. Benat volvió a sentirse incapaz.

Dos días más tarde, Teresa hablaba con Luz en el balcón, sentada con Ani Conchi en la falda. Conversaban en inglés, les encantaba practicarlo; pocas veces Teresa corregía algún pronombre equivocado. Luz se animó y se atrevió contarle que quería estudiar en la universidad, no sabía si literatura, inglés o historia. Su gran sueño era irse a vivir a Río Piedras, cerca de la universidad

—Eso sí, si me aceptan primero. ¿Me daría permiso, señora?

—Yo no soy tu dueña, amor — le dijo Teresa, asombrada por la pregunta. Cariñosamente, le agarró por la cara—. Y si te vas a San Juan, te ayudo; mi padre era buen amigo del decano de la facultad de historia, ¿sabes? Le puedo escribir una carta para recomendarte.

—¿De *veldad* doña Teresa? ¡Ay, bendito! —se emocionó Luz. Más tarde iría a contarle a sus abuelos.

Queta oía la conversación por los ventanales mientras sacaba el polvo de los estantes de libros. Pensaba qué suerte la de Luz; ella misma ni sabía leer. Y Luz era hasta más fea que ella, más trigueña. ¡Cómo quisiera estar en su lugar! Queta se acordaba de las veces que la había halagado la bondadosa doña Teresa, de qué bien cocinaba para sus pocos años, qué preciosa cara tienes, qué rápida eres en limpiar y cómo te quiere Susana... pero de nada le servía eso. ¿O sí? Nunca podría abandonarla, pero tampoco quería seguir siendo víctima del malvado del patrón. —¿Tengo opciones? ¿Es esta mi vida? —se preguntaba la adolescente. Volvió a pensar en su escape.

Teresa empezó a cartearse con el decano de la facultad de historia de la UPR. Ella siempre disfrutó mucho de escribirse con algunas de sus primas y con compañeras del colegio; ahora tenía al viejo amigo de su padre. Cuando finalmente aceptaron a Luz, le dio tanta felicidad, sintió que ella había podido ayudar y hacer mejor la vida de esta maravillosa jovencita. Y se lo merecía; era una enciclopedia completa, y podía recitar poemas en castellano e inglés. Sus abuelos estaban radiantes de orgullo y muy agradecidos con su buena patrona.

Mientras tanto, Teresa no era ajena a que algo extraño estaba sucediendo en su casa. Lo presentía; se sentía incómoda, y sabía que tenía que ver con su marido.

Amalia fue a almorzar a la Donostia, para visitar a su cuñada y sobrinas y para enterarse por su hermano de algunas de sus observaciones sobre las fábricas que se habían vuelto a abrir en la isla después de las últimas tormentas. Entre una y otra charla, Amalia mencionó que los vecinos Irma y Enri habían tenido una hija.

—Qué lindo, ¿no? Una amiguita para Susana y Ani Conchi.

Sin saber por qué, a Teresa la noticia no le había caído bien.

Girando el tornillo sin fin

Al día siguiente, Teresa pensó que tendría que ir a visitarla, ya que Irma solía mandar ramos de flores de su jardín, o una tarjeta en su perfecta caligrafía. Fue sola, con un bizcocho de coco fresco que le hizo Queta. Al ver a Irma sentada en su balcón, radiante y con varios familiares a su alrededor, sintió envidia. Todos la saludaron efusivamente, y ella se percató de que eran genuinamente amables. —Seré yo el problema —se dijo así misma. La invitaron a sentarse y ella accedió, tratando de poner de su parte, cuando de repente algo la cautivó.

—Irma, qué pantallas tan lindas tienes —le sonrió Teresa a su vecina.

—¡Sí! Yo te las vi y enseguida pensé en Enri, —dijo la prima de Irma, añadiendo —¡qué gusto tiene tu marido! ¿Te las regaló él verdad?

—Son de tornillo, me dan un dolor —respondió Irma, quitándose los aretes con dificultad, y agregó— pero están preciosas.

—Señoras —interrumpió Enri, entrando con una bandeja cargada y riéndose de ser él quien servía —es para mí un gran placer servirles a ustedes agua de tamarindo en este día tan caluroso.

—Preciosas las pantallas que le regalaste a Irma —dijo Teresa, sin poder contenerse—. La verdad es que esas perlas se ven exquisitas.

—Yo no le regalé esas pantallas —respondió Enri, confuso. Irma le sonrió, poniendo los pendientes sobre la mesita.

Las abuelas miraban orgullosamente a su nieta, mientras le preguntaban a Teresa sobre sus dos niñas.

—Ya verás, Mercedes y Ana Concepción serán buenísimas amigas —dijo con una sonrisa llena de paz la abuela paterna. A Teresa le entró un sentimiento inexplicable.

—Creo que sí, así será, lo presiento —respondió, confundida—. En fin, solo se llevaban varios meses. —No podía dejar de mirar las perlas; tomó una de las pantallas entre sus dedos, le volvió a sonreír a Irma—. Te quedan preciosas, deberías de ponértelas, yo te ayudo. —Devolvió el vaso a la mesita, se inclinó y le puso los pendientes a su vecina, una a la vez, lentamente, girando el tornillo. Tan pronto Teresa terminó, Irma no dijo nada, solo se inclinó para que su tía le diera su bebé de vuelta. Teresa seguía mirando a Irma, tratando de hacerla sentir incómoda. ¿Lo estaría logrando? Le sonrió el resto de la tarde, mientras que Irma, con los lóbulos de las orejas ahora rojos carnosos, le esquivaba la mirada.

Teresa regresó a la hacienda con la sangre que le ardía; mejor eludir cualquier conversación con su marido porque en ese momento podría matarlo.

A unos pasos de la hacienda, oyó voces traída por la brisa desde atrás de la casona. Podía oler algo exquisito del burén de Encarna. Aunque no tenía ganas de ver a nadie, se dio la vuelta para asomarse al fogón. Allí estaban varias mujeres morenas con Encarna, y muchos niños. —Buenas tardes, doña Teresa—, parecía un coro con voces alegres y afinadas. Le cambió el humor casi enseguida, tan pronto vio a las mujeres jóvenes junto a Encarna. Los niños, algunos vestidos mejor que otros, jugaban juntos mientras las niñas mayores rayaban coco.

—Sigue aquí moviendo la leche de coco, que no se queme —le señaló Encarna a una niña pequeña. Por fin le dijo a Teresa: —la familia vino de sorpresa para el cumpleaños del Míster.

Teresa sonrió fuertemente; ella perdiendo tiempo en casa de la vecina, cuando la alegría y la fiesta era en su propia casa. Unos minutos pasaron y se apareció Queta con Ani Conchi cargada y Susana corriendo descalza detrás de unos niños trigueños. Teresa no supo cómo reaccionar así que soltó una inmensa sonrisa y le dio un beso a su hija mayor.

Al final de la tarde llegó Amalia con un bizcocho de chocolate y almendras para obsequiar.

—Escuché que estaban haciendo el arroz con coco de Encarna. —El coro de niños saludó a Amalia efusivamente. La noche terminó con bailes, junto a los sonidos de los tambores familiares. Amalia, integrada, se puso a mover el cuerpo al ritmo, como todas las loiceñas. Teresa quedó hipnotizada por tanta belleza.

Benat estaba arriba en el balcón, observando la fiesta sin interrumpir ni saludar a nadie desde su altura. Teresa lo notó, pero se hizo la que no lo veía. Pudo notar en varias ocasiones como miraba a algunas de las mujeres moviéndose; la cólera que sintió duraría algunos días.

Después de que sirvieran la comida, Teresa tomó a sus dos hijas y le pidió a Queta que se quedara el resto de la noche con la visita y ayudara a Encarna, que ella no la necesitaba. Amalia cargó a Susana y las cuatro mujeres subieron las escaleras. No pararon los tambores por algunas horas más. Queta disfrutó del resto de la velada junto a la gran familia de Encarna y el homenajeado, el Míster Ryder, el amado padre, abuelo y gran maestro.

Le llamó la atención la ropa que llevaban todos, se veían muy guapos. Luz estaba muy bien vestida, con un lindo traje que le había traído su madre desde Nueva York.

—Vino y se quedará a vivir en San Juan —le comentó Luz a Queta, feliz.

—Sabes, las cosas en los Estados Unidos están bien difíciles debido a la Gran Depresión —explicó la mamá de Luz, abrazando a su hija—. Aquí por lo menos cosechamos nuestra propia comida y pescamos, allá la gente hace filas parados por un plato de sopa. Y, siendo negra, para mí las cosas estaban más difíciles aún. —Añadió que ya había encontrado trabajo en Santurce, en una oficina del gobierno, limpiando de noche. Y de día trabajaría cocinando en una cafetería—. El que sabe cocinar nunca se muere de hambre, —le dijo a Queta—. Así que mamá nos hizo a todos que aprendiéramos a cocinar. Fuera niño o niña, todos tenían que saber hacer tostones o una tortilla de amarillo. Con un plátano y un par de huevos, listo: hay comida.

Queta les sonrió a Luz y su madre, entendiendo perfectamente, ya que Encarna y su abuela la habían instruido casi igual. Le tenía un poco de envidia a Luz, ya que iría a estudiar a una universidad, su madre le había estado mandando dinero todos estos años, sus abuelos eran tan dulces y buenos con ella... Mirándola fijamente se volvía a dar cuenta de que de cara no era nada bonita, pero sonreía tanto enseñando sus dientes blancos, y los ojos le brillaban siempre. Ella ni sabía escribir bien su nombre. Quizás por no ser bonita Benat no se metía con ella, otra cosa que envidiarle a Luz, pensó. ¡Lo que daría por que el patrón desapareciera de la tierra! A ella le encantaría quedarse junto a Teresa, Amalia, las niñas y Encarna, cocinando por horas, pero no con Benat cerca. Volvió a pensar que tendría que escaparse de allí. —¿Cuáles son mis opciones? —Pensó que hablaría con una de las nueras de Encarna, si lograra estar a solas con ella.

Una tarde calurosa, Benat se sentó en el tronco de un árbol que habían cortado recientemente, mirando lo que quedaba de un pedazo de caña. Le hizo recordar un momento feliz de su niñez, llevado de la mano por su madre, caminando entre las cañas de azúcar. Sintió el beso de su madre en la mejilla por un instante, y luego le pareció sentir coraje. Sin entender en un primer momento, enseguida se recordó como su padre la había regañado por salir a caminar por el campo entre los peones. —Eres una dama, no una jornalera. ¿O acaso eres negra?

Se le llenaron los ojos de lágrimas; ¿por qué su padre era tan severo con la santa de su madre? Se acordó de haber escuchado como su madre había perdido cuatro embarazos antes del nacimiento de Amalia, y dos después. —¡Qué débil mujer con la que me casé! —lo oyó decir a su padre. —¿Había él heredado su maldad? "Dios perdóname".

Loíza Aldea 1931

Se preparaba un gran almuerzo para celebrar una ganancia muy esperada. El licenciado Gutiérrez, Amalia y uno de los compradores americanos irían a comer esa tarde.

—Pregunta su señora si el señor quiere comer en la terraza o en el comedor —dijo Queta, tímidamente, insegura ante la presencia de su patrón.

—No me importa, Queta —respondió Benat, sin prestarle mucha atención— pero hazme unos amarillitos, que oí que estaban haciendo un fricase de pollo y me aburre el pollo de Encarna. Me los sirves con amarillitos. —Los amarillos maduros, el estado perfecto para unos plátanos dulces.

—Sí, señor. ¿Le echo canela? —Queta susurró débilmente, los nervios se apoderaban de ella.

—Sí.

Don Benat se le acercó, le acarició la cara tensa y nerviosa. La muchacha mantuvo la vista fija en el piso de madera recién pulido, nunca subió la mirada para verle la cara al patrón.

—No te quise lastimar anoche, ¿sabes? Es que me fascinas. —Puso su mano sobre el pecho firme de la joven, se acercó a olerle el cuello aromático. Admiraba con locura a esa chica de apenas 15 años. Casi a diario trataba de acorralarla o tomarla como quien atrapa a un animal. Bajó la mano, pasándola por la cintura y luego la cadera, mientras sigue oliéndola. Le agarró la mano a Queta y se la bajó para que sintiera como estaba deseándola. Queta, tensa, no se atrevía a moverse. Sonó un golpe en la puerta, y ella saltó de su trance aterrorizado. Era doña Teresa, con sus ojos azules y una mirada de decepción absoluta.

—Benat, llegó el licenciado con Mr. Jackson. Queta, ven conmigo para que ayudes a Chiqui a poner la mesa de la terraza.

—Quiero que comamos en el comedor más formal para el gringo. —El tono de gruñón no le importó en lo absoluto a Teresa.

—No, Ben; hace más fresco en la terraza. —Los ojos azules, afilados como una espada pulida, dieron la orden.

—Hace más fresco en la terraza —repitió Queta la orden de su ama, aliviada. Salió disparada del dormitorio, como una de las tantas lagartijas que no llegó a pisotear el patrón—. Dios bendiga a la señora Teresa —suspiró en voz alta la sirvienta, volviendo a la cocina.

Enseguida se puso a freír unos plátanos con canela, azúcar y juguito de china, su toque. Su querida tía abuela los llamaba plátanos en tentación. Ya no le gustaba ese nombre: les diría amarillos en almíbar. Así mismo les diría por décadas, ya que la palabra tentación le daba asco.

Teresa se metió a su cuarto y cerró los ojos. No podía creer lo que había presenciado; pero ¿cómo es que no se había dado cuenta? Qué estúpida se sentía. Tenía que volver al comedor, presentarse como la señora de la hacienda, servir la comida a la visita y, más aún, buscar fuerza para que sus hijas vieran a su madre en control.

Después de unos minutos descansando sus nervios, se miró al espejo, agarró su cepillo y se peinó, respirando hondo repetidamente. Con los labios pintados y más rubor en las mejillas sintió fuerza, y por fin salió de su cuarto. Se presentó en el comedor con una bandeja de frituras para que el americano probara, pura sonrisa y hablando inglés fluido. Su marido no entendía mucho, ya que lo hablaba medio mal. Susana seguía a su madre por detrás con su muñeca nueva, que le había traído el Míster Jackson.

—*Thank you for my doll* —le dijo numerosas veces la niña al invitado, luciendo sus pocas frases en inglés. El americano le daba mucha atención a Susana y a su joven madre, aplaudía cada gracia de la niña repitiéndole varias veces a Benat lo afortunado que era.

—*Lucky man you are, Ben.*

—Vengan, hemos decidido comer en la terraza, donde hace más fresco —dijo Teresa, y agarró a su invitado de honor por el brazo con un tono coqueto—. *This way, please.*

Teresa miró a su marido, a ver si entendía su decepción en él. La miró, pero solo mordió el bacalaíto frito y siguió caminando detrás. El licenciado Gutiérrez se dio cuenta de que había fricción entre los esposos.

Susana seguía luciéndose, hablando sus frases en inglés. Teresa congratuló a su hija, —*very good*, Susana. —Volvió a fijarse en Benat a ver si reaccionaba igual o se alegraba de que su hija fuera tan graciosa. Nada. El abogado bromeó que la próxima vez que necesitara una traducción llamaría a Susana. Ni una sonrisa le robó su hija a Benat, ni gracia le dio. —¿Quién es este hombre con el que me he casado? —se preguntaría Teresa una y otra vez esa noche.

El americano estaba muy interesado en el ingenio, su producción azucarera, además de otros productos agrícolas en Puerto Rico; quería comprar e invertir. Mr. Jackson tenía planes a largo plazo para Puerto Rico, sabiendo que era buen momento para invertir y hacer negocios, con tantas fincas tratando de recuperarse y salir adelante. Ya había ido a varios cafetales en las montañas.

En un momento dado preguntó si Loíza fue nombrado por una mujer llamada Luisa.

—No —contestó Benat. Su abogado se le quedó mirando, a punto de explicar que hay dos versiones del origen del nombre, cuando

Benat, en su inglés enredado, explicó: —su nombre viene del fundador, un gran español llamado Iñigo López de Cervantes y Loayza; él era dueño de todas estas tierras y gobernó sobre ellas durante décadas en los años coloniales. Hace muchos años empezaron a venderse partes de estas tierras. —Soltó todo el aire del puro, llenando la terraza de una nube que ni los mosquitos se asomaban. Teresa no los interrumpió, pero notó que el licenciado se quedó con la palabra en la boca, igual que ella. Ella se había enterado de otra versión del origen del nombre de Loíza, más bonita. Le preguntaría a Encarna y a Amalia, ya que se había quedado curiosa.

Al final de la noche, cuando los hombres se quedaron hablando de más negocios, Teresa no pudo dejar de estudiarlos. Se dio cuenta de que el americano la había estado mirando; dulcemente, se sonrieron uno al otro. Al sentirse un poco nerviosa, discretamente se paró y se fue a un rincón del pasillo de la sala de estar. Continuó observando a los tres hombres mientras bebían una y otra copa de ron y el humo de los puros hacía nubes en la noche calurosa. Benat parecía estar incómodo, el Sr. Jackson se veía más seguro de sí mismo. ¿El abogado? Se le salió una risita, parecía repetir todo lo que decían los otros dos como si fuera un intérprete.

Viendo a Benat de reojo sintió rencor, una especie de repugnancia hacia él. Teresa se quedó parada contra la pared del pasillo escondida. Recordó lo que se decía de su abuela, María Teresa, y se asustó de sus pensamientos.

A la mañana siguiente, después de darle los buenos días a todos en la casa, se sentó junto a su esposo.

—Bonita noche, ¿verdad?

—Sí, muy bien; el americano tiene buenas ideas.

—Benat, anoche no quise contradecirte delante de Mr. Jackson, pero he escuchado por varias personas que el verdadero nombre de Loíza Aldea tiene origen en la cacique taina.

—Esas son leyendas de la gente del pueblo, —respondió Benat, despectivo—. Además, ¿cómo crees que al americano le interesaría invertir en un pueblo con una historia de una india?

—¿Qué dijiste? Benat, ¿por qué hablas así? Eres tan déspota a veces... —La firmeza de sus palabras asombró al marido.

—¡Te exijo que me tengas respeto!, ¿oíste?

Teresa se levantó, salió del comedor y fue al cuarto de las niñas. Ahí estaría hasta escuchar a su marido salir. Si pudiera extirpar ese coraje, esa maldad del alma de Benat... Obvio que él no la quería, así no se trata a un ser amado. Y él ya había matado la ilusión y el amor que ella le tuvo una vez.

A los días, sintiéndose aún nerviosa por sus pensamientos, fue a hablar con el cura del pueblo. No esperó a que todos terminaran de desayunar. Ella, que no solía ni ir a misa a menos que fuera para algún ritual cristiano, se le presentó al párroco.

—¿Qué hago? —por fin le suplicó después de desahogarse.

—Hija, son tiempos difíciles para muchos; las cosas económicas en Puerto Rico están muy complicadas, quizás deberías de tratar de darle más atención a tu marido y menos a las niñas, o por lo menos cuando él esté presente. Que se sienta importante ante tus ojos.

Internalizando las palabras del cura con mucho cuidado, ella añoraba ser feliz, haría lo que fuera, le dijo al cura.

—Es el deber de la mujer, hija: ayudar y complacer a su marido.

Claro, el párroco tenía razón, analizó Teresa. Él le confió que había escuchado a muchas mujeres como ella, en su misma situación; él sabía exactamente lo que tenía que hacer, ¿o no? Salió de allí pensando que pondría más de su parte para ser una mejor esposa. Si tuviera a sus abuelas para hablar de estas cosas, o algunas amigas cercanas...

Caminó lentamente de regreso a la hacienda, respirando hondo y observando el sol brillante en el cielo azul. Contrastaba con todas las plantas de la plaza. Siguió su paseo por el camino de tierra, admirando la vegetación verde, el flamboyán florecido, y el rico olor a algo salado. Empezó a sentir una calma natural. No cabía duda de que no estaba muy convencida de su relación matrimonial, pero sí que estaba segurísima de su armonía con la naturaleza. ¡Qué bello día!

Su marido llegó tarde dos noches corridas, y tres días que no fue a almorzar a la casa, a pesar de que Encarna había hecho sus platos favoritos, como le había pedido doña Teresa. Pero esos días no se desperdició la comida: Amalia se la llevó a las parcelas y compartió con algunos viejos empleados el festín. Teresa estaba inconsolable.

Yeiza

Una noche de fresco, subía Benat desde la caballeriza cuando se topó con Queta, que ya había terminado su jornada larga en la casa. Ella pegó un pequeño grito de susto, y sin decir una palabra se echó a correr. A don Benat le encantaba ir de caza, a cazar lo que fuera, así que empezó a ir detrás de la niña. La agarró, la apretó hacia él. Ella, con pavor, se removía suplicándole que la dejara en paz. Empujándola hacia abajo, la hizo arrodillarse, se bajó el cierre.

—No te voy a hacer daño, sólo ponte esto en la boca, mámalo.

Con ambas manos le sostuvo la cabeza, moviéndola para que lo chupara exactamente como deseaba. Ella, con lágrimas en los ojos, se puso a trabajar. Una vez satisfecho, Benat se cerró el pantalón y se fue.

—Eres mi niña buena —le dijo como despedida.

Queta se puso a escupir del asco, de pronto vomitó y luego lloró, zumbada sobre la tierra sin saber cuánto tiempo, hasta que vio unas chancletas con unos pies viejos justo a su lado. Miró hacia arriba y vio a Yeiza. La vieja se agachó y la hizo levantarse, llevándosela a su bohío para que se quedara la noche.

A la madrugada, Yeiza le tocó la puerta a Encarna. Le dijo que Queta tendría que marcharse, el señor había estado abusando de la niña repetidamente. Encarna, acordándose de su propia juventud y a lo que ella misma había sido sometida, no supo qué contestarle; lo dio por normal, lo que les tocaba a las pobres vivir. Ella bien sabía que eso llevaba generaciones ocurriendo. Recordó que su propia madre le dijo —por lo menos no te pega. —Encarna trataría de vigilar a Queta mejor, porque no quería perderla. Gracias a Dios que su nieta no era una mujer hermosa, y que era tan locuaz y más inteligente que muchos hombres. Pero Yeiza no pararía ahí: fue a hablar con Amalia esa misma noche, bien tarde. No dejaría que se repitiera la historia que ella también había sufrido, aunque en su caso había sido peor aún.

Loíza 1932

Benat sin duda que seguía en las suyas. Llegaba a las tempranas horas de la mañana. Teresa había pensado que lo podría ignorar. Hasta hacía poco pensó que podría incluso recuperar y reconquistar a su marido haciéndose la atenta e interesada en él. Lo recibía arreglada, pintada y se encargaba de personalmente servirle el almuerzo cuando llegaba cansado. Se acostaba con él para la siesta. Nada sirvió: un par de veces se dio placer con ella, pero jamás un —te quiero—. Teresa sabía que era su deber y que sus niñas necesitaban a un padre como lo tuvo ella. No obstante, en varias ocasiones que había intentado que su esposo se interesara en ella, o más allá de alguna monada que le habían hecho las nenas, él simplemente ni la determinaba. De noche se metía en su propia alcoba, pidiendo que lo dejara dormir solo, que así dormía mejor. Teresa se quedaba pensativa por horas, —Él decide y opina por mí, por mis hijas, pero nunca demuestra curiosidad a ver qué necesito, qué quiero, ni un ¿cómo estamos?

Una noche tormentosa, Teresa permaneció triste hasta que oyó un trueno. Pero ¿qué se habrá creído este malcriado? ¿Qué le había hecho ella a él sino darle todo? Ya estaba a punto de rendirse y dejar de luchar, cuando empezó a darse cuenta de algunas irregularidades en la hacienda que venían sucediendo a través de las semanas: ruidos, gemidos tarde en la noche. Se acercó a la puerta de la alcoba de su marido: parecía llorar, era su voz. Qué extraño, pensó. Le tocó la puerta, la abrió y vio a su marido sentado borracho, no parecía ni reconocerla. Se asustó, vio unas lagartijas aplastadas en la pared, junto a la ventana. Se retiró a su alcoba y trancó su puerta. ¿Y si tiene una enfermedad mental? Espero que no sea hereditario.

Benat se quedó sentado en esa misma posición hasta salir el sol. —¡Maldición la mía! —exclamó, y tiró todas las botellas contra la pared.

Varios días pasaron, cuando una mañana vio salir a Queta del cuarto de su marido con los ojos llorosos, la ropa estrujada y la trenza muy despeinada. Ya lo confirmó, su marido se estaba metiendo con la pobre niña. ¡Si no será un sinvergüenza! Doña Teresa decidió que lo confrontaría, pero no en ese momento. No podía ni hablar de la impresión, lo haría más tarde. Tendría que pensar en las frases correctas para reclamarle y explicarle lo horroroso que era ese comportamiento, tendría que estar segura de que sus niñas estuviesen lejos de la casa. ¡Si sólo hubiera podido mudarse ya de vuelta a San Juan con sus niñas! Si él no la amaba, que la dejase ir. Con él o sin él, pero se quería mudar. Cómo extrañaba su vieja vida en su propia casa. Añoraba juntarse con sus primos y sus amigas del alma.

A la hora de la comida, llegó Amalia trayendo consigo un bizcocho de guayaba para todos. Le contó algunas nuevas, esto distrajo a Teresa un rato. Benat se había desaparecido.

—¿Y Beni? Llámalo, que le puse hasta coco rallado como a él le gusta.

Más tarde, cuando las niñas se fueron a acostar, Teresa le contó a su cuñada su gran tristeza y lo que sospechaba acerca de la Queta. Amalia ya sabía sobre las pocas vergüenzas de su hermano, y de cómo Yeiza quería que le encontrara otro trabajo fuera de la casa a Queta. Pero simuló asombro frente a su cuñada.

Amalia y Teresa hablaron mucho de las necesidades de los hombres, que igual siempre vuelven a su casa y envejecen con sus esposas. Amalia intentaba justificarlo en que quizás era el gran poder que exigía su hermano en el pueblo; se sentía que era su derecho, que no le podían negar lo que se le antojara. La culpa la tenían sus padres, claro. Lo criaron muy mal. Teresa no quedó convencida con esa justificación machista, y mucho menos quería envejecer con ese hombre.

Ya se hacía tarde, y Teresa le exigió que se quedara la noche, que esas no eran horas de regresarse sola en la oscuridad del campo; ni luna había. Por la noche, Teresa se quedó pensando por horas en el sillón del balcón, extrañaba su vida en San Juan.

Notó que la noche estaba fresca. Se escuchaban los coquíes, las cigarras y se imaginó que lo que escuchaba sin duda era un búho, o mejor dicho, un múcaro, que se unió a la orquesta nocturna. Siguió meciéndose, perdió la cuenta del tiempo. De repente, empezaron los sonidos de unos tambores lejanos, una noche típica en Loíza; bellos esos ritmos, pensó ella. Se estaba quedando dormida, y pensó que ni besos de buenas noches les había dado a sus niñas. Suerte que Queta era tan dulce con sus hijas, y ellas también la querían. Se puso a recordar a su propia nana, cuando se asustó al oír un ruido de pasos bajo el balcón.

—¿Quién anda ahí?

—Doña Teresa, disculpe, es Yeiza —oyó la voz de la anciana entre la oscuridad— y estamos aquí sólo pasando por el camino, ya que con todos los cañaverales que cortaron nos bloquearon el paso. Buenas noches, señora, y disculpe.

—Yeiza, ¿había fiesta esta noche? Escuché los tambores. Linda música la de ustedes —le sonrió a la vieja, con ojos melancólicos.

—Doña, ese es el latido del corazón de Loíza, el tambor de su pecho. Fiesta, no sé si llamarlo así... más bien es nuestro canto, con el que siempre terminan nuestras reuniones.

—Muy lindo, Yeiza —contestó Teresa, en voz baja pero amable.

—Hoy le cantábamos a San Patricio, nuestro santo patrón. —Yeiza notó que lo que parecía necesitar la señora joven era una actividad: necesita amigas o con quien hablar, además de su servidumbre y el maldito marido. Se aproximó más cerca a la luz del balcón para que ella la viera mejor—. ¿Usted querría enseñar a leer y escribir en el pueblo?

—Pues, nunca se me había ocurrido. ¿Con quién tengo que hablar?

—Yo le mando el recado.

La vieja Yeiza se agachó para recoger algo que se le había caído. ¿Sería una rama? Teresa trató de fijarse. "Qué raro, ¿por qué reaccionó así? La cara que me puso, como si me quisiera advertir de algo. Qué extraña esa mujer...", pensó.

—Buenas noches, señora.

—A ti, Yeiza, y vaya con cuidado. —Se fijó en que nadie venía con ella. ¿Por qué habrá dicho *estamos*, entonces? Qué vieja extraña —pensó.

Por fin, Teresa decidió que se iba a dormir. Se levantó y dio un salto al ver a Queta parada en el umbral. Primero solo le dio las buenas noches y las gracias por sus cuidados con las niñas, pero después se giró y le preguntó:

—Queta, acabo de ver a Yeiza que tenía unas plantas, o como unas hojas largas, que usaba como abanico —haciendo las señas con las manos para copiar a la vieja—. ¿Qué crees que era eso?

—Yeiza se conoce todas las plantas, Doña, las buenas y las malas. Sabe leerlas también. Lo más seguro que esas que usted dice, las hizo en un ramo para espantar a los mosquitos y hasta a otros animales. Le apuesto que eran de albahaca y menta, de las que ella tiene ahí.

—Ah, pero también tenía una hoja grande, bien grande. Creo que se le cayó de la mano y vi cuando fue a recogerla que le cambió la cara, como si hubiera visto algo.

—La hoja del yagrumo, señora —Queta se le quedó mirando pensativa, y permaneció un rato en silencio—. Si se le cayó, pues algo habrá pensado o visto en ella.

—¿Cómo qué? —preguntó Teresa, frunciendo el ceño.

—Pues es probable que haya visto que viene mal tiempo —dijo en voz baja la sirvienta.

Más tarde, en esa misma noche sin luna, en el silencio de la noche, Amalia oyó unos llantos. Con cautela salió de su dormitorio y vio a Queta caminando por el pasillo, agarrándose de las paredes. La alcanzó de puntillas y la agarró.

—¡No, por favor, no más! —saltó Queta al ver a la hermana de su abusador.

—Queta, Quetita, ¿qué te ha hecho? No, no me digas, ven, déjame ayudarte.

Teresa había estado escondida detrás de su puerta, oyendo el intercambio entre la sirvienta y su cuñada. Fue a acostarse angustiada, pero rehusaba llorar. Algo tendría que ocurrírsele, ¿por qué aguantar vivir así? Quería volver a San Juan.

Furia

Amalia se enteró de todas las veces que su hermano había violado a Queta. Le exigió a la joven sirvienta que le hablara con confianza. La pobre lloraba en brazos de Encarna, que trataba de consolarla. Amalia no paró de hacerle preguntas. ¡Su hermano, al igual que su padre... desastre de hombres!

Queta se fue calmando y empezó a relatar en tono bajo, con mucha vergüenza y timidez, sus peores noches. Les contó cómo la aplastó, la abofeteó, le tapó con tanta fuerza la boca que no podía respirar. Pensó que se iba a asfixiar. Amalia pudo ver, efectivamente, la marca de la mano de su hermano. ¡Pobre Quetita! La abrazó, le pidió perdón por todo lo que había sufrido.

Llevaron a Queta hasta la casita de Encarna; su marido dormía, o eso pensaron. Entre las dos ayudaron a la niña, la bañaron delicadamente con toallitas viejas llenas de agujeros. El olor del agua con eucalipto las ayudó a tranquilizarse.

Amalia, mientras le hacía una trenza con el cabello mojado a Queta, pensaba qué podría hacer como arreglar esta situación. Encarna preparaba un agua relajante de anís para las tres.

Amalia estaba completamente decepcionada de Benat, furiosa por su comportamiento abusivo. Que fuera a una casa de putas era una cosa, pero violar a una niña de su servicio era detestable. ¡Cómo lo quería matar, cómo lo odiaba!

Antes de la madrugada, cuando por fin Queta se había dormido, decidió ir por Benat, que ya había salido al ingenio. Desayunó sola y salió de la casona montando su caballo en busca del monstruo de su hermano. Armada de coraje, lo encontró; lo empujó delante de los trabajadores sin importarle, le reprochó sin guardarse una sílaba, dejándole saber lo horrible y monstruoso que era su comportamiento. Lo insultó a gritos, agarró su caballo y se fue.

—¡Te odio, muérete! —gritó, a todo galope.

La oyeron varios jornaleros; algunos de ellos tenían padres y abuelos que habían también trabajado esas mismas tierras. Conocían bien la historia de la familia Sánchez Gorriti. Más aún, sabían quiénes de entre ellos también llevaban dentro la sangre de los Sánchez.

Esa misma noche, llegarían a sus humildes hogares después de la larga jornada. Allí les esperaría una mujer, descalza pero alegre de ver a su marido. Cargarían al bebé más pequeño en los brazos, mientras ella les serviría una rica cena de viandas del país, con un pescado frito. Esta era la escena de varias de las parcelas, y en todas surgiría la misma conversación: —Hubieras visto como la señorita Amalia empujó y gritó al jefe, estaba hecha una fiera.

Amalia se fue al pueblo, quería amueblarle mejor la casa a su fiel sirvienta y al antiguo maestro del pueblo, que lástima le dio al ver cómo vivían, tan humildes, unas personas que hacían tanto por ellos. Encarna había estado al servicio de su casa por más de treinta años, y Míster Carlos había sido el gran maestro de tantas generaciones en Loíza.

Compró toallas, un radio y un sofá, y encargó que se los entregaran a Encarna y Carlos, en la tercera casita de la hacienda.

—Y se lo ponen a cuenta de mi hermano, Don Benat Sánchez Gorriti, en la Hacienda Donostia.

Esa misma tarde visitó todas las casas de los peones. Benat se enteró y estaba que le hervía la sangre. Fue a emborracharse en su putero favorito, y no volvió por dos días.

Míster Carlos se puso contento al encender su radio y poder escuchar el juego de pelota.

Benat al volver ignoró a los empleados que presenciaron la escena poco fraternal. Recordó la vez que le prohibió a su hermana acercarse a sus tierras, por temor a que ella les echara el mal de ojo. Una vez llegó a pensar que había sido ella quien encendió parte del cañaveral. Más tarde se supo que había sido uno de los peones a quien él había despedido. La razón del despido fue lo que dio de hablar, ya que el pobre hombre sólo había estado defendiendo a su mujer, porque el patrón la había estado acorralando.

Temía que su hermana estuviera haciendo de las suyas, pero a la misma vez tenía más miedo enfrentársele a su esposa. Ya temía que ella se largase con sus hijas. ¿Sería capaz Teresa de irse?

La venganza es un plato que se sirve frío

Queta pidió la mañana libre, con la excusa de que quería visitar a su querida tía enferma. En realidad, era ella la que no aguantaba con su alma.

Después de un fuerte café que la calmaba, la muchacha fue a hablar con Yeiza. Quería abortar. Era lo que Encarna le había sugerido que hiciera. Ya no podía más, no paraba de vomitar y temía que no podría brindarle al bebé una buena vida. Ella ni sabía leer, no podría conseguir otro trabajo, y menos podría casarse algún día, si es que tuviera ese bebé.

—Primero dale esto al padre del bebé para que te deje en paz —le dijo la curandera, dándole un saquito. Queta se sintió frustrada al oír lo que Yeiza le estaba sugiriendo, no había venido por eso.

—¿Y qué es? —preguntó Queta con respeto.

—No es culpa del bebé, es un ser inocente. —Yeiza intentaba mostrarse gentil y atenta hacia la pesadilla que vivía la jovencita—. Es culpa de el patrón, él es el problema. Mira Quetita, claro, es tu decisión y solo la tuya, al final de cuenta, pero ese niño es un ser que tú puedes traer al mundo. Esa es la magia que tenemos las mujeres de dar vida. Ese bebé será bueno porque tú eres buena, viene de ti —le dijo, mirando a un altar a su lado—. Cierto, es tu cuerpo, te toca a ti decidir.

Viendo que la niña parecía confundida, le explicó que quizás mejor sería lidiar con el verdadero problema en mano.

—Dale esto a don Benat, sé que fue él quien te lo hizo, —repitió— le das esto por la noche en su agua de tamarindo, o hasta se lo echas en el plato del guiso. Se lo mezclas bien, solo a la hora de la cena que tú misma le vayas a servir, tiene que ser de noche.

Sonriéndole a Queta, Yeiza estaba cargada de una venganza que ella solo conocía. Complacida, extendiendo la mano con el saquito, le explicó: —le darán unas churras de tres días, y hasta impotencia.

Queta tomó el saquito y lo olió. No olía a nada fuerte, pero a algo que ella conocía sí. Será que tiene hoja de laurel machucada, no algo similar al romero, pensó.

—¿Qué contiene?

—Es todo natural de la raíz de la yuca y otras hierbas —la santera le contestó—. En los peores casos puede causar parálisis.

—¡¿Parálisis?! —gritó la joven.

—Mira, tú no te preocupes, es para que no te vuelva a molestar. Y Queta, mi niña, —agregó, ya muy seria y con respeto mirándola a los ojos— si al cabo de las dos semanas decides que no quieres aún al bebé, yo te ayudo. Pero piénsalo.

Queta se guardó el saquito en el bolsillo y salió sendero arriba hacia la casona.

Al entrar a la cocina, Queta esquivó la mirada de Encarna. Se puso el delantal y empezó a pelar las papas. Los mondadores trabajaban duro, las cáscaras de papas iban cayendo con ligereza, algunas sobre el piso.

—Gracias por siempre ayudarme, Encarna —dijo, con la mirada fija en la papa en sus manos.

Esa misma tarde, Teresa se fue caminando por el sendero detrás de la Hacienda Donostia hasta llegar a las casuchas de los peones y otros trabajadores. Algunos habían vivido en esas parcelas por varias generaciones. Allí encontró a la vieja Yeiza. Había quienes la llamaban la cacique de Loíza, simplemente porque era la más sabia de todos.

El nombre de Yeiza era en honor a la primera mujer cacique de la zona, quien gobernó las tierras hasta la orilla del Gran Río de Loíza. Su madre juró que Yeiza sería una mujer fuerte y sabia, al igual que la mujer cacique Yuiza, y que sería conocedora de estas tierras y guiaría a sus seres vivientes.

Al fin se acercó Teresa, aun sin entender cómo se había atrevido a hacer esa caminata. No estaba segura de a quién podría confiar una idea que se le había ocurrido. Amalia venía por el sendero de la caballeriza, cuando contempló el encuentro y una conversación que no oía. "Qué raro," pensó, jamás había visto a Teresa por ese lado de la hacienda.

Lo que pudo ver fue a Teresa acercarse a la vieja, sacar de su manga larga un rollo de lo que a Amalia le pareció que eran pesos. Yeiza permaneció calmada, aunque por dentro temía saber la razón por la cual la patrona estaba allí. Teresa abrazó a la vieja sabia, ella la agarró por el brazo y la hizo entrar en su casita.

Una vez adentro, Teresa miró a su alrededor. Admiró la gran colección de artefactos que tenía Yeiza en varios altares.

—Esto es como un vejigante, ¿verdad?

—Sí, es la careta; aquí usamos la cáscara interior del coco para hacerlos —contestó la vieja, poniéndose a trabajar en un menjunje de hierbas y aceites.

—¿Y es verdad que matan vacas para hacer el disfraz?

—No, además yo nunca he usado nada de animal. —Yeiza se refería a que no hacía la vejiga como se suele hacer en todos los países afro-caribeños, donde se hacen con la vejiga de una vaca. Tradicionalmente, el proceso consistía en secar la vejiga al sol y después inflarla. Luego algunos le echaban arroz, otros frijoles, y se agitaban para así hacer ruido. A Teresa la lección de la loiceña le pareció muy rara, además del hecho de que eso fuera parte de una celebración.

—Jamás he comido animal tampoco, —continuó la santera —yo vivo de la tierra, que nos da suficiente para vivir, ¿sabe?

Cuadro de Vejigante por Marta López Somolinos

—¿O sea, que para Navidades ni lechón comes? —Doña Teresa se le quedó mirando con curiosidad. No podía quitar la vista del gran pilón de la vieja. Veía como la mujer aplastaba con fuerza con la palma de la mano, seguido por un movimiento laborioso de los nudillos, con la mirada enfocada en lo que hacía, la maceta del pilón sobre la mesita. ¿Por qué no lo usará?, pensó Teresa, imaginándose que se lavaría las manos enseguida de preparar ese menjunje. ¿O sería venenoso solo ingerido?

Imposible imaginar cuánto habrá vivido esta mujer tan intensa. Como un acto religioso, la vieja le habló a la mezcla, poniéndole las manos encima como en oración, bendiciéndola: "*Koukou*". Al sacar la misteriosa composición, que parecía ahora una pomada, lo hizo con una cuchara de madera muy usada. Con las yemas de los dedos, cuidadosamente le echó encima algo brillante, lo que parecían unos cristales triturados. Metió todo en una bolsita hecha de hoja de plátano verde, la dobló varias veces y con un hilo la amarró. Se lo puso en las manos a su clienta, con instrucciones detalladas:

—Doña Teresa, seque esto algunos días, y por unos cinco días vaya echándole poquito a poco al plato de su marido. Pero eso sí, la comida tiene que ser muy aromática para enmascarar este olor.

Teresa, con las manos temblorosas, cerró los ojos sin darse cuenta, y a la misma vez asintió la cabeza.

—Gracias, Yeiza, de todo corazón.

—No podrá mudarse a San Juan enseguida, espere un año o dos, de lo contrario vendrán malos tiempos. —La miró seriamente—. Y cuida de Queta, está muy asustada. Está esperando un hijo de Don Benat.

Sorprendida, o quizás ya se lo imaginaba, Teresa salió casi corriendo hacia la casona. Yeiza desde su puerta, disimulando que observaba a Teresa de regreso por el sendero, se dijo a sí misma: "¡Te mato con mis propias manos, Benat, maldito seas!"

En su cuarto, Teresa se centró en su plan. Tendría que fingir preocupación por la ausencia de su marido todos esos días, si es que volvía: estaba empezando a dudar que volvería a presentarse. Finalmente, llegó al tercer día, afeitado y con ropa limpia. Eso hizo que Teresa sintiera rabia, pero enseguida tomó auto control de si misma. Se le acercó al esposo con precaución.

—Benat, me has tenido muy preocupada, —le dijo en tono bajo— ¿por qué me haces esto?

Pensó que lo había hecho bien: la esposa preocupada y mostrando que aún lo quiere y lo perdona. Le llevó el plato de comida ella misma. Mandó a Queta que no dejara a sus hijas salir del cuarto, que ella quería tener la noche tranquila con su esposo sin distracción.

Queta estaba nerviosa, temía que la volviese a violar. Pensaba como iba lograr darle el agua de tamarindo cada noche para que Benat quedara paralítico. Si lo conseguía, entonces sí se podría quedar con la buena señora Teresa. "¿Aborto o me quedo con el bebé?", se preguntaba la sirvienta, mortificada, cada segundo.

Casi enseguida de comer, Benat empezó a quejarse de calambres estomacales.

—¿Andas con algún malestar? —Teresa le dijo—, tan pronto te vi llegar me di cuenta de que tenías cara de enfermo. —Cariñosamente, puso su mano sobre la de él, que estaba a punto de beber más vino—. Mejor no bebas más —le dijo, fingiendo preocupación. Benat estaba bastante callado. Oyeron salir a Queta del cuarto de las niñas. Teresa se puso nerviosa. La sirvienta intentó regresar a la cocina sin ser vista.

—Queta, tráeme mi agüita de tamarindo de la que hace Encarna, que me duelen las tripas. —gritó Benat hacia la puerta.

—Sí, señor —respondió en voz bien alta Queta, con el corazón latiéndole fuerte, mientras recordaba las instrucciones de Yeiza.

A los pocos minutos, con las manos nerviosas por miedo a que se le derramara algo, caminó lentamente hacia el comedor, donde vio al patrón sudado. Le puso el agua del otro lado, lejos de Teresa, para que no fuera ella a tener deseo de beber. Afortunadamente, Benat tomó el vaso y se lo bajó enseguida.

Los tres días que siguieron fueron los más horribles en la Hacienda Donostia. El olor a heces y vómitos plagaron la casona, ni las lagartijas se asomaban.

Yeiza lo sabía, porque todas las lagartijas y coquíes estaban por su bohío. Su venganza por fin se haría realidad. Se cobraría la muerte de su hija, el sol de su vida, su niña preciosa... Con apenas 15 años, la niña se mató porque nadie podía hacer nada por ella, era su destino servirle al joven patrón. "Con tu dedicación y servicio al joven, tus cinco hermanos y papá tendrán trabajo, comida, y casa sin renta". La pobre nunca tuvo opción.

Una semana más tarde falleció Benat Sánchez Gorriti.

Hacía un sol precioso.

Yeiza sonrió al cielo cuando le llegó la noticia oficial, aunque ella ya sabía. "Ya puedes descansar en paz, mi niña Tejumola", a quien había nombrado en honor a su madre, y que significa "quien busca mejores días".

Poco veneno no mata

Los doctores Molino, padre e hijo, llegaron a la Hacienda Donostia alrededor del mediodía, tan pronto recibieron el mensaje de la muerte prematura de Benat. Al confirmar la muerte, el doctor padre se quedó hablándole a Teresa, que estaba muy pálida y callada. Él dedujo que tendría que ser un estado de shock, porque no veía más motivo. Pensó que debería pasarse a visitarla todos los días. Parecía estar en un trance, nunca había visto algo igual.

—Llevaba muy mala vida —le dijo Encarna al doctor joven cuando salió de la alcoba del patrón—, bebía, fumaba y siempre estaba de mal humor, *doctol*.

—Eso he oído —confirmó el doctor padre.

—Creo que de tanta amargura y trasnochadas su cuerpo lo traicionó, ¿sabe? —continúo Encarna. El Dr. Molino miró a su padre. Tuvo un presentimiento extraño, pero no dijo nada en voz alta. Total, pensó, don Benat estaba ya muerto y había una viuda con dos niñas pequeñas por quienes preocuparse. Hablaría con su padre más tarde de sus suposiciones.

—No entiendo... o mejor dicho, nunca había olido tanto incienso —el joven doctor se sinceró con su padre, confundido, durante el camino de regreso—. Creo que lo bañaron también, ¿te diste cuenta del olor a colonia que tenía?

El padre miró a su hijo, dejó salir una risa.

—Sé lo que estás pensando, y estoy de acuerdo. No cabe duda de que envenenaron a Benat. —El hijo miró a su padre con el ceño fruncido e incrédulo ante su reacción—. Ni una palabra a nadie, y menos a tu madre, ¿me entiendes?

—Claro, papá. ¿Secreto de profesión?

—Juramento hipocrático.

—Sí, papá. —El joven médico estaba aturdido... ¿Cómo es que su padre no daría constancia a la policía?

Efectivamente, Teresa y Encarna estuvieron junto a Benat mientras se quejaba de los dolores de barriga, engañándole con que el médico estaba fuera de Loíza y que vendría a verlo su hijo, el joven Dr. Molino. Mientras tanto, le seguían sirviendo aguas frescas medicinales y lo que él pensaba eran aspirinas, limpiándolo entre vómitos y cagadas.

—Fuiste mi niño consentido, —le susurraba Encarna al enfermo, mientras con mucho cariño le frotaba la cabeza sudada, pero bajo su aliento le preguntaba— ¿por qué te convertiste en tan malo? ¡Qué decepción!. —Benat abría y cerraba los ojos como desorientado, no sabía si estaba dormido o despierto, ni por qué esas palabras le daban miedo.

Al rato se cambiaban el turno y entraba Teresa.

—¿Dónde está el médico? —gritaba Benat, agarrándole la mano.

—Benat, tienes que tratar de quedarte quieto y de no gritar —le decía Teresa con mucha autoridad y fingiendo ternura, con una leve sonrisa en los labios—, te oyen las nenas.

—¡Es que me muero, Teresa!

—Que no, no te vas a morir, Benat. Es por estar comiendo tanta porquería en la calle que te pasa esto, te apuesto a que ha sido por unos camarones mal cocidos.

—Un pitorro de unos compays —dijo Benat casi sin aliento. Teresa se paró.

—Pues ahí tienes el castigo, ahora sufres las consecuencias. Pero no te preocupes, yo te cuidaré, es mi deber ¿sabes? —Por dentro casi disfrutaba al escuchar sus palabras diabólicas, la motivaba la venganza. Veía una nueva vida sin él, ¿y por qué no? Benat no era una buena persona y punto, ya le había dado tantas oportunidades. Lo peor era que se estaba divirtiendo.

Teresa no se movió de su lado, esto que estaba haciendo era una locura muy bien planificada. Escogió los días perfectos para empezar a darle el remedio mortal, tan pronto supo que Amalia tenía un viaje a San Juan de varios días. Así, ella no interrumpiría. Confiaba que todo saldría a la perfección. Le dio baños a su marido después de cada vómito. ¡Qué exagerado!, pensaba Teresa, ni siquiera trata de arrimarse al cubo, el manganzón... ni siquiera por consideración a mí. El último día lo lavó varias veces.

El olor de esa alcoba se sentía por los pasillos. Las niñas preguntaban ¿qué le está pasando a papá? Ella le rogaba a Queta que las tuviera alejadas de todo eso. Que les dijera que no quería que se les pegara la enfermedad del padre. El putrefacto se olía por casi toda la casa. Encarna se puso a trapear los pisos, le pidió a Queta que cambiara las sábanas, quitó el mosquitero y lo lavó también.

"¡Aaaaaah!", los gritos de Benat no cesaban, moviéndose de un lado al otro en la cama, agarrándose la panza.

—Mi abuela nunca comía mariscos por ese mismo temor —Teresa le seguía hablando, como si nada— se molestaba con papá por hacerlo. —Lo miraba con una sonrisa afilada—. Yo no soy amante de los langostinos, ¿sabes? A menos que sea yo misma que los haga, o Encarna, claro está, que sabe muy bien de esas cosas.

El enfermo se giraba a verla de reojo, pensando que ojalá tuviera razón. Teresa seguía muy cautelosa las instrucciones de Yeiza: que nadie tuviese oportunidad de oler a Benat, y mucho menos sus vómitos; de otra manera lo sabrían. Ella tenía que mantener el control completo de la casa, que nadie sospechara.

Mientras tanto, Queta, nerviosa, ya se había comido las uñas. Se asomaba con frecuencia para ofrecerle ayuda a la señora. Teresa notaba lo nerviosa que parecía. La agarró por el brazo y la jaló a una esquina que no la viera Benat.

—Todo está bien, ya se le pasará, tranquila —le dijo en tono autoritario con sus ojos azules penetrantes—, y no llames al médico, por más que te lo pida.

—Sí, señora —le respondió Queta, temblando— perdón, sólo quería ofrecerle ayuda.

—Déjalo que sufra, Queta, no lo ayudes en nada.

—Cómo usted ordene. —Queta sintió que se le escapó una sonrisa a su patrona.

El último día que Queta le alcanzó un vaso de agua de tamarindo para el patrón a doña Teresa, le temblaban las manos. Cada vez que veía u olía a Benat vomitar, ella reaccionaba igual, corriendo al patio con las piernas débiles y temblando del miedo, sabiendo que ella era la causante de esta reacción en el patrón. ¡Qué fuerte ese agua que le hizo beber a Benat por tres días!, se diría mortificada de remordimiento. Mientras tanto, Teresa con la excusa de que el enfermo no estuviese incómodo, y para mantenerlo limpiecito, le pidió a Queta su ayuda. Entre las dos lo vigilaron las últimas cuarenta y ocho horas. Faltaba poco para que las hierbas de Yeiza hicieran lo suyo.

—No quiero que salga de la cama, está muy débil.

"¿Y si lo estaré matando?", pensaba Queta. Parecía que a la señora no le importara. Se le quedó mirando a Teresa discretamente, mientras leía su libro concentrada.

Benat volvió a despertar, moribundo y con poca energía para extender la mano si quería algo. Queta se le quedó mirando con odio. Con el rabillo del ojo Benat la vio. Teresa se paró y se inclinó encima de su marido para que la viera. Su mirada llena de rabia sería lo último que vería: la cara de ambas mujeres. Con gritos por el dolor, se desmayó y murió.

Teresa misma le limpió toda señal de baba, le lavó la boca con una toallita y bicarbonato, dejándolo sin saliva, asegurándose de que la lengua no tuviera hedor ninguno. Queta se ofreció a ayudar a su patrona, todavía sin darse cuenta de que había fallecido. No entendió por qué le tenía que lavar la lengua, qué extraño. Lo observaba sin entender, cuando de repente le vio los ojos a Benat, abiertos pero fijos, como aterrorizado.

—Creo que está muerto —le dijo la sirvienta a su patrona. Teresa asintió con la cabeza, tranquilamente. Queta se le quedó mirando, extrañada de tal reacción—. ¿Le traigo algo, desea algo más? —preguntó, nerviosa y temblando.

—Nada Queta, por favor ocúpate de las niñas, y que venga Encarna. —Teresa se dispuso a bañar una vez más al difunto, para dejarlo guapo y oloroso.

Mientras tanto, Queta salió corriendo a casa de Yeiza, olvidándose de Susana y Ani Conchi. Las niñas estaban solas en la cocina hacía rato. Ellas, a sus cinco y tres años respectivamente, empezaron a jugar en la cocina, sacando trastes y cucharas de madera. Susana se puso el delantal de Queta y Ani Conchi se trepó en la silla para poder ver mejor. Entre carcajadas, las niñas empezaron a prepararse sus *pancakes* Aunt Jemima y le echaron miel a la mezcla, pensando que por eso eran dulces.

La Hacienda Donostia ahora olía a mantequilla quemada, vómitos, mierda envenenada y jabón de lavanda.

Al llegar el cuerpo a la pequeña funeraria, el joven doctor Molino estaba presente. Le dijo al joven a quien le tocaba preparar el cuerpo que le gustaría revisarlo, y se ofreció a ayudar. El muchacho, que era sobrino del dueño, no dudó de lo que le dijo el doctor al presentarse. Con mucha discreción para que no lo viera el muchacho, el Dr. Molino sacó una jeringa y se llevó una muestra de sangre del muerto.

Mientras se lavaba las manos, el joven vio la maniobra extraña a sus espaldas a través del espejo. Si le hubiera tenido confianza, le habría preguntado por qué le había hecho eso al muerto.

El doctor Molino pensaba estudiar la sangre por días bajo su microscopio, sabiendo bien que no había muerto de causas naturales, decidido a averiguar cómo murió en realidad Benat. Mientras inspeccionaba el cuerpo, pudo observar que, efectivamente, estaba amarillento.

—Problema de hígado, ¿verdad doctor? —preguntó el muchacho, interrumpiendo sus pensamientos. Ante la falta de respuesta por parte del médico, el joven insistió—. El señor, está amarillo. ¿Problema del hígado o tenía esa anemia?

—¿Sabes de esto? —preguntó con respeto el Dr. Molino.

—He visto muchos muertos, —contestó el joven funerario— y con verle la cara sé qué los mató.

—¿Cómo te llamas, muchacho?

—Augusto Jesús Pérez, para servirle, Dr. Molino.

—¿Y qué piensas de este caso? —dijo el médico, intrigado por el conocimiento del chico.

—Este hombre murió asustado. Cuando fui a recogerlo a la casa, tenía ese gesto aterrado. Pero se ve que estuvo bien cuidado: le pusieron un traje elegante y le dieron un buen baño antes, ¿huele la colonia?

—Tienes mucha razón, —le dijo el médico, mientras observaba cómo el joven empezaba el proceso de maquillaje—. ¿Aprendiste la tanatopraxia de tu tío, muchacho?

—Llevamos años todos trabajando en esto, *doctol*, —rió Augusto— este oficio nacimos haciéndolo. Mi tío, mi abuelo paterno, su padre, antes de que llegaran los americanos. Llevamos mucho tiempo en esto.

—Serías buen médico, ¿sabes?

—Me gustaría, estoy en el Colegio Superior de Carolina —dijo el muchacho con orgullo.

El doctor pensó que el hacendado había sido un hombre guapo. Qué lástima que no supo ser un buen marido, ni hermano... "Ni hermano; ¿habrá sido Amalia?"

—Perdone el atrevimiento, Dr. Molino, pero ¿vio estos moretones? —El doctor despertó de sus pensamientos y le contestó titubeante.

—Sí, esta mañana vi que hubo sangrado interno. Se les dice hematomas. —Señalando el costado del abdomen del difunto, continuó— Pero aún no estoy seguro, mi padre piensa que fue un ataque de apendicitis agudo.

—Aquí dice que no quieren un cadáver limpio, que no le saquemos los órganos; mañana lo entierran enseguida.

—Sí, lo sé. Es mejor así, por si es algo infeccioso, no te preocupes, Augusto. —dijo el Dr. Molino, tratando de no divulgar lo que presentía.

El doctor estudió la sangre unos días, y la terminó guardando en el congelador de su nueva nevera. La conservaría muchos años, por si la ciencia en un futuro perfeccionara. Le puso una etiqueta, escribiendo en su letra médica "Benat Sánchez Gorriti, fallecido 11 de abril de 1933".

El que no coge consejos, no llega a viejo

Enterraron a Benat en la tumba familiar en la Hacienda Donostia a los dos días. Medio pueblo se presentó en el velorio para darle sus respetos al difunto y a su viuda. Teresa fue de todo negro, con su hija mayor Susana de la mano también en un vestidito negro, haciendo juego con su mamá. Ani Conchi se quedó con Queta y Encarna, mientras preparaban la comida para toda la visita que llegaría después del entierro.

El abogado de la familia, el Licenciado Gutiérrez, conversaba con el Dr. Molino padre en el velorio.

—No creo que estuviera enfermo, ¿sabe? Esto me está extraño... ¿Usted sabe si estaba enfermo, doctor?

El Dr. Molino sabía por las malas lenguas del pueblo que el abogado no era necesariamente de fiar. "Con tantos buenos abogados y Benat fue a contratar a este zángano", pensó.

—Se lo tenía callado… —respondió el médico, sin levantar la mirada de sus manos donde sostenía el sombrero—. Primero pensé que le dio una apendicitis tan aguda que al explotar lo mató, pero después de hablar con algunos en la hacienda, ahora pienso que quizás tenía cáncer estomacal. Me cuentan que llevaba años con dolores. —Alzó la mirada para ver al abogado a los ojos—: qué lástima que nunca quiso confiar en nosotros, no sospechábamos nada.

—¿Entonces no fue que lo mataron? —preguntó el licenciado Gutiérrez en una voz muy baja.

—¡Yo no creo! —respondió el Dr. Molino, mirándolo a los ojos—. Pero dígame, ¿por qué piensa usted eso, licenciado?

El abogado reiteró que en todos esos años Benat nunca se había quejado de ningún malestar. El doctor asintió con la cabeza

—Un mal de muchos hombres por aquí. Con su esposa y la servidumbre se quejaba mucho, aparentemente. Le hacían agua de tamarindo y té de tila, siempre prefería comidas livianas…

—Qué cosa… —dijo el abogado, y a continuación le confesó al viejo médico— yo pensé que a lo mejor lo mató la hermana.

—No, —le contestó el doctor—, además ni estaba en Loíza esos días.

—Pues mejor le cuento que yo tengo problemas estomacales también, Dr. Molino —dijo discretamente el licenciado, tocándose el costado de la barriga— y me dan dolores en los pies con frecuencia.

—Ah, pues por favor, pase por el consultorio que para eso estamos. —Sin más espera, el doctor se levantó y le hizo una señal a su esposa de que ya iba hacia ella—. Con permiso, licenciado, me espera mi mujer. —Pasó por enfrente del altar y se persignó, pidiéndole perdón a Jesús crucificado por la mentira que acababa de decir, nada menos que en una iglesia y en presencia del difunto.

El Dr. Molino y su esposa, juntos bajo una sombrilla debido al sol tan fuerte que hacía, caminaron lentamente hacia el lugar del entierro en la hacienda. En el mausoleo de la familia Sánchez Gorriti, el doctor no podía dejar de observar a la joven viuda, que tenía un velo negro tapándole la cara. Igual los llevaban la pequeña Susana y su tía Amalia, que ahora la tenía agarrada de la mano. Parecía que Teresa tenía los ojos aguados, pero no estaba seguro. El brillo del sol también podría ser la causa de que tuviera los ojos entrecerrados. Amalia permanecía estoica.

El día anterior, Amalia había estado con las sirvientas preparando postres para recibir a los amigos más cercanos después del entierro. El banquete de Queta y Encarna, bajo la dirección de Amalia, fue un éxito. Las frituras de croquetas de jueyes, los bacalaítos fritos, todos los manjares se fueron como pan caliente. A los invitados se les olvidó por qué estaban allí. El comentario de todos fue lo rico que cocinaba la muchachita aquella llamada Queta.

Desde lejos, el viejo doctor Molino le hizo un gesto negando con el dedo al licenciado Gutiérrez, que parecía comer una alcapurria tras otra, sin parar. Al ver que no le hacía ningún caso, finalmente se le acercó:

—No coma tanta fritura, —le dijo con la voz baja— va a terminar igual que su amigo. —El licenciado se quedó pasmado, jamás nadie le había dado un consejo médico. El Dr. Molino, tocándole la panza, le dijo: —el que no coge consejos, no llega a viejo, licenciado.

El doctor caminó de vuelta hacia su esposa, satisfecho de haber despejado toda duda en el licenciado. Efectivamente, Gutiérrez quedó convencido de que Benat abusó de su suerte: bacalaítos fritos, alcapurrias fritas y ron en exceso, seguro fueron la causa de muerte. Causas naturales.

El Velorio

—Se servirá la comida en la sala —hizo el llamado Amalia. Otro gran éxito: arroz con habichuelas coloradas hecho por Encarna en su burén. Los vecinos Irma y Enrique trajeron un pernil, y Queta para acompañarlo preparó unos amarillos con canela, azúcar y juguito de china, que se le ocurrió echar debido a que no tenían suficiente mantequilla para freírlos en tentación. Todos los que asistieron al velorio en la Hacienda Donostia comentaron qué rico sazón.

Doña Teresa había mandado tapar los espejos con telas negras. A todos les resultó un extraño detalle, nadie había visto cosa igual. "¿Qué tradición será esa?" Teresa simplemente explicó que eso se acostumbraba en casa de su familia, pero que no sabía el origen.

—Mejor, así no nos vemos llorando.

El día estaba húmedo y el calor desagradable. Teresa rogaba que la gente no se quedara mucho tiempo, ya que quería ponerse la bata de algodón y estar cómoda en su cama con sus niñas.

Muchas damas, antiguas amistades, halagaron a Amalia por la rica comida y los postres.

—Te haremos pedidos para postres, ¿sabes? —Amalia sonreía, ahora tendría más encargos de repostería y de su famoso pitorro, el aguardiente al que algunos también llamaban lágrima de mangle. El ron que hacía ella normalmente contenía más alcohol que el comúnmente vendido en la capital. Era también muy popular entre muchos obreros de los pueblos vecinos.

El orgullo de Amalia era su ron, que llevaba la familia Gorriti elaborando desde el siglo XVII. No le importaba la reciente ley de prohibición de los Estados Unidos sobre el alcohol en Puerto Rico.

—¡Qué tontería esa! Primero que cambiemos nuestro idioma al de ellos, ahora que no se puede beber ron... A Dios cara, pero estos no viven ni dejan vivir.

Además de su legendario pitorro, Amalia se destacaba por sus postres, algo que ella orgullosamente había aprendido a preparar tras muchas horas en la cocina con su abuela materna. Ellas hacían dulces y bizcochos, todos con el azúcar que les daba el trapiche, y luego repartían entre las parcelas a los empleados. La repostería de su abuela Josefina también era legendaria en Loíza Aldea. Amalia también aprendió a usar ese don para comercializar y ganar más dinero, especialmente en tiempos difíciles para la isla. El bizcocho de mantequilla lo bañaba en el ron hecho por ella misma. Ese aroma era único, siempre desencadenaba una emoción de lindos recuerdos. La hacía recordar las historias de su abuela, de cuando era niña y llevaban ese mismo ron casero y ese mismo bizcocho a vender o intercambiar con los barcos de comercio en el Río Grande de Loíza. Amalia ya se imaginaba en unos años contándoles a sus sobrinas todas sus vivencias. Qué lindo es recordar.

Empezó a recibir algunos pedidos esa misma tarde. Contenta, pensó enseguida Amalia que tendría que hablar con Queta para que la ayudara a hacer tembleques y otros bizcochos; sin duda que tenía un don para la cocina, y había mucha demanda en pueblos vecinos.

El primo Eduardo y Ramona fueron al velatorio, pero no se quedaron en la casa, ya que Teresa pidió que nadie se quedara.

—Amalia, ofréceles la tuya. —Ella se tragó el orgullo y aceptó a su primo y a su arrogante esposa, aunque por una noche solamente. Los primos se la pasaron hablando con Irma y Enri de cuando eran niños. Eduardo estaba extrañado de que Enri se hubiera casado.

Queta estuvo trabajando sin parar durante el velorio; pensó que era lo menos que podía hacer, ya que era por culpa de ella que se estaba celebrando el acontecimiento. La joven sirvienta se sentía raramente aliviada. Sonreía levemente, respetuosamente hablaba cuando se dirigían a ella, y cada vez que le daban las gracias asentía con la cabeza, como le enseñó Encarna que hiciera, mientras cargaba la bandeja enfrente de su abdomen. Empezaba a notársele su estado.

Teresa estaba ya harta de hacerse la viuda triste. Se habían acabado todas las botellas de ron que habían hecho para esa tarde, y nadie se iba. Se metió en la cocina.

—¿Eso no quiere decir que se acabó la fiesta? —le susurró a Encarna.

Se excusó y fue a su cuarto. Se lavó la cara en una pila de agua que le había dejado Chiqui. Se sentó en la cama y dio un salto de susto al ver a Ani Conchi allí acostada. Se inclinó, le dio un beso y se acurrucó junto a su hija dormida. "En un año nos mudamos a San Juan", pensó.

En la Hacienda continuaba el velorio. El abogado se le acercó a Amalia y le dijo que tendría que hablar con su cuñada pronto, quizás al día siguiente.

—Espérese unos días, por favor —le dijo Amalia, muy seriamente, mientras ponía un vaso de agua en su mano.

—Por supuesto, —respondió el licenciado, bajando la cabeza con mucho respeto— tienes toda la razón.

Amalia se le alejó, no aguantaba a Gutiérrez. Fue caminando despacito hacia un grupo de señoras, antiguas amigas de su madre, y se integró al grupo. Cariñosamente, tomó la mano de la mejor amiga de su madre, le puso la cabeza en el hombro, y dejó unas lágrimas correr.

—Mi Amalia querida, —dijo la señora con ternura— todavía te puedes casar y tener tu propia familia. —Amalia de súbito se enderezó; sólo quería sentir cariño maternal, no recibir un sermón de cómo tenía que manejar su vida. Las otras señoras no dijeron nada, pero nerviosamente cambiaron el tema una a una, y le dieron el pésame por tercera vez ese día. Otra dama la felicitó por la gran mano que tenía para la repostería. Amalia les agradeció, se paró y se fue hacia la cocina. Volvió a recordarse de todos los negocios que tendría pendiente después del velorio, se lució esta tarde. Pensó: "me hiciste un favor después de todo, Benat".

Le encantaba hacer el ron y sus postres con el azúcar de su tierra. Quién hubiera dicho, ella mujer empresaria y con empleados. Si su padre hubiera confiado más en ella, lo diferente que hubiera sido su vida. ¿Por qué no pudo ver ese don e inteligencia que tenía? Ella, que trataba siempre de hacerle feliz, lo ayudaba en las cosechas y compartía su ambición por hacer la plantación de azúcar crecer. Igual que su abuelo, Amalia amaba estas tierras. ¿Por qué simplemente quería casarla con ese fulanito Calatayud? No necesitaba ni quería a ningún hombre. Estaba en paz con su casa, sus tierras y su negocio de repostería y pitorro, se ahorraba todo lo que ganaba después de pagarle a sus pocos empleados.

Ramona ejercía de anfitriona, saludando a todos quienes entraban y salían; o por lo menos a las personas blancas, a los de piel canela los ignoraba. Estos, al darse cuenta, discretamente iban hacia el otro lado de la fila. Allí, Amalia iba al rescate, dándoles un beso y las gracias por venir. Todos los loiceños la saludaban con cariño, "señorita Amalia", seguido por "bendito, qué tristeza."

Queta se paseaba entre las personas con su bandeja, ofreciendo ahora vasos de agua de limón. Podía escuchar muchas conversaciones. Se puso nerviosa cuando oyó a la señora Ramona decir eso de "extraña muerte la de Benat, ¿verdad?" El Dr. Molino padre y su esposa le contestaron casi en coro: "¡para nada!"

—No, nada sorprendente que muriera Benat tan joven, —comentó el viejo médico— bebía y comía en exceso. —Al decir esto, miró de arriba abajo a Ramona, que era de un tamaño generoso. Más tarde, su esposa lo regañaría por su manera de decirle a una dama que tenía libras de más.

—Es que me cayó bien mal esa prima de ellos.

Y para más, el doctor Molino le dijo a su mujer que se había fijado cómo Eduardo conversaba con Teresa con frecuencia: —¡qué coqueto ese primo!

—Eres imposible, —respondió ella con una palmada en la mano— más chismoso que mi hermana.

El doctor y su señora se aproximaron a Amalia para darle el pésame otra vez.

—Sé que tu hermano y tú tenían sus problemas, hija, —dijo el Dr. Molino— pero nadie le desea la muerte a un familiar.

Amalia se le quedó mirando, sin saber qué contestar.

—Mi vida, —intervino la esposa— ¿quieres decir que sabes que estará sufriendo a pesar de que no se llevaran muy bien? —Amalia le dio una sonrisa a la señora, aceptando sus palabras—. ¿Te tomó por sorpresa la muerte de tu hermano, me imagino?

—Pues claro, aunque también es cierto que llevaba muy mala vida.

—Eso es cierto, —volvió a tomar la palabra el médico— creo que desde que cumplió los trece años, ese hermano tuyo se dedicó a preocupar a tu santa madre... ¡Y me imagino que no se lo hizo fácil a su joven esposa tampoco!

—A nadie le hizo la vida fácil mi hermano, doctor, eso se lo puedo asegurar —contestó Amalia, sin entender exactamente por donde iba esta conversación del médico. En eso se le acercó Queta para susurrarle que efectivamente no había más botellas de aguardiente, tampoco en su casa. Amalia la miró, dándole las gracias.

El doctor se fijó en la jovencita y le pareció que estaba encinta, pero no comentó nada. Tendría que contarle a su hijo luego de todo lo que había observado y escuchado en ese velorio medio alegre.

Tres días después, Teresa le dijo a Encarna que por favor llevara toda la ropa del difunto a la aldea y la regalara. A la sirvienta le pareció un poco rápido el encargo, pero no quiso llevarle la contraria.

La regaló casi toda. Pero primero habría de darle un buen despojo, para lavar los malos pasos de Benat. "Estas medias tienen miles de uso", pensó. Guardaría la mayoría de las camisas para hacerle vestidos de baño a sus nietos, para cuando fueran a la Peña de los Pájaros. ¡Cómo le encantaban esos pasadías con sus hijos y nietos cuando iban de visita!

A la larga todo se sabe

El día anterior al velorio, Augusto y su tío, con la ayuda del hijo de este, que aunque tuviese nueve años ayudaba los fines de semana, cuidadosamente colocaron el cadáver de Benat en el ataúd. Era de madera de cedro, traído de Carolina, ya que era para un hombre fino y digno, de buena familia. Por lo menos así se lo explicó el dueño de la funeraria El Reino de la Familia Pérez. El niño se sintió aturdido: ¿fino y digno? ¿Mi tío abuelo? ¿Mi bisabuelo? ¡Muy buena familia somos nosotros también! Él había ayudado a transportar al cementerio a tantas personas... ¿No eran todos especiales el día que nacieron y el día de su muerte? Se entristeció, ya que nada superaba el enorme cariño que le había tenido a su bisabuelo, para él fue el mejor hombre sobre la tierra. Él mismo ayudó el día de su entierro a ponerlo en su caja negra con una cruz pintada. Este hombre blanco enfrente de él, en cambio, tenía hasta una cruz tallada muy elegante. Se le quedó mirando y con la mente llena de rabia le dijo al muerto: "imposible que hayas sido mejor que mi Abu."

—Tío, —dijo Augusto— te quería comentar algo de cuando llegó este cuerpo.

—Ah sí, ¿qué fue?

Fijándose que su primito no estuviera pendiente de la conversación, empezó a contarle lo transcurrido aquella tarde, cuando el joven médico le sacó sangre al hacendado a sus espaldas.

—¿Estás seguro, Augusto?

—¡Segurísimo!

—Pues, a la larga todo se sabe...

El dueño de la funeraria ya se imaginaba que los rumores acerca de ese señor eran ciertos: demasiado joven para morir, claro estaba, y todos hablaban de su maldad y su temperamento agresivo. El Dr. Molino tendría sus razones para pensar que Benat Sánchez Gorriti había sido asesinado de una manera misteriosa. Ya todos lo pensaban, pero nadie se atrevía a decirlo.

Mi Cañaveral

Últimamente hasta el coquí encontraba el clima insoportable, al punto que había noches que apenas ni se escuchaban. Había estado lloviendo por tres días corridos.

El viejo capataz de la hacienda mandó a su esposa para decirle a doña Teresa que lo lamentaba, pero estaba sintiéndose con dolores por todo el cuerpo. Teresa recibió a la señora de piel de color canela con mucho respeto y la hizo entrar a la cocina.

—¿Necesitan algo?

—No, —dijo con timidez la buena esposa— gracias, es usted tan buena... todos lo dicen. —Pero claro que necesitaban algo.

—Es por su artritis, ¿verdad? —intervino Encarna. Hizo una mueca con la boca que Teresa no entendió—. El pobre viejo necesita algo más fuerte que lo que le da Yeiza —dijo con autoridad. Encarna ya sentía que la respetaban en la aldea, por sus años y vivencias.

—Ah, pues llamamos al médico para que lo atienda enseguida —dijo Teresa, retomando la rienda de la conversación. Hizo llamar al Dr. Molino, que llegó una hora después. Teresa y Amalia llevaron al joven médico a ver a Mario, el capataz.

—Es artritis, sí. ¿Ves cómo tienes los huesos torcidos? —Mario se encogía de hombros, como dándole igual su final, pero confiado en que su cabeza la tenía perfecta y podía seguir mandando. Teresa le sonrió cariñosamente al fiel y orgulloso capataz.

El Dr. Molino notó como Amalia miraba a Teresa y a veces se le acercaba para decirle algo. Al terminar la consulta, Teresa acompañó al médico hasta su auto.

—¿Cómo está, doña Teresa? —le preguntó con genuina curiosidad y brillo en los ojos.

—Mire —respondió Teresa, pensando bien antes de contestar, pero con honestidad—, reconozco que he vivido con una gran tristeza desde que falleció mi padre, y ahora mi marido... No sé cómo explicarlo, pero estoy acostumbrándome a un vacío. —Notó que el Dr. Molino la seguía mirando, esperando que ella siguiera. Como buscando las palabras, continuó: —esta vida jamás me la hubiera imaginado, ¿sabe? Pero tengo dos hijas y quiero ser fuerte para ellas, y hacer lo correcto para todas estas personas que dependen del cañaveral. ¿Se habrá escuchado correctamente?

—Teresa, ven por favor —llamó Amalia, interrumpiendo la conversación. Teresa se disculpó con el Dr. Molino y, caminando con paso acelerado, acudió al llamado de su cuñada. El médico se quedó mirando como se alejaba la joven viuda. Deseaba llegar esa noche a su alcoba para escribir otra entrada en su diario, su mejor amigo, su confesor. Ese diario que empezó a escribir en su segundo año de medicina en Galicia, mientras añoraba volver a su país natal.

Amalia sería la nueva capataza de la hacienda hasta que encontraran a la persona perfecta. No tuvo que rogarle mucho a Teresa: Mario estaba ya cansado de sus dolores, y sus hijos habían encontrado trabajo en Nueva York. Teresa y el viejo capataz estaban igual de convencidos de que Amalia era quien más conocimientos del cañaveral tenía. Su sueño de niña se cumpliría, alguien por fin confiaba en ella para manejar las tierras de los Sánchez Gorriti. ¡Le estaba tan agradecida a su cuñada!

A través de los años, la vieja Encarna, empleada en la hacienda por más de treinta años, fue testigo de lo mucho que sufrió Amalia de niña.

—No seas dura con tu madre —le decía con frecuencia que los padres a veces toman decisiones que creen que son las correctas para sus hijos, dictadas por la sociedad y las costumbres de cada tiempo. Una mujer tan humilde y sin embargo inteligentísima, tan observadora de la vida, nuestra Encarna. "Mi persona favorita," le solía decir Amalia desde chica. Encarna aceptaba el halago con orgullo, ya que sabía que sin ella, esa casa no funcionaba.

Amalia nunca perdonaría a su padre por no haber visto en ella lo que era capaz de lograr, de ser una mujer apasionada por su tierra, amante del aire libre y compartir con los peones tantas delicias sencillas de la vida. Sí, todos sabían que no le atraían los hombres, que le daban asco, cierto, pero también reconocían que en ella tenían a una patrona y amiga fiel.

Encarna también sabía que Amalia había visto cómo su padre maltrataba a su madre más de una vez. Una noche, después de ruidos y lo que parecían ser golpes, Amalia entró en la alcoba y trató de quitarle de encima a su padre, su pobre madre con sangre en la cara, tirada en el suelo. Cuánto habrá sufrido la pobre, se acordaría a través de los años. Esa misma noche le recriminó a su pobre madre.

—¿Para eso me quieres casar? ¿Para mejorar mi futuro? ¿Para tener un marido que me mantenga, pero me pegue? —La madre lloraba ocultando la cara entre las manos. ¡Tanta razón tenía su hija!

Su peor recuerdo, Amalia lo revivía a menudo, en especial cuando olía humo. De repente, olió un aroma conocido, se asomó por la esquina de una de sus ventanas traseras: era Mario con varios peones, fumando los puros de Benat, seguro. Amalia trató de controlarse, no les iba reprochar nada a los dedicados y buenos hombres que le trabajaban la plantación, qué más daría. Reconoció algunas de las camisas que llevaban también, entendió que Teresa no esperó ni un día más en echar todo de Benat fuera de la casa. Quizás lo que ella sospechaba era cierto. ¿Cómo fue que lo mató entonces?

Volvió a oler el puro. Detestaba ese olor, y cayó en cuenta que la primera vez que lo olió fue un día que su padre y hermano, ya con 16 años, fumaban unos cigarros sentados en el balcón como dos amigos. Esos malditos puros hechos especialmente para él, regalo de su amigo Ezequiel. Amalia inhaló sin querer el viento que traía como una ola el tufo del cigarro. Empezó a toser. Se sintió débil, se acordó de su padre y hermano aislándola del lazo padre e hijo, y se le cayó su mundo encima. ¡Maldita la hora en que nació mujer!

Pero decidió no quedarse con ese sentimiento: salió al patio y le pidió a un joven machetero que le pasara un banco para sentarse a la mesa con los demás. Se puso a conversar con los hombres que empezaban a revolver los dominós, cómo le encantaba ese sonido.

—¡Tráigase la silla *pa'ca*, señorita Amalia! —Ganaría esa noche la partida y los chavitos negros que se apostaron—. Se cobró los puros... —le dijeron riéndose los peones.

Los doctores Molino

Padre e hijo se turnaban en visitar a la familia, en especial para ver como seguía doña Teresa. Una tarde, el joven médico se encontró con Tato, uno de los cargadores de la hacienda, que venía con palos de caña de azúcar amarrados en sus hombros. El joven peón paró y saludó al médico con respeto.

—Buenos días, *doctol*

—Buenos días, —respondió el Dr. Molino—. ¿Sabe si está la señora?

—Yo vi a las señoras al final de este caminito, Ud. siga derechito pa' bajo *doctol* —indicó, señalando la dirección—. Están pagándoles a los obreros, hoy es el 15.

—Ah, gracias Tatito, las voy a ver. Mira, prométeme que no te lo vas a gastar en cerveza, nene... Dale la mitad a Doña Camila, que tu mamá te da de comer y te lava la ropa.

—Pues claro que sí *doctol*, mamá es mi reina —respondió risueño Tato.

El joven médico se quitó el sombrero y se subió las mangas por el calor que hacía, la humedad tan espesa era asfixiante. Al ver a la viuda con su cuñada, no la reconoció enseguida. Por detrás, pensó que Amalia era un hombre: sus movimientos bruscos, su voz fuerte y autoritativa. Teresa habrá presentido la llegada de alguien. Se giró como sintiendo que la miraban a ella específicamente. Le sonrió al médico y le pasó la canasta con sobres a su cuñada, quien no se movió. Ni cuenta se había dado de la llegada del médico. Amalia siguió llamando los nombres de los empleados para que alcanzaran su sueldo.

—Doña Teresa, buenos días —la saludó, con el sombrero en el pecho, admirando lo bella que se veía— ésta es una visita de cortesía.

—Mira, estamos bien, gracias. Tú y tu papá, ambos son maravillosos —respondió Teresa con un brillo en la cara y sus ojos azules relucientes—, gracias por preocuparse por nosotras.

—Y sus hijitas, ¿cómo están?

—Ay, las nenas poco preguntan por su papá, ¿sabes? Pero es de esperarse, poco tiempo pasaba él con ellas para decirte la verdad, o sea su ausencia ya era costumbre. ¿Está bien que te tutee?

El médico se quedó meditabundo. Se puso nervioso, se le había olvidado porque su padre le había dicho que tenía que venir a menudo a visitarla. Teresa era una mujer hermosa, pero sabía muy bien que no era para él.

—Por supuesto que me puede tutear —le contestó con su voz más profesional.

Volviendo a la razón de su visita, siguió caminando con ella y le hizo observaciones seguidas por preguntas. La felicitó por cómo se había incorporado a una rutina y luego le preguntó si solía ayudar a Amalia. Siguiendo con su interrogatorio casual, caminó con ella hacia la casa.

—Qué tierras tan fértiles tiene la hacienda, —comentó el doctor al observar el hermoso palo pajuil que acababan de pasar.

Pese a la conversación placentera, el Dr. Molino no podía dejar de pensar en su sospecha de que Teresa había envenenado a su marido. Y, si no había sido ella, alguien lo había hecho; pero ¿por qué? Era obvio que ella no parecía extrañarlo.

Teresa le contó al médico que estaba familiarizándose con todo del cañaveral, le pedía a Amalia que le explicase todo cuando veía algo que desconocía en sus caminatas diarias.

—Además, disfruto tanto de estas caminatas entre tanta belleza. ¡Es bello este cañaveral! —Ella quería por fin entender de una vez todo lo que Benat nunca quiso explicarle o compartir con ella.

Unas semanas después de la visita del médico, empezaron salir a la luz algunos problemas económicos. Amalia le contó a Teresa que el licenciado Gutiérrez, abogado y amigo de confianza de Benat, vendría a verla una tarde. Claro que Teresa se acordaba de él muy bien. Le exigió a su cuñada que no firmara nada, absolutamente nada. Se enteraría de muchas cosas sobre su hermano, y desde ya le pedía disculpas. Se notaba que estaba nerviosa.

—Tranquila —dijo Teresa, agarrando a su cuñada del brazo—, en quien más confío aquí es en ti. —Después, pensando que eran muchos en la hacienda a quienes tenía que agradecer, continuó—: también confío en Queta, Encarna, Mister Carlos, que es un pozo de sabiduría. —Amalia le dio la razón—. Y en mi intuición también.

He cambiado mucho, Amalia, de veras. Tan pronto me reúna con Gutiérrez, te hago llamar para charlar.

Las cuñadas se dieron un abrazo y se despidieron. Esa semana, Amalia pasaría todos los días por la hacienda a ver a sus sobrinas, y quizás jugaría con ellas o harían un pastel juntas. Siempre con tal de que ella pudiera ir a su propia casa al final del día, ya que prefería vivir sola en su casa, que le habían construido los obreros hacía años, tan pronto falleció su madre.

Llegó el día, el abogado se presentó una tarde muy húmeda. Teresa, al ver que él iba a sentarse en el asiento del amo, le señaló otra silla.

—Aquí licenciado, por favor.

Después le contaría a Amalia que, sin duda, eso le hizo sentirse alelado, medio boquiabierto quedó. Ella, aprovechándose de su asombro, parada muy recta le indicó que se sentara para empezar.

—Usted primero, Doña Teresa, —dijo Gutiérrez para demostrar su caballerosidad. Tomaron asientos los dos, ella sentada en la silla del comedor que solía ser para el amo de la casa. Igual como se lo había sugerido su cuñada, Teresa más tarde imitaría la cara que puso el licenciado y se reirían las dos.

El licenciado Gutiérrez empezó a mostrarle algunas cuentas, deudas de juego y otros gastos mensuales que tenía Benat. Le explicó que, aunque ella podría ir a las cortes para enfrentarse a algunas de dichas deudas, el costo del pleito quizás saldría igual, añadiendo la amargura de todo este proceso. Teresa no tenía ninguna idea de qué hacer.

—Licenciado, voy a necesitar consultarlo con mi cuñada y algunas personas que quizás me puedan orientar mejor.

El abogado la miró y le volvió a explicar lo serio de la situación, y que él ya venía con soluciones e ideas de pagos mensuales. Ella se le quedó mirando, le repitió lo que ya le había dicho, y después le preguntó:

—Benat tenía muchos enemigos, ¿verdad?

Gutiérrez se echó para atrás en la silla. Su pregunta le había tomado por sorpresa. Se dispuso a sacar un cigarro.

—Por favor, no fume, —le dijo Teresa—, detesto ese olor.

—Ud. dirá, — respondió el licenciado, mientras indignado guardaba los cigarros—, ¿qué quiere que haga mientras?

—Nada por ahora; yo lo llamo, licenciado —le contestó Teresa, pensativa con las manos cruzadas sobre la mesa. El licenciado Gutiérrez se paró, juntando los papeles. Ella planteó la mano.

—Tiene que dejarme esto por favor, se lo enseñaré a Amalia —dijo con tono imperativo— es más, venga el lunes próximo y le daré algunos cheques, o sino otra solución.

—Buenas tardes, doña Teresa —respondió sin más, listo para irse. Ella se puso a examinar los papeles, con él ya parado.

—Dígame, ¿por qué veinte pesos cada mes a esta dirección en Canóvanas?

—Parte de las mensualidades para algunos de los hijos que tuvo Benat —dijo sin rodeos, ya sin importarle cómo reaccionara, ni prevenirle un mal rato a la viuda.

—Importante que continúen —sostuvo Teresa, con una voz controlada—, los niños no tienen la culpa de las estupideces de su padre. Gracias, licenciado Gutiérrez, le agradezco su honestidad.

Mirándola a los ojos por primera vez, el abogado se dio cuenta de los hermosos e hipnotizantes ojos azules que tenía esa gran mujer, tan bella como inteligente. "Qué burro Benat," pensó, y despidiéndose con todos los respetos salió de la casona. Teresa cerró los ojos, dejando salir la respiración.

—¡Maldito este mundo de hombres! —dijo para sí—, ya sabrá Amalia qué aconsejarme.

Los meses siguientes se hicieron largos, las lluvias continuaron. Para poder pagar las deudas, Amalia le encontró a Teresa un comprador a quien vender algunas cuerdas de tierras, tristemente junto al mismo terreno que hacía unos quince años su padre había vendido. "Pero ni modo," pensó, simplemente eran las más codiciadas por su vasta cantidad de madera negra, obtenida por los troncos del úcar. El manglar más extenso de Puerto Rico se encontraba en Loíza. Felizmente, Amalia también supo cómo bregar con algunas de las amistades con quienes Benat había perdido apuestas y otros juegos ilegales, en especial la del ladrón Machuca.

—¿Que hasta del mismo cementerio se ponía a robar? —Teresa no podía creer las historias que Amalia le estaba contando de Machuca.

—¡Así es! Me acuerdo que alguien puso unos floreros elegantes sobre la tumba de su madre, uno en cada esquina de su tumba, y a la semana desaparecieron. Luego nos enteramos de que habían aparecido los mismos floreros en la casa de empeño de Beto en Canóvanas, fue Machuca quien se los llevó.

—¡Ni las tumbas respetan, Ave María! —Teresa frunció el ceño.

—Pero eso no es na' —continuó Amalia, dándole la razón— en comparación con muchos otros robos tontos que ha cometido. Ahora tiene el título de corredor de apuestas. —Las dos se rieron de las ocurrencias del hombre—. ¿Sabes, Teresa? Sólo he conocido dos hombres buenos en mi vida: mi abuelo y Míster Carlos, el esposo de Encarna.

—Yo sí he conocido a varios —replicó Teresa—, me parece que ambos doctores Molino son hombres buenos, y mi padre y mi tío eran cariñosos y muy trabajadores. Tuvo que secarse las lágrimas al mencionar a su padre.

Acordándose de su propio abuelo, Amalia, con una voz melancólica, empezó a contarle de los problemas pasados que había tenido la hacienda. Debido a las leyes que iban siendo implementadas sobre Puerto Rico por su estatus colonial, y también por las estupideces de su hermano, era necesario vender varias hectáreas del bosque manglar. Las tierras tenían bastante valor.

—La madera de las cercas es del manglar, ¿cierto? —preguntó Teresa, dudando.

—Correcto, ¿y has visto esos cuadros grabados de carbón en muchas casas del pueblo? —Asintió con la cabeza Teresa, muy atenta—. Eso es del carbón de los troncos. No sólo se usa la madera para cercas, sino también el carbón que produce.

—¿Y por qué no al revés? —interrumpió Teresa—, ¿por qué no vendió los cañaverales en vez del manglar?

—Ah, sencillamente porque el cañaveral está casi junto y alrededor a la casona y las casas de los empleados, el manglar está más lejos, claro.

Teresa sabía que en cualquier momento iba a venderlo todo y se largaría, por lo tanto lo que quería era salir de la deuda y no tener a nadie recordándole de las estupideces y horrores que hacía Benat.

—¿Le digo al licenciado que vendemos todas las tierras del manglar?

—No, yo te lo puedo vender al mismo señor que nos compró hace años o a un competidor. Ese Gutiérrez se lleva una comisión. Mira, yo a él no le creo ni un Padre Nuestro. —Teresa asintió demostrando tristeza y decepción.

—Amalia, dime la verdad —preguntó con la voz dulce pero aún suave— ¿sabías que tu hermano tenía bastardos en Canóvanas?

—Sí, y yo le pago la escuela privada — asintió, un poco incómoda—. No te enojes, Teresa, entiende: son mis sobrinos y mi hermano apenas los visitaba desde que murió la madre.

Teresa se levantó del sofá donde habían estado sentadas juntas.

—¿Qué? ¿Me estás hablando de Benito y Paco? —exclamó anonadada.

—Así es... me acuerdo que te encariñaste con ellos. —Amalia se levantó y le dio una palmadita por la espalda a su cuñada. Teresa la agarró por el brazo.

—Qué dulzura de niños, los pobres, ahora son huerfanitos de padre y madre.

Amalia le contó que los niños vivían con sus tías y primos y se veían muy felices.

—Pues quiero que cuando vayas la próxima vez me lleves a verlos, por favor; he pensado mucho en ellos.

—Por supuesto, Teresa. —Con ese compromiso, Amalia se despidió de su cuñada dándole un beso en la mejilla. Advirtió que se le habían aguado los ojos. De camino a su casa se dijo que Teresa era una buena mujer.

Encarna, sentada en su sofá nuevo, que seguía cubierto de plástico para que le durara hasta la próxima vida, le enseñaba a Queta cómo tejer unas botitas para su bebé. Tenía varios meses para perfeccionar la actividad. Amalia, sin referirse nunca al embarazo, ni hablar de ello con Queta, le mandó hacer una manta para la cuna. Usaría la misma cuna que usaron Susana y Ani Conchi. Mientras tanto, Teresa le cosía algunos vestidos estilo bata a Queta, para que tuviera ropa cómoda durante el embarazo. Sentía una gran lástima por ella, pobre niña, y enseguida se acordó del culpable, "sinvergüenza Benat, maldito seas."

Queta estaba en la cocina con las niñas. Mientras ellas jugaban, Queta cortaba unos aguacates para el almuerzo, cuando llegó Santi, uno de los nietos de Encarna.

—¿Mi abuela?

—Está en su casa, Míster no se sentía bien hoy.

—Aquí te dejo los pescados que me pidió.

Susana se le quedó mirando al muchacho con una sonrisa enorme. Estaba parada junto a Queta, queriendo imitar sus movimientos con un cuchillo de plata y un pan de agua, más bien parecía un procedimiento quirúrgico. El niño miró a Susana y le devolvió la sonrisa

—Ese pan se ve rico.

—Ah, ¿quieres? —le contestó Susana, coquetamente—. Toma.

Queta se le quedó mirando. El niño le tomó el pan, le dio las gracias y se fue hacia la casa de sus abuelos.

—¿Te gusta ese nene? —bromeó Queta. Susana se rio con timidez.

A Amalia le encantaba su casa y sus cuerdas de tierra; aunque no las trabajara mucho, le encantaba tenerlas. Sacó una copa y se sirvió ron. Al oír unos pasos, se levantó y sacó otra copa.

—Ven, siéntate y bebe conmigo, Berta.

—¿Todo bien hoy con Teresa?

—Sí, tiene un buen corazón. La quiero mucho, ¿sabes? Es una gran mujer.

—Espero que no la quieras más que a mí —dijo Berta mirándola celosamente. Se sirvió un poco más del ron casero de su jefa y amante. Amalia se acercó para besarla en los labios.

Las dos llevaban una relación discreta, ya siete años juntas, pero casi todos lo sabían en el pueblo. Sin embargo, Teresa aún no se había dado cuenta.

Cabrón

Tan pronto consiguieron un capataz de confianza, Amalia empezó a pasar más tiempo en la finca ayudando a su cuñada con las sobrinas. A veces se llevaba a Susana a cabalgar para que viera los campos, su patrimonio. Amalia le tenía una nueva admiración a Teresa, que finalmente no se regresó a San Juan como ella presintió que lo haría.

Teresa le pidió a Amalia que la ayudara a llevar a las niñas a pasear por la playa, para que salieran de la Donostia. Mucho trabajo y poco habían hecho para distraerse. Teresa se puso su sombrero para no quemarse la cara por el sol. Les puso vestidos de mangas largas a las niñas, por encima del vestido de baño que ella misma les había cosido. Se fueron las cuatro caminando por el sendero; en el camino saludaban a todos quienes conocían, la mayoría de la aldea. Muchos de los hombres respetuosamente se quitaban el sombrero para saludar a las cuatro. Teresa, al ver el cariño que le demostraban, se les acercaba y todos preguntaban cómo estaban ella y sus hijas. Teresa al principio no tenía ni idea de quiénes eran muchos de ellos, pero después Amalia le contaba la vida completa de cada uno, fuera un empleado o algún vecino.

No fue hasta cuando llegaron a la playa que a las orillas se fijó en un niño, ahora más grande que la última vez que lo vio. Lo reconoció a la distancia por su andar torpe y alegre, esto hizo que Teresa sonriera.

—¡Miren, es Andrés! —Teresa se arrodilló enfrente de sus hijas y les explicó que iban a conocer un niño bien bueno y especial, que lo trataran con mucho respeto. Amalia se adelantó hasta donde estaba el niño, lo primero que hizo fue darle un beso y él abrazó a su vieja amiga. Amalia saludó a la madre, que estaba sentada esperando a los pescadores.

—No hay muchos peces, después de esta tormenta, se fueron a alta mar.

—Así es —contestó Amalia. Las niñas, tímidamente agarradas de la mano de Teresa, se aproximaron a la madre, atenta de su hijo y los pescadores. Andrés se agachó para estar del alto de las nenas y les extendió la mano.

—Yo ssooooy Andrés.

—¡Andrés, estás tan alto! —Teresa acompañó la frase con un gesto de la mano para señalarle que había crecido mucho. La madre del niño se paró y enseguida le dio el pésame; como todos en Loíza Aldea, se había enterado de que había fallecido Benat Sánchez Gorriti. Andrés empezó a aplaudir de felicidad.

—¡Andrés no, no hagas eso!

—No se preocupe, señora, la inocencia es lo mejor que tenemos. —Teresa se puso a aplaudir con él, Amalia le siguió la corriente, y Andrés como afinando, se echó a bailar. Ani Conchi enseguida se unió al baile, y Susana también, para no quedarse atrás. Ese acto para Amalia fue de lo más natural, tantas veces que se bailaba sin necesitar una excusa. Teresa, sin embargo, nunca se había imaginado que sus hijas serían loiceñas, pero lo eran, esos movimientos parecían ensayados. En eso oyó unos tambores lejanos: curioso, pensó, no los había oído antes. Al escuchar la "Bomba", sus hijas y Andrés, unidos, como algo innato en la sangre que los llamó, se pusieron a bailar al son del tambor.

Más tarde, esa noche, en casa de Andrés, la familia estaba reunida para la cena.

—Qué extraña la viuda de don Benat, ¿sabes? —comentó la madre de Andrés a su marido y el resto de la familia— Parecían todas tan tranquilas y alegres, hasta se pusieron a bailar con Andrés.

—Es que, imagínate, —replicó el cuñado— se liberó de ese cabrón.

—¡Cabrón! —repitió Andrés, riéndose. Todos le cayeron encima al tío por hablar sucio delante de Andrés.

Amalia, fiel a su cuñada, la defendía de las malas lenguas del pueblo. Una tarde oyó un cotorreo y llegó a escuchar que Teresa era dura y tacaña, y que nunca quería que Benat tirara fiestas en la hacienda. Amalia no lo soportó.

—Teresa no aceptaba fiestas —reprochó a ese grupo de chismosas— porque mi hermano se emborrachaba tanto que tomaba a la primera mujer bonita que se pasara, con marido o no, todas eran igual para él.

—Es lo que se dice, tú sabes Amalia —replicó alguna que otra.

—Yo, en cambio, les estoy tratando de explicar que era Teresa quien estaba haciendo un servicio al pueblo entero y protegiéndolas a todas.

Sin más, Amalia se alejó del lugar, diciendo en voz medio alta "¡gallinero!", sin importarle si le habían oído o no.

—Amalita, no dejes de traerme un tembleque y un pastel de piña para el viernes, que tengo a la familia completa a merendar —rogó doña Maggie, por no quedar mal con la mejor repostera y destiladora del área. Amalia alzó la mano dando su *okay*, caminando ya de espaldas al corral de mujeres. Las demás señoras, sentadas en el balcón con sus abanicos, se quedaron mudas.

—Yo he visto a Benat agresivo —rompió el silencio una de ellas, cerrando el abanico. Al compás del abre y cierra de los abanicos, las amigas siguieron su tertulia de todos los problemas ajenos, bajo esa humedad aplastante que traía el Gran Río Loíza.

—Ten cuidado con enojarla, —cuchicheó una de las señoras— dicen que ella envenenó al hermano, tú sabes que lo amenazó de muerte en el campo, y mira tú, se murió a los meses na' más.

—Menos, muchacha, ¡a la semana!

Amalia se agobiaba al tener que lidiar con ellas día tras día, pero contaba con el gran negocio que le daban las vecinas y viejas amigas de su madre. De Loíza y Carolina venían a comprar los productos de Amalia, sus dulces melosos, bizcochos de la fruta en temporada y el producto más popular: su aguardiente, el pitorro de la señorita Amalia. "A ese ron vas a tener que ponerle nombre", le bromeaban.

El Negocio

Pasaron unos pocos meses, cuando por fin convenció Amalia a Queta a ayudarla en su negocio algunas horas al día.

—Queta, harás dinero.

Finalmente, le pidió a la muchacha que le explicara qué le hacía al coco al rallarlo para que tuviera ese sabor y aroma únicos.

—¿Prepararlo? Yo lo rallo, le pongo un poquito de limón del palo cuando hay, o le echo un chorrito de mi sirope del trapiche. —Queta hizo que Amalia la siguiera; cogió el machete, fue al patio y partió un coco. Doblándose con un poco de dificultad por la panza, empezó a sacarle la carne. Aplastó un poco y ralló la otra parte. Al mezclarlo todo en su olla, le echó un polvito verde.

—¿Y eso? —Amalia se inclinó sobre la olla— Huele a limón ¿verdad? —El limón nativo de Puerto Rico era verde.

—Así es, doña, de los árboles de allá. —respondió Queta, señalando hacia el otro lado de la hacienda, cerca de las viviendas de los antiguos esclavos—. Me acuerdo de ver a mi madre y a mi abuela hacer muchas cosas con estos cocos y limones, se lo ponían por todo el cuerpo antes, o a veces después, de bañarse en el río —contó Queta entre risas.

—Sí, creo que me acuerdo de haberlas visto —dijo Amalia casi para sí misma, y después se avergonzó, sabiendo que lo más seguro era que Queta la hubiera visto una que otra vez con alguna de las muchachas bañándose juntas. Para cambiar el tema, Amalia se paró, le tomó el machete y empezó a partir cocos igual como lo hacían los obreros, los loiceños.

—¿Y si te doy la mitad, el cincuenta por ciento de las ganancias de los dulces que vamos hacer hoy, me enseñas? —Queta le dio una sonrisa y asintió. Tomó su delantal y se secó la cara y cuello—. ¡Recojamos estos cocos, prepararemos budín de pasas con coco!

Queta entendió rápidamente a Amalia, pero también la veía como quien mira a una persona sabia, sincera y sin aires. Acordándose de lo que oyó a algunas damas decir en el funeral de Don Benat, pensó cómo habría sido si se hubiera criado en la capital. ¿Hubiera seguido las normas impuestas por la sociedad capitalina? Siempre se sorprendía de lo bien que Amalia podía hacer las cosas de hombres: montaba a caballo tan bien como su difunto hermano, preparaba aguardiente para todos los hombres del cañaveral y ahora hasta lo estaba embotellando para la venta. Sin embargo, lo más sorprendente era la manera en que podía usar un machete, igual que un campesino fuerte.

Amalia no parecía tener temor ninguno, ni cuando tenía que regañar a algún peón. Igual a su abuelo, el antiguo patrón Ángel Sánchez, sin pavor a lo que fueran a pensar los peones, igual tomaba el machete y se ponía a trabajar la tierra con los obreros. Hoy Amalia era igual. Sin duda una mujer nacida antes de sus tiempos. Pero, aunque Amalia le brindaba confianza, igual Queta no era de confiar en nadie.

—Hay que vivir con cautela —le dijo su abuela más de una vez—. Si tienes que confiar en alguien, conversa contigo sola, —aprendió Queta a los diez años de edad. Y su abuela tenía razón, lo recordaría en todos los pleitos entre las mujeres, en especial por celos, cuando a una o la otra le habían robado el hombre. Le parecían tan tontas esas discusiones. Su abuela les diría: "¿te lo robaron? Pues boba, si no era tuyo."

Un día que le preguntaron el origen de esa desconfianza, Queta respondió: "mi madre se fue, me dejó llorando, me rompió el corazón ese día."

La madre de la abuela de Queta había sido llevada a Loíza desde las islas inglesas donde ella y sus hermanas habían sido esclavas; sabía que el padre de ellas había sido un cimarrón. Un esclavo rebelde que se escapó de su amo, un hacendado abusivo. El pobre hombre vivió a las escondidas por años en el campo, y un día apareció muerto, colgado de un árbol. Los cimarrones eran muchos por el Caribe. Su abuela le contaba del coraje y determinación de ellos por ser libres.

—Mi abuela, mi niña, fue una mujer nigeriana robada en su adolescencia. Antes de cumplir 20 años ya había tenido varios hijos de los hombres blancos. Y a ellos los hicieron esclavos también.

Queta se recordaba a sí misma, en muchas ocasiones, que tenía sangre blanca en sus venas.

Berta se colocó junto a Amalia en la gran hamaca colgada entre dos árboles inmensos, que le daban sombra y privacidad. Después de unos minutos de caricias y besos, Berta le contó lo que había escuchado a varias mujeres decir: explícitamente había oído el nombre de Teresa, apostaban que había matado a Benat, por mujeriego.

—¿Quiénes dijeron eso?

—Esas, las esposas de los dueños del otro cañaveral.

—¿Y cómo estabas tan cerquita de ellas que las escuchaste? —frunció el ceño Amalia.

—Acuérdate que estoy pintando la iglesia. —respondió Berta, mientras jugaba con los dedos de Amalia entre su propia mano; le explicó que llevaba toda la semana trabajando en la Parroquia del Espíritu Santo y San Patricio— al salir de misa, esas mujeres no paran de hablar, cansadas de estar en silencio será... y ya van dos veces que las escucho hablar mal de Teresa. —Después de una pausa, Berta se anima a hacer la pregunta que flota en el aire—: ¿Tú crees que es cierto que haya matado a tu hermano?

Amalia se quedó mirando las ramas que se movían lentamente con la leve brisa, pensativa.

—Sus razones habrá tenido, Berta —dijo por fin. Mientras, se acordaba de cuando vio a Teresa hablando con Yeiza, la santera.

Tembleque, bizcocho de coco y ron

Amalia y Queta trabajaban muy bien juntas. Ya se notaba el embarazo muy avanzado de Queta, pero nadie le preguntó quién era el padre. ¿Para qué? Todas lo sabían. A pesar de la barriga que tenía ahora, la muchacha seguía trabajando sin faltar a sus quehaceres; le preparaba casi a diario uno o dos postres a la señorita Amalia.

Susana se sentaba cerca de ella, y le encantaba tocarle la panza para sentir los movimientos del bebé. Se reía de lo increíble que le parecía que llevara un bebé adentro. A la pobre Queta se le aguaban los ojos pensando que su niño era un hermano de Susana, y qué sería de la vida de su hijo, no tenía ella nada que ofrecerle.

Susana le hacía preguntas del tipo, "¿cómo le llegó ese bebé allí?". Queta entonces le cambiaba el tema, le ponía un tenedor en la manito, y la hacía asistente de cocinera. Le enseñó a romper huevos en el plato hondo, le enseñó a majar la yuca con el tenedor para hacer una masa. Así pasaron los últimos cuatro meses del embarazo.

Con cariño maternal, Teresa y Amalia siempre trataban a Queta con respeto. Después llegaba Encarna, con sus regaños, y le ordenaba que le dejara su cocina limpia. Lo que más irritaba a Encarna era ver el cabello de Queta suelto, "¡no quiero ver pelos en mi comida!" Amalia le sonreía a Encarna, que había sido como otra madre para ella, sentaba a Queta y le volvía a hacer otra trenza apretada.

—Para negrita tienes un pelo lacio, nena.

—Es que tengo sangre de varios hombres blancos en mis venas —sin pensar le respondió. Amalia se le quedó mirando, y notó que le cambió la cara—. Bueno, es lo que me han contado a través de los años, doña Amalia.

—Me lo imagino, Queta, es común, me temo. —Amalia comprendía que lo más seguro era que su abuela, su madre quizás también, hubieran sido violadas, como ella lo fue en manos de Benat.

Una tarde, con tantas guayabas que había dado el palo de atrás, Queta se puso a majarlo y añadirle agua y aceite.

—¿Qué tú haces, mi niña? —le pegó un grito Encarna.

—Señora, he pensado que si hago una salsita dulce de guayaba, que tanto les gusta a las nenas, quizás se la podamos echar al pollo, que no les gusta ni probar.

—Mira tú, —reconsideró Encarna— qué buena idea. ¿Lo probaste?

—Voy a echarle un poquito de azúcar. —Revolviéndolo con el tenedor, se lo pasó a Encarna, que cogió un tostón recién frito y lo remojó.

—¡Mi niña, que delicia!

Cuando llegó Amalia, Encarna le demostró lo que había creado Queta.

—¿Cómo que guayabas con agua y aceite, si el agua y el aceite no saben mezclarse?

—Pues no se lo diga —Queta le contestó, riéndose casi a carcajadas—, porque aquí se mezclaron muy bien, señorita.

Amalia le dio una sonrisa inmensa a Queta, admirando su talento. Tomó uno de los tostones que tenía Encarna en el plato para llevar a la mesa y lo remojó igual que había hecho la cocinera.

—¡Riquísimo, Queta! —Amalia se sentó con un lápiz y papel y apuntó exactamente lo que había hecho Queta, y más o menos las porciones de cada ingrediente.

—Pues no estoy segura, —decía Queta, y le enseñaba lo que un chorrito era para ella, o unos granitos de azúcar y sal—. Y el aceite, pues el suficiente para que brille y le dé saborcito de comida y no de postre.

A la hora de la siesta, Encarna se retiró de la cocina, dejando solas a Queta y Amalia, que trataban de repetir ciertas recetas que sabía hacer la jovencita. Las dos cocineras disfrutaban de sus horas de creaciones. Incluso en varias ocasiones, Encarna les hacía el favor de salir de prisa al corral en busca de huevos de gallina, o mandaba a comprarles más harina en el colmado de la calle principal si se les acababa. Ya no mandaban a Queta a hacer las compras, para ahorrarle la vergüenza de que la vieran tan preñada.

Después de un tiempo, Amalia dejó de apuntar lo que iba echando Queta, ni seguía sus acostumbradas recetas: dejaba que la creadora siguiera su intuición, parecía tener un gran ojo y nariz para hacer el bizcocho de coco perfecto. Amalia tardaría en enterarse de que la niña nunca había aprendido a leer.

El Dr. Molino se presentó con vacunas y algunos medicamentos para las familias de las parcelas. Teresa estaba en el sillón del balcón meciendo a Ani Conchi cuando lo vio. Lo saludó efusivamente, lo cual extrañó al joven médico.

—Bajo en unos minutos, —le dijo en voz alta. Ani Conchi empezó a llorar y enseguida corrió Chiqui a su socorro, con Susana de la mano. Teresa le agradeció que hubiera estado tan atenta—: no tuve ni que llamarte.

—Doña, la escuché y sé que quería visitar a las familias.

Teresa se fue caminando junto al médico hacia las parcelas. Vio a Yeiza, que estaba arrancando hojas de algunas plantas de sus tiestos.

—Hola Yeiza, aquí vengo con el médico.

—Yo no necesito ningún médico, doña —le contestó con tono defensivo. El joven doctor le dio una sonrisa, y quitándose el sombrero la saludo con mucho respeto y le empezó a hacer preguntas acerca de sus remedios.

—¿Necesita algún remedio doctor? —se entusiasmó Yeiza. De repente, Teresa se puso un poco nerviosa—. Mire que aquí tengo todo lo que vaya a necesitar; las plantas lo curan todo. Esas medicinas de los americanos y esas vacunas tienen qué sé yo, esos químicos... yo qué sé qué me quiere dar, yo me las arreglo sola, gracias.

—Déjeme que le tome la presión de sangre, —dijo el doctor Molino, sacando su aparato para medir la presión. Al advertir la desconfianza de Yeiza, decidió demostrar su funcionamiento con Teresa—. Esto es un tensiómetro, mire, se lo pongo alrededor del brazo, así —Teresa se asombró de que se lo estuviera poniendo—. Se aprieta con esto y voy inflándolo.

—¡*Aaich*, está apretado!

—Ya termino, disculpe... Doña Teresa, tiene la presión un poco alta.

La joven madre se le quedó mirando, los nervios la hicieron reír.

—Pero si me acaba de asustar, doctor.

—Sí, tiene razón, perdone. Debí de pedirle permiso antes de tomarle la presión sanguínea.

Teresa vio que Yeiza la miraba con desaprobación; se acordó de lo que le dijo aquel día. Con cautela le cambió la conversación al médico.

—Le apuesto que Yeiza tiene hierbas que ayudan a bajar la presión sanguínea. —La curandera le sonrió. Al rato, el médico la alcanzó.

—¿Sabe usted que hay médicos americanos que están implementando más y más centros de salud en la isla? —le comentó el joven médico a Teresa.

—Pues me parece muy bien, espero que hablen español.

—No lo creo. Pero sí se nota la mejoría, están en el proceso de ayudarnos con la falta de sanidad en áreas rurales. Están también preguntándoles a las mujeres si quieren dejar de tener hijos.

—¿Cómo así? —Teresa paró de caminar—. No entiendo.

—Si sabe de alguna mujer que haya tenido varios hijos y no quiera más, avíseme.

—¿Qué le harían?

—Es un procedimiento de esterilización, es rápido y muy seguro. Los médicos americanos están enseñando cómo hacer el procedimiento para que se aplique a través de la isla.

—¿No querrán que seamos tantos? —Teresa se le quedó mirando, interrogativa.

—Bueno, eso ayudaría a mejorar la condición de vida, la pobreza para todos.

Teresa tendría que preguntarle a Amalia si sabía algo de eso. ¿Lo sabrían sus parientes en San Juan? ¿Estarían de acuerdo? Continuaba su camino de vuelta ensimismada.

—Esto me parece un pecado, Dr. Molino. Y espero que les estén preguntando primero a esas pobres mujeres, y no haciendo ese procedimiento sin consultarles.

El joven médico se le quedó mirando pensativo. Esa respuesta no la sabía.

Muchos años después, se sabría que Puerto Rico fue el país con la incidencia más alta de esterilización en el mundo, con y sin permiso de la mujer.

El flan de coco

Una tarde, entró Amalia a la cocina para pedirle a Queta que trataran algo un poco diferente.

—Un flan, pero vamos a ponerle una capa de coco fresco a ver.

—¡Qué buena idea, señorita Amalia!

Se pusieron a ello y, cuando terminaron, lo dieron a probar. Teresa y Amalia lo degustaban en la mesita del balcón, mientras la servidumbre se sentaba en los escalones de la casona, todos disfrutando del rico sabor del flan estilo español con ese toquecito local, el coco loiceño. ¡Les encantó!

—Señorita Amalia, ¿y si para el próximo tostamos el coco primero y luego lo añadimos como una capita al flan? —sugirió Queta. Se volvieron a reunir a los dos días, y de nuevo ofrecieron el resultado a todos para saborear y comentar el flan.

—¡Excelente! —fue el comentario unánime. Amalia pensaba que lo podría vender a sus clientes, y si era un éxito le daría el cincuenta por ciento de las ganancias a Queta. Ese flan era un agradecimiento a su herencia española, pero aún más agradecida estaba a su tierra y sus palmeras. Era su manera de sentirse completamente puertorriqueña.

Un flan de coco había nacido, ¿y por qué no?

Qué felices eran, pensaba Amalia con frecuencia. En ningún momento extrañaba a su hermano. Si sólo hubiera muerto antes, llegó a pensar. En sueños había tramado una docena de veces en cómo envenenar a su hermano. ¿Y si alguien tuvo la misma idea?

De repente, se le ocurrió a Amalia "¿y por qué no?" ¿Acaso no se aprovechó de tanta gente? Esto la perturbó, y se acordó de haber visto a Teresa hablando con Yeiza aquella tarde, poco antes de la muerte de Benat. Por varios años, Amalia pensaría en esa escena. O también pudo ser Queta, quizás Encarna, ellas también tendrían motivos para odiarlo.

Entre un recuerdo y otro se acordó de lo infeliz que su padre hizo a su pobre madre. Le vino a la mente un incidente con su madre y otra mujer, una negra. ¿Cómo se llamaba ella? Su madre fue bien grosera con ella, y le prohibió a Amalia que hablara con ella o con su hijo. Le dijo que era una mala mujer.

Amalia no sentía rencor, más bien lo aceptó como mala suerte: había sufrido con los dos hombres más importantes en su vida, su hermano y padre. Cómo extrañaba a su abuelo, que le enseñó a montar caballo, le contaba cuentos de su propia niñez, y era un hombre verdaderamente cariñoso. Siempre recordaba como su abuelo la sentaba sobre su rodilla y la dejaba jugar con su bigote, él le mordía los dedos y ella se echaba a reír. Ella sabía que él sí la quería mucho.

Su propio padre la defraudó, porque no entendió su amor por el cañaveral, su orgullo de pertenecer a esa tierra y querer ser parte de su futuro también. Ella sabía que sus padres notaban algo diferente en ella, algo que los avergonzaba. Obvio que era extraña, no tenía ningún interés por los vestidos lindos que le compraba su madre, ni en el joven Calatayud con quien querían casarla, ni en las fiestas en la capital. Sólo amaba el aire fresco, el sonido de la lluvia al atardecer y el concierto nocturno del canto de los coquíes. A veces un canto alborotado iba seguido por una tempestad, algo que también le había enseñado su amado abuelo Ángel: "los animales nos avisan de todo".

La noche antes de la muerte de su padre, Amalia había peleado con él y con su hermano acerca de la venta de unas tierras. Aparentemente era necesaria para poder pagar una gran pérdida de juego de su hermano. La discusión fue tan fuerte que don Paco salió maldiciendo todo y a todos. Se fue a pasar la noche en el prostíbulo de Madame Úrsula. Los coquíes estaban callados esa noche, como esperando el siguiente capítulo: Don Paco murió esa noche de un infarto, encima de su puta favorita.

Cada vez que le venía esa escena a la mente, Amalia trataba en vano de quitársela del recuerdo, tal era el asco que le daba su padre.

El nuevo miembro de la familia

El 24 de diciembre del año 1933 nació un niño con unos ojos almendrados enormes. La pobre Queta estuvo de parto dos días.

No quedó más remedio que llamar al médico; la pobre estaba sufriendo y la comadrona misma sugirió que quizás hubiera que hacerle una cesárea. El joven Dr. Molino se presentó en vez de su padre, ya que estaban celebrando las navidades con su gran familia. El doctor, con apenas 28 años, que había estudiado medicina en Santiago de Compostela, seguía los pasos de su padre, que llevaba atendiendo a los Sánchez Gorriti ya más de treinta años.

Después de saludar respetuosamente a la joven viuda, que lo recibió en la entrada, la siguió al cuarto donde habían puesto a Queta. Teresa le explicó en el pasillo que estaban muy preocupados por el bienestar de la jovencita.

El médico entró a toda velocidad al cuarto, donde vio a Queta agotada, sudada y llorando del dolor. Le dijeron que había llegado justo a tiempo para ayudar a la pobre mujer. No le importó que fuera Navidad, era su deber. El parto fue dificultoso, pero el bebé ya estaba en el canal cuando llegó el doctor; siendo Queta primeriza y en su estado de nervios, muy asustada, le costó pero por fin pudo sacar al niño. El bebé nació demasiado azul, casi morado. El doctor enseguida, como un relámpago, empezó a darle oxígeno, preocupado porque quizás no sobreviviera.

En eso, la criatura, muy pequeña, empezó a chillar a todo pulmón.

Teresa y Amalia dejaron salir sendos suspiros, que ni cuenta se habían dado de que habían estado aguantando la respiración.

—¡Gracias a Dios, Dios Santo! —exclamó Teresa—. Gracias, Felipe, por venir.

—Se llamará como usted, doctor —agradeció Queta entre lágrimas y con poco aliento, —quiero que sea un gran hombre como usted. —Se dejó caer de espalda a la almohada, la pobre muchacha había quedado extenuada y sin duda estaba en agonía. Había pensado más de una vez que no sobreviviría a ese acontecimiento. Nunca querría volver a pasar por eso otra vez.

El doctor se paró y le puso el bebé en los brazos a Teresa, que estaba a su lado. Ella le besó la frente.

—¡Un varoncito! —se emocionó Teresa—, se llamará Felipe, sí, y de segundo nombre Miguel, como mi padre.

—Y Ángel —dijo Amalia, acercándose—, como mi abuelo, su bisabuelo. —Las dos mujeres miraron al médico, quien efectivamente las había oído. Entendió quién era el padre. Volvió a centrar su atención en Queta: le secó la frente a la joven con lástima y ternura.

—¿Cuántos años tienes muchacha?

—Dieciséis, doctol. —le dijo, Queta sintiendo un impulso de fuerza. Encarna entró con paños limpios para ayudar al médico.

El Dr. Molino, viendo al recién nacido en los brazos de Teresa, que ahora lo bendecía, entendió que Queta había sido violada, y a saber cuantas veces, por el difunto hacendado. El mismo que había muerto siete meses antes, envenenado según él sospechaba.

Terminó de reparar la episiotomía a la paciente, que por más trapo que le pusieran en la boca para apretar con los dientes, se le escapaba un grito del dolor. Ya terminado, el doctor le volvió a hablar y consolar. "Pobre muchacha", pensaba.

Teresa, que ahora bañaba cuidadosamente al bebé, lo consolaba. El pequeño lloraba quizás al oír a su madre hacerlo.

Al rato, el doctor se paró y se dirigió a su tocayo recién nacido.

—Felipe Miguel Ángel, —le dijo solemnemente— eres ya un niño amado por tres mujeres maravillosas. —Y lo dijo con toda sinceridad, tenía admiración por ellas: sabía bien que una, dos o las tres eran mujeres muy fuertes y especiales.

Amalia fue a ayudar a Queta a sentarse y le pasó un trapo con agua para secarle el sudor que se le había vuelto a soltar. Entró la lavandera con sábanas y fundas limpias, tal como se lo había ordenado Encarna.

—Tráeme la jarra de agua de lavanda y eucalipto, la dejé en la esquina sobre el mostrador de la cocina. —La mujer regresó apurada con lo que le había pedido Encarna, y entre las dos lavaron a Queta. Después de un rato, Amalia se les acercó y le hizo una trenza prolija a la joven madre.

Por fin, Teresa le puso el niño en los brazos a la madre biológica para que lo amamantara. Las tres sentadas juntas en la cama. Teresa ya había decidido que ese bebito era un Sánchez, hermano menor de Susana y Ani Conchi, y como tal lo criaría ella como suyo.

El Dr. Molino se fue con calma, pensando en el camino que tendría que contarle a su padre de su nochebuena, y lo que ahora entendía mejor. Tendría que esperar a que estuvieran solos los dos. Luego se sentaría a escribir en su diario, como era su costumbre todas las noches.

A la semana, volvió el doctor trayendo a su padre consigo. Los dos médicos vieron al bebé y luego examinaron a Queta. Teresa no se le despegaba a Queta. Ambos doctores dijeron que Felipito se veía muy bien.

—Un niño bastante blanco —comentaron extrañados.

—Queta debería reposar unas semanas más, —le dijo el doctor padre a Teresa— la veo bastante débil. —Teresa les agradeció la visita y los invitó a quedarse a almorzar, ya que pronto estaría lista la comida. Los dos se miraron y el joven doctor, en tono nervioso, le recordó a su padre que tenían otros pacientes.

—Quédate tú Felipe, yo me voy a atender a los otros y regreso por ti esta tarde.

Felipe se sentó a la mesa junto con Teresa, que no se parecía en nada a la joven esposa que había conocido unos años atrás en el Ancón. Ante él veía una mujer muy segura de sí misma, confiada en sus decisiones y con una sonrisa tanto en los labios como los ojos.

—Encarna cocina riquísimo, ¿sabe? —le dijo la señora a su invitado especial.

—Doña Teresa...

—Nos vamos a tutear ¿verdad? —lo interrumpió. Felipe, recordándose que quizás estaba con una mujer que había matado a su marido, asintió con la cabeza.

—¿Quieres que te sirva un vino, Felipe? —Teresa sonó la campanita de plata y se presentó Chiqui. La joven sirvienta recibió su orden y regresó a la cocina. Acto seguido, se presentó Encarna con el vino y lo dejó junto al doctor. Este observó que Queta se movía de un cuarto a otro con el bebé en brazos. En eso vio a las hijas de Teresa, que estaban con toallas mal envueltas; se notaba que estaban desnudas, agarradas de la falda de Queta, riéndose. La fiel sirvienta continúa haciendo algunos deberes, pensó el médico.

—Criaré a Felipito como hijo mío —dijo Teresa al advertir la distracción del joven médico. Midiendo sus palabras tomó aliento y prosiguió—: nadie tiene que saber que no lo es, por favor.

—Por supuesto, es un acto muy bondadoso, Teresa.

Pasado un mes, Queta se sintió recuperada completamente; su cuerpo joven y fuerte, sin embargo, lo sentía diferente. Esto sin considerar toda la leche que le bajaba. Se sentía como una vaca lactando a Felipito a cada rato, le comentaba a Encarna, no disfrutaba de esa tarea. Ella sabía que, tan pronto volviera a su barrio, se darían cuenta, en especial su abuela, que ya no era una niña sino una mujer, si no era que ya se hubieran enterado. Y si fuera así, por qué no habían ido a rescatarla, o a visitarla tan siquiera, pensaba con cierta tristeza. "Ni una palabra de mi madre..."

—Queta, quiero que bauticemos a Felipito —le dijo Teresa—, quizás en privado; sólo algunos de la familia y todos ustedes, —refiriéndose a la servidumbre—. ¿Qué piensas si le pedimos a Amalia que sea la madrina?

—Muy lindo, Doña, creo que se alegrará.

—Lo haremos en la Iglesia de San Patricio, acompáñame mañana para hablar con el cura.

—Y necesitará un padrino, ¿verdad? —preguntó Queta con timidez.

—No es necesario, ¿sabes? Pero si tú quieres, le ofrecemos el honor a Mario.

El fiel capataz, ya muy mayor, el buenón de Mario, mano derecha del malogrado Benat. Se le aguaron los ojos cuando la patrona lo hizo llamar para pedirle si bautizaría al hijo de Benat.

—Yo no tengo nada que ofrecerle, sólo mi amor por estas tierras, doña Teresa.

Mientras tanto, ya Amalia había hecho dos viajes a Moca para encargar el faldellín de mundillo de su Felipito. No quería que nadie volviera usar nada de su difunto hermano.

—No, Teresa, aquí ya empiezan nuevas tradiciones —sostuvo con seriedad.

—Está bien, Amalia —accedió Teresa, de acuerdo con su cuñada. Queta, en un rincón sacando el polvo, sonreía: qué dichoso sería su Felipito al tener a Amalia de tía y madrina, a Teresa como su madre adoptiva y a ella misma a su lado, aunque el niño nunca podría saber la verdad. Tendría a tres mujeres criándolo entre tanto amor. Queta paró un momento su labor para rehacerse la trenza; se le había deshecho cuando se le enganchó con un rifle viejo que colgaba en la pared. Dividió en tres su cabellera con sus dedos largos, le quedó una bella trenza.

Pasadas las fiestas navideñas, a los dos meses del nacimiento de Felipito, un 26 de febrero, Teresa fue a la corte de Carolina a registrar a Felipe Miguel Ángel como hijo del difunto Benat Sánchez Gorriti y María Teresa Matienzo, Viuda de Sánchez Gorriti. Debido a que el padre de la criatura había fallecido, el testigo del acta de nacimiento en la corte sería el Dr. Felipe Molino. Sin más o menos, Felipito era uno de ellos, punto.

—No me digas más Queta, —dijo Teresa— bastante tuviste que soportar al sinvergüenza de mi marido, y todas las porquerías que te hacía noche tras noche. —Queta bajó la cabeza con vergüenza, ruborizada. Teresa le alzó la cara con su mano, cariñosa—. Niña, eres buena y has sido maravillosa con mis hijas, déjame hacer esto por ti y para que tu niño crezca y pueda ser un hombre de bien.

"Un hombre de bien," pensó Queta. La suerte de su Felipito de haber nacido tan parecido a su padre, tan blanco. Hasta el pelo lacio castaño, como si lo hubiera hecho él solo. Este bello niño, esta criatura inocente tenía una tez oliva, los ojos cercanos a la nariz. "No cabe duda de que es puro pai," decía Amalia mil veces.

Tal vez los dioses, pensó Queta, estaban castigándola por ese veneno con que mató a Benat, quizás era eso. Le mandaron una réplica de su patrón. Pues si así fuera, entonces ella se encargaría, junto con Teresa y Amalia, de que fuera un buen hombre, bondadoso, amable y orgulloso de esa isla, que ahora más que nunca era una tierra de oportunidades. "Jamás sabrá que yo soy su madre biológica, y mucho menos que maté a su padre." Bajando la cabeza por sus remordimientos, Queta volvía a sentir que había tenido la razón, el derecho a defenderse. Si un hombre le hace tanto mal a una mujer, una y otra vez, ella tendrá su derecho a defenderse, "¿verdad?" Recordaba así las palabras de Yeiza.

Esa tarde, Queta llevó a Felipito a ver a la vieja santera.

—Te esperaba, mi niña —la saludó, apareciéndose de repente entre las plantas altas—, ¿quieres que yo le dé la bendición para que lo guarde del mal?

—¡Por favor! Sí, quiero que sea un gran hombre, y no como su padre.

—Deja de pensar en ese hombre malvado —le dijo Yeiza, mirándola fijamente—, ni lo traigas con la mente... Los malos recuerdos, entiérralos.

—Pero a veces tengo pesadillas, Yeiza —le contestó Queta con una voz casi infantil.

—Fuerte, eres fuerte, y cuando tengas una pesadilla te paras y bebes agua. Espera, te hago una agüita perfecta.

Queta miraba lo que Yeiza le estaba preparando con curiosidad, mientras mecía a Felipito entre sus brazos

¿Crees de verdad que algún día podré olvidarme de todo eso? —le preguntó.

—No, mi amor, pero no dolerá tanto. Será un recuerdo del pasado, ya verás, dale tiempo al tiempo.

Como un milagro, Queta se sintió más confiada por sus palabras, y mirar a la criatura inocente entre sus brazos le dio una energía que, aun sin entenderla, le dio fuerza, la hizo sentir invencible. Bebió el vaso de agua que le extendió la vieja santera.

Yeiza bajó de su altar uno de sus santos, pero los de Orisha, no los católicos, colocándolo cerca de Felipito.

—¿Cuál sería ese? —lo miraba Queta con curiosidad, sin querer interrumpir la invocación de los espíritus que llamaba la santera. Le puso un aceite medio rojizo en la frente, que más tarde Queta, al besar a su niño, le pareció que era achiote con aceite de coco. Yeiza empezó unas oraciones con sus manos sobre Felipito, las cuales Queta no entendía, y al final le sonrió a la joven madre.

—Muy bien, mi niña, vuélvelo a su cuna, que ahora le toca vivir su vida. Tú estarás para guiarle, pero su vida será otra. Respeta su camino.

Al salir la joven madre con el bebé, Yeiza siguió invocando a Orunmila, el espíritu del juicio, perspicacia y gran destino.

Rendirse

Queta seguía a cargo del niño para darle el pecho, pero ahora Teresa no quería que se refiriera a él como a "mi niño". Quería que las niñas olvidaran por completo que Queta había dado a luz a Felipe. La muchacha aceptó su decisión, entendía que era por el bien de su hijo; era blanco y le iría mejor siendo el hermanito de Susana y Ani Conchi. Teresa lo mecía junto con las dos niñas, quienes, paradas junto al sillón, veían como su madre le cantaba una tierna canción de cuna.

—Denle a su hermanito un besito de buenas noches.

Gracias a todos los pedidos que le llegaban a Amalia, Queta podía distraerse de Felipito un poco. Ahora el negocio de los postres y el aguardiente se había expandido a varios mercados de Loíza, Canóvanas y Carolina. Al año de haber empezado, el negocio de las reposteras era el hablar de Loíza y pueblos cercanos. Teresa las dejaba hacer, con tal que le llenaran la alacena de harina y huevos.

Queta tenía su rutina: le daba el pecho a Felipito, lo dejaba en la cuna en el cuarto de Doña Teresa, preparaba un postre, limpiaba la cocina y ayudaba a lavar la ropa. Esas eran sus mañanas, entre dos sesiones más de lactancia. Ya para el mediodía, terminaba de ayudar a Encarna con la comida y volvía a limpiar la cocina. Al rato, volvía a darle de comer al varoncito de la casa. Al comienzo lo hacía abiertamente, pero después de tantas preguntas que le hacían las niñas, por orden de Doña Teresa tuvo que hacerlo a las escondidas, en especial de Susana, que ya era mayor para darse cuenta de algunas cosas.

Amalia se presentó en el colmado de Antonio con varios postres, que allí siempre se los vendían bien. El bizcocho de coco era el hablar del pueblo. Se vendían enseguida, como si estuvieran vigilando el carro ruidoso al llegar, parecía que se regaba la voz en un dos por tres. "¡¿Ya se acabó?!" "¿Cómo va a ser, Antonio?" "¡Ay, bendito! Llámate a la muchacha de Amalia, la Queta, para que haga más de veinte a la semana".

Otras le reclamaban "mira, encárgaselo Antonio, que Amalia te hará más caso a ti". Así era con mucha gente del pueblo cada par de días. A Antonio también le encantaban, se preguntaba qué le echarían esas muchachas que tenían a medio pueblo adicto.

—Pues Antonio, mira de donde salen, es el azúcar de ese trapiche de la tierra de Yuiza.

Eso mismo tenía que ser, pero qué sabroso se pasaba uno la tarde con un bizcochito y un cafecito con las amigas.

The Spatula

Queta se sentía satisfecha con el dinero extra que hacía, y siguiendo el consejo del esposo de Encarna, el viejo maestro Carlos, fue con él al banco y abrió una cuenta. Estuvo practicando la firma hasta que le salió algo que le gustó y la banquera le dio el visto bueno; eso sí, tendría que seguir practicando su firma para que no se le olvidara. También practicaba sus números a diario, ahora que sabía cómo agarrar una pluma correctamente. Al salir del banco, todos los empleados se salieron de sus puestos para despedirse del Míster; todos habían sido alumnos del maestro ahora ciego, el más amado hombre del pueblo. Caminando por el pueblo del brazo, Queta y el Míster Carlos Ryder saludaban a todos quienes les pasaban.

En una vitrina de la tienda La Balanza, Queta vio unas cucharas de diferentes cortes y le pidió a Carlos que entraran

—Esto es una espátula, es un utensilio para sacar la mezcla mejor —le explicó el vendedor. A Queta le encantó que era de goma blanca, así que se compró dos, una para ella y otra para su jefa repostera Amalia. El vendedor le comentó a su viejo maestro, Mr. Ryder, que en la caja donde habían venido de Nueva York ponía *spatulas*.

—Quetita, tenemos que ver como aprendes a leer y a escribir.

—Sí Míster, —respondió Queta poniendo la cabeza en el hombro del viejo— yo quiero poder leer un libro igual como veo a Doña Teresa hacerlo. —Tenía miedo de fracasar en su intento. Pasarían algunos años antes de que se obligara a sí misma a confrontar ese temor. Le ayudaba pensar en la imagen que tantas veces admiraba, la de la doña, que era tan distinguida, y que a veces les contaba alguna anécdota de lo que acababa de leer. Mr. Ryder escuchaba con atención a su lazarillo. Se sentía optimista del porvenir de la muchacha y de muchos loiceños, se palpaba el deseo de superarse. Sonrió el resto de su camino.

A la mañana siguiente, el árbol de aguacate parecía que había dado a luz una docena de trillizos: lleno amaneció. Encarna llamó a Queta, que salió con Susana, Ana Concepción y Felipito detrás.

—Miren, vengan y ayúdenme que haremos una ensalada de aguacate para todos.

Para el tercer aguacate, Queta pudo seguirle los pasos a Encarna más fácilmente, viendo con la ligereza y habilidad con que ella los cortaba y abría. En una bandeja pusieron varios cortados en rebanadas, echaron un chorro de aceite de oliva, culantro picadito y sal. Quedaría sabroso, precioso al ojo y refrescante al paladar, junto al pescado frito que prepararían ahora. Hasta Ani Conchi, la quisquillosa, lo probó.

—Queta, te quiero mucho, —le gritó. Queta sintió ese amor de pies a cabeza. Se acordó de su abuela, que decía "esta niña tiene un don en las manos, todo lo que toca le sale riquísimo".

Los honramos, los respetamos

Amalia llegó a la Donostia apurada.

—¿Dónde está Teresa?

Encarna, sentada en un tronco rompiéndole el cuello a una de las gallinas, se quedó pensativa. Luego le dijo:

—Ah sí, la vi bajando hacia la parcela. Fue a llevarle un regalito a Dolores, que tuvo una nena.

Amalia intentó recordar cuántos hijos habría tenido ya Dolores, había perdido la cuenta. Dirigiéndose al sendero, escuchó unos ladridos. Era Duque que venía caminando con Ani Conchi sola.

—Ani Conchi, ¿qué haces por aquí solita, cariño?

—Busco a mi mamá, no sé adónde fue.

—Estás cuidando a la nena, ¿verdad? —Amalia se agachó para acariciar al perro fiel—. No la ibas a dejar sola, buen muchacho. Te quiero —dijo, dándole palmadas llenas de ternura a las que Ani Conchi reaccionó igual.

—¡Te quiero, Duque! —le dijo al perro, abrazándolo. El animal, feliz de que ya no anduviera por ahí el patrón, que lo pateaba si se cruzaba con él. Y después siempre venía seguido algún empleado joven, que imitaba el malvado y abusivo comportamiento. Duque se dejaba abrazar y jalar por las niñas y las mujeres.

Amalia agarró la mano de su sobrina, con Duque siguiendo detrás. Llegaron a la casa humilde donde había mucha gente, afuera y adentro. Teresa se estaba despidiendo de todos cuando vio a su cuñada.

—Ah, ¿vienes tú también para felicitarla?

—¡Claro que sí!

Ani Conchi se soltó de la mano de su tía y corrió donde el recién nacido. Se le quedó mirando al bebé negrito, vio a algunos de los hermanos mayores, algunos sus amigos y les dijo "está sucio, ¿vamos a bañarlo?" Teresa se incomodó con lo que dijo su hija, y la jaló.

—No mi vida, las madres se encargan de esas cosas. Vámonos a ver a tu hermanito. —Dos de las niñas siguieron a Ani Conchi y a Duque, que seguía siendo acariciado, ahora por más manos.

—Teresa, está pasando algo bien grande por toda la isla —dijo Amalia, con gravedad. Teresa, con el ceño fruncido, miró a su cuñada

—Amalia, cuéntame, te veo inquieta.

—No, no es que esté inquieta, pero sí que estoy muy preocupada. ¿Has escuchado de Pedro Albizu Campos?

—Sí, leí que tiene un partido nacionalista, o algo así... —dijo Teresa sin darle importancia—, ¡no me digas que lo mataron!

—No, no, ¿cómo crees? —Amalia se sorprendió por la reacción fatal de Teresa—. No, me enteré de que está organizando muy bien a todos los trabajadores agrícolas, a los macheteros, así les llama. Es para que se vayan de huelga y que se presenten a marchar y protestar contra los dueños de cañaverales, cafetales y tabaqueros.

—Pero ¿a mí no me harían eso verdad? —Teresa se quedó pensativa—. Yo no abuso de ellos, les pago lo que se paga, les damos días feriados y domingos libres, les damos almuerzos con frecuencia...

—Teresa, se están organizando y van a querer unirse a sus compañeros, consta que los otros trabajan para esas compañías americanas.

—Bueno, vamos a calmarnos y vayamos pensando qué hacer, —Teresa la interrumpió—, pero aquí no puedo permitir que se me vayan de huelga, porque nos fastidiamos todos. Ni vender bien estas tierras podría... —agregó, como para sí misma.

Siguieron la conversación, pensando cómo podrían hablar con los trabajadores ellas mismas. Se quedaron rebotando ideas y estrategias por tres horas. Mientras Encarna y Queta les sirvieron la merienda, la cena y el postre, las mujeres hablaron hasta las dos de la mañana.

—Es lo que haremos, y confiemos en que ellos entiendan.

A la mañana siguiente, Teresa y Amalia repasaron una vez más su plan y sus discursos; les habían pedido a Encarna y Queta temprano esa mañana que preparasen un arroz con zanahoria, lo que abundaba ese día, e hicieran yuca frita también.

—Por favor, —les dijo Amalia— pídanle ayuda a alguna de las mujeres. Mientras estemos hablando Teresa y yo, que vayan repartiendo las frituras, otras que les sirvan arroz, y que les ofrezcan agua de coco o de tamarindo.

—Es muy importante que pregunten, —les recalcó Teresa— o sea, les dan a escoger, que ellos digan cuál prefieren, ¿me entienden?

—Queta no entendía, pero fue a las parcelas a buscar ayuda; casualmente, acudieron las esposas de algunos de los jornaleros.

El viejo capataz Mario, sentado en una esquina de donde habían puesto las mesas para la comida, observaba a ambas mujeres con gran curiosidad. Encarna les pidió a tres mujeres jóvenes, esposas de jornaleros, que le llevaran a la mesa los dos calderos que tenía en el burén.

—Y los sirven con una rebanadita de aguacate.

—Sí, Encarna.

El Míster, sentado cerca del burén, su lugar favorito en los últimos años, sabía bien que algo estaban tramando las cuñadas. Sin embargo, pensaba que sería algo positivo. Ojalá les funcione, pensó.

No había brisa, así que Queta, sin pedir permiso, les dijo a las mujeres que pusieran las mesas debajo de los palos de *mangó*.

—Es importante que busquemos la sombra.

El Míster se acordó de esos palos de mangos cuando eran chicos, junto al flamboyán más lindo de Loíza. Todavía podía verlo en sus recuerdos antes de quedar ciego del todo.

—El flamboyán embellece todo su entorno, hasta este viejo ciego —dijo en voz alta a quien le oyera. Una suave brisa sopló en la frente del viejo, trayendo consigo lágrimas a los ojos del maestro Carlos Ryder.

Teresa llegó al lugar, y al darse cuenta del cambio estaba a punto de quejarse, cuando Mario fue donde ella con sigilo.

—Así estamos todos en la sombra, Doña Teresa. Es mejor así, ¿no cree?

Mirándolo asombrada, Teresa le puso la mano encima de la suya y le dio las gracias. Algunos trabajadores vieron ese intercambio cordial y respetuoso y se acordaron de la joven esposa ayudando al patrón después del fatal huracán San Felipe.

—Buena, esa señora —dijeron muchos.

Todo parecía estar listo. Teresa buscaba a su alrededor a su cuñada. Amalia llegó, con la ayuda de Berta y dos niños, cargando un baúl que solía usar para transportar su famoso pitorro. Teresa se le quedó mirando con suspicacia.

—¿Lista? —Teresa asintió. Amalia entonces comenzó a hablar.

—Buenas tardes a todos nuestros buenos y apreciados trabajadores. —En ese momento entendió por qué su padre y abuelo usaban una tarima, era para poder verlos a todos mejor. Ella no quería estar por encima de ellos, quería hacerles sentir que eran uno, pero se estaba sintiendo chica. "Ánimo, Amalia" oyó que la voz de su abuelo Ángel le decía al oído. Siguió a explicar cómo ellos eran un pequeño cañaveral, no por propio deseo, sino que a través de los años se habían visto obligados a vender más y más de sus tierras para cumplir con las leyes impuestas por los Estados Unidos. Sin embargo, no le parecía justo.

—Hay muchas compañías —continuó, ahora casi gritando— que han comprado tierras y han sabido arreglárselas con sus leyes, mientras lo que han hecho es perjudicarnos a nosotros, y digo nosotros, porque todos ustedes y Doña Teresa y yo, somos nosotros. —Muchos de los obreros escuchaban con interés. Teresa, sabiendo que le tocaba a ella, empezó su parte del discurso.

—Así es, el gran trabajo de todos ustedes es apreciado todos los días. —Con el dedo índice empezó a señalar a cada trabajador—. Todos nosotros somos este cañaveral. Yo no les fallaré, y les pido que no me fallen. Sé que habrá huelgas masivas en estos días, y quiero que sepan que respeto el movimiento, y estoy con la lucha; pero este cañaveral no es de los americanos, es de puertorriqueños. Somos un pequeño cañaveral, de su trabajo todos los días dependemos todos. —Entonces señaló a las mujeres, la mayoría esposas listas para servir el almuerzo. Ellas le sonrieron de vuelta—.

Quiero que sepan que entiendo si algunos de ustedes se han comprometido a participar con algunos compañeros; si fuese así, por favor vengan a hablar conmigo primero.

Algunos de los jornaleros se quedaron mirándose entre ellos. Amalia enseguida lo notó, entonces abrió el baúl.

—A final de la semana —dijo—, para los que no se vayan de huelga, habrá otro gran almuerzo que prepararán Encarna y Queta para todos nosotros. Y, de mi parte, una botella de mi ron, que ya sé que a muchos de ustedes les gusta. —Algunos de los obreros empezaron a reírse. Teresa empezó a sentirse con más confianza, notó que la cosa iba bien. Se acercó a los trabajadores y señaló hacia las mesas, invitándolos a almorzar. Ella entonces, con paso acelerado, se colocó entre dos de las loiceñas, a quienes ella conocía bien. Les dio las gracias por haber ido a ayudar. Tomó una de las jaras de aguas.

—¿Quieres un vaso de esta agua de coco? —preguntó al primer obrero—, ¿o prefieres la de tamarindo? Las ha hecho Queta, bien refrescante.

Los trabajadores, de manera ordenada, se pusieron en la fila. Todos daban las gracias, y la mayoría le dejaban saber a doña Teresa que ellos no tenían nada que protestar, "no se preocupe, aquí estamos". Ella les devolvía las gracias, sintiéndose aliviada.

Cuando se le acercó uno de los más jóvenes, le vio en los ojos algo familiar. Era más bajo que el resto. Le dio las gracias por el almuerzo, pero enseguida le dijo que ya les había prometido a sus hermanos que él sí participaría en la protesta.

—Gracias por dejarme saber, —le dijo Teresa con calma— Pedro Albizu Campos quiere lo mejor para tus hermanos, entiendo que quieras ir con ellos.

—Además —la interrumpió el muchacho, con rencor en la mirada—, yo no quiero trabajar en esto toda mi vida.

—Comprendo, —le contestó Teresa, con la voz baja— y repito, gracias por dejarme saber. ¿Cómo te llamas tú?

—Francisco Gabriel —dijo el muchacho con un tono áspero. Teresa se le quedó mirando fijamente, pensó que se llamaba igual que el padre de Amalia y Benat. Recapacitando, entendió perfectamente donde había visto esos ojos llenos de furia antes.

—Estas tierras tienen mucho que agradecerte, Francisco Gabriel —le dijo—. Gracias por tu servicio; me gustaría darte una carta de recomendación para que puedas conseguir otro trabajo. Me imagino que irás a la capital, ¿verdad?

—No, yo me largo; voy pa' Nueva York.

Teresa enseguida pensó que tenía que dejarlo ir; había varios hombres esperando pacientemente en la fila, y a este joven no le estaba haciendo la situación cómoda: ni ella iba a lograr hacerle cambiar de idea, ni podría ayudarlo. También pensó que podría pedirle que se quedase, "acá por lo menos estas tierras ricas te dan de comer, en los Estados Unidos la situación agrícola y la falta de empleos está muy difícil". Mientras pensaba esto, Francisco Gabriel estaba haciendo muecas groseras a los otros jornaleros. Le causó lástima, a la misma vez que miedo, acordándose del mal genio de su difunto marido.

Unos minutos más tarde, de repente oyó la voz alta de Encarna.

—Les haremos el almuerzo todos los sábados por este mes, en agradecimiento —anunció. Amalia se pasmó al escuchar el plan de Encarna y Queta, que se veían alegres y conversando con las ayudantes. Ya estaban planeando un arroz con habichuelas. Disimuladamente, Amalia fue hacia la mesa, cuando se cruzó con ella, Teresa la agarró por el brazo.

—Son tres sábados más de almuerzos, nada más —le dijo en voz baja—, ya inventaremos que hacemos.

—Sé a quién pedirle que me traiga unos sacos más de arroz —respondió Amalia con seriedad— y que me vayan trayendo unos siete racimos de plátanos. —Efectivamente, cada vez que había que conseguir algo difícil, Amalia iba donde Machuca; ese sinvergüenza le debía muchos favores, lo tenía en la palma de la mano.

Encarna y sus ayudantes les hicieron una señal a algunos de los muchachos, algo que Teresa notó sin saber qué esperar. Comenzó un ritmo entre dos hombres tocando sus tambores, que antes habían sido barriles de ron. La nuera de Encarna empezó paulatinamente a moverse al son del ritmo. Vestida todo de blanco, con su falda ancha y el pelo amarrado en una bufanda, se veía preciosa.

—Observa —dijo Amalia, inclinándose hacia Teresa—, esto será un diálogo entre los músicos y la bailarina. —Según fueron transcurriendo los minutos, Susana y Ani Conchi se encontraron en el centro con los bailarines, junto a los demás niños de las parcelas, bailando junto a ellos al ritmo mágico e hipnotizante de los tambores. Este Puerto Rico era muy diferente al de ella, pensó Teresa, sin embargo, era el de sus hijas.

En las jornadas sucesivas, los trabajadores de todas las azucareras grandes, con dueños en los Estados Unidos, empezaron la huelga. Tristemente, la industria azucarera, la cafetera, al igual que la tabaquera de Puerto Rico, empezarían a decaer en menos de una década. La caída del precio del azúcar y los problemas laborales harían que muchos cañaverales cerraran. Cuba y la República Dominicana se beneficiarían de la caída de la industria agrícola puertorriqueña.

Decoradoras de Interiores

Una tarde, Teresa vio que la puerta del cuarto de su difunto esposo estaba abierta.

—Queta, ¿sabes quién estuvo en la alcoba de Benat?

—No, Doña, yo no he vuelto a entrar allí desde... —Queta se interrumpió, sin querer recordar el día que mató al patrón. O quizás fuese Teresa quien no la dejó terminar porque no quería volver a revivir el día que mató a su marido.

—Está bien Queta, no te preocupes. Quizás fue uno de los niños. — Fue a buscar a las niñas—. Susana, Ani Conchi, ¿estaban en el cuarto cerrado?

Susana siempre encontraba raro que no pudieran usar ese cuarto.

—No, —le contestó— pero deberíamos mudarnos Ani Conchi y yo a ese cuarto grande, y pintar las paredes de rosado como las de mi amiga Azucena y tú dale nuestro cuarto a Felipito, no va a dormir contigo toda la vida.

Teresa se le quedó mirando a su hija; tenía toda la razón, y nunca se le había ocurrido, o tal vez fuera que pensaba que no se quedarían mucho tiempo más en Loíza. Esa tarde les contaría su conversación con Susana a Queta y Encarna; ellas estuvieron de acuerdo con la idea sugerida por la niña, que tenía muy en claro lo que quería. Teresa no estaba segura de poner a sus hijas en un cuarto donde había muerto el padre, no vaya ser que fuera algo macabro. Le pidió a Queta que la acompañara a ver cómo estaba la habitación. La joven sirvienta se sintió un poco nerviosa, pero Encarna le dio un empujón.

—¡Ve!

La patrona caminó con más confianza ahora que no iba sola. Estaba a punto de abrir la puerta, cuando oyeron un ruido fuerte que venía de la puerta. Era Amalia. Queta dio un pequeño salto y Teresa se agarró el pecho, reaccionó igual de asustada al oír la puerta y el llamado de Amalia.

—¿Qué pasa aquí? —preguntó Amalia al encontrarlas en el pasillo. Teresa le contó lo que se le había ocurrido a Susana—. Me parece muy bien, —dijo con una voz fuerte— de una vez abran ese cuarto y quemen todos esos muebles.

Queta abrió sus ojos enormes, sorprendida al escuchar a la hermana del difunto. Amalia caminó hacia la puerta del cuarto privado de su hermano. Tan pronto la abrió, Teresa olió la colonia de Benat que ella misma le había echado por todo el cuerpo y las sábanas ese último día.

En las paredes vieron algo que parecían garabatos. Llamaron la atención de Queta, que se quedó mirando fijo. Amalia y Teresa la vieron cautivada.

—¿Son lagartijas? —preguntó Teresa por fin—. ¿Aplastadas? — Queta asintió, nerviosa al acordarse de la fea costumbre del patrón de matar las lagartijas que se colaban dentro de la casa. Amalia enseguida abrió las ventanas y la puerta del balcón.

—Mañana traigo a unos muchachos, le damos una lavada y echamos estos muebles al fuego. Y también algunas de estas tablas del piso —observó agachándose—, mira, aquí se ve que hay comején. —Teresa se fijó y, sin decir nada, se acercó a las ventanas. Amalia continuó con sus planes—: en estas ventanas hazte unas cortinas, compro unas camas para mis sobrinas y ya está, el cuarto nuevo de las princesas.

Teresa se le quedó mirando y pensó que así querría que fuera su marido, envuelto y apasionado cuando se trataba de sus hijas. Tomó a su cuñada por el brazo y le dio las gracias. Queta seguía preocupada, mirando todas las lagartijas aplastadas en las paredes; solas no se aplastaron, se dijo a sí misma.

A la mañana siguiente, llegó Amalia con dos hombres y tablas para reemplazar parte de los pisos. Tan pronto volvió a entrar al cuarto, notó que en la esquina detrás de la puerta el piso parecía más levantado.

—Eso es por la humedad que deforma la madera, —le dijo el carpintero al notar lo que le había llamado la atención a la señorita Amalia. Teresa entró con una jarra de café para los trabajadores, cuando vio a Amalia agachada levantando un pedazo del piso.

—¿Más polilla?

—No, ¿qué es esto? —Teresa se acercó a su cuñada. Amalia había encontrado unos documentos bajo el piso levantado. Ambas vieron unas escrituras, correspondientes a la Finca de Café de Oviedo en Adjuntas, Puerto Rico. Y un reloj con unas iniciales grabadas, "JOV". Volvieron a fijarse en las escrituras y notaron el nombre completo, Joaquín Oviedo Vásquez. Las mujeres se excusaron con los trabajadores y fueron al cuarto de Teresa a leer todo lo que habían hallado.

—Amalia, ¿crees que tu hermano se ganó esta finca en uno de esos juegos o peleas de gallo? —Teresa, dependiendo con quien hablara, siempre se refería a Benat como "tu hermano", "tu antiguo patrón", "tu padre", "tu difunto amigo..." Nunca se refería a él como su marido.

Amalia siguió leyendo los papeles que tenía en las manos y Teresa contemplando el reloj, que parecía ser de mucho valor, aunque ella pensaba que vaya tristeza para el dueño deshacerse de él.

—Es un pagare, sí —confirmó Amalia.

A los cuatro días estaban casi todas las tablas del cuarto reemplazadas. No se hallaron más tesoros escondidos. "Menos mal", pensó Teresa.

Ahora se le llamaba el cuarto de las nenas, ya nadie ni mencionaba a Benat, ni las niñas parecían pensar en él. Teresa se dio cuenta de que ni una foto de él había en la casa. Pensó que quizás se las llevaría Amalia, ni idea tenía y tampoco le importaba. Sin embargo, se preocupó: ¿qué pensarían algunos cuando vinieran a visitar y notaran que en su antigua casa su familia no tuviera un retrato de él? ¿Qué debería hacer? Para ella era mejor estar sin él, para qué recordar esos años amargos. Lo único bueno que había salido de ahí eran sus niñas y Felipito. E incluso el niño, ella sabía bien lo mucho que había hecho sufrir a Queta.

Las hermanitas Sánchez Gorriti se mudaron a su nuevo cuarto, dos camas con una mesita de noche que les hizo Mario. Míster Carlos les regaló un libro a cada una, Queta se los puso encima de la mesita. Libros que guardarían ellas por toda la vida. Las paredes rosadas le dieron una luz al cuarto tan distinta y tan alegre que Queta ya ni pensaba en las lagartijas.

Las cortinas blancas, con flores rosas bordadas por Teresa con mucho orgullo, le dieron el toque perfecto. Teresa se demoraría un año en terminarles las colchas gemelas a sus hijas. Estaban todos alegres con el resultado de la nueva remodelación. Felipito quería un cuarto igual y un hermanito para compartir su cuarto.

—Lo siento mi vida, eso no será posible, —le dijo Teresa dándole un beso en la mejilla—, pero te pintamos en celeste las paredes del tuyo, ¿qué te parece?

Felipito se quedó mirando al aire a su lado, como quien mira a alguien. Dijo algo como en secreto a ese hueco en el aire. Teresa se le quedó mirando a Queta, notaba que la joven sirvienta estaba preocupada. Amalia y Teresa ya habían aceptado al amigo imaginario, mientras que sus hermanitas se reían de él. Sin embargo, Queta andaba temerosa porque no se tratase de un amigo imaginario...

Pa' Adjuntas

A final del mes, Amalia y Teresa planearon una visita a Adjuntas para ver esa finca y al tal Joaquín Oviedo Vásquez. Susana quería ir, nunca había visto un cafetal, y tan pronto oyó que su hermana mayor se iba de paseo Ani Conchi también quiso ir.

—Bueno, vamos todos pa' Adjuntas entonces —dijo Amalia, levantando a su sobrino Felipe.

Ese sábado, las dos mujeres y los tres niños se montaron en el Chrysler Imperial del difunto. A cada hora paraban a preguntar si iban bien en camino a Adjuntas. Amalia tenía idea por donde ir, pero —preguntando se llega a Roma, —dijo mil veces. Se demoraron mucho más en llegar de lo que se habían imaginado, no porque se perdieran, sino que a cada rato uno de los cinco tenía que orinar. Pero por fin llegaron.

Al bajarse cerca del cafetal, Amalia admiraba la altura a la que estaban, el aire fresco que se sentía. Ani Conchi enseguida empezó a quejarse del frío.

—Buenas tardes —les saludó una señora, sonriéndoles amablemente, con varios niños detrás—.¿Perdidos? —Al ver a ambas mujeres se dio cuenta de que no venía un hombre con ellas. "Qué extraño", pensó, "una mujer guiando ese carro".

—Buenas tardes, —saludó Amalia—. ¿Es usted pariente del señor Joaquín Oviedo Vásquez?

—Ay, bendito, ese era mi suegro —respondió la mujer, persignándose.

—Oh, lo siento —dijo Teresa—. Fíjese, ha llegado esto a mis manos —y sacó de su cartera el antiguo reloj, pero sin mencionar las escrituras de la finca—. Un reloj con las iniciales JOV.

La señora se acercó y lo tomó, se lo quedó mirando seriamente, y por fin preguntó—: ¿Y cómo le llegó a usted, señora...?

—Teresa, perdón, qué mal educadas somos... Teresa Matienzo, Viuda de Sánchez Gorriti. Es que estamos cansadas, ¿sabe?

—Amalia Sánchez Gorriti —se presentó también Amalia—. Es que encontramos algunas pertenencias entre las cosas de mi hermano y queríamos devolverlas a su correspondiente dueño.

Los niños Oviedo se acercaron al carro y vieron a los niños Sánchez Gorriti, y con eso se salieron del carro y empezaron a correr.

—Han estado sentados tantas horas, perdone.

—Ningún problema, —dijo la señora—. No se preocupe, mire, pasen por favor, caminemos por acá. —La mujer les pegó una regañada a sus hijos, que ya Teresa y Amalia habían perdido la cuenta de cuántos eran. Las recibió en su casa.

—Pasen, ahora le pido a la muchacha que nos prepare un cafecito con leche.

Teresa admiró la casa, con una inmensa terraza que tenía vista lejana al mar Caribe. Una belleza. Todavía no sabían el nombre de la señora de Oviedo, no se había presentado aún; con tantos hijos, lo más seguro que tendría tantas cosas en mente que simplemente se le olvidaría. Oyeron en la distancia una voz masculina, y lo que parecían unos cien niños hablando y soltando risitas a la vez.

—Ese debe de ser mi esposo que viene por ahí, —dijo la señora mientras servía café en las tazas de sus invitadas—. Mi amor, ven tienes visita, —le habló a su marido, que se aproximaba—, la viuda de Sánchez Gorriti y su hermana Amalia.

El señor entró con Felipito en los brazos y a su alrededor los niños mayores, que ya actuaban como si se conocieran de toda la vida, parecía una reunión familiar.

—Este niñito es un vivo, —dijo, haciendo reír a Felipito. Les extendió la mano a Teresa y Amalia—. Mucho gusto, Joaquín Oviedo Pérez, y mi más sentido pésame, oí de la muerte repentina de Benat.

Ambas sonrieron, y Teresa le puso el reloj en las manos.

—Creo que esto es suyo.

Joaquín se puso serio, miró a su mujer que ya estaba sentada con las piernas cruzadas, esperando oír una explicación.

—Amalia lo encontró escondido en el despacho de Benat, —dijo por fin Teresa. Joaquín parecía conmovido al tener ese reloj entre sus manos; lo acarició y alzó la mirada.

—Perdona amor, te mentí —le confesó a su esposa—, no me lo robaron, lo perdí. —La esposa, que seguía estoica, esperaba que dijera más—. Lo perdí en un juego... Ya no juego más, dejé todo, ni a los gallos; todo lo que sea apuestas lo dejé, te lo prometo.

Los niños seguían corriendo y jugando enfrente de los adultos; varias veces alguno interrumpía para que los mayores vieran alguna maniobra o alguna gracia. Joaquín se las aplaudía, y parecía gozar.

—Así mismo Diego, buen hijo, ayúdala a treparse. Les encanta ese columpio —dijo, mirando a Teresa. Ella solo podía admirar a ese hombre, tan buen padre.

—Este café está riquísimo, —comentó Amalia, para cambiar el tema—. Exquisita esta cosecha, de veras.

—Gracias por traérmelo, —replicó el hacendado, con voz melancólica—. El reloj, digo.

—Joaquín, el reloj es suyo, —sostuvo Teresa—, y siento que lo haya perdido. Quisiera saber, ¿lo perdió hace mucho tiempo?

El señor Oviedo, volviendo a mirar la joya, asintió. Les contó que había sido una noche en San Juan, después de unas reuniones de agrónomos puertorriqueños, hacía unos dos años. Después de hablar con diferentes comerciantes americanos, se pusieron a jugar a las barajas. Él empezó ganando esa noche, pero de repente pasó a perder. No quería ser el primero en irse de la mesa.

—Le conté a Valeria —dijo mirando a su esposa—, que me robaron en San Juan.

Amalia le hizo una señal a Teresa para que sacara la escritura de la finca. Teresa le devolvió la mirada; no se atrevía, ya que de seguro la esposa lo mataría ahí mismo. Esto hizo reaccionar a Teresa consigo misma: qué cosas se le ocurrían... Claro, no es raro querer matar al marido.

Valeria se paró y con las manos abiertas les dijo a la visita: —se quedan a comer, voy a poner la mesa para todos. —Se excusó y marchó a lo que parecía ser el otro lado de la casa.

Amalia aprovechó el momento, tan pronto vio que Valeria no estaba en distancia para escuchar.

—Joaquín, también hay otra cosa que tenemos que preguntarle.

El hombre se le quedó mirando fijamente a los ojos, ahora nervioso.

—Benat y yo discutimos varias veces a través de los años... —dijo bajando la voz, obvio que Valeria de esto no sabía nada—. Yo le perdoné parte de una deuda hace años. Se lo recordé cuando me ganó el cafetal, y me dijo que lo pensaría, pero que mientras el cañaveral anduviera bien no vendría a quitarnos estas tierras.

Teresa lo seguía mirando, tratando de entender. ¿Por qué jugarse el patrimonio de su familia, el pan de todos estos hijos?

—Tengo dos años que no bebo alcohol, —por fin dijo—. No juego, ni a domino, y no les voy a enseñar a mis hijos a jugar, que no vayan a agarrar la adicción.

En eso se le acercaron a Joaquín dos hijas pequeñas, uno lo abrazó y la otra se sentó sobre su bota como si fuera un caballo. Él les dio besos a las dos niñas y les dijo que fueran a preguntarle a su madre si tenían algo que picar. Teresa seguía admirando lo cariñoso que era con su familia; de repente sintió envidia, ¿por qué le tocó a ella casarse con Benat? Pensó qué suerte la de Valeria, tenía la familia numerosa con la que ella soñó y un esposo que era un gran padre.

Con las escrituras en la mano, Teresa se las devolvió a Joaquín.

—Esto te pertenece —dijo, y rompió en mil pedazos la carta que estaba junto a la escritura. Valeria lo vio desde el pasillo. Soltando el aliento, el hombre se llevó las manos a la cara.

—¡Gracias, Teresa! —dijo en voz baja.

Valeria se les acercó. Le puso las manos en los hombros a su marido, sonriéndoles a Teresa y Amalia.

—Está puesta la mesa.

Los niños comieron todos juntos en una mesa aparte, con la cocinera y las otras dos sirvientas atentas a cada capricho. Teresa los veía, la alegría de esos niños todos juntos era contagiosa. A veces ella se echaba a reír de algo que escuchaba de la mesa infantil, olvidándose de poner atención a la de los adultos. Felipito estaba glorioso, sentado con los varones, que querían enseñarle a repetir cada palabra. Teresa notó que su Ani Conchi no les quitaba los ojos a los varones. Se rió para sí.

No pudieron irse esa tarde. La gran familia Oviedo les insistió para que se quedaran a dormir, y ya al día siguiente se regresaran a Loíza. Susana y Ani Conchi compartieron la cama de una de las tantas hermanitas, a quien le tocó dormir con una de las suyas. Felipito no duró mucho tiempo durmiendo en el cuarto de los varones, ya que todavía estaba acostumbrado a dormir con su mamá Teresa.

Los años que siguieron, Valeria y Teresa se escribirían cartas, especialmente cuando la señora de Oviedo le anunciaba el nacimiento de otro hijo. Así hasta tres hijos más.

—¿Cuántos niños eran, Amalia?

—¿Ya tendrán unos once hijos no crees? —le contestaba entre risas.

Otra tortilla de amarillos

A sus cuatro años, Felipe aceptaba gustoso la misión de asistente de cocina, porque le encantaba batir los huevos mientras Queta le freía plátanos maduros.

—¿Cómo era mi papá, Queta?

—¿Qué preguntas mi niño? ¿Y qué te dice doña Teresa?

Nunca se refería a Teresa como su mamá, porque ella era su madre, por más que Teresa se hubiera apoderado de ese papel.

—Pues tu papá era fuerte, bien fuerte —dijo en una voz de hilo, como si se acordara del dolor que sentía cada vez que su patrón la tocaba. Cubriendo la sartén con un chorrito de aceite de oliva, empezaron los dos como coreografiados a echar con cuidado las rodajas de plátanos; tan pronto se doraban, Felipito se emocionaba.

—¡Ahora los huevos!

Con mucho cuidado para que Felipito viera, Queta vertía la mezcla de huevos del patio para hacer la tortilla de amarillo más sabrosa de este lado del Caribe.

Felipito abrazó a Queta y le dijo que era su comida favorita. Ella sabía bien que eso se debía a que había heredado el paladar de su padre y su tía Amalia.

—¿Sabes? Mario me enseñó a hacer un caballo de palo.

—Sí, lo vi— le sonrió Queta.

—Mario me dijo que mi papá era muy bueno con él, pero que mi papá tenía muchos problemas.

—¿Y cómo es eso? —Queta sintió que se helaba de repente—, ¿qué tipo de problemas tenía?

—Pues de estómago. Se murió de una enfermedad de panza, era gordo.

—Ah, fíjate —respondió, ya sofocada—, yo no me acuerdo de eso.
—Sabía bien que no era gordo, pero no quería hablar de él.

—¿Cuándo vamos a la playa, Queta?

Entraron gritando las niñas, aburridas de sus clases de inglés que les daba Mrs. Bird. El perro Duque, detrás de Susana, siempre que podía se colaba dentro de la casa. Queta, en esta ocasión, estuvo agradecida de que las clases de inglés fueran aburridas y el perro tan desobediente.

—Termino la tortilla de Felipe y nos vamos a la playa.

Las niñas se sirvieron horchata de ajonjolí mientras esperaban a su hermano menor. La horchata, una infusión afro taína española, Queta la había aprendido a preparar siguiendo las instrucciones de Encarna, que solía regañarla a cada paso: —¿cómo qué no lavaste las semillas? ¡Tráemelas acá! —Por lo menos, Queta era una experta en tostar lo que fuera en la sartén. Empezaba por el proceso laborioso de moler las semillas en el pilón.

—Mira qué lindo, parece harina blanca, ¿viste?

Se le pasaba agua a la harina, filtrando la horchata a través del colador para así no tener las semillas; así, ya olía refrescante. A la bebida le echaba mucha azúcar.

—Toma esta taza, hasta esta línea me le pones azúcar, —decía Encarna— ¡que es lo que más nos sobra aquí!

Felipito se sentó a comer su tortilla y hablaba solo, o eso parecía. Ani Conchi se rio al verlo.

—¿Con quién hablas, loco? —le preguntó, y aprovechó para robarle un pedazo de su tortilla.

—Con papi —respondió seriamente Felipito, poniendo los brazos alrededor de su plato para que no le robara más.

Terminó otro año escolar; Teresa pensaba en todo lo que había logrado, pero en su corazón quería de alguna manera regresarse a San Juan. Nunca había sido su intención quedarse tanto tiempo en la Hacienda. Pero todos parecían felices allí, y seguía una buena familia norteamericana pagándole alquiler por su casa en la capital, lo que era una muy buena entrada de dinero para esos tiempos difíciles.

1937

Era Domingo de Ramos de 1937, en Ponce se llevó a cabo una marcha organizada con los permisos gubernamentales necesarios para protestar el encarcelamiento ilegal del líder del partido nacionalista, Pedro Albizu Campos. Esta protesta terminó sangrienta. La banda había empezado a tocar la Borinqueña cuando se oyeron disparos. Ordenado por el gobernador designado por los Estados Unidos a Puerto Rico, Blanton Winship, la policía empezó a disparar a la multitud. La policía disparó con rifles, ametralladoras y pistolas, matando a diecinueve personas entre ellos un niño y a dos policías. Hubo más de doscientos heridos, disparados en la espalda. Ni un manifestante llevaba un arma. Toda la isla quedó paralizada, pegados a sus radios. Amalia no contenía su rabia.

Fiestas de Santiago

Meses después, Queta y Encarna se atrevieron a llevar a todos los niños Sánchez Gorriti y los nietos de Encarna, que estaban por las parcelas solos, a ver la procesión del desfile de los Vejigantes. Había que alegrar los corazones como fuera, los meses habían pasado, pero la tristeza de la masacre de Ponce todavía se sentía.

—¡Todos agarraditos de las manos, y no se me sueltan!

Por el camino, iban explicándoles exactamente lo que estarían viendo.

—Esos son algunos de los muchachos que ustedes conocen, Felipito; los diablos cornudos no son de *veldad*, son caretas.

Susana y Ani Conchi se reían de su hermano menor, que abría los ojos con terror. Los niños, emocionados, empezaron a saltar y a llamar a los Vejigantes, eso sí, sin soltarse de las manos, como se los había exigido su sirvienta. Susana en especial, ya que le encantaba estar junto a Nacho, uno de los nietos de Encarna. Miraba su mano blanca tomada de la morena de Nacho, le parecía tan bonito el contraste.

Teresa llegó de sus diligencias en San Juan, tras tener que pasar un largo rato esperando en el Ancón para pasar a Loíza otra vez. Estaba muy acalorada.

Tan pronto subió las escaleras a la casa, sintió algo raro. Empezó a llamar a todos, nadie parecía estar. Nunca había estado en esa casa sola, hasta sintió inseguridad y temor. Pensó en su difunto marido otra vez y le dio miedo. De repente oyó un ruido extraño y le entró un escalofrío, una sensación de una presencia inexplicable. Se sentó en el comedor a esperar que le entrara energía. Esperó un rato; no entró a su cuarto, dejó todas sus compras arriba de la mesa del comedor. Respiró hondo, como hacía cuando buscaba energía, se paró y se dirigió a la cocina. Abrió las ventanas dos aguas, imaginándose que así podría sacar los malos espíritus y sus tontos pensamientos. Se sentó con un vaso de agua helada con aroma de limones del patio. "Hasta el agua le sale una bendición a Queta", pensó.

De pronto sintió una energía consumidora. Con fuerza se paró y con la mirada fija hacia el frente se oyó decirle:

—Tanto perdiste de esta vida Benat, qué estúpido fuiste... yo te quería.

Decidida a no perder el control, como en un duelo de miradas que ella claramente sentía, estaba confrontando un temor. Volvió a sentir un escalofrío. Ahora tenía miedo. Un rato más pasó, se sosegó la energía que la perturbaba. Inhaló y rápidamente salió al balcón.

Se sentó en el sillón a mecerse, tranquilizándose mientras contemplaba los bellos árboles que se podían gozar a su altura y a la distancia del Gran Río Loíza. Unos minutos más tarde, oyó una conmoción, a la que le siguió el sonido de las risas infantiles de los tres pequeños Sánchez Gorriti Matienzo.

—¡Gracias a Dios, llegaron! —exclamó Teresa, con una voz muy efusiva—. Queta, Encarna, ¿pero dónde estaban? Me han dejado con el Jesús en la boca... —dijo, pese a que era poco dada a encomendarse a Dios.

—Doña Teresa, —respondió Queta, a la defensiva— pensé que llegaríamos antes que usted, no fue planeado. Simplemente queríamos ver a algunos de los peones vestidos de vejigantes y viejitos. Ani Conchi y Susana querían ver los disfraces que ayudaron a hacer.

—Es verdad, mami, —habló Susana, en una voz que reclamaba autoridad—, Encarna me enseñó a hacer ruedo, y yo hice casi sola tres ruedos de los mamelucos para Ricardito, Beto y Pepe. Y me dijo el doctor Molino —agregó, con un gran orgullo— que si sé hacer ruedo, también puedo sacar puntos como en una cirugía, ¿tú sabes?

—¡Y después fuimos a la playa, mami! —gritó Felipito— Me mojé y estoy lleno de arena.

Teresa se agachó a abrazar al niño, le pasó la mano por los pantalones arenosos y les mandó a los tres que se fueran a bañar.

—Queta, debiste dejarme un recado o una nota escrita aquí en la mesa. Me asusté de verdad, no te lleves a los niños jamás sin mi permiso.

Al escuchar que doña Teresa le decía que tendría que haber dejado una nota escrita, Queta se volvió a decir que debería aprender a leer y escribir.

Una vez limpios, los niños empezaron a contarles a su madre todo lo que vieron en el carnaval: los mamelucos de colores, la música, los caballos que tomaron parte de la procesión. Hablaron de lo diferente que se veía la plaza, nunca habían oído tanto ruido. Jamás olvidarían lo vivido y compartido en esas fiestas de Santiago.

Otro día, Queta, esa vez sí con el permiso de doña Teresa, se llevó los hermanitos Sánchez Gorriti a la playa a jugar en la arena. Al llegar, los niños salieron volados hacia la orilla. Los pescadores recibieron a Queta con respeto; ella reconoció a dos de sus primos y se saludaron con mucho cariño. Intercambiaron algunas palabras y uno de ellos se le acercó a Felipito y le enseñó los pescados que habían sacado. Felipito y Ani Conchi se metieron en el bote con la ayuda de uno de los primos de Queta.

—Aúpa, nene, ¿que tú comes?

—¡De ahí no se mueven! —les regañó Queta—, ¡y al mar no se me van!

Uno de los niños se le acercó a Felipito y lo abrazó cariñosamente, enseñándole una de las jaulas para los camarones y langostas. Felipito absorbía todo con un gran interés.

En la distancia, Queta notó a un hombre alto en traje de baño, descalzo, corriendo hacia ellos. O por lo menos era en su dirección. Lo reconoció.

—¡Buenos días, doctor! —dijo, sin darse cuenta de que se había sonrojado. Pensaba que quizás ni se acordaba de ella. El doctor Molino saludó a todos los pescadores por sus nombres, preguntándoles por sus familias. Con un lindo gesto, se dirigió a Marcos, el primo de Queta. Le preguntó si su mamá había mejorado de la conjuntivitis.

Queta no le podía quitar la vista. Qué gentil y bondadoso era ese hombre, qué bien que le había puesto Felipe a su hijo, igual a ese buen doctor.

—Queta, te veo bien —le dijo—, y los hermanos Sánchez, qué grandes están. Felipito, muchacho, vas a ser tan alto como esa palma.

—Yo soy alta también, doctor, —recriminó Susana.

—Señorita, es usted alta y muy inteligente, se lo he dicho a su madre, que la veo siendo una médica muy buena. ¡Espero que te guste estudiar!

Susana sonrió, asintiendo orgullosamente, y le agarró la mano a su hermanito para que no se metiera con las redes de pesca que estaban desenredando los hombres.

Intercambiando miradas, Queta no entendía qué le estaba pasando. El doctor Molino se le acercó. Ella se puso nerviosa y bajó la cabeza. Se agachó para quitarse las sandalias, poniendo como pretexto que se le habían llenado de arena.

—Felipito se ve feliz, Queta. Eres una mujer valiente, te admiro, ¿sabes?

Ella alzó la vista, hipnotizada por su voz, y fue entonces que vio los hermosos ojos azules del Dr. Felipe Rafael Molino.

Varias veces por semana de ese largo verano, Queta repitió ese pasadía con los niños. Ellos encantados, y su amor por el mar crecía. Una vez Queta se metió al mar detrás de ellos, mojándose la falda, cuando una ola rompió en la orilla tumbando a Ani Conchi. Después de dos semanas, por fin, casi al final de la tarde apareció el doctor Molino. Queta estaba secando a los niños.

—¡Buenas tardes, familia Sánchez! —saludó con afecto—. ¿Cómo están las olas?

—¡Alborotadas hoy! —gritó Susana, quitándole la toalla a Ani Conchi, quien respondió con un empujón. Queta pensó "¡*alborotao* como mi corazón, ay coño!"

Felipe Molino se le quedó mirando a Queta; ya no era esa pobre niña víctima de violación a quien había ayudado a dar a luz hacía cuatro años. La encontró una mujer bella, dulce y sensual.

—El doctor sabe nadar muy bien ¿verdad? —se atrevió a preguntarle Queta.

—Amo el mar.—dijo él sencillamente.

—A mi mamá no le gusta tanto como a mí, —intervino Felipito, sonriente— pero a Queta sí, por eso nos trae.

—Qué suerte la tuya que tienes a Queta que te alcahuetea, dale las gracias siempre.

Se volvió hacia Queta y con los ojos hubo un mutuo entendimiento. Comprendía que Felipito no tenía idea de quién era su verdadera madre. Y no importaba, entendía la amabilidad de doña Teresa y admiraba a Queta por ese acto de sacrificio por el bien de su niño.

—Hizo bien, —le dijo el doctor a Queta, en voz baja para que no escuchasen los niños—, Felipito tiene derecho de ser un verdadero Sánchez con todo y la ley.

Sintiéndose agradecida por las palabras generosas del doctor, Queta volvió a la realidad al oír a Susana regañar a sus hermanos: Ani Conchi estaba haciendo volteretas y Felipito metiéndose otra vez al mar. Queta salió detrás de los niños como una bala disparada. El doctor enseguida agarró las toallas de los niños y ayudó a Queta a contener la energía infantil que reinaba en esa playa, entre miradas y sonrisas mutuas, claro.

Uno de los muchachos del cañaveral se les acercó y les dio a cada uno un pedazo de caña de azúcar. Se fueron todos caminando hacia la hacienda. El doctor se despidió de ella y los niños. Al darle la mano con amabilidad, ella sintió una ternura inexplicable. Queta nunca había conocido a un hombre blanco tan humanitario.

Los días siguientes, Queta cumplía con sus deberes y las labores cotidianas, pero la mente la tenía en la playa y en su último encuentro con el doctor Molino. Revivía esos momentos con el doctor. Entonces recapacitó sobre algo que había sucedido en la playa. Ella, que en ese momento solo pensaba en el doctor Molino, ni cuenta se había dado de que cerca de ellos jugaba uno de los hijitos de los pescadores. Recordándolo, comprendió que el pequeño tenía la misma cara de Felipito y el pelo lacio. Se quedó parada en medio de la cocina y vio unas hojas de plátanos con amuletos que se le hacían muy familiar. Se dio la vuelta y vio a Amalia pasar por el pasillo.

—¿Qué pasa, viste un fantasma?

Pasmada por lo que había visto, pero sin querer mencionar lo que estaba sintiendo por el doctor, a Queta sólo se le ocurrió decir la verdad.

—No señora, es que ayer cuando fui a la playa con los niños me estaba acordando de algo y... —bajó la voz, sin completar la frase.

—No hay moros en la costa, Queta —la apremió Amalia—. ¿Qué pasó?

—Hay un niñito, creo que es hijo de uno de los pescadores, no se me había ocurrido antes... pero ahora me acuerdo que pensé que tenía la misma cara de Felipito, aunque más mayor, como de nueve o diez años. Es bastante negrito, pero tiene carita fina y el mentón de los Sánchez Gorriti.

Amalia sonrió, era cierto: todos habían heredado la quijada de su madre. ¿Cuántos más bastardos habrá?, se dijo así misma, con la mirada perdida.

—Queta, mi hermano era un sinvergüenza, ya tú lo sabes, ¿qué quieres que te diga?

—¿Entonces cree que sean hermanos?

—Y por eso quiero mejorar las vidas de todos por aquí —le contestó Amalia con voz baja, poniéndole la mano en el hombro—. Sé que tengo más sobrinos descalzos que dedos.

—¡Dios se lo pague, señorita Amalia! —Queta sintió que se le aguaron los ojos mientras pensaba que su sacrificio de dejar que Teresa criara a Felipe como suyo era la mejor decisión, por lo menos para él.

Un año más pasó en la Hacienda Donostia. Teresa, con cierta frecuencia, se sentaba a escribirle una carta a Benito, aquel niño de las parcelas a quien había ayudado con las matemáticas antes de saber que era otro de los hijos bastardos de Benat. Le hacía preguntas sobre su vida en Canóvanas, lo animaba para que saliera bien en la escuela, y le decía que, si le mandaba sus notas, ella lo premiaría con un vellón por cada A. Benito se emocionaba cuando le llegaban las pesetas con uno de los obreros de la hacienda. En la notita Teresa le ponía: "me vas a dejar pelada, ¡qué inteligente eres! Te felicito, quiero que puedas asistir a la universidad y estudies una carrera".

Tendría que averiguar a cuál escuela superior podría asistir, dudaba que existiera una en Canóvanas.

A final de junio se aparecieron por Loíza los hermanos Benito y Paco, con dos de sus tías, para ser parte de la procesión del niño en el festival de Santiago Apóstol. Fueron derecho a casa de Amalia, que los esperaba con una comida. Teresa se unió a ellos con gran gusto, los abrazó y habló tanto con los niños como con las tías.

Queta llevó a los niños más tarde para que se vieran, como se lo había pedido su patrona. A cada rato, a Teresa se le antojaba decirles que eran hermanos, pero pensó que mejor no; no estaba segura de a quién le haría más daño, a ellos o a sus propios hijos. Ella se preguntaba si no quería que sus hijos supieran que tenían hermanos negros o que su padre era un sinvergüenza. Aunque era noción común en Puerto Rico que, de cada tres niños, dos eran bastardos.

Eso sí, le habría encantado haber tenido como hijos a esos dos varones también. Había algo en ellos que le fascinaba; la risa de Benito y su chispa le llenaban el corazón desde el primer día que lo conoció.

Felipito enseguida se quiso sentar junto a los niños grandes. Las tías observaban a Teresa, al principio con un poco de sospecha. Sin embargo, al final de la tarde la adoraban. ¿Que había en esa mujer blanca de lindos ojos azules que les daba tanta confianza? Teresa se levantó y fue donde ellas.

—¿Puedo conversar con ustedes?

—Doña Teresa, por favor, —respondió Renata, la mayor de las dos— por supuesto, nos halaga.

—Gracias, quiero decirles que sé que estos dos jovencitos son hijos de Benat. —Las hermanas se miraron en silencio. Teresa buscó cómo explicarse—: mi abuela una vez me dijo que la única herencia que valía era una buena educación.

Se le aguaron los ojos tan pronto se recordó de su gran abuela, una verdadera mujer, fuerte y decidida, sin mirar para atrás, sólo para adelante. "Acuérdate, Teresa, tú y tus hijos primeros, igual como hice yo". Esa frase sería su mantra por varias décadas. ¿Sería verdad que su abuela, María Teresa Matienzo, mandó a matar a su marido, ¿el mal nacido?

—Quiero que Beni y Paco logren un buen futuro —continuó Teresa—. Quiero que haya buenos hombres en este país, nuestro Puerto Rico necesita hombres y mujeres que saquen este país adelante. Quiero que, si se puede y con la aprobación de ustedes, claro, los nenes estudien una verdadera profesión. Que puedan ser médicos, ingenieros, contables, lo que ellos quieran.

Renata se cubrió la cara y empezó a llorar. Las hermanas se abrazaron mientras bendecían a Teresa por su buen corazón.

—Vamos a bautizar a los muchachos el fin de semana que viene —por fin dijo Renata.

—¿Nunca los bautizaron? —preguntó Teresa, asombrada.

—Mi hermana nunca los bautizó, creo que por vergüenza al no poder decir quién era el padre... ella encima era soltera, en fin, —tímidamente le explicó—. ¿Le gustaría a usted bautizarlos como su madrina?

—¡Pues claro que sí! —Teresa se echó hacia el hombro de Benito—. ¡Qué gran honor!

—¡Ah no! —intervino Amalia—. Yo soy la tía, por lo tanto uno que sea mi ahijado y el otro el tuyo.

—Perdone, señorita Amalia, —se rio Renata con gusto— usted podría bautizarnos a Paco y doña Teresa a Benito.

—Será nuestro honor.

Renata se regresó a Canóvanas pensando que el alma de su difunta hermana había tocado el corazón de esa buena madre, una gran mujer puertorriqueña.

—No es como las otras blancas, ¿verdad?

Así era, Teresa se aseguraría de que Papa Dios le perdonara el pecado de haber matado a su marido, al padre de todos esos niños, además de los suyos. Intentaba arreglar el mundo una criatura a la vez, o por lo menos cada criatura engendrada por Benat Sánchez Gorriti. Los dos hermanos Méndez, Paco y Benito, fueron bautizados el sábado siguiente, y esa misma tarde volvieron a la parroquia para hacer la primera comunión. Los varones se veían guapísimos vestidos de blanco, y sus tías y la abuela sentadas junto a Amalia, Teresa, Susana y Ani Conchi.

Al despedirse de los niños les prometieron irlos a visitar pronto, pero ellos también tendrían que ir a Loíza.

Teresa y Amalia los ayudarían a los dos. Llegado el momento, Amalia hablaría con unos parientes suyos y conseguiría que ambos muchachos se mudaran a Carolina para ir al *high school* de allí. Teresa quería lo mejor para ellos, ya que igual que ella, eran víctimas de Benat.

No quiero ser analfabeta

—¿Qué te pasa, Queta? —Teresa tenía a Queta ante sí con las manos hechas un nudo en el delantal—. Si rompiste algo en esta casa, pierde cuidado, no me importa.

Queta no pudo contener su sonrisa de alivio con lo que acaba de decirle su patrona. Por fin encontró el coraje para decirle lo que se había propuesto.

—Señora, es que... fui menos de un año a la escuela, soy una alfabeta —le confesó.

—Analfabeta, dirás —sonrió Teresa. Se paró, la agarró por la mano y le dijo, —no por mucho más tiempo, ahora mismo empezamos, ya no más serás analfabeta, ven.

La llevó a la mesa del comedor, pasando por el cuarto de sus hijas para recoger papel, lápices y un libro de cuentos para niños.

—¿Sabes escribir tu nombre? —Queta asintió tímidamente—. Bueno, no importa... ahí empezamos, con sonidos y sílabas.

Teresa se sentó junto a ella en el comedor, le escribió su nombre, "Queta", y luego "Enriqueta".

—¿Ves? Aquí quiero que veas como formo las letras —mientras hacía la Q lentamente—, y tú sígueme, hacemos la U, muy bien.

—He practicado mi firma —dijo Queta, con un poco de orgullo. Teresa hizo que le escribiera "Queta" diez veces; luego le explicó el sonido de las letras que formaban "Enriqueta". Después le escribió su nombre y la hizo calcar las letras unas veinte veces. Al final de la hora, Queta estaba escribiendo su nombre completo: "Enriqueta María Martín".

—Las dos nos llamamos María, mira tú, —le sonrió la patrona a su muchacha—. Mañana empezamos a leer.

A partir de esa tarde, Teresa le dejaba asignaciones a Queta a diario. Una vez fue donde Míster Carlos para preguntarle cuáles eran buenas frases para enseñar a leer. El ciego maestro se acordó de algunas.

—Empieza con el sonido de algunas consonantes con vocales. "Ma, me, mi, mo, mu", y después hazle frases con esas sílabas: "mi mamá me mima", "mi mamá me ama", "Susi puso esa mesa"...

—¡Ah, perfecto! Buenísima idea, Míster.

Se sentaban juntas a diario un rato después del almuerzo a escribir oraciones. A las dos semanas, Teresa ya le daba dictados que incluían los nombres de todos en la casa. Queta pronto le dijo a su patrona que quería escribir algunas recetas de Encarna. Pasaron los meses, y Teresa se sentía cada vez más orgullosa de cómo iba adelantando su estudiante.

Ya veremos, dijo el ciego

Entre los consejos de Amalia, la frecuente orientación del viejo Mario y el gran deseo de Teresa, la Hacienda Donostia fue reviviendo. El trapiche estaba funcionando y las exportaciones se estaban volviendo a hacer, nada como antes, en sus años de gloria, pero las dos mujeres estaban satisfechas con lo que habían logrado. Las casitas para los empleados se habían arreglado, con mejor material esta vez, de buena madera, otras con buenas tablas y alzadas de la tierra, con techos de hojalata... por lo menos aguantarían mejor las lluvias e inundaciones.

La casa de Encarna y del amado Míster Carlos la hicieron de una madera local, con balcón de bloques de concreto. Todos saludaban al viejo maestro al pasar, y él por la voz sabía quién era quién y les devolvía el "buenos días" desde su balcón. Los antiguos alumnos que habían tenido a Míster Ryder en cuarto y quinto grado vinieron a ayudar, algunos acompañados por sus hijos, a la construcción de la casita de dos dormitorios.

Encarna, como rutina matutina, dejaba el café colando por una media vieja de Don Benat.

—Nada se va a desperdiciar en esta hacienda —decía Amalia más de cuarenta veces al día. Hasta a los calcetines del difunto se les dio mejor uso que en vida, pensaba cuando entraba a la cocina en sus visitas diarias. Casi todas las casitas de las parcelas habían heredado un par de calcetines de Benat para colar café.

Queta entró a la cocina para empezar su rutina, cuando volvió a fijarse en las hojas de plátanos. Paró, tomó su libretita y lápiz y escribió la palabra: "plátano". Luego, con menos confianza, escribió "tostones". Al terminar, y con una inmensa sonrisa, devolvió su libreta y lápiz al bolsillo. Le llamó la atención algo en una esquina, junto a la yuca y el cuchillo de Encarna: era un amuleto hecho a mano, junto a una mezcla de algo. Se le quedó mirando y se acordó de que Yeiza le había dado uno parecido hace años, junto con el mejunje que le puso dentro de las hojas de plátanos. Se le acercó, y efectivamente vio que era una mezcla parecida como la que usó ella para envenenar al patrón; al lado vio el amuleto. Queta no quiso ni tocarlo. ¿Y si era para lo mismo?

Entraron Encarna y Míster Carlos con una palangana de pescados, algunos todavía saltando, como tratando de escaparse y echarse al mar. Queta se les quedó mirando; entendía cómo se sentían esos pescados, ya que ella vivió muchos momentos así queriéndose escapar. Sintió una gran lástima de repente.

Encarna, con disimulo, recogió el amuleto y dobló las hojas cuidadosamente, esperando que Queta no se diera cuenta.

—Pónmelos aquí, míster —ordenó la vieja en voz alta. Todavía, después de tantos años juntos, lo seguía llamando míster, ya que había sido maestro de ella también.

—Soy ciego, Encarnación, no sordo.

Queta se acercó a los pescados.

—¡Qué grandes, qué bellezas! ¿Los pescaron los nenes de Ramón? —preguntó.

—Ellos y Many, se fueron dos días de pesca. Es que esos son los más pacientes y los mejores, tú sabes, ellos sí que saben cómo llamar a los peces —le contestó con orgullo Encarna. El renombrado Many era su nieto, tenía el bote más grande y era el más atrevido de los pescadores.

El ciego colocó la palangana llena de pescados, con la ayuda de Encarna, encima de la mesa.

—Tú sabes que no siempre fue así, ¿verdad? —dijo sonriendo, al escuchar las palabras de su mujer. Siempre hablaba moviendo la cabeza de un lado a otro, costumbre de los últimos veinte años desde que se quedó ciego.

—¿De qué tú hablas, míster? —preguntó Encarna con una mueca, quizás era una advertencia a los presentes de que por ahí venía un sermón.

El orgulloso maestro alzó la cabeza con el cuello en alto, señal de cuando estaba a punto de hablar por largo tiempo.

—Que nosotros por generaciones vivimos con temor al mar. Los blancos, esos ingleses, nos metieron mucho miedo con cuentos acerca del mar con su fondo negro. A los que atrapaban allá, por nuestra Nigeria, los metían en esos barcos todos aplastaditos, uno encima del otro, día tras día, entre vómitos por los mareos que les causaba la travesía. También lanzaban a una pobre alma al mar, para que los demás vieran como se ahogaba o venían los tiburones a comérselo.

A Queta se le abrieron los ojos como plato, no se había dado cuenta de que Susana había entrado a la cocina y estaba escuchando la lección del maestro sobre el periodo más oscuro de la historia del hombre, la esclavitud.

—No fue hasta que llegamos aquí, a Puerto Rico —continuó Míster Carlos—, que nuestros hermanos, ya los pocos taínos que quedaban, nos enseñaron a pescar y a nadar. Y ya tú ves, nadie nos gana aquí en Loíza.

—¿Y usted vino de África en esos barcos, Míster Carlos? —interrumpió Susana. La niña observaba al viejo con mucho cariño, cada vez que se encontraba con él quería sentarse a oírlo hablar.

—Nena no, no te burles, —rió el Míster— soy un viejito, pero de eso que te hablo fue en los años 1600, son nuestros tatarabuelos, los de nuestra sangre. Estas son las historias que me contaba mi abuela, y a ella la suya, muchacha. Se sabía todo, hasta los nombres de quienes dejaron atrás. Les cantaba, y rezaba porque no la estuvieran extrañando tanto como ella a ellos.

Carlos agachó la cabeza. A Susana y a Queta se le llenaron los ojos de lágrimas, pensado como habrán sufrido esas pobres personas.

Encarna se puso a limpiar los pescados, dándole órdenes al marido para que agarrara un cuchillo e hiciera igual. Susana se secó los ojos y se dispuso a ver cómo un ciego iba a usar un cuchillo para abrir el pescado.

—¿Puedo ayudarlos? —dijo entusiasmadísima la niña, la mejor estudiante de la casa.

—No mi niña, —interrumpió Queta—, búscame a Ani Conchi y a Felipito para darles la merienda. —Dirigiéndose al maestro, preguntó—: ¿entonces ese miedo al mar se les quitó?

—Bueno, sí... y si no a ellos, a sus hijos; los padres siempre quieren que sus hijos prosperen más que ellos, además es más fácil aprender las cosas de pequeño, ¿verdad? —dijo, como todo un maestro—. Y los miedos en la vida se superan, ¿sabes? —giró la cabeza hacia dónde escuchaba la voz de Queta— pero a veces se demora varias generaciones en superar.

—¡Yo voy a ser la primera mujer doctora en Loíza! —gritó Susana, huyendo de la cocina antes de que la volvieran a expulsar de esa conversación.

—Ya veremos... —dijo Míster Carlos, con una gran sonrisa.

Encarna le hizo señal a Queta que se acercara y se pusiera a trabajar en el almuerzo, la sopa de pescado de Encarna, que pronto Queta superaría.

—Yo les corto la cabeza y tú los echas al agua, vamos.

—Nena, —preguntó el maestro— ¿tú sabes nadar?

—Sí —contestó Queta con orgullo—, un poco bien. —Queta recordaba las veces que su madre y tías los llevaban a ella, a sus hermanos y primos a las orillas de la pileta que se hacía en un rincón del río.

—Pues muy bien, mejor *pa'ti*. Hay que saber dos cosas en esta vida: mira, ahora somos ciudadanos americanos todos, pues na', así que hay que aprender a hablar inglés y saber nadar. Así que ¡zúmbate! Y mira, si no pudiste tú en esta vida, tus hijos Quetita, ellos nacerán con más oportunidades, ya verás.

A Queta se le aguaron los ojos. Con razón todos le seguían diciendo míster. Le gustó ese optimismo, pensar que su Felipito y sus sobrinos tendrían más oportunidades que ella. El míster lo sabía todo, el bueno del viejo Carlos que antes de perder la vista había sido maestro por más de treinta años, seguía con sus pregones, repartiendo consejos, historias y su sabiduría gratuitamente.

En eso Queta oyó a Doña Teresa llamarla. Salió de la cocina y, de camino al salón, volvió a recordar del amuleto y el mejunje; ya tendría que averiguar por qué Encarna tenía eso. ¿No estaría pensando en envenenar a alguien?

Toda familia tiene un fantasma

—Mi niño, ¿tenías hambre?

—Sí, papá y yo teníamos mucha hambre.

—¿Que qué?, —se asombró Queta ante la respuesta de Felipito—. ¿Qué dijiste?

Se quedó congelada en medio de doblarse a recoger el plato que había tenido una tortilla de amarillo completa. Después se enderezó y, mirando a la silla vacía enfrente de Felipe, le preguntó:

—¿Le gustó a tu papá?

—Dice que sí —contestó Felipito riendo—, pero que no le echaste mucha sal.

Queta abrió sus ojos intensos y salió a paso acelerado como si la estuvieran persiguiendo. Empezó a sentirse mareada, y le latía el corazón salvajemente. Se dio cuenta de que había estado aguantado la respiración. Por fin, recobró el aliento, y recordó lo que una prima una vez le contó: que los espíritus siempre se quedan a cobrárselas. Tenía miedo de regresar, a ver si Felipito seguía conversando con su papá. Oyó en la distancia la risa de doña Teresa.

—Mi vida, pues dile a tu papá que estás muy bien y que te amamos mucho, déjalo descansar en paz.

Queta se asomó por la puerta, y Teresa enseguida advirtió su presencia y su cara de susto.

—¿Qué te ha pasado a ti? Tranquila, que son cosas de niños... Se imagina a su padre, que nunca conoció.

—No, señora, el espíritu del señor está en esta casa... Está visitando a Felipito.

Viendo lo pálida que estaba su sirvienta, Teresa se asustó. La hizo sentarse, poniéndole el brazo sobre el hombro.

—Queta, no existe tal cosa. Benat está muerto y bajo la tierra, estoy segurísima de ello. Además, es natural que un hijo o una hija se quiera imaginar a su madre o padre, —continuó Teresa en un tono sensato y agnóstico, tratando de convencerla de no creer inútilmente en supersticiones e historias ancestrales.

—Doña Teresa, me dijo que no le echara sal.

—Queta, está muerto, —repitió Teresa, agarrando a Queta por los hombros—, no te hará daño; el cuerpo de mi marido está descompuesto, Felipito sólo quiere imaginarse a su papá.

Teresa, la mujer sensata e inquebrantable, le sirvió un vaso de agua a su sirvienta.

—Toma, hazme caso. —Queta bebió y se lo agradeció—. Sólo hay que temerles a los vivos, no a los muertos.

Teresa, viendo a Queta un poco más tranquila, salió de la cocina. Queta entonces fue a la alacena y se sirvió un chato del ron de Amalia.

—¡As! —exclamó con un gran suspiro.

Teresa, que amaba a Felipito como suyo propio, se sentó en la silla ocupada supuestamente por el espíritu de Benat.

—No aplasto a papá, ¿verdad?

—No mami, ya se fue.

Teresa se sintió aliviada y empezó a conversar con Felipito, a darle más atención; tal vez el niño se sentía sólo entre tantas mujeres en la casa. Tendría que buscarle amiguitos. La mujer estaba segura de que le había encontrado la solución al problema.

Esa misma tarde, después de ayudar a Encarna con todos los quehaceres en la cocina, salió Queta disparada a casa de Yeiza.

—¿El espíritu de Benat quiere cobrársela? —le preguntó, sin poder respirar y agitada—. Está jugando con mi niño. ¿Qué podemos hacer?

—Para, cálmate Queta, —respondió la curandera, dándole rápidamente un vaso de agua templada aromática—. Bebe lentamente.

Queta con respeto le hizo caso.

—Puede que así sea; no puede descansar en paz, quizás no lo dejen salir del purgatorio hasta que haga nueve cosas buenas en la tierra. —Queta se le quedó mirando con sus ojos —. Obviamente, Benat quiere pasar al eterno descanso y unirse con su familia, reconoce que fue malvado y no puede pasar por el siguiente portón, no puede descansar hasta que haya arreglado lo mal que ha hecho en la tierra, y es así para todos.

—¿Y qué se supone que yo haga? —preguntó Queta, mientras miraba y olía su vaso de agua—. ¿Tendré yo que hacer lo mismo algún día cuando me muera?

—No mi niña, —le contestó Yeiza, en casi un susurro—, tú no hiciste *na'*... eso irá a cuenta mía. Toma, te hice esto por si venías por aquí a verme.

Queta extendió ambas palmas de manos hacia la vieja santera y se le quedó mirando al lindo collar, con unos coralitos, junto a un amuleto: el mismo que le vio a Encarna.

—Póntelo —le ordenó.

Cuando volvió a la casona, se dio cuenta de que Encarna llevaba el amuleto puesto. No pudo contener la curiosidad: le preguntó por qué tenía puesto un collar parecido al de ella, fijándose bien en los ojos de la vieja mientras le hablaba. Encarna, asomándose al pasillo por si había alguien escuchando, se aproximó a Queta y, bajando la voz, le dijo:

—Estoy viendo lagartijas aplastadas por la hacienda, y creo que Benat habla con los niños.

A Queta le dio un corrientazo al escuchar esas palabras. Con la mano que tenía libre sujetó su amuleto hacia el corazón.

—Entonces es *velda*, ¡*yelba* mala nunca muere!

Sintió que le iba a dar un infarto.

Una semana más tarde, Encarna ya no había vuelto a ver lagartijas aplastadas, y eso la tenía más tranquila. A lo mejor el espíritu de Benat estaba arrepentido y solo quería ver a sus hijos, y pronto se desaparecería a su eterno descanso. Rezaba ella porque así fuera.

Loíza, 1938

—Mami, ¿se puede quedar a almorzar Mercedes? —preguntó entusiasmada Ani Conchi, acompañada por su amiguita inseparable; hasta llevaban la misma cola de caballo, que por detrás a veces era imposibles distinguirlas.

—Por supuesto, Ani Conchi —accedió Teresa—. Mercedes, vamos a avisarle a tu mami.

—Mi mamá se fue con mi papá a ver al *doctol*.

El acento de Irma, la madre, lo heredó la nena sin duda, pensó Teresa. Queta salió de la cocina, había oído la conversación distante de las nenas.

—Doña Teresa, ¿tenemos visita para el almuerzo?

—Así es, Queta, pon un lugar más en la mesa, por favor.

Queta siempre se sentía bendecida cuando oía los "por favores" y "gracias" de doña Teresa; nunca una mala palabra ni tonos recriminatorios. Qué bondadosa y gentil era la señora, nunca la había visto ni matar un mosquito.

—Mercedes, ¿estás contenta con que vas a empezar el tercer grado? —le preguntó Susana—, porque Ani Conchi no quiere ir a la escuela, se quiere quedar boba.

—¡Mentirosa! ¡Mamá, eso no es verdad!

Felipito se les quedó mirando a las niñas y con un tono de indignación las interrumpió.

—Yo me quedo en casa y no soy bobo, yo sé contar en español y en inglés hasta 20.

Mientras colocaba las fuentes de viandas, amarillos y pollo sobre la mesa, Queta se quedó sorprendida del comentario del niño.

—¡Pero qué bien! —dijo con una sonrisa orgullosa Teresa—. ¿Quién te enseñó a contar en inglés?

—Mi papá, él sabe contar hasta el infinito en inglés.

Queta se congeló con el plato de Mercedes en medio aire.

—Tú papá, Felipito, que en paz descanse —le contestó Teresa y le tocó la manito con ternura—. Cuenta hasta donde tú sepas en inglés.

—*Wan, tuu, ssree,* —empezó Felipito como una marioneta—, *foor, faiiv, siiik, sepen...* —y paró. Queta se quedó mirando a doña Teresa para ver si había contado bien o si eran disparates infantiles.

—¡Excelente, Felipito! Y dime, ¿viene a visitarte tu papá con frecuencia?

—Papi nunca me viene a visitar a mí —dijo Ani Conchi con un puchero.

—Es que es su imaginación, boba —susurró Susana, pateándola por debajo de la mesa.

—Mi mamá se enoja cuando le hablo de mi amigo imaginario —interrumpió Mercedes de repente.

—Esto está en el agua, doña Teresa —dijo Queta en voz baja, mirándola con sus ojos enormes.

—¿Y cómo se llama tu amigo? —le preguntó Susana, con una sonrisa.

Mercedes, pasándose el tenedor entre las manos, confusa si era la izquierda o derecha que debía usar, le contestó:

—Beni.

Queta saltó en su lugar, y apenas consiguió no derramar nada sobre su ama mientras le servía el almuerzo.

—¿Cuántos años tiene Beni? —preguntó, sin aguantarse más.

—Ah, pues no sé... es de mala educación preguntarles a los mayores cuántos años tienen.

Teresa se levantó y agarró a Queta por el brazo, jalándola hacia la cocina, algo raro en ella puesto que pocas veces se levantaba de la mesa una vez servida la comida. La ayudó a retirar la fuente, llevando ella el cucharón hasta la cocina.

—Doña, —le dijo Queta con pavor en la voz—, los espíritus se pueden comunicar a través de los niños, son almas inocentes... y se les aparecen, eso es un hecho.

—Esto es una bobada infantil —dijo sencillamente, tratando de calmarse ella misma primero, como si al convencer a Queta se convenciera ella misma—. Mira Queta, que le pusiera Beni es pura casualidad, hay muchos Beni, Benitos, Benjamin por aquí; el nombre le suena, punto. Además, es muy fácil de pronunciar, dos sílabas. No te pongas a pensar en esas cosas, la niña tiene un amigo imaginario y punto.

Queta ya estaba convencida que don Benat nunca la dejaría vivir en paz, al contrario, la volvería loca hasta la muerte. Al día siguiente iría a ver a Yeiza otra vez para que le hiciera un conjuro más grande para defenderse del mal que presentía por venir.

—Estos plátanos amarillos son de mal agüero, siempre aparece don Benat cuando se sirven. De ahora en adelante, tostones solamente.

Desde el comedor, se oyó a Mercedes dar un grito regañón.

—¡No se puede comer sin tu mamá en la mesa, tienes que esperarla!

—Mis criaturas, —les gritó Teresa desde la cocina— coman, por favor, que tengo que ayudar con el postre.

Queta finalmente le dijo a su ama lo que le había estado torturando ya hacía varios años.

—¿La señora nunca ha pensado lo mucho que se parecen Ani Conchi y Mercedes? Y ahora que vemos que el señor también se le aparece a ella, pues me hace pensar...

—Sí Queta, —la interrumpió— no me cabe duda de que Mercedes es hermana de nuestros hijos.

¡Cataplum!, a la joven sirvienta se le cayeron todos los platos del postre al suelo. Desde el comedor se oían las voces de los hermanos Sánchez Gorriti riendo en armonía.

"Mañana tengo que ir a hablar con Yeiza a primera hora otra vez," pensó Queta. "Esto ya es el colmo, ya ella sabrá qué hacerme para mantener a ese Benat lejos de Felipito," se dijo decidida.

Se le aguaron los ojos a Queta, por primera vez en años: se dio cuenta de que la felicidad no le duró. Por cinco años se vivió en esa casona una armonía que se palpitaba por todo el pueblo. La viuda y su familia, al igual que los trabajadores del cañaveral, todos rendían mejor en el trabajo. Había respeto por la señora, por su cuñada, la capataz Amalia, que a veces podía regañar, pero con frecuencia llegaba con regalos de ron para los hombres y bizcochos hechos por ella para los hijos.

A la mañana siguiente, Yeiza recibió a Queta cariñosamente, a pesar de que veía que venía asustada, o quizás enojada.

—Dime, mi niña

—Estoy con los nervios de punta otra vez, —sin aliento siguió a aclarar— el fantasma del patrón, el espíritu de Benat, se le sigue apareciendo a Felipito y ahora hasta a la vecina, que resulta que es hija de él también. Yeiza, ¡ahora resulta que se le va a aparecer a todos los niños de Loíza!

—Eso no es nada Queta, no durará.

—Pero ¿cómo tú me dices eso? ¿Y si le cuenta a Felipito o la nena Mercedes que yo envenené al señor, a su pai?

Yeiza se sentó en su silla, y tras un rato de pensar, se paró otra vez.

—Queta, vuelve mañana. Tengo que preparar algo especial y te lo tendré listo —le dijo con tono autoritario y segura de sí misma—. Tú no te preocupes y no hables con nadie de esto. —Mirándola a los ojos seriamente, le repitió—: no hables con nadie, y menos con esos doctores, prométemelo.

—Sí, se lo prometo.

Esa noche, Yeiza empezó a hervir un poco de agua, le echó una variedad de hojas trituradas y se agachó y le tiró un puñado de tierra al agua. El conjuro más fuerte que había hecho en su larga vida iba en camino, y ella sentía como le estaba succionando la energía. Sonrió y, en tono desafiante, dijo en voz alta al alma, a esa energía que estaba ahora presente:

—¡Maldito seas!

Una Piragua

Caminando de regreso a casa con Susana y Ani Conchi una tarde calurosa de verano, Queta vio al joven médico salir de la casa de una familia del pueblo, que ella sabía eran amistades de Amalia, pero no se acordaba como se llamaban. Sintió una punzada en el corazón. Queta seguía pensando en el doctor tan guapo. El médico las vio y las saludó con la mano desde el portón. Susana se soltó de Queta, corrió hacia él y lo abrazó alegremente.

—¿Cómo está usted, señorita Susana?

—¡Bien! ¿Quién está enfermo en la casa de los Quiñones?

—Eso no es asunto tuyo —la regañó Queta.

—¿Y dónde dejaron a su hermanito, Felipe? —preguntó el doctor, sonriendo.

—Mamá está jugando con él y enseñándole las letras —prosiguió a explicar Susana en su mejor tono de adulta—; es que él ve el espíritu de papá, dice que lo visita. Mamá dice que si le da más tiempo y le enseña a leer cuentos, podrá distraerse y no verá más fantasmas.

—Ah, que interesante. —El doctor se le quedó mirando intensamente a Queta, frunciendo el ceño. Ella parecía esquivarle la mirada—. Queta, ¿has visto tú algún fantasma en la Hacienda Donostia?

Ella sólo negó con la cabeza. Ani Conchi, de repente, añadió:

—Ah, pero Mercedes ve al mismo señor.

—Cuéntame —le preguntó el doctor, arrodillándose a su altura para mirarla a los ojos—, ¿qué te dice tu amiga de él?

—Nada, que hablan, y él la empuja en el columpio que tiene debajo de su casa.

Queta empezó a sentirse mareada: efectivamente, recordó haber visto a la niña conversando sola mientras se mecía, o alguien la mecía.

—Queta, ¿está bien?

—Sí, es la fatiga *doctol* Felipe.

—Paremos aquí, — sugirió el médico, señalando con el dedo índice—, les compro unas piraguas a las tres. Una piragua en este día caluroso le viene bien a cualquiera.

Y así era: escuchar el sonido del bueno de Toño raspando el hielo ya traía alivio. Ambas niñas admiraban la pirámide de hielo, y como el piragüero le echaba el lindo color de azúcar colorada. El doctor y Queta prefirieron el de tamarindo.

Ani Conchi se fue caminando adelante con el doctor, mientras seguía contándole lo que sabía de los encuentros con los amigos imaginarios de su hermano y amiguita. Cruzaban la plaza, mordiendo lentamente sus piraguas, cuando se dieron cuenta de que varias personas fueron a hacer fila para comprar piraguas a Toño. Felipe Molino se acordó de un profesor de la universidad que les explicó esa reacción humana: cuando ven a alguien hacer algo, lo imitan. "El cerebro es increíble", pensó. Esa noche lo comentaría con su padre, el viejo doctor:

—Hablando de psicología, papá, qué gracioso fue escuchar a Toño dar consejos a las tantas jóvenes que se le acercaban al puesto.

—¡Un consejero sentimental el Toño! Ese se debe de conocer los secretos de muchos aquí.

—Igual que tú, papá— le dijo a su padre, el médico veterano del pueblo.

Susana y Ani Conchi se sentaron juntas en un banco, mientras Felipe y Queta permanecían parados.

—Queta, ¿usted qué piensa de eso que dicen los niños, de ver a Benat Sánchez Gorriti?

—Cosas de niños... quizás Mercedes vio cuánta atención recibió Felipito y ha querido imitarlo.

—Ah, veo... ¿Así se lo explicó doña Teresa?

Ella se le quedó mirando, y pensó "¿cómo habrá adivinado eso?"

—Sí, y tiene sentido —contestó Queta, demostrando admiración por su patrona.

—¿Visitas con frecuencia a Yeiza? —preguntó de repente el médico, cambiando el tema. Ella lo miró anonada, recuperándose de la sorpresa que le causó la pregunta. Trató de disimular, mordiendo su piragua. El doctor esperaba su respuesta, la cual demoró.

—A veces, cuando paso por su choza —por fin le dijo—. Hay veces que me quedo en la hacienda con los niños, ¿sabe? Duermo más y más en la casa.

Mordisqueando con más energía la piragua, enseguida le dio un dolor de cabeza de esos que arden al comer algo bien frío. Pensó que era un castigo de Dios.

—¿Se le *freezeó* la cabeza? —preguntó el doctor—. ¡Póngase el piragua en la frente!

—¿Qué?

—Hágame caso. —Queta así hizo, y en segundos se le fue el dolor agudo—. El frío contra la frente quita ese dolor enseguida —le explicó el médico. Queta hizo una mueca, y a Felipe le dio risa—: Pero el único remedio para la frente sucia es limpiársela.

Las niñas empezaron a reírse, y Ani Conchi vino corriendo hacia ella.

—¡No, no te lo limpies! —gritó agarrándole la cabeza. La pequeña le lamió la frente. Todos rieron con la ocurrencia de la niña, esa alegría infantil que siempre contagia.

—No se puede desperdiciar, es lo más rico —le dijo el médico, mirándola a los ojos. Susana reía a carcajadas de su hermanita, y Queta, tímidamente, también se rio del incidente. El médico sacó su pañuelo y le limpió la frente a Queta. Ani Conchi, ahora sentada en la falda de Queta, se fijó en el joven médico y en cómo miraba a su sirvienta.

—¿Ese truco lo aprendiste en la escuela de doctor? —preguntó Susana, muy impresionada por el truco de magia que acababa de presenciar.

—Sabes que en la escuela de medicina se aprende mucho, como es natural, pero eso lo aprendí de mi tío Freddy. Todo lo sabía ese gran hombre, que en paz descanse. —Susana pensó "así es mi titi Amalia".

Mientras tanto, en la Donostia, Teresa se había sentado a la mesa junto a Felipe. Ella trataba que él se interesara en hacer un rompecabezas que le había regalado Raquel, una de las primas de Teresa.

—Te lo traje de Nueva York, se llama *When Day is Done*. Mira qué linda la caja, mira este nene rezando con su perrito, qué ternura —exclamó orgullosamente Raquel al llevar el regalo.

—¡Bello! Gracias prima, algún día lo podremos hacer juntos.

Según Raquel le contaba a Teresa todo lo que vio en su primer viaje por avión a Nueva York, ella se dio cuenta de que sentía celos, no quería oír más. Jugando con Felipito, recordó esa visita brevemente, pensando que esa hubiera podido ser su vida.

Teresa primero interesó a Felipito en juntar todas las piezas del mismo color, luego una sección aparte para las piezas que fueran de las orillas. A los cinco minutos, Felipito, fijándose en la cubierta de la caja, le preguntó:

—¿Y por qué no armamos el perrito primero?

Teresa, a punto de decirle que no, que había que hacerlo como ella decía, se aguantó y con mucho ánimo le respondió:

—¡Buenísima idea! —Felipito le dio una sonrisa enorme. Juntos empezaron a buscar todas las piezas que parecían parte del perro. A los quince minutos tenían el perro completo.

—Mami, vamos afuera a ver qué hacen Míster y Encarna.

Ella reconocía que sentar a un niño de cuatro años por tanto tiempo ya era un logro, así que aceptó la invitación y de la mano fueron a conversar con el antiguo profesor.

Míster Ryder empezó a enseñarle a contar con los dedos a Felipe, y en diez minutos el viejo tenía a Felipe añadiendo con sus dedos: "cuatro más uno igual cinco, dos más tres igual cinco". Mientras tanto, Encarna le contaba a Teresa lo que iba a preparar al día siguiente de cena: quizás unos guineítos en escabeche, según miraba el racimo de guineos que le había dejado uno de sus nietos. Felipe, con mucho orgullo, fue arrancando un guineo a la vez hasta contar cinco guineos. De repente empezó a dar una clase:

—Mira, cuatro guineos aquí, pongo uno más y hay cinco.

Teresa se impresionó con esa manera del niño de poner en práctica algo que había aprendido tan rápido.

—Muy bien, Míster, es usted buen maestro —lo felicitó Teresa.

—No, doña Teresa, es el estudiante que pudo poner el material en uso práctico. —Girándose hacia donde oía los movimientos de Felipito, le dijo—: Felipe, eres un niño muy inteligente. Creo que serías muy buen profesor.

Felipe se le quedó mirando al ciego y le sonrió, pero se dio cuenta de que el viejo no podía ver su sonrisa.

—Míster, estoy sonriendo.

Encarna fue donde Felipito, le puso ambas manos en la cara y le dijo:

—Sonríes bello, mi niño, Dios te bendiga siempre.

Teresa sentía tanto amor, tanta seguridad entre estas personas humildes, sin embargo riquísimas en genuidad, bondadosas y cariñosas.

Ani Conchi entró a la carrera para contarle a su mamá del encuentro con el doctor y cómo les compró piraguas en la plaza. Susana se le quedó mirando a su mamá cuando le notó un cambio en la cara, como si le interesase lo que acaba de escuchar acerca del doctor. Susana añadió lo que habían aprendido del doctor cuando se le congela la cabeza a uno.

—El remedio es ponerse eso frío en la frente.

—Ah, interesante —dijo Teresa, simulando no estar muy curiosa—, nunca había escuchado eso... Entonces ¿qué Queta se puso el hielo en la frente?

—¡Se lo lamió! —dijo Susana riéndose.

—¿Qué dices? —se asombró Teresa— ¿Que el Dr. Molino le pasó la lengua por la frente a Queta? —dijo, tratando de disimular lo aturdida que se estaba sintiendo.

—No, mamá, fui yo, —intervino Ani Conchi— es que me encantó esa piragua y no quería desperdiciar ni un chorrito; me gustó la de tamarindo también.

—Aaah —aceptó la explicación de su hija Teresa, aliviada pero confusa consigo misma.

En tanto, Felipe Molino llegó al despacho que compartía con su padre, y se asomó en la oficina del viejo doctor.

—¿Tienes un minuto?

Padre e hijo se quedaron conversando un buen rato acerca de las visiones de los niños que le había contado Queta, y la psicología infantil en general.

—Mira Felipe, hay que tenerle respeto a la religión y las creencias de los demás, y lo digo porque por siglos ha habido una intolerancia bárbara; eso de obligar a los demás a profesar una determinada religión nunca me ha parecido correcto. Lo que te quiero decir, es que he escuchado que los niños ven más que los adultos.

El joven doctor escuchaba a su padre con atención, pero escéptico de sus creencias en fantasmas.

—¿Crees que el fantasma de Benat Sánchez Gorriti viene a vengarse? —dijo en tono medio burlón.

—No, pero creo que hay una gran posibilidad de que necesite remendar algunos pecados antes de entrar al reino de Dios.

Felipe no sabía qué creer; no conocía este lado de su padre. Escribiría lo sucedido esa tarde y la larga conversación mantenida entre los dos en su diario.

Queta se dirigió enseguida a la cocina a ayudar a Encarna, cuando llegó Amalia invitándose a cenar. Las niñas se emocionaron mucho.

—¡Titi, hoy comimos piraguas!

Felipito las interrumpió diciéndoles que Míster dijo que él sería un maestro.

—¿Tú sabes que cuatro más uno son cinco?

—¿Cómo así? —le preguntó toda emocionada a su sobrino. Se agachó para levantarlo entre sus brazos y mimarlo con besos, los cuales él se iba mapeando con la palma de la mano.

Teresa, desde un rincón de la cocina, disfrutaba de la conmoción de sus hijos, contentos porque su tía se quedara. Tan pronto estuvieron a solas, le dijo a Amalia enfrente de Queta:

—Tu perdona, pero las matemáticas no las sacó del padre.

Queta, sonriente, se inclinó y les susurró como si fuera un secreto mortal:

—Yo sí era rápida en calcular el cambio cuando vendíamos mangos, cocos y guineos allá en la carretera, mi tía siempre me ponía a cargo de la cajita.

—Ah, por eso es —dijo Teresa, y le puso la mano en la espalda a la joven.

—Beni no era bueno con los números, punto —añadió Amalia, sin darle importancia y poniendo los ojos en blanco.

Esa noche, después de que se fueron a dormir los niños, Amalia y Teresa terminaron el rompecabezas traído de Nueva York. Queta les trajo aguas de china para refrescar la noche calurosa.

Más Piraguas

Las dos tardes siguientes, Queta sacó a las niñas de paseo por la plaza. Agarradas las tres de las manos, se regresaron caminando. Pasaron otra vez por la casa de donde vio salir al doctor Molino. Les dijo a las niñas que siguieran su paseo un rato más. Reconoció la Q en el buzón, ya que ella conocía la letra por su nombre. Se quedó mirando fijamente al letrero, era letra cursiva, pero sabía que decía Quiñones. Se quedó estudiando las letras.

—La ñ es donde empieza el sonido ño, —dijo. Se sintió orgullosa de haber podido descifrar y leer esa placa de madera. Susana notó la concentración y la satisfacción de Queta, sabía que su madre había estado enseñándole a leer. Más tarde, al llegar a casa, le contó a su mamá.

—¿Y vieron al doctor Molino?

—No, mamá, solo fuimos a caminar y paramos en la iglesia. Había unas señoras poniendo flores, muchas margaritas.

Pero no le contó a su mamá que pararon a comprar unas piraguas.

—Queta, mira, traje chavos, vamos a comprarnos piraguas, por favor.

Queta llevó a las niñas de la mano hasta el piragüero y las dejó pedir. Susana le dio unas pocas monedas, sin saber si era suficiente.

—¿No quieres uno, Queta?

—No, no traje chavos.

Susana se sintió triste porque no habían alcanzado las monedas. El piragüero, sin prestar atención a la conversación, seguía raspando el hielo. Hizo una piragua de tamarindo y se la dio a Queta.

—Cortesía de la casa. —Ella, sonrojada, le dio las gracias al joven—. Toño, señorita, para servirle.

Amalia había estado reconstruyendo su propia casa, expandiendo la cocina y la marquesina, para que ella y Berta tuvieran más lugar para su cafetería, que iba creciendo. Ahora contaban con la ayuda de algunas muchachas, esposas de peones, que tenían muy buena mano para el arroz con jueyes. Queta venía a menudo a ayudarlas o a traer algún postre. Le encantaba ayudar en la cocina o preparar uno de los platos principales del día. Todas las mujeres hablaban incesantemente; cómo no las ponían a cargo del país, si para cada problema tenían la solución.

—¡Si lo estoy viendo con mis propios ojos! Estos americanos no lo están viviendo, ¿qué saben ellos? Si aquí no viven, no nos entienden, ni nos preguntan qué opinamos...

—Tienes razón, Marcelina.

—Aquí vinieron hasta a cambiar cómo bebemos café.

—¿Cómo así?

—¿No han visto? Pues lo beben bien aguado y lo llaman *black*, negro, pero parece agua de color canela.

—¿O sea, churra? —dijo Amalia, riéndose. Después agregó, más seria—: Tienes razón... pero también creo que vienen aquí con buenas intenciones de eliminar nuestra gran pobreza y enfermedades.

—¡Pues aquí no han venido! —dijo Marcelina con fuerza.

Queta escuchaba pensativa; tantas veces que le habían dicho la suerte que tenía de haber nacido americana, tantos años que vivió convencida de que ellos eran inteligentísimos y arreglarían la pobreza de Puerto Rico... Pero, hasta ahora, sólo veía que gracias al trabajo esforzado de Amalia, a las escondidas de los americanos, estaban bien en esta parte de la aldea. A los trabajadores del campo les estaban haciendo la vida más difícil con algunas de esas leyes de las que tanto se quejaban. Ya no tenían tanto trabajo, Queta no entendía por qué no podían seguir en el campo. Y si no hubiera más agricultores, ¿qué iban a comer? ¿No era ese el trabajo más importante del mundo? Y qué tristeza que tantos se estuvieran yendo a Nueva York, con esos fríos de los cuales escuchaba. Empezaba a sentirse en Puerto Rico mucho cambio, una nueva realidad, un nuevo orden.

La reforma de la casa de Amalia se la habían encargado al bueno de Mario. Él le había dibujado el diseño, y se hizo cargo de controlar el proyecto para la hija de su antiguo jefe. Se sentía muy satisfecho con su nueva misión, ya que andaba débil, sus piernas ya le daban problemas, y ni pensar en montarse a caballo. Estaba muy a gusto en llegar a la casa de Amalia todas las mañanas; se quedaba dibujando árboles que veía desde su puesto, dibujaba mesas y sillas, y hasta los trabajadores en su faena, toda la tarde sentado mientras vigilaba y ordenaba a los muchachos. Una escena que dibujó esa tarde fue su nieta dándole de comer a las gallinas, que la seguían por el sendero hacia su casita escondida detrás de una fila de platanales. Su arte estaría colgado en muchas casas por generaciones.

En algunas ocasiones, uno de los doctores Molino venía a visitarlo a la casa de Amalia, ya que era imposible hacer al viejo testarudo que fuera hasta el consultorio.

—Qué lindo dibuja usted, Mario —le dijo, en completa admiración, el mayor de los doctores—. Me gusta este rincón con la mesa y las palmas detrás, ¡tiene talento!

—Se lo regalo *doctol*.

—Entonces le compro este otro también, —refiriéndose a un sendero alineado por árboles, que reconocía como testigo de su niñez y adolescencia—. Me da una gran paz interna. Estaría bueno para la oficina, ¿sabe?, con tantos pacientes que vienen nerviosos al consultorio.

—Este cuadro se llama "El Paseo de la Donostia", porque un día le pondrán ese nombre a la callecita, ya verá—dijo Mario, guiñándole el ojo al doctor. Los dos hombres se conocían desde niños.

El bueno de Mario sufrió mucho en su vida, cuando tres de sus hijos se le murieron de disentería, uno tras otro. El doctor Molino lo respetaba mucho, le pediría a su hijo que, por favor, lo vigilara de cerca.

El viejo doctor le explicó a Mario que tenía una artritis muy avanzada. Se le veía en la mano izquierda, la mano del machete, con los dedos bastante torcidos. El pobre también tenía una pierna en la que el hueso parecía hacer un arco, curiosamente también la del lado izquierdo.

—Aquí te doy unas aspirinas, que te ayudarán con el dolor.

—Diantre, *doctol*, ¿esto chiquitito me va a dar alivio? Pero si yo con las agüitas que me hace Yeiza sigo *pa'lante*, a mí con tal que me siga funcionando la cabeza estoy bien... estos son años *regalaos*, ¿sabe?, yo nunca pensé vivir tanto.

El Dr. Molino, con una inmensa sonrisa y mucho respeto, se sentó al lado de su paciente, imaginándose todo lo que había visto y vivido aquel buen hombre loiceño.

—¿Por qué no me hace un favorcito? Dele unas seis semanas a este pote de pastillas y hablemos otra vez.

—Con su permiso, —le dijo Mario con una sonrisa humilde—, y disculpe la confianza... ¿me haría usted un favorcito también?

—Lo escucho —dijo el doctor, y frunció el ceño.

—Mire, mi nieto el *mayol* empezó en Ponce, y quiere ser médico, muy inteligente ese muchacho, ¿este verano podría trabajar con ustedes algunas horas a la semana?

—Pues claro, don Mario —le dijo extendiéndole la mano—, qué gusto... ¿Ese es Pepe?

—Así es, qué buena memoria tiene, *doctol*.

—Ah, es que ustedes son mi gente. ¡Que no se diga más!

Se paró, le dio un abrazo y se despidió de él agitando el pote con aspirinas como una maraca.

—*Doctol*, lo prometido es deuda: una al día.

—O dos al día cuando tenga más dolores, y con mucha agua, pero nada más. El pitorro no me lo combine.

—¡Gracias! —Volviendo a su dibujo, añadió un hombre distinguido y ensombrerado, de espaldas, caminando por el sendero cubierto de árboles, rumbo a la casucha de Yeiza.

Felipe Molino fue a recoger a su padre, ya que sólo tenían un carro. Berta lo vio, lo invitó a sentarse y le trajo una cerveza. Sentía agradecimiento porque él y su padre siempre fueran a la hacienda a ver a sus pacientes, en especial a los más testarudos.

Cuando Felipe vio a Queta llegar con las manos cargadas con una bandeja enorme, se paró para ayudarla y se la quitó de las manos.

Era la primera vez que la tocaba desde hacía años, cuando fue su paciente. Ella se erizó, se dio cuenta de que era el mismo cosquilleo de un verano atrás.

—¡Queta, pero qué rico huele esto! ¿Qué hicieron aquí?

Sonrojada, le contestó que era para la fiesta que le estaba haciendo esa noche la esposa del nuevo capataz, que cumplía 40 años.

—¿Se queda? —preguntó Queta, intentando disimular la emoción.

—Con gusto —dijo el doctor y agregó en tono de broma—, en especial por si hace falta un doctor aquí.

Llegó Amalia, toda sudada, y detrás de ella venían unos muchachos, apurados por el peso de las bolsas de harina que cargaban. La conmoción interrumpió al doctor y a Queta, que parecían sentirse muy a gusto tras volverse a encontrar. Amalia los saludó en voz alta, y enseguida agregó:

—¿Me das una mano, Quetita?

El joven médico vio a la distancia a su padre, alzando su sombrero blanco hacia una esquina, entonces se despidió y salió de la marquesina.

—¡Hasta la noche! —dijo, pensando qué linda se había puesto Queta. "Ojalá sea feliz, se lo merece".

El viejo médico se acercó a su hijo lentamente por falta de aire, y empezó a contarle que era como si el tiempo no avanzara por allí.

—Hoy vi a la bruja de la hacienda, ella les da cuanta poción se inventa.

—Papá, pienso yo que es una curandera, no una bruja; y si es una santera, es religión para ellos. Además, acuérdate que todo viene de las plantas, y esa mujer debe conocerlas todas.

—Sin duda fue ella quien preparó el veneno que mató a Benat —dijo el viejo médico, abanicándose con su sombrero y sin mucho aliento mientras subía la cuesta.

—Lo más seguro... pero no fue ella quien se lo dio, papá.

—No; sin embargo, no creo que haya sido la muchachita que tuvo el niño. Creo que fue un complot, entre más de una de estas mujeres.

Felipe le puso el brazo debajo del codo a su padre, ayudándolo a mantener el balance. Ya estaba el carro a la vista.

—No puedo imaginarme a Queta como asesina, era una niña.

—¿Quién dice que es una asesina? —dijo el viejo. Se detuvo, poniendo la mano sobre la capota de su carro, y miró a su hijo—. Eso fue en defensa propia, Felipe. Pero muy bien planificado, de otra manera ella tendría toda de las de perder.

—¿Hay tal cosa? O sea, defensa propia es en el momento, planificar una muerte es asesinar. ¿Y la viuda, papá?

—A lo mejor fue ella, —asintió el viejo médico— pero mira tú, no se ha regresado a San Juan, como pensé yo que haría si fuera la culpable.

—¿O quizás fue la hermana Amalia? Mira que me consta que lo odiaba, se dice en toda la aldea que lo amenazó.

—Sin embargo, —rebatió el padre, ya sentado en el asiento de pasajero— ella no estaba en Loíza ese día, acuérdate que la tuvieron que llamar de San Juan.

—Recuerdo que no sabían encontrarla, ¿en qué andaría?

—No creo que ande en ese rollo político, como dicen, si es eso lo que estás pensando. Estaría vendiendo su pitorro y bizcochos, ella siempre ha estado llevando y trayendo mercancía. Pero sí, pudo haberse ausentado a propósito.

—Cierto, papá, caray...

—Por eso pienso que es un complot. Lo hicieron entre las dos, Amalia y Teresa. Amalia se fue de viaje para que no fueran a sospechar de ella, Teresa lo envenenó —dijo el viejo médico. Felipe se quedó mirando el sendero que bajaba hacia las parcelas, y se imaginó a la vieja Yeiza preparando una poción mortal.

—¿Y con qué lo envenenarían? —Nadie contestó la pregunta. Algo que tenía un olor fuerte que hizo que la viuda lavara al marido hasta con colonia, pensó el joven médico.

Queta y Berta se pusieron a preparar unas frituras, escuchando la radio de fondo, mientras Mario le explicaba a Amalia lo próximo que los obreros iban a hacer. Queta se admiraba del proyecto de reforma y expansión de la casa, pero también pensaba en la fiesta y que volvería a ver al médico, tocayo de su niño.

—Mario, —preguntó Amalia, con voz cansada, mientras se servía un vaso de agua— ¿qué piensas del cementerio que tenemos atrás? A cada rato pienso en moverlo al cementerio local, tú sabes, que estén juntos a los demás y no aquí.

Queta alzó la mirada sin creer lo que había escuchado: ¿mover a los muertos? Eso *na'* más faltaba para alborotar a Benat más aún, razonó la joven.

—Allí no hay nada señorita, —contestó simplemente Mario—, esas almas salieron volando hace tiempo. Lo que usted haga o no haga con eso no tiene importancia.

Oyendo al viejo, Queta pensó "dímelo a mí".

—Pues sí que la tiene —contestó Amalia—. Había pensado que encima de ese terreno casi tendría una cuadra de concreto; podría poner una cafetería para darles el almuerzo a mis trabajadores.

—¿Encima de un cementerio? — interrumpió preocupada Queta, ya sin poder aguantarse.

Amalia se quedó pensando: cierto, sin duda habría algunos supersticiosos... tendría que hablar con el cura para que le diera algún consejo, o viniera a dar su bendición. Tiene que haber alguna ceremonia para dejar a los obreros convencidos que los muertos estaban tranquilos, pensó. Sin duda tendría que hacer algo, y pronto. Quizás podría hacerles unas viviendas en parte de ese solar a los obreros, se lo agradecerían. Verían como un buen gesto el mejorar las condiciones laborales; a diario perdían campesinos y cargadores, ya que muchos estaban mudándose a otras ciudades de la isla o a los Estados Unidos en busca de mejores oportunidades. Era evidente que la nueva generación ya no quería trabajar la tierra como sus padres y abuelos habían hecho por siglos. Por primera vez tenían opciones, y se les había hecho más y más fácil irse de la isla, observó.

Queta bajó hacia los bohíos, y junto a su prima Marisela fue a visitar a Yeiza, que hacía tiempo que no la veía. Le contó cómo el fantasma de Benat se les había aparecido a los niños.

—Falta poco para que se vaya del todo, ten paciencia —le dijo Yeiza—. Es un espíritu muy testarudo, pero está arrepentido y ese es el primer paso, ya verás.

—Yeiza, esa gente no se va a creer eso —interrumpió Marisela, la prima mayor de Queta, que se había casado con uno de los jornaleros y por eso la veía con más frecuencia, algo que le daba mucha alegría—. Yo que ella tumbo eso y ya.

—Pues yo los sacaría de ese cementerio de ahí —dijo Yeiza—, sólo están molestando.

Alguna noche Yeiza había oído a la madre de Benat llorando desde la tumba, pero nadie le habría creído, así que nunca lo volvió a contar.

Al atardecer, Yeiza se asomó mientras Queta y Berta ponían manteles para la fiesta. Al verla, Queta se disculpó y fue a saludar a la curandera.

—Ya está casi, tú tranquila —le dijo Yeiza. Cerca de ellas, Amalia oyó la breve conversación.

Vinieron muchos de los jornaleros a la fiesta de cumpleaños del capataz. La comida, como de costumbre, fue aprovechada. Empezó a tocar el conjunto, y la música como magia alegró esa marquesina; movieron las mesas y las sillas, y todos a bailar. Varios empleados jóvenes sacaron a bailar a Queta; ella de vez en cuando miraba a su alrededor a ver si había llegado el Dr. Molino, pero nada. Pasaron varias horas, entre mordiscos al bacalaíto frito, sorbos de agua de coco y cervezas. Felipe nunca llegó.

Al doctor se le pasaron las horas. En verdad no se sentía a gusto en fiestas grandes, no era lo suyo, sabía que tenía que fingir ser alguien que no era. Por eso le gustaba vivir en Loíza, ya que se podía sentir más relajado de las expectativas de la ciudad. Prefería evitar esas reuniones sociales o tener que bailar con una mujer; en vez, se ponía a leer, o como solía hacer todas las noches, escribir en su diario. Esa noche añadiría una entrada sobre su día en la Hacienda Donostia:

> *"Sigo pensando que no fue Queta quien envenenó a Benat Sánchez Gorriti, aunque es obvio que tenía una buena razón para querer matarlo. Creo más bien que fue Amalia, que por lo que he oído, era conocimiento común que odiaba mucho a su hermano. Quizás mi padre tenga razón: ella y Teresa lo hicieron juntas, pero tuvieron que haberle pedido un veneno a la santera. Seguiré investigando."*

A la mañana siguiente, Queta no pudo evitar contarle a su patrona la conversación que escuchó sobre el cementerio familiar.

—¿Y usted qué piensa, Doña? —Teresa reaccionó con una risa.

—¡Dios me guarde! ¡Yo ser enterrada allí con mi esposo no! Si me muero, te ruego que no lo permitas. ¡No descansaría en paz! —Teresa se alarmó tan pronto se dio cuenta de su reacción. Sonrió con incomodidad—. Quiero ser enterrada en San Juan junto a mis padres, eso es todo. Lo que hagan con ese mausoleo no me incumbe.

Se paró, recogiendo sus materiales escolares para irse a la escuelita a ayudar a los niños con sus asignaciones. Ya llevaba 4 años, olvidándose de que se quería mudar de vuelta a San Juan. Le encantaba ver a los niños superarse y salir bien en sus materias. Su hija Susana, ya en quinto grado, se quedaba con ella para ayudar a los demás chicos.

Queta se quedó un rato sentada en la escalera del balcón de la cocina, mirando a la distancia el mar, las olas grandes que se formaban. Le parecía raro que doña Teresa no quiera ser enterrada junto a su marido. Fue a contarle a Encarna lo ocurrido.

—Mi niña, mejor —respondió la vieja criada—, que saquen a Benat y a su padre de estas tierras, así estaremos en paz aquí. Que saquen a todos esos espíritus locos de una vez.

A las tres semanas, se esfumó el espíritu de Benat. Encarna y Queta se dieron cuenta de que el mismo aire de la hacienda se sentía más liviano. Esa noche fue la primera vez en mucho tiempo que Queta hundiera la cabeza en la almohada sintiéndose completamente segura.

Las Vendedoras: El Kiosko de Meche y Ani

Una tarde en la carretera, cuando Teresa regresaba junto a Susana de la escuela local, vieron unas mesitas hechas con cajas de madera donde había pilas de frutas y un letrero que decía "El Kiosko de Meche y Ani, se venden frutas de Loíza".

—¡Son Ani Conchi y Mercedes con esos nenes de su clase! —gritó Susana, emocionada— ¡Ay mami, déjame apearme aquí!

Teresa se demoró en reaccionar, y de repente le pegó un gritó al chofer:

—¡Para! —Al bajarse, tratando de mantenerse calmada, agarró a Ana Concepción por el brazo bruscamente.

—¿Qué crees que estás haciendo aquí? —chilló a todo pulmón.

—¡Aaay, me estás lastimando! —protestó la niña.

—No me importa, ¿qué jueguito es este?

—Mami, no es juego, estamos vendiendo mangos, quenepas, ¿tú no ves?

—¿Y por qué una hija mía tiene que ponerse a vender en la calle?

Ani Conchi no comprendía lo que le decía su madre. Ya para estas, el chofer y Susana se habían bajado del carro también.

—Mami, déjala y hablamos en la casa luego —dijo la hermana mayor, preocupada porque su mamá estaba haciendo una escena, inclusive enfrente de algunos de sus propios alumnos.

—Doña Teresa, —intervino el chofer, con todo respeto— yo vuelvo por las señoritas Ana Concepción y Mercedes después de dejarlas a ustedes.

A regañadientes, Teresa finalmente accedió a la propuesta.

—Señoritas —dijo el viejo chofer, guiñando el ojo con complicidad—, suerte y estén listas.

Susana, tratando de disimular su vergüenza por la reacción de su mamá, la jaló hacia el carro negro. Una vez adentro del carro, para cambiar el tema, le contó a su mamá que uno de los nenes en su salón quería casarse con ella, que quería hacerle un bebé.

—¿Cómo se hace eso? Y si no quiero, ¿cómo le digo que me deje en paz?

Teresa pensó que le iba a dar un paro cardiaco; ella estudió en colegios de puras niñas, nunca se le había ocurrido que a los 10 años podría haber tal conversación. Entre lo de Ani Conchi y ahora esto, llegó con una migraña a la hacienda.

Una cosa a la vez, pensó: al día siguiente iría a hablar con la maestra para que movieran a ese niño a otro salón, o a otra escuela.

Un poco más tarde, Ani Conchi y Mercedes entraron las dos juntas entre risas, chupando pedazos de caña. Encontraron a Teresa sentada a la mesa del comedor.

—Siéntense, por favor. ¿Por qué no dejaron a Mercedes en su casa?

—Los papás de Meche no están, fueron al doctor.

Mercedes miraba el piso como si estuviera muda.

—Mercedes, ¿de quién fue esa idea de ponerse a vender frutas en la carretera?

—Mis padres no están, doña Teresa, mi mamá está enferma...

—Siéntate, por favor —la interrumpió Teresa—. Ana Concepción, tú aquí —haciéndole una señal de que la quería a su lado, y no en su silla habitual de la hora de la comida—. Esos no son juegos para señoritas, ustedes no pueden estar por ahí vendiendo.

Ani Conchi miró a su amiga, buscando las palabras.

—Fue mi idea —susurró Mercedes—, esos nenes son amigos míos, Chiqui y Ramona son las hijas de las sirvientas; no los quisimos dejar solos, yo juego con ellos mucho.

—Muy bonito Mercedes, pero las señoritas no se ponen a vender en la calle y punto.

—Mami, nosotras hemos visto muchas niñas vendiendo en la calle.

—Ani Conchi, ustedes son diferentes, ¿me explico?

—¡Somos niñas jugando y ayudando a la familia! —gritó Ana Concepción, parándose con las manos en la cintura—. Mira, hice una peseta vendiendo quenepas hoy, nos repartimos las ganancias, —dijo muy orgullosa.

—Tú no me grites, Ana Concepción, y te sientas.

—¡No quiero, y yo hago lo que me dé la gana!

Teresa se paró y la sacudió con coraje

—¡Tú haces lo que yo diga!

—¡No, mami, yo soy una persona y tú otra, yo no soy tu sirvienta!

Teresa abofeteó a la niña, casi perdiendo el equilibrio. La criatura le volvió a gritar a su mamá y salió corriendo hacia afuera. Mercedes se paró.

—Perdone, doña Teresa, es que tenemos muchas cuentas por la enfermedad de mi mamá, y se nos ocurrió que si vendiéramos frutas de los palos de mi patio, podría darle dinero a mi papá para las medicinas.

Teresa se sentó, pensativa. La inocencia infantil, la misma cara de Ani Conchi... "¡estas niñas son casi gemelas!", se dijo a sí misma. Se acercó a la niña.

—Mercedes, siento mucho que tu mamá esté tan malita. Eres bienvenida aquí cuantas veces quieras. —Recordó las muchas veces que su vecina, doña Matilde, le decía lo mismo a ella.

Después de la discusión con las niñas, Teresa estaba cansada y sentía que necesitaba hablar con alguien que la entendiera, pero en Loíza no sabía quién podría ser esa persona. Tomó su vaso de agua con limones y fue a sentarse al balcón. La única persona con quien quizás podría conversar era el doctor Felipe Molino, pensó que debería volver a invitarlo a almorzar. Qué suerte la de Sara, su querida amiga y vecina, de tener los consejos de su madre. Oyó el comienzo de la orquesta de coquíes, empezó a relajarse, cuando de pronto vio a Yeiza que venía andando lentamente por el sendero. Dejó el vaso en la mesita de madera y empezó su descenso por la alta escalera. La vieja la esperaba como si supiera que quería hablar con ella, lo más recta que le permitía su espina dorsal.

—Usted dirá, —así nada más le dijo Yeiza. Teresa la miró confundida, dándose cuenta de que fue ella la que había bajado al verla.

—Yeiza, ¿cómo ha estado?

Nadie nunca le había preguntado cómo se encontraba, todos lo daban por hecho; con tantas hierbas a su disposición, siempre sabría cuidarse ella misma.

—Te has quedado mucho tiempo doña —le dijo con una pequeña sonrisa, con los labios casi cerrados—, más de lo que yo me esperaba, y yo no suelo equivocarme.

—Extraño San Juan todavía, pero hay más que puedo hacer aquí para ayudar a tanta gente buena.

Yeiza extendió su mano y la puso sobre la mano de la viuda.

—No hable de lo que hicimos con nadie, Doña, nadie. Presiento que se está sintiendo a gusto con el joven médico, pero no confíe a nadie lo que hicimos, ni con nadie en su casa. —La miró a los ojos seriamente— ¿Me entiende?

Teresa asintió, y frunciendo el ceño le dijo—: Ha venido hasta aquí para decirme esto, ¿verdad?

—Sí. —Y sin más, se dio la vuelta y caminó sendero abajo. Teresa sintió que le dio frío.

El Condado

Esa tarde, la maestra de arte hizo que sus estudiantes de pintura recogieran sus materiales; ya habían terminado de pintar con acuarelas el lindo Presbyterian Hospital de la Ashford Avenue.

Hospital Presbiteriano, por Marta López Somolinos.
Fotógrafo: Pedro Martínez Reyes

—Nos veremos el lunes otra vez —dijo la maestra a sus alumnos.

La maestra le haría llegar a Amalia sus notas de quienes entraban y salían del hospital. Amalia, a su vez, se encargaría de que esa información le llegara al Maestro, Pedro Albizu Campos, en menos de dos días. El Maestro, conocido así por su don oratorio, graduado de la Universidad de Harvard, era el presidente del Partido Nacionalista de Puerto Rico desde 1930.

Tanto en Loíza como en San Juan, esa noche y los tres días que le siguieron, llovió a cántaros.

¿Adónde se habrá ido Amalia? Le preguntó Teresa a Encarna.

—No sé, doña, ella normalmente avisa cuando se va a vender su ron a Carolina, —le contestó Encarna, sin mirarla.

Amalia estaba trabajando mucho; llevaba sus pedidos a diferentes partes de la isla, asistía a reuniones agrícolas, las cuales solían terminar en lamentaciones y en discusiones políticas. Ella más que nunca ayudaría como pudiera la causa para ver a Puerto Rico hecho un país independiente: —Quiero ver un Puerto Rico libre del dominio *yankee*, —gritaba con pasión, —este arreglo de ellos no nos conviene a nosotros.

Otros gritarían:

—han invertido demasiado aquí para dejarnos así *na'* más.

Amalia siempre volvía feliz para abrazar a sus sobrinos y jugar con ellos. "Por ustedes hago lo que hago", se decía. Su cafetería parecía crecer en popularidad también. Tenía grandes planes para ella.

Las cosas en el hogar continuaban. Los berrinches de Ani Conchi eran ya algo cotidiano; sólo le hacía caso a Queta, ni con la hermana se llevaba en esos días. Teresa ya no sabía cómo manejar a su hija menor. Queta le preguntó una vez a la niña si tenía sueños con el diablo. Esa fue la primera y última vez que Teresa se enojó con Queta.

—No le metas cosas en la cabeza, va a pensar que está endemoniada y entonces sí que se nos vuelve más loca. Además, ya tenemos suficiente con los fantasmas que ven Felipito y Mercedes.

Tres semanas más tarde, Ani Conchi seguía peleándose con su madre. Teresa trataba de no contestarle, el silencio era mejor que tirar leña al fuego, les decía a Encarna y Queta. Simplemente, no quería otra pelea, menos enfrente de Felipito. Decidió que iría hablar con los padres de Mercedes para ver cómo andaban las cosas en esa casa. Presentía que algo iba mal, porque veía a Mercedes jugando afuera sola la mayoría de las veces, o venía a la casa de ellos sin un adulto. Tenía curiosidad de cómo estaban criando ellos a su hija. ¿Dónde iría a escuela superior? Y, de una vez, ver como seguía Irma de salud, y qué tan grave era su enfermedad.

"The Puerto Ricans are the dirtiest, laziest, most degenerate and thievish race of men ever to inhabit this sphere... I have done my best to further the process of extermination by killing and transplanting cancer into several more... they are even lower than Italians".

Dr. Cornelius Rhoads.

A la semana, Teresa se fue caminando a la hacienda de los vecinos. No se escuchaban voces, pero le abrió uno de los sirvientes, un hombre negro, alto y delgado, con una cara fina y de aspecto femenino. Teresa, saludándolo cortésmente, le dijo que quería saludar a Irma.

—No está la familia, señora.

—He estado tan preocupada por su patrona —dijo Teresa, sorprendida—, y venía a ofrecer ayuda con Mercedes; es que la queremos tanto en casa. —Esperó a que el mayordomo dijera algo, pero ante su silencio, continuó—: Por favor, dígaselo de mi parte, de todo corazón.

—Es una verdadera lástima, ¿sabe señora? —por fin se relajó el sirviente—, se han ido a San Juan a ver a unos especialistas americanos.

Después de unas pocas frases más, Teresa se despidió del hombre afeminado y siguió hacia la plaza. Fue a la clínica de los doctores Molino, seguro que Felipe sabría algo.

—Buenas tardes, —dijo entrando a la clínica que, recién pintada, se veía tan acogedora. Lindas las ventanas nuevas, pintadas de verde, le gustaron. Saliendo de una habitación conjunta al recibidor, el joven médico saludó a Teresa con una sonrisa. Ella enseguida le correspondió, pero sin saber si acercársele y darle la mano o un beso en la mejilla, se quedó en su lugar.

—Estoy un poco preocupada, ¿podría hablar con usted?

—Si me tuteas, sí. —Soltó una risa, la cual ella correspondió con una sonrisa incómoda, y lo siguió a su despacho.

—Nosotras en casa le tenemos tanto cariño a Mercedes, y sé que Irma ha estado delicada de salud. Acabo de pasar por la hacienda de ellos y me dijo el sirviente que se la llevaron a San Juan. —hizo una pausa para tomar aire, y viendo que el doctor no decía nada, prosiguió—: quiero ayudarlos como sea, esa niña se merece lo mejor; me consta que está muy preocupada por su mamá. Mi hija Ani Conchi y ella son mejores amiguitas, Felipe.

Teresa paró de hablar esperando unos segundos antes de que el médico decidiera contestar.

—Me siento responsable, ¿sabes? —dijo el doctor.

El médico le contó que hacía unos años sugirió que Irma y Enrique fueran a hablar con unos médicos norteamericanos que estaban haciendo estudios sobre la anemia. Irma llevaba un tiempo con un desorden sanguíneo, y en San Juan unos americanos, hematólogos de fama, habían ido casualmente a estudiar ese fenómeno que afectaba a la isla en general.

—Además, la pobre Irma no quedaba encinta; no pensé que hubiera nada mal en ella, la revisé. O quizás era Enrique el del problema.

Teresa observó que le cambió la cara, como comprendiendo que ese era un secreto profesional y tenía que ser más discreto.

—Bueno, —continuó— fueron a ver a este doctor; pensamos que mejoró, le subieron los niveles de hierro, se veía tan bien y ya ves, a los meses hasta quedó encinta, ya te acordarás de eso. —Teresa asintió. Lo que siguió contándole Felipe la dejó helada—. Este gran médico estadounidense, me parece a mí, usó a Irma y a varios puertorriqueños más en su estudio, e incluso en un día de rabia, creo que les inyectó células cancerosas porque quería deshacerse de los puertorriqueños.

—¿Qué disparate dices?

—Este hombre malvado aún no ha perdido la licencia —dijo quitándose los espejuelos el médico.

—¿Qué demonios me estás contando? —dijo Teresa horrorizada—. ¡Por Dios, Felipe! ¿Qué este doctor nos quiere matar a todos?

De repente, Teresa sintió un coraje y un orgullo de ser puertorriqueña, que si maltratas a uno nos lastima a todos. Jamás había sentido eso antes, y menos, cariño por Irma.

—¿Cómo te enteraste de esto, Felipe? —preguntó incrédula.

—Hay una carta que salió a la luz hace un tiempo —contestó el Dr. Molino, respirando hondo—, y habrá más investigaciones, pero ya verás que saldrá ileso el americano.

—¿Qué rayos decía esa carta?

—Aquí, fíjate.

Teresa leyó un artículo en El Mundo, el periódico que publicó la carta escrita en inglés y español del famoso médico:

"El puertorriqueño es la raza humana más sucia, más perezosa, degenerada y ladronzuela que habita la esfera.... he hecho lo mejor que he podido para llevar adelante el proceso de exterminarlos, inoculándoles células cancerosas a varios.... son más bajos que los italianos."

Teresa sintió que le temblaban las manos.

—¿Pero crees que este hombre quiso matar a Irma? ¿Y por qué? ¿Y él mismo escribió esa carta? ¡Qué imbécil!

Ahora sin aliento, se sentía avergonzada por sus celos hacia su rival, y se acordó de que ella también era una asesina. Pero luego recapacitó: no era lo mismo, ya que su marido la hizo sufrir a ella y a muchas otras... ¿No es igual?, o mejor dicho, ¿es diferente?, se preguntó mentalmente, como consultándolo con su Dios, mientras mantenía el periódico en las manos. Sintiéndose mareada tras la tormenta en su interior, sufrió un desvanecimiento. Felipe se agachó junto a ella, llamando a su asistente. Entró un joven y entre los dos les frotaron alcohol en las muñecas. Felipe le levantó el cabello y la aplicó alcohol también en la nuca y la frente. El joven le trajo un jugo de china que tenían en un litro viejo de leche. Lentamente, Teresa empezó a sentirse mejor.

—Te llevo a tu casa.

El asistente ayudó al doctor a llevar a Teresa a su carro. En el camino no se dijeron una palabra.

Una vez en la hacienda, se sentaron en su balcón; el doctor Molino se quedó con ella conversando un rato. Queta saludó al doctor tímidamente y les sirvió unos cafés y pedazos de pastel de guayaba. Se les quedó mirando desde un rincón, contemplando a los dos. Oyó al doctor hablar y hablar.

—Como entenderás, me siento tan culpable de haber recomendado a Irma que pidiese una cita con uno de esos médicos en el

224

Hospital Presbiteriano; pensé que la podrían ayudar, hacerle exámenes sanguíneos mejores que los míos, tratarla... qué sé yo.

—Esto fue ya hace unos años, ¿y es ahora que nos estamos enterando?

—Así es, Teresa, pero ya ves... tenemos unos reporteros investigadores inteligentísimos, y un movimiento que quiere traer a la luz algunas injusticias, y estoy empezando a creer que tienen la razón.

Después de unos minutos de conversar y disfrutar de la merienda de Queta, de pasta de guayaba, queso y bizcocho de aceite de oliva, a Teresa se le fue la palidez de la cara. El doctor se despidió, dándole un apretón con las manos de ella entre las de él.

Queta, escondida fijándose por la ventana grande de la cocina, esperaba a ver si el médico la llamaba para despedirse de ella. No lo hizo. Se puso la mano en el pecho, ¿por qué le dolía el corazón?

Teresa se quedó sentada, aún aturdida. Queta desde su rincón pensó "¿sería que doña Teresa y el doctor están enamorados?" Sintió celos, luego se convirtió en tristeza. ¿Qué esperanza podía tener ella? Estaba distante, tratando de recuperarse de la escena que había presenciado entre ellos.

Encarna, inclinada sobre una olla que tenía remojando unos gandules, se había fijado en el comportamiento de su ayudante favorita. No quiso mortificarla, porque se le veía en la cara que la pobre estaba triste.

Por los siguientes días, Queta andaba en sus quehaceres con desgano. Encarna observaba a ambas mujeres idas en sus pensamientos. ¿Qué mosquito habrá picado a estas dos? Esa tarde se lo contó a Amalia.

Decidida a averiguar qué sucedía, Amalia se invitó a sí misma a almorzar en la casa de su cuñada. Ani Conchi se sentó sobre su tía. Susana, con su silla bien arrimada a la de Amalia, le susurraba al oído su deseo de ir a caballo luego con ella. Amalia le guiñó el ojo con una cariñosa sonrisa.

El arroz con gandules le quedó riquísimo a Encarna, sin embargo, la ensalada de aguacate que hizo Queta estaba muy salada. Amalia, sin temor a ofenderla, se lo hizo saber. Ella enseguida empezó a llorar. Teresa y su cuñada se quedaron mirándola, asombradas por su llanto. Amalia enseguida se paró y le pidió disculpas. Felipito hizo un puchero desde su silla, no le gustó ver a Queta tan triste. Susana notó la reacción de la criatura, al igual que Teresa y Encarna. Teresa extendió los brazos para levantar a Felipito de su silla, dándole besos, mientras Amalia hablaba con Queta.

Cuando Queta se tranquilizó, se disculpó con Amalia, y le pidió permiso para ir a pasar unos días con su familia, que tenía tiempo de no verlos, ni tenía noticias de su madre y su abuela desde hacía tres meses. Se fue sin despedirse.

A Teresa le extrañó que no se despidiera y se fuera sin pedirle a ella permiso.

Esa noche, Amalia le hizo muchas preguntas a Teresa.

—Pero, ¿qué está pasando por aquí? A ti te veo alterada, a Queta se la llevan las hormonas, Felipito anda deprimido, las nenas pidiéndome que me las lleve... ¡Háblame, Teresa!

Teresa respiró hondo y empezó por contarle lo de Irma, de la carta en El Mundo de ese horrible doctor hablando de experimentos científicos.

—¡Y Dios sabe qué más nos estaban haciendo a los puertorriqueños!

El Dr. Rhoads había tenido que salir de Puerto Rico casi a las escondidas, a pesar de que muchas veces dijo que estaba borracho cuando escribió esa carta, que había sido una broma estúpida, y que nunca le inyectó ninguna célula cancerosa a ningún paciente. Hubo varias investigaciones a través de los años, mientras él seguía ejerciendo la medicina y continuaba sus experimentos. Fue comisionado durante la Segunda Guerra Mundial, donde ayudaría en la fabricación de armas químicas en laboratorios de Utah, Maryland y Panamá.

Amalia se sirvió un vaso de su pitorro, que últimamente solía tener siempre a mano.

—Las cosas que están pasando aquí no son normales. Pero no te preocupes por él, no volverá a la isla, sabe que lo buscan —dijo mirando el hielo de su copa, que se derretía rápidamente.

El regreso de Queta

Tanto Felipito como las niñas extrañaban mucho a su amada Queta; al cuarto día volvió, y se la veía más tranquila.

Al ver a Queta en la puerta, Teresa se levantó y efusivamente le dio un abrazo. Le preguntó cómo estaba su familia, y se disculpó por no haberle sugerido más a menudo que fuera a visitarlos.

—He sido tan egoísta, solo pensando en mis propias penas.

Queta le dio las gracias; entró Felipito y dio un gritó de alegría, abrazándola. Para esa misma tarde, Teresa ya sentía que su hogar volvía a estar en órbita. Felipito se le sentó encima a Queta durante horas, asegurándose de que no se le fuera a ir otra vez.

Esa noche, Queta le confió a Yeiza sus inquietudes. Yeiza le preparó un despojo especial para que se lavase la cabeza todas las mañanas.

—Ese *doctol*, no es para ti, mi niña... pero sí hay uno, o mejor dicho veo que dos. —Queta abrió los ojos enormes. Yeiza la miró fijamente—. Sí, te enamorarás de verdad dos veces.

Sonriéndole, le dio un masaje con un ungüento en las muñecas, en la sien y luego se agachó y se lo masajeó en las rodillas y piernas. Queta se movió bruscamente por la cosquilla que esto le ocasionó.

—Quieta, niña, esto es la parte más importante, así no le abrirás las piernas a ningún bruto que te hable bonito.

Más relajada, Queta tomó la sesión en serio. Se fue tranquilamente con su champú debajo del brazo, incorporándose a su trabajo en la casona con gusto.

A los dos meses, un velorio

Una semana más tarde, Amalia entró en la cocina, donde Teresa hablaba con Queta y Encarna mientras las ayudaba con la preparación de guanimes de plátano.

Queta hacía su propia leche de coco, y al añadirle una cucharita de semillas de anís, de repente, toda la cocina ya olía a magia. Teresa se puso a ayudarla, cortando cuidadosamente las hojas de plátano para luego envolver la mezcla de plátano con coco. Al notar que Queta andaba un poco extraña, Teresa hacía un esfuerzo por halagar más a Queta y que los niños la trataran mejor, por si algo había sucedido otra vez.

Encarna seguía rallando el plátano verde, sin hacerle caso a la llegada de la hermana de su antiguo jefe.

—Les traigo una triste noticia, —dijo Amalia mientras Queta le servía una taza de café, tal como le gustaba—, me enteré de que ha fallecido Irma.

—¡Tan joven, qué desgracia! —se lamentó Teresa, recordando cuántas veces sintió coraje hacia Irma por tener amores con Benat. Se puso la mano en el pecho. ¿Sería que Felipe tenía razón?

El marido de Irma, que todos en el pueblo sabían que era homosexual, y que lo más probable era que no fuese el padre de la niña, ya había mandado a Mercedes a San Juan, donde los abuelos maternos. La niña se enteraría dos semanas después de que su madre había fallecido de algo que llamaban cáncer. Sentadas en el balcón con sus tazas de café, Amalia le contó la vida de Irma, que se casó con su gran amigo de la infancia por conveniencia, sabiendo que era homosexual.

—Pobre Irma, tan joven... ¿Por qué se casó con Enri, si era homosexual? Ella era una mujer atractiva.

Teresa notó el cambio en la cara de Amalia. En verdad, no se atrevía a continuar con el tema por miedo de ofender a su cuñada. Se quedaron pensando en lo que le había contado el médico, acerca del envenenamiento con células cancerosas. No dijeron nada.

Teresa se sentía muy confundida, no estaba segura de lo que sentía por la muerte de la mujer que llevaba amoríos con su marido, a saber por cuánto tiempo. De hecho, no la soportaba, pero sí le daba tristeza la hija, Mercedes. Y pensar que probablemente haya sido víctima de ese doctor americano...

Amalia terminó por fin contándole todo lo que sabía: que la casaron con el único hombre a quien no le importaba el libertinaje, ni el pasado de Irma.

—Era una muchacha muy alegre y había tenido muchos amoríos, la verdad es que era difícil buscarle un buen partido; ya estaba en bocas de medio mundo, hasta en Carolina la conocían. Como Enri era un buen amigo de la infancia, le ofreció matrimonio a Irma para apaciguar esos rumores de que andaba por ahí con hombres. —Teresa se quedó mirando incrédula a Amalia, ella se rio un poquito—, los dos andaban con varios hombres a la vez.

Teresa se llevó la mano a la boca.

—Sus padres —continuó Amalia— le vendieron su parte del cañaveral a Enri y se fueron de Loíza del todo, ya no aguantaban la vergüenza, los pobres.

—Qué tristeza —suspiró Teresa—, pobre Merceditas.

A la mañana siguiente, Teresa y Susana fueron a dar el pésame a la familia. Dejaron a Ani Conchi y a Felipito con las sirvientas. Los dos se pasaron la tarde en las escaleras, comiendo guineos junto a Duque, que no se le movía del frente a Ani Conchi.

Al entrar por el salón abierto de la casona de los vecinos, Teresa se encontró con el Dr. Molino hijo. Se quedó mirándolo fijamente a los maravillosos ojos azules que tenía, iguales a los de ella, pensó con orgullo. Si se hubiera casado con él hubieran tenido hijos bellos, pensó.

—Qué tragedia, Felipe.

Él se le acercó y le besó la mano. Ella enseguida recordó lo que le dijo Yeiza, se puso nerviosa y se excusó abruptamente.

Susana saludó al doctor con entusiasmo. La madre la soltó de la mano y siguió caminando hacia adentro para dar su pésame

—¿Qué es cáncer? —preguntó Susana al doctor—, y ¿por qué no la curó usted? ¿Cómo hace uno para evitarlo?

El joven médico se sentó a contestarle lo mejor que pudo a la niña. Ella quedó muy decepcionada por sus respuestas, y con los ojos aguados le dijo al doctor:

—No pudiste salvar a mi papá, tampoco. —El doctor se quedó anonadado, con la cara roja, ella finalmente añadió—: a mí no se me morirá ningún paciente.

—Qué Dios te oiga, —le contestó atentamente—, espero que así sea, Susana. —Se paró, le extendió la mano despidiéndose como si fuera una colega y se marchó.

El Dr. Felipe Rafael Molino, metiéndose en su carro, no pudo dejar de pensar en la ironía: "Si sólo supiera cómo falleció en realidad su padre..."

Cuando regresaron a la Donostia, se encontraron a Ani Conchi en la puerta, esperándolas.

—Mami, ¿crees que se le va a aparecer el espíritu de su mamá a Mercedes?

Susana se rio de la hermana, Teresa le apretó la mano.

—No, mi amor, eso no pasará.

—Se fue a vivir a San Juan, ya se la llevaron —añadió Susana.

Ani Conchi se le quedó mirando a su madre y empezó a llorar. Teresa se agachó a abrazarla mientras le dio una mirada amenazadora a Susana.

—Ya iremos a verla pronto.

Teresa decidió no mandar a Ani Conchi a la escuela por una semana; temía por el ánimo de su niña, pero no quería llamar al doctor Molino. El jueves por la tarde, Susana y Teresa se regresaron caminando a su hacienda, cuando oyeron ruidos cercanos que parecían risas infantiles. Al acercarse más no pudo creer sus ojos: era su hija Ani Conchi, trepada en un árbol, con Felipe abajo, tratando de apañar las quenepas que le iba tirando la hermana. Uno de los amigos, hijo de un obrero, iba más alto entre las ramas.

—¡Aquí hay un montón, vente! —gritaba el niño.

—¡De ninguna manera! —gritó Teresa—. ¡Se me bajan los dos! ¡Queeeta!

Queta se asomó, estaba del otro lado de la casa tendiendo la ropa. Vio la escena y le dijo a la doña que no gritara, que se podría asustar Ani Conchi y caerse.

—¿Y mi susto, qué?

Poco a poco fue bajando la niña, mientras lloraba. Teresa oraba que bajara bien, en un pedazo, pero tan pronto tocó tierra le metió una nalgada a la niña. Queta se quedó a recibir al niño, que Teresa ya había dicho que era de mala influencia. Felipito se quedó en completa admiración y con ganas de treparse a un palo tan alto algún día; "vale la pena una nalgada", pensó.

Mi suegra

Al día siguiente, Teresa estaba bajando unos cuadros que ya no quería especialmente, porque le recordaban a su difunto marido. El cuadro de su difunta suegra, a la que nunca conoció, se lo pasaría a Amalia. Raro que no se lo hubiera pedido en tantos años, era su madre. Se fijó más detalladamente en el cuadro: se veía una mujer con cierto aire de sofisticación, pero a la vez en la cara reflejaba una mirada perdida, distante, pensó Teresa. ¿Cuál sería su historia? Benat poco hablaba de su madre, sólo que era vasca, y que le puso el nombre de Ana Concepción a su segunda hija en honor a ella. Tendría que preguntarle a Amalia más sobre su madre. Se acordó de aquel día en que la pobre tía Maritza se quedaba mirando al cuadro, casi llorando, confundida, llamándola por otro nombre.

De repente oyó un grito y se levantó para ir a la cocina a ver qué había sucedido. Encarna estaba afilando uno de sus viejos cuchillos cuando se le cayó parado y enterrado en el suelo.

—¿Qué pasó, Encarna? —La sirvienta estaba asustada, sin responder—. No te preocupes, es solo una puntita de madera. Se rellena, le decimos a Mario que nos mande a alguien.

—La última vez que se me cayó este mismo cuchillo así, murió doña Ana Concepción —dijo Encarna, muy nerviosa.

Teresa entonces se dio cuenta de que a Encarna se le cayó el cuchillo a la misma vez que ella había bajado el cuadro. Habría una explicación lógica, pura casualidad, no quiere decir nada, se decía a sí misma, tratando de apaciguar su imaginación alterada.

—Encarna —le dijo, mientras se agachaba para sacar el cuchillo enterrado en la tabla de madera—, no pienses en supersticiones, ni nada de esas cosas negativas. Es pura casualidad, punto.

Al regresar a la sala, Teresa volvió a poner el cuadro de su suegra en la pared. Mirándola a los ojos, le dijo en voz baja: "¡Cuánto habrás sufrido! Tus nietos serán grandes personas, prometido". Sintió que se le aguaban los ojos, y se retiró de la sala llevando debajo del brazo tres cuadros estilo barroco, deprimentes.

Esa noche, Teresa, frustrada con todo lo que había vivido desde que se casó, habló con su cuñada.

—Increíble la mala suerte... los varoncitos que él tanto quería, se los dieron mujeres negras. Tus sobrinos son todos de negritas, y las niñas de mujeres blancas.

Mirándola fijamente sin decir nada, Amalia encogió los hombros, simplemente no sabía qué decirle. Sin embargo, desde la cocina, Míster Carlos, que acompañaba a su mujer mientras limpiaba la última olla de la noche, oyó la conversación completa. Sonriendo, se dijo así mismo, "si solo supiera que también tuvo algunas hijas negritas ese condenado..."

Teresa esperaba que Amalia dijera algo. Hubo silencio por un rato, hasta que entró Queta en el salón con un agua fresca de tamarindo para las damas. Ambas por fin hablaron, dándole las gracias a la dulce Queta, que sabía que se les antojaba. Amalia le hizo preguntas ligeras a la sirvienta acerca de un pedido, y volvió a halagar el último plato que hizo con plátanos maduros y carne molida en capas.

—¡Qué delicioso te quedó!

—Gracias, señorita Amalia, la magia está en el sofrito de Encarna.

—¿Sabes?, la verdad que aquí en Puerto Rico hemos sabido mejorar la comida europea con nuestros toques isleños.

Excusándose y regresando a la cocina, Queta sonrió con orgullo. Mientras tanto, Teresa volvió a hablar de los bastardos de su marido. Amalia bajó la cabeza sin saber qué decirle a su cuñada. Entendía su fastidio, su obsesión... pero basta.

—Yo hubiera querido darle todos esos hijos, ¿sabes? —Teresa echó la cabeza para atrás con nostalgia—, me casé enamorada y con mucha ilusión.

—Tienes tres hijos, gracias a tu buen corazón, —dijo Amalia, tomándole la mano a su cuñada— además, le haces un favor a la familia. Imagínate si no hubieras adoptado a Felipito, nos estaríamos despidiendo del apellido de los Sánchez Gorriti.

—¿Eso es lo que te importa? —se decepcionó Teresa—. Ese es el problema, Amalia, la obsesión que tiene la sociedad por los apellidos paternos. —Después agregó, en voz alta—, mi papá nunca me hizo sentirme mal por no ser un hombre, y conmigo se acabó su apellido.

—Está bien, no te enojes... ese coraje de Ani Conchi parece ser contagioso últimamente. Te entiendo, ¿sabes? Soy culpable de esa obsesión, y mira que lo sufrí, ya que mi padre tenía locura por mi hermano menor, y yo me moría por ser su adoración completa. Fui la niña mimada hasta los cuatro años, cuando nació Benat y me dañó la vida.

—Perdón, —se rio Teresa.

—Es una verdadera tristeza nuestra sociedad machista, ¿verdad?

—Háblame de tu madre, Amalia, sé tan poco de ella.

—Creo que se mató, el doctor Molino me mintió.

Teresa quedó paralizada al escucharla.

—¿No fue un derrame, entonces?

—Ya no sé ni qué pensar, Teresa.

Hablaron poco el resto de la noche simplemente dejaron pasar las horas en silencio juntas. Tomaron hasta la última gota del agua de tamarindo y plantaron los vasos en la mesita entre las dos. Teresa observó los movimientos de su cuñada, que eran más varoniles cada día. ¿Y qué importa?, pensó, era más que su cuñada, era su hermana, su mejor amiga. Así la hizo Dios, la mejor tía del mundo.

—Amalia, —finalmente rompió el silencio—, creo que ahora sí ha llegado la hora, debería regresarme a vivir a San Juan. Quiero que mis hijos tengan un poco de mis raíces, vivan en mi casa, donde nací. Quiero que vivan en San Juan, que vayan a mi escuela, ¿me entiendes? —le preguntó, buscándole los ojos para que viera que esta vez lo decía en serio.

—Claro que sí, nunca pensé que te quedarías tanto tiempo.

Teresa vio que se le aguaron los ojos a Amalia, le tomó la mano. Desde donde estaban, oían las carcajadas de Felipito y Susana que venían de afuera. ¿Por qué no estaban ya en cama?, pensó Teresa, pero enseguida se acordó de que esa noche, Míster Carlos les iba a contar un cuento del pirata puertorriqueño Cofresí. Sin embargo, no oía al maestro. Amalia se paró a ver a sus sobrinos desde el rincón del balcón. Estaban con Luz, con Duque acostado entre Susana y su antigua ama, que le seguía hablando inglés. Amalia sonrió al ver esa imagen.

Pasaron seis meses

Amalia entró sudada, se quitó su sombrero y lo dejó sobre el estante en el balcón.

—He encontrado un comprador, a este sí le puedes vender.

Teresa se limpió las manos llenas de tierra, ya que estaba pasando a un tiesto sus flores favoritas: las Isabela Segundas. Le hizo una señal a su cuñada para que la siguiera hacia un grifo. Después de lavarse las manos, ya que después de tantos años viviendo en Loíza no le importaba usar guantes de trabajo, las mujeres fueron a sentarse en dos sillas acogedoras debajo de la casona, quizás la esquina más fresca al mediodía.

—Ahora sí, cuéntame.

Empezaron a hablar del posible comprador de la Hacienda Donostia. La oferta era buena y sus planes para las tierras, prometedores. Incluso traería más empleos a Loíza.

—¿Más empleos? —Teresa preguntó— ¡Ahora o nunca!

Ya había dado lo mejor de ella a esta gente maravillosa, y quería pensar en sus hijas y Felipe, que estudiaran en escuelas en la capital. Añoraba volver a la casa que construyó su padre, caminar sus antiguas aceras, ahora con sus propios hijos.

—Vendrá mañana para hablar contigo, ¿quieres que llame al licenciado?

—No. Hablemos tú y yo con él primero.

Jimmy Adams, from Pittsburgh

Un señor alto, llamado Jimmy Adams, llegó la mañana siguiente. Amalia lo recibió con mucho respeto; él, en cambio, se le quedó mirando fijamente, lo cual la molestó enseguida. Pensó que seguro no aprobaba su persona ni su vestimenta práctica y varonil. Ella lo llevó a caminar por las tierras, le enseñó las parcelas y todo el cañaveral. Él observaba todo como hipnotizado, a su vez admiraba la vegetación. Cuando se cruzaron con algunos de los habitantes, Amalia notó que le cambió la cara. Creyó observar que estaba disgustado, o quizás le molestaba ver cómo vivían en esa sección de la tierra.

Desde su huerto, Yeiza observó a los dos conversando en inglés, notó que Amalia tenía que pensar mucho antes de hablar. "A esa nunca le gustó ese idioma *yankee*", pensó. Los seguía mirando estudiosamente, observando la cara del hombre alto. Se paró, ahora completamente erguida, y miró intensamente a la visita. En voz casi alta, dijo "¡Jesús!" Ambos ahora le pasaban por el lado. El hombre movió la cabeza hacia la vieja y, con un saludo cortés, se quitó la gorra; después se giró y la volvió a mirar intrigado. Amalia le pegó un grito a la curandera.

—Necesito más albahaca y orégano, ¿me lo mandas con Andrés?

—Sí, mi niña —le contestó anonada Yeiza—. Todos vuelven a su tierra —susurró a sí misma.

Dar a un hijo mil onzas de oro no es comparable a enseñarle un buen oficio.

Proverbio Chino.

Andrés, el mongolito, como se les llamaba entonces a los niños con el Síndrome de Down, nombrado por el científico que identificó el cromosoma de más (aunque aún no llevaría su nombre hasta décadas más tarde), se hizo el mensajero preferido de los vecinos. El niño era bien cuidado y guiado por algún ángel, decían, ya que fue el primero en aprender a nadar en el río aquel día. El Míster, furioso, explicó que el nene no sabía que le tenía que tener miedo al agua, mientras que otros en el cañaveral seguían sosteniendo que eran los ángeles que lo sostenían con sus alas, lo guardaban.

—Ese niño es más inteligente de lo que piensan —les reprochaba el Míster—, no son los ángeles; él entró al agua y le vino natural lo que tenía que hacer.

La mamá de Andrés aceptó orgullosamente esa explicación.

El hecho era que Andrés se había vuelto indispensable llevando pescados, jueyes y hierbas a las casas del barrio pequeño, de acuerdo con un sistema de tablas de colores.

Cada casita tenía un pedazo de madera pintado de color diferente. Cada vez que había un pedido, el vendedor le daba la encomienda con una tablita pintada del mismo color que la casa al que le correspondía la compra. El paquete siempre llegaba a tiempo y llevado con cuidado. Cada encargo llevaba la tablita pintada amarrada al pedido. El orégano y la albahaca era para la casa grande de Amalia, ella tenía la madera pintada del color verde junto a su puerta. Él sabía quién era Amalia muy bien, su jefa preferida, la que mejor propina le daba, y que además contaba con él para recoger los platos de las mesas después del almuerzo. Al final de la tarde, Amalia le daba una Coca-Cola bien fría con tostones o yuca frita.

—Qué buena idea la de pintar una tablita de madera de colores diferentes en la puerta de cada casa alrededor de la hacienda —le dijo Jimmy a Amalia. La felicitó por pensar en el niño y crearle un trabajo importante para su comunidad. Amalia le contó que había sido ocurrencia de Luz, la nieta del Míster Carlos, que era un genio para las enseñanzas. Así era, Andrés se sentía sumamente importante y con ganas de complacer, se hizo fácil y divertido entrenarlo. Tan pronto alguien le daba las gracias con unas monedas y una Coca-Cola, él se sentía como un millonario. Al final del día, le daba sus ganancias a su mamá, con un beso en el cachete sudado.

Esas horas diarias en las cuales Andrés se ocupaba en sus diligencias, le venían muy bien a su madre para trabajar en la cafetería junto a Amalia y ayudarla a cocinar y limpiar; después de que quedó viuda, la aldea se unió para ayudarlos a ella y a sus hijos. Andrés hacía su trabajo a la perfección, y su madre estaba orgullosa de todos sus hijos; al fin de cuenta, todos tenían un oficio.

Jimmy Adams escuchaba a Amalia con atención; conversaron y caminaron por unas horas más, hasta que por fin lo llevó a la casa. Jimmy ya estaba enterado de quién era quién en La Donostia. Se tomó una cerveza en la cafetería de Amalia, que se lo presentó a todo aquel quien llegaba: al piragüero cuando vino a comprar su bloque de hielo, al doctor, a los dos jornaleros, incluso hasta al perro bilingüe lo introdujo. Jimmy estaba impresionado y feliz.

Encarna le contó a su esposo todo lo que había observado desde su ventanal.

—*Welcome home* —respondió el Míster.

Cuando finalmente llegaron a la casa, Teresa no estaba lista para recibirlos, así que Amalia dejó al posible inversor en la sala mientras fue en busca de su cuñada. El americano se paró frente al cuadro de la antigua dueña, Ana Concepción Gorriti de Sánchez, como estudiándolo un buen rato. Amalia observó su interés por el cuadro.

—*I see you have met my mother-in-law*, —entró Teresa efusivamente al salón, y estrechó su mano, la cual él aceptó enseguida. Mirándolo a los ojos, sintió que era un buen hombre. Amalia les dijo que se excusaba un rato y fue por unos cafés y bizcocho.

Teresa le habló un poco de la historia de La Donostia, él asintiendo a cada rato, y en algunas ocasiones le sonreía como diciendo que ya sabía lo que le estaba contando.

—*I loved crossing the river* —dijo finalmente.

Girando la mirada hacia el cuadro otra vez, Teresa le interrumpió el pensamiento.

—*She died before I married my husband.*

El señor Jimmy se quedó mirando el cuadro y contestó:

—*I know*.

Teresa sintió escalofríos: de pronto vio algo diferente en la mirada de su suegra.

Cada vez que Encarna entraba en el salón, se quedaba mirando al señor. Él también la miraba fijamente a ella. Antes de que el americano se fuera de regreso a San Juan, Teresa le pidió dos favores.

—*Please*, no vaya a tumbar la casa de Encarna y su marido, Míster Carlos Ryder, por favor.

—*Whose house?* —preguntó él, casi enseguida.

Teresa le explicó quiénes eran, él se mostró interesado en saber más de ellos.

—Y si fuera a encontrar algún pagaré por causa de juego, era de mi marido; le ruego que le devuelva el pagaré al perdedor. Mi marido abusó de su estatus y era un gran apostador.

Jimmy Adams le dio una inmensa sonrisa, se paró, estrechó la mano y le dio su palabra a Teresa. Ella no pudo evitar notar que parecía tener facciones negras, este hombre tan alto y blanco. ¿Se le habría hecho difícil vivir en los Estados Unidos, con la necedad del racismo allá? ¿O es que se vino a Puerto Rico porque algún negocio tenía en mente?

Una vez solas, Amalia se quedó conversando con Teresa del comprador.

—Casi pareciera que tiene un interés personal.

—¿Crees que piensa vivir aquí?

—Ah, creo que sí, pero no estoy segura, ahora que me lo preguntas...

Amalia se despidió y fue hacia su casa. Tenía que pasar primero por la plaza a recoger unas botellas vacías para rellenar. Paró donde Don Pepe para ver si había alguna novedad. Enseguida notó algo fuera de lo normal.

—Caco, ¿de quién es ese caballo? —le gritó Amalia a un jovencito que conocía bien, y a quien le gustaba tomar los caballos que amarraban a un poste mientras el cliente entraba al colmado—. Tuyo no es.

—Es que lo fui a pasear por la sombra, ahí bajo el sol se agota.

Amalia pensó, este se tira a político, lo más seguro... listo y con una linda excusa para justificar por qué estaba robándose algo.

1939, La Mudanza

El tiempo todo lo cura y todo lo muda.

Mi Milagros.

Finalmente, se mudaron todos a San Juan, excepto Amalia, Encarna y Míster Carlos. Amalia se quedó a cargo de sus negocios y del pequeño cañaveral, que era suyo. El míster y Encarna se quedaron en su casita, donde habían criado a sus hijos, asegurados de que no le tumbarían la casa mientras vivieran. Las demás tierras, Teresa las vendió al hombre alto de Pittsburgh con grandes sueños para esa área de la isla.

Amalia, pensando más bien en sus sobrinos, que no fueran a recriminarle a ella o a Teresa algún día, hizo mudar el mausoleo de sus muertos al cementerio local en Loíza, situado al final de la Calle José López.

El americano le pagó muy bien a Teresa por sus tierras; ella lo vio como una seguridad en esos malos tiempos económicos. Ahora podría mudarse de regreso a su casa en San Juan. Le dio una nueva ilusión saber que podría mandar a sus hijos a uno de los mejores colegios de la capital. Entre lo que recibía de ayuda del estado por ser viuda con niños pequeños, los ahorros del alquiler de todos esos años y su herencia estarían bien en su viejo hogar, donde ella vivió una infancia feliz. Qué bueno era poder decidir por ella misma su propio bienestar y el de su familia. Sintió paz al entrar al que ahora sería su cuarto, el cuarto de su abuela, el más grande de la casa. Pondría un escritorio debajo de esa misma ventana, como el que tenía su abuela, María Teresa Matienzo.

Los primeros meses, sin embargo, fueron difíciles para Teresa, con todo lo que tenía que arreglar en su vieja casa. Queta, impaciente con los jardineros que no venían, se metió ella misma a cortar con machete la maleza del patio.

—Estaba que parecía una jungla, —decía a cada rato.

—Cuidado con los mosquitos, nena —le decían algunos viejos vecinos.

Cada vez que venía a visitarlos para ayudar en lo que fuera y ver a sus sobrinos, que extrañaba enormemente, Amalia les traía plantas de la Donostia, ya que el nuevo dueño estaba demoliendo la casa, e incluso partes del cañaveral.

—Era de esperarse.

Unos meses más tarde, entre aguaceros y resfriados, habían terminado los arreglos y la pintura de los cuartos de toda la casa Matienzo. El patio quedó bello. Queta se enamoró de algunos de los árboles: el de *mangó*, que era muy fértil, el palo de naranjas agrias, las acerolas y el de limón.

—Mucho ojo, Queta, —le dijo Teresa, medio en broma—, cuidado que a Ani Conchi no le vaya a dar la idea de ponerse a vender frutas por la Avenida de las Nereidas. —Queta le sonrió a su patrona—. Es en serio...

Queta se había dado cuenta de que Teresa parecía más feliz; se veía otra, la encontraba más joven y más bella que nunca. En cambio, Queta extrañaba muchas cosas de Loíza, pensaba todo el tiempo cómo le irá a la señorita Amalia en sus pedidos. Lo que más extrañaba era encontrarse con el Dr. Molino. Nunca se había sentido así antes. También le dio un remordimiento porque no había ido a despedirse de su abuela y el resto de su familia en la aldea. La última vez que había estado se sintió cambiada, algo ya no era igual; su abuela había perdido el habla, o memoria. Parecía andar casi sonámbula, esto entristeció a Queta inmensamente. Se enteró de que uno de sus sobrinos falleció de una diarrea horrible. Al pobre Dr. Molino le echaron la culpa, ya que no pudo salvarlo. Queta quiso darle el pésame y abrazar a su hermana, pero ésta parecía rencorosa hacia ella, como si le tuviera celos porque a ella le había ido mejor en la vida todos esos años. Si sólo supiera por todo lo que ella misma había pasado... "Mi familia es ahora Felipe, sus hermanas y la buena de señora Teresa", se decía cada vez que se ponía triste y recordaba su niñez, descalza, echándole más agua al caldo de la abuela. Cada vez que hacía una sopa, el olor le traía la voz de su abuela, algún regaño dirigido a uno de sus hermanos o primos. Ese olor le clavaba algo en el corazón, peleaba dentro de ella por superarlo.

Los niños Sánchez Matienzo empezaron las clases ese agosto, los tres muy nerviosos. Yendo a la escuela el primer día, la primera queja, como era natural, fue de Ani Conchi.

—¿Y por qué nos quitaste el apellido Gorriti, mamá?

—Porque te perderías la hora de recreo por estar escribiendo tu bendito nombre completo, Ana Concepción Sánchez Gorriti Matienzo.

Susana empezó a reírse a carcajadas. Felipito era el más nervioso, porque no estaba acostumbrado a tener que escribir su nombre completo, con que escribiese Felipe ya se lo aceptaban en la escuela en Loíza.

—¿Entonces escribo Felipe Sánchez Matienzo, o tengo que escribir Felipe Miguel Ángel Sánchez Matienzo todito junto?

Ani Conchi, sin disimular su desaprobación por que le quitaran el Gorriti, a regañadientes, le dijo a la mamá:

—Me tendrías que haber preguntado con cuál de los apellidos me quería quedar. —Teresa pensó que, a esta niña en especial, le vendría muy bien el nuevo colegio; aunque casi enseguida se temió que podría ser ella quien espantara a las monjas. Ani Conchi continuó con el regaño—: Matienzo es el más largo, yo me hubiera quedado con Sánchez Gorriti.

—Cuando seas mayor —le dijo Teresa, sin disimular su coraje— te cambias el nombre, niña malcriada y mal agradecida.

—Mami, —interrumpió Susana, ya acostumbrada a las disputas entre las dos—, los americanos usan sólo dos nombres, el primero y el apellido del papá.

—¿De verdad, Felipe Sánchez, así *pelao*? —preguntó Felipito, asombrado.

—Uff —suspiró Susana, evocando probablemente a su tía Amalia—, si nos obligan a eso también, yo me mudo para España, que mira que tienen cada idea los americanos que nos quieren hacer tragar.

Ana Concepción no pudo quedarse callada.

—¿Qué, qué? —exclamó Ani Conchi—, o sea, ¿que los padres se llevan todo el crédito? ¿Qué disparate es ese?

—Totalmente de acuerdo, mi amor —contestó efusivamente Teresa, sonriéndole a su hija.

Siete horas después, ya estaba de regreso Teresa para recoger a sus hijos en el patio de la escuela. A las 2:15 de la tarde se oían todas las voces de los niños; por el altoparlante, una voz de mujer con acento de la Madre Patria anunciaba que no se olvidaran de forrar todos los libros y hacer las asignaciones. Todo este bullicio capitalino, en especial las voces y la conmoción de Santurce, le trajo una sonrisa a Teresa; se sintió feliz de estar de vuelta cerca de sus raíces y que sus hijos tuvieran algo de ella. Aunque bien sabía que serían loiceños de por vida.

Tan pronto la vio, Felipe fue corriendo hacia ella con una sonrisa de oreja a oreja.

—¡Hice muchos amigos nuevos, mamá!

Teresa se agachó y le dio un beso en la mejilla, feliz de verlo tan contento. Se olvidó así del mal gusto que Ani Conchi le había hecho pasar esa mañana. Vio a Susana que venía andando detrás de su hermana menor con una amiga nueva.

—¡Ani Conchi, Susana! —las llamó, saludando con la mano, parada en las puntillas de los pies.

Había días buenos y otros que Teresa simplemente no soportaba. Susana se quejaba de las monjas, que poco sabían de Puerto Rico: tendrían que traer al Míster para que les enseñara, decía.

—La Madre me dijo que era importante entender nuestros orígenes; pues yo le dije de cuáles orígenes, porque aquí no es España.

—Mamá, ¿estás escuchando a Susana?

—Sí, Ani Conchi, simplemente estoy tratando de pensar qué decir.

—Es como si el origen de Puerto Rico fuera algo de avergonzarse ¿sabes? —continuó Susana—, todo el tiempo con lo de España, y mira, andan ellos en un revolú después de su guerra.

—Aquí estamos de guerra, Susana, —dijo Felipito, muriéndose por contribuir a la conversación de las mayores.

—Felipe, —Ani Conchi se paró—, la guerra es en Europa y de los americanos, no nuestra.

—Ani Conchi, —replicó Teresa, apretando la mano de su hija—, tu hermano tiene razón. Somos americanos, tenemos puertorriqueños por ir a esa guerra, así que por lo tanto la guerra nos incumbe.

Ana Concepción no pudo contener todo lo que pensaba. Tras años de haber disfrutado las horas en la cocina oyendo al Míster, y las opiniones apasionadas de su tía Amalia, empezó a explicar el imperialismo impuesto por España y ahora el de los Estados Unidos. Terminaría su cuento repitiendo la escena que se formó un mes antes en la cocina con una lata de setas americanas.

—¡Ay, bendito sea Dios, ya deja eso! —suplicó Teresa.

En la última visita de Amalia, cuando fue a preparar una tortilla de chorizo y cebolla, se puso a rebuscar en la despensa para echarle sal y pimienta cuando encontró una lata pequeña de setas.

—¿Qué es esto? —preguntó, con desprecio en su voz. Queta supo inmediatamente a qué se refería, ya que ella tuvo la misma reacción cuando Teresa se apareció con las latas del supermercado.

Las tres mujeres riñieron por la lata de setas casi una hora. Las niñas observaban con gran interés el intercambio entre ellas. Ani Conchi enseguida se puso del lado de su tía, que era antiyanqui.

—Obvio que las setas frescas del país son mucho mejores, pero ¿cómo se te ocurre comprar de lata? —volvía a repetir Amalia—. ¿Qué tiene de malo que seamos una isla agraria? Están reinventando al puertorriqueño. ¿Ser un agricultor es una vergüenza?

Teresa terminó dándole la razón a su cuñada para que se calmara. Al final, Amalia abrió igual la lata de setas y se la echó a su tortilla, quejándose de lo resbalosas y artificiales que le parecían.

—Saben a chicle gastado, es más, me saben a gusanos. —Felipe se quedó mirando a la tía, en admiración de que hubiera probado gusanos en algún momento de su vida.

Los niños continuaron discutiendo todo el camino a la casa, recordando esa mañana con su titi Amalia. A pesar de que Teresa no estaba segura de cómo poder contribuir a la conversación de ellos, ya que estaba internalizando lo que escuchaba, pensaba si tendrían sus hijos razón. Teresa reflexionó sobre todas las veces en que simplemente hacía lo que le decían: sus maestras, sus abuelas, su padre... en fin, seguía la corriente. Hizo mal en comprar la lata de setas, debió haberle exigido al dueño del supermercado que trajeran productos isleños, y que se dejaran de importar tantas latas caras de los Estados Unidos. Sin embargo, era obvio que ya era tarde: el puertorriqueño estaba feliz con los productos americanos que llegaban a la isla, sin importarles los precios que pagaban.

Una vez que se calmó y dejó a Susana volver a hablar, ella les comunicó algo que oyó decir: que las cosas estaban cambiando drásticamente.

—Mira todos los puertorriqueños que se están yendo.

Efectivamente, muchos puertorriqueños se estaban yendo a Nueva York a trabajar en fábricas, o en los trabajos menos deseados por los anglosajones.

—¿Les irá mejor allá, mamá? —preguntó Felipe, melancólico.

Conversaciones estimulantes como esas siempre sobraban entre ellos. A las dos y media de cada tarde, Teresa se preparaba mentalmente para escuchar a sus tres filósofos favoritos.

Los días estaban llenos de altas y bajas, se decía, imposible que los tres estén de acuerdo o contentos el mismo día. No obstante, le encantaba escuchar a sus hijos hablar e intercambiar opiniones. Las hermanas mayores ya habían sido prevenidas de respetar lo que fuera contribuir Felipe.

—No se burlen de lo que tiene que decir, no sea que piense que es menos inteligente. Es menor, sólo eso, no quiero que se cohíba, ¿entienden?

Al caminar bloques y bloques de vuelta de la escuela, las niñas sentían una necesidad de soltar la tensión de las horas en las que tenían que comportarse tan restringidas a las normas del nuevo colegio y a la ciudad. Ninguna de sus compañeras se había trepado a un árbol, menos a una palma a buscar coco. Felipe no lo veía tan severo, ya que había hecho tantos amigos, y era el mejor a todo a la hora del recreo.

Teresa y Queta hablaron de cómo eso no pasaba en La Hacienda. Se preguntaba, casi a diario, si los niños habrán tenido una manera más libre de enseñanza allá. Quizás fuera que se relacionaban con tanta gente, en la casa y por las parcelas, que les hablaba todo el día; Amalia se los llevaba a los cañaverales a correrlos con tanta libertad; Encarna y Carlos los entretenían con sus cuentos, y Luz les leía libros en inglés durante sus vacaciones. Estaban aprendiendo a toda hora del día, pensó Teresa. Esos años en Loíza fueron un verdadero aprendizaje.

—Una niñez salvaje y bonita, qué educación tan especial.

Queta le dijo que ella también extrañaba la rutina de la hacienda, cuánto la ayudaban todos con las tareas cotidianas.

—Nunca me di cuenta —Teresa añadió— sino hasta ahora, que tengo que bregar con Ana Conchi a tiempo completo. —Y agregó, entre risas—, encima de los nuevos humores hormonales que le han empezado a Susana.

Felipito por lo menos seguía haciendo lo que se le pedía, y siempre estaba Queta, que buscaba cuanta oportunidad tenía para pasar ratos con el niño de su alma.

—Menos mal que no tuve tres hijos más —dijo Teresa, sonriendo.

Mientras tanto, en Loíza, Amalia continuaba observando como Jimmy Adams se quedaba mirando algunos árboles. O, repentina-mente, paraba a ver una interacción infantil casi como hipnotizado. Algo raro tiene este americano, pensaba Amalia. Será que tiene uno de esos problemas de cabeza que se despista fácilmente. Un enigma, este señor... Sin embargo, siempre era muy cortés con ella y hacia los loiceños, quien fuera, sin importarle el color de piel. Ob-vio que él tenía algo de raza negra, por más blanco que se viera. Amalia le había estudiado las características de la cara, y lo con-firmó cuando Berta le dijo que estaba de acuerdo.

—Los ojos y el mentón los he visto antes, pero la nariz lo delata.

Cada vez que coincidía con él, Amalia se fijaba que le ponía mucha atención a la boca de la persona con la que estuviese hablando. Se quedaba mirando fijamente. Curiosa manera de conversar, le decía Amalia a Berta.

Una tarde que venía de las parcelas, Amalia notó que él estaba tratando de comunicarse con una de las mujeres fuera de su casa. Pensó que lo había oído hablar en español, un poco machucado, pero eso parecía. Notó que se le acercaba y le miraba la boca a la mujer.

—Pero que raro este muchacho...

Yeiza, discretamente desde su ángulo en la sombra, sentada en una silla rota afuera de su choza, estaba rompiendo laboriosamente una variedad de hojas, poniéndolas en diferentes potes de cristal con agua, mientras observaba al hombre. Yeiza había visto a Amalia tontamente escondida, como quien busca refugio, detrás del inmenso árbol de ceiba, con la mirada fija en el nuevo dueño, el tal Jimmy Adams. Esto le causó risa a Yeiza.

Míster, QEPD

Al final del año, Encarna se fue a vivir a San Juan, ya que su esposo, Míster Carlos, falleció mientras dormía. Luz iba con frecuencia a quedarse a la casa porque se preocupaba por su abuela, tan mayor. A Teresa le encantaba tenerla allí. La joven madre empezaba a sentirse cada vez más tranquila, aunque Ani Conchi siguiera firmando sus asignaciones "Ana Concepción Sánchez Gorriti".

Por respeto y agradecimiento a Encarna, Teresa, sus hijos y Queta regresaron a Loíza después de siete meses viviendo por San Juan para ir al entierro del buen hombre, el maestro de toda la aldea. Encarna acompañó a la familia de vuelta a San Juan y, como siempre, se hizo cargo de la casa de doña Teresa. Queta se sintió aliviada, ya que era mucho trabajo para ella sola. Entre todos formaban una familia, comprometidos el uno con el otro. Teresa tenía una gran familia, numerosa, tal vez no como ella la había soñado, pero así es la vida. Se acordaría de esos años como los más felices.

Todos en Loíza Aldea, y también de muchos pueblos cercanos, fueron al entierro del gran Míster del alma. Numerosos loiceños fueron instruidos o regañados por alguna travesura, por el Mr. Ryder; o, como le llamaban los de más confianza, Míster Carlos.

El Míster se había dormido temprano el día anterior, sintiéndose cansado después de hablar largo rato con el americano, Mr. Adams, según le dijo a Encarna.

—El cambio a veces es bueno, pero yo ya estoy cansado.

Encarna, al oír el gallo y notar que ya no roncaba, supo que su marido de sesenta y cuatro años había decidido seguir durmiendo por el resto de la eternidad. Yeiza, sin llamar, se asomó por las escaleras de Encarna, ella ya había abierto todas las ventanas. Entró y le dio un abrazo a Encarna, ambas tranquilas, sabiendo que pronto todos estarían reunidos otra vez. Yeiza le dio a su viejo amigo una despedida con sus aceites y aguas aromáticas. Poco después llegó Amalia y les dio sus respetos a ambas mujeres, en especial a su nana Encarna. A las dos horas llegaría el joven doctor Molino para hacer oficial la defunción.

—Buenos días, —saludó, y enseguida se sintió incómodo por haber empezado deseándoles un buen día a todos en vista del fallecido. Al entrar al cuarto, vio al Míster con una pequeña sonrisa en la cara, sin sus gafas, la primera vez que lo veía sin ellas. Vestido con su mejor ropa, aunque le quedara un poco grande, con medias y zapatos. Con los ojos aguados el doctor anotó en la ficha la hora y la fecha de defunción.

Cuando el doctor salió del pequeño cuarto, vio que había unos siete u ocho niños sentados en el sofá cubierto de plástico, todos calladitos. Saliendo de la casita había dos filas largas de personas, en espera para darle el pésame a Encarna. Al rato, el Dr. Molino llamó a Teresa en San Juan. Contestó Queta, quien se puso a llorar en seguida.

Algunos loiceños le preguntaron a Queta si le gustaba vivir en San Juan. Ella, que no sabía mentir, les respondió:

—La casa de la señora es muy bonita, diferente a todo esto por acá; pero cuando salgo de compras por San Juan me tratan como a una negra sirvienta, por más que doña Teresa, delante de la gente, me haga preguntas pidiéndome mi opinión de cuál yuca o batata... Cuando yo le leo una etiqueta de un producto en voz alta, mira, muchos se me quedan mirando extrañados de que pueda leer —contestó orgullosamente.

Queta les siguió contando mientras caminaban, cuando de repente vio la inmensa construcción que se estaba haciendo en lo que una vez fue La Donostia. Se fijó en lo linda que estaba quedando la casa grande.

—Buenos días —dijo el hombre alto, con su acento.

—*House pretty* —respondió Queta, virándose.

—Ay, Queta, ¿aprendiste inglés también en San Juan? —le preguntó Chiqui, su hermana y antigua compañera de trabajo.

Llegaron a la cafetería de Amalia; todos recibieron a Queta con los brazos abiertos, diciéndole lo mucho que extrañaban su bizcocho de coco y guayaba.

—¿Cómo te va en San Juan? Son medio arrogantes allá, ¿verdad? —Queta asentía, dándoles la razón a las muchachas.

—¡Es cierto! Una tarde, una prima de doña Teresa y su esposo vinieron a comer. Inmediatamente me di cuenta de que les era invisible, y eso que les estaba ofreciendo una de mis aguas de tamarindo.

—¡Ah, una bendición como te queda ese refresco!

—Doña Teresa se dio cuenta enseguida cuando lo miraron medio raro, —les contó Queta a las muchachas en la cocina de Amalia—. Ella, muy linda, me los presentó, diciéndoles que todo lo que yo preparaba me quedaba delicioso, y que yo estaba escribiendo un libro de cocina de mis recetas. Yo me regresé a la cocina y la oía, les habló de mí y siguió halagando mis platos; pero fíjate, no les cambió su actitud hacia mí. Salí para llevarles la comida, y como si nada.

—Ojalá hubiera más patronas como doña Teresa —suspiró Chiqui.

Fue fácil convencer a Encarna para que se regresara con ella, ya que la vieja sirvienta extrañaba su trabajo, a los niños y su vida con la viuda bondadosa; no se le hizo difícil persuadirla cuando Teresa se lo pidió. Además, el nuevo dueño tenía planeado seguir derrumbando más y más de las parcelas. Entre las nueras de Encarna se repartieron las toallas y los muebles, que parecían nuevos. A Encarna le gustaba que sus pertenencias fueran a parar a la casa de sus hijos y nietos.

—Prefiero que se lleven mis cachivaches que a mí, ¿tú sabes? —le comentó a Queta—; me tratan como a una vieja, y se la pasan diciéndome lo que tengo que hacer. Es que me vuelven loca, ¿qué se habrán creído? A mí me gusta ser la que manda, a mí me sale el café más rico que a todos ellos, el de ellos les sale bien *aguao*...

Teresa se reía, mientras que Ani Conchi no la soltaba, abrazándola por la cintura.

Más tarde, Teresa entró en el cuarto de Encarna. Mientras la cocinera ordenaba sus cosas, ella se sentó junto a la cama y le dio las gracias por haber ido.

—El día que quieras quedarte quieta en tu cuarto descansando, lo haces, no te preocupes.

—El día que no salga, me viene a buscar, —respondió Encarna, soltándose el pañuelo blanco alrededor de la cabeza y dejando ver su cabello blanco, bien largo—, porque ese será el día en que me haya muerto.

—Encarna, —le dijo Teresa, mirándola a los ojos— muchas, muchas gracias por todo lo que hiciste por mí todos esos años. —Inclinándose hacia ella, le dio un beso en la frente.

Recordando

Prontamente, los vecinos de Teresa en San Juan serían deleitados con un rico almuerzo hecho por Encarna; hasta el arroz con habichuelas y amarillos le salían una bendición.

—Teresa, —comentó su amiga Rosario— pero qué bien comen Uds. con esas dos negritas que tienes, ¡qué suerte!

—Encarna es una gran mujer —corrigió Teresa a su amiga, como quien defiende a un pariente querido—. Fue la nana de mi cuñada y mi difunto marido; de hecho, fue como una madre para ellos, y ha sido mi pilar todos esos años en Loíza. Yo no la llamo "negrita".

Teresa le dio un tiempo a Rosario para que entendiera el amor y respeto que sentía por la vieja Encarna, que se había estado esmerando en la cocina varias horas para que ellas pudieran sentarse a conversar y a comer. Como su amiga no hizo comentario, Teresa continuó:

—Y Queta, te juro que no sé cómo podría vivir sin ella; mis hijos la adoran, ¿sabes?, y yo también.

—Me imagino que te habrán sido de gran ayuda, —contestó Rosario, cuya cara ahora había cambiado—. Pasaste por tanto, y con tres niñitos chiquitos.

—Estás en lo cierto, Rosario, unos años difíciles.

Así era; y eso que nadie sabía el verdadero origen de Felipe. Los nuevos vecinos lo veían como todo un Sánchez, el hermanito consentido de Ani Conchi y Susana; y pues, era cierto, por supuesto.

Eran tres criaturas muy parecidas que habían perdido a su padre por una enfermedad repentina, misteriosa.

—Cómo de ocupado habrá estado el pobre hombre, cuidando la plantación y a su linda familia, que no pensó en ir al médico... —decían los viejos amigos de Teresa. A sus parientes de San Juan nunca les estuvo extraño que no recordaran el embarazo de Felipe. Así, simplemente lo dieron por un hecho: quizás con el fallecimiento del marido, tan joven, y lidiando con el ingenio... en fin, si lo mencionó fue ya para cuando nació su hijo.

Los antiguos vecinos, que conocían a Teresa desde niña, estaban felices de tenerla de regreso; la invitaban a ella y sus tres hijos periódicamente a comer o tomarse un café. Los Torres Nazario y los Rivera Castellón le decían a cada rato que lástima que era una viuda tan joven y preciosa.

—¿Te gustaría encontrar un marido?

—Estoy muy ocupada para preocuparme de esas cosas —les respondía—. Gracias, no se preocupen por eso. Además, estoy feliz, muy bien con mis hijos, los quiero educar bien, que ellos sean buenos ciudadanos, como lo fue mi padre. La verdad, pienso que Susana terminará yendo a la universidad.

—¡Qué bien! Te admiro, —le dijo la buena de doña Adela, poniendo su mano sobre la de ella.

Un año más tarde, casi sin darse cuenta, Teresa se encontró incorporándose casi todas las tardes para ayudar a los niños con problemas de aprendizaje, o "los tontos", como los llamaba la maestra. Ani Conchi y Susana podían tomar clases de piano con Sor Julia, mientras ella ayudaba a otros. A Felipe le encantaba asistir a su madre en alguna lección, la ayudaba con los más pequeños en matemáticas.

—Te encantan los números, —le decía Teresa en admiración, dándole un beso.

Teresa ya había descubierto, ayudando en la escuela en Loíza Aldea, que no todos aprendían igual. Hay que ser más creativo en los métodos de enseñanza, les decía a sus sirvientas.

—Veo estos métodos tan aburridos, memorización tras memorización.

Felizmente, Felipito y Susana eran buenos estudiantes; en cambio, los dolores de cabeza y las peleas que se tenían con Ani Conchi eran infinitas. "A esta la caso a los 16 años", les dijo más de una vez a Queta y a Encarna.

Una tarde fueron de visita dos hijos de Encarna y Luz, su nieta, que venía con frecuencia. Queta, tan pronto los veía llegar, empezaba a freír tostones. Los niños Sánchez Gorriti dirían:

—A mí me gustan los amarillos, son más dulces, —se quejaba Felipito, y Ani Conchi también se hacía oír.

Por algunos años, las noticias de todos los días eran sobre la guerra en Europa, que estaba afectando a todos. Las madres puertorriqueñas eran temerosas de que sus hijos fueran llamados a servir. Amalia fue a visitarlas con noticias de los muchachos de Loíza que habían sido reclutados.

—Tu primo Ismael fue llamado —le contó a Queta—. ¡Qué horror, somos puertorriqueños! Y si algo, más españoles que gringos, ¡carajo! —reclamó con menosprecio.

Queta, sin embargo, no se sentía así, ya que el año en que nació, 1917, fue cuando los Estados Unidos hizo a los puertorriqueños ciudadanos. Le habían contado su mamá y su abuela que ellas no habían tenido certificados de nacimiento, ni sus padres; no existía ningún registro de ellos, y menos dinero tenían para los sellos gubernamentales. Con mucho orgullo, tan pronto pudieron, registraron el nacimiento de Enriqueta María Martín como hija natural, ciudadana de *United States of America*. Queta estaba muy orgullosa de su certificado de nacimiento, su única posesión, además de la cuenta de ahorros, que pudo abrir porque tenía un certificado de nacimiento: era una ciudadana de un país, no como sus antepasados. Estaba agradecida, a pesar de las críticas que se le hacían a los Estados Unidos. Sabía que su primo Ismael sería un gran soldado. Ismael y muchos otros, junto a las tropas negras segregadas de los blancos, recibirían su entrenamiento aparte.

A final de año, Queta fue a visitar a su familia en Loíza Aldea, llevando muchos regalos navideños. Sin embargo, se quedaría en casa de Amalia, así lo habían decidido Teresa y Amalia. A ella no le importaba que las señoras decidiesen por ella, sabía que la estaban tratando de ayudar, o quizás de proteger de alguna prima o hermano envidioso. Igual, ella llegaba con regalos y ropa usada que le habían dado algunas amigas de Teresa. Teresa le había comprado jabones, polvo y champú para que les regalara a sus tías y primas. El plan era regresar a San Juan dos días más tarde, trayéndose a Amalia para pasar las Navidades en casa de doña Teresa y celebrar el cumpleaños de Felipito. No sin antes pasar a ver a Yeiza; la vieja curandera siempre la recibía con una bendición.

Queta se puso a ayudar a Yeiza a desenterrar unos jarrones de barro que había enterrado meses atrás. Queta sabía que era mejor ni preguntar, porque no le contaría para qué eran. Yeiza le pedía que le moviera cosas de un lado a otro. Queta con gusto hacía todo lo que le pedía, especialmente al ver lo desmejorada que se veía ahora la anciana.

—Ya verás Queta, me darás la razón, todo tendrá sentido.

La tarde antes de volver a San Juan, estaban arreglando y cerrando la casa de Amalia, previendo que se ausentaría por unas semanas, cuando se apareció Jimmy Adams. Berta le hablaba más y más en español, y algunas frases se las traducía al inglés, ya que lo había estudiado en la escuela con un maestro jamaicano. Queta los observaba con curiosidad. Amalia la tomó por el brazo para presentarle al americano. Jimmy le dio una simpática sonrisa, notando los ojos grandes de Queta, y enseguida le miró la boca cuando notó que ella había dicho algo.

—Mucho gusto —le contestó.

Cruzando el Ancón esa tarde, Amalia le contó algunas historias sobre el hombre.

—Ya viste, derrumbó la Donostia —dijo, un poco molesta.

También le mencionó la manera extraña que tenía de fijarse en la boca de quien le hablaba.

—¿No oye bien? —preguntó Queta—. ¿Será que lee los labios?

—Mira, no lo había pensado... —respondió Amalia, sorprendida por su comentario—. Creo que podría ser.

No le dijo nada el resto del viaje, cruzando el río. Alguna memoria lejana la estaba perturbando.

Mejores amigas

Un sábado, Teresa y Susana caminaban por la Av. Ponce de León, regresando de unas diligencias, cuando las dos a la misma vez se fijaron en una joven de unos catorce años que iba caminando con dos señoras. Efectivamente, se trataba de Mercedes, casi idéntica a Ani Conchi. Le dieron un abrazo e intercambiaron sus datos para que fuera a visitarlas tan pronto fuera posible. Ani Conchi se pondría feliz.

—Por favor, no dejes de llamar o pasar por casa.

Todos los sábados de ese verano se turnaban en visitar cada una la casa de la otra: Ani Conchi y Mercedes se volvieron inseparables una vez más.

Teresa estaba feliz, porque la abuela y la tía con quienes vivía Mercedes eran el equivalente de un ejército de monjas superiores. Ana Concepción, como insistían llamarla, volvía siempre quejándose de lo estrictas que eran en casa de Mercedes, que le gustaba más cuando iba ella a su casa.

—Esa abuela la regaña mucho también, todo se lo critican, mami.

Teresa se reía por dentro escuchando a Ani Conchi. Queta y Encarna la escuchaban quejarse pacientemente y le daban la razón.

—Sí, muy estricta la abuela —repetían cada vez que les contaba una de las escenas de esa casa.

Encarna les confió a Queta y a Teresa que, en su juventud, Irma, la mamá de Mercedes, había sido una muchacha muy coqueta y le sobraban los pretendientes. Se había dicho que le encantaba tener la atención de todos los hombres.

—¿Y el marido no era celoso? —preguntó Queta.

—Muchacha, —le respondió Encarna, mirando a Teresa— él era maricón, y se casó por conveniencia, para guardar las apariencias. Además eran buenos amigos don Enrique y la señorita Irma, que en paz descanse.

Teresa se quedó pensativa, algo así le había contado Amalia; y claro, tenía sentido.

—Y pues, como ya sabemos, —les dijo a las sirvientas— sin duda que Benat es el padre de Mercedes, pura Sánchez Gorriti.

Bajando los ojos tristemente, decepcionada con su suerte, volvió a mirar a Queta.

—¿Ustedes han visto cuántos muchachos se parecen a él por Loíza?

Queta asintió, dándole la razón a su patrona. Encarna colocó el cuchillo que tenía en la mano y agregó:

—Doña, y los que no se parecen a él...

—Me imagino que los habrá, Encarna.

—Los hay, mi doña —contestó seriamente la vieja sirvienta—. Y el viejo patrón don Paco también tenía muchos hijos por ahí descalzos.

Teresa alzó la vista, mirando hacia la ventana que tenía enfrente un ventilador nuevo.

—Quizás algún día haya un examen sanguíneo o de orina que pueda determinar parentesco. Pero por ahora, viendo a las dos niñas juntas, me quedo helada: Ani Conchi y Mercedes se parecen tanto, más que Susana con Ani Conchi.

—Felipito tiene mucho de su padre también, —susurró Queta.

—Sí, cierto, pero será un mejor hombre que ese malvado.

—Shhhh doña, que el espíritu oye.

—Ya no nos sigue, —sonrió Teresa—, lo dejamos en Loíza, y además Yeiza se encargó de ponerle fin a ese.

Tan pronto pronunció esas palabras, se puso nerviosa. Encarna y Queta se le quedaron mirando, y ella incómodamente les quitó la mirada.

—Doña Teresa, Yeiza sufrió mucho por las pocas vergüenzas del viejo patrón, ¿sabe? —dijo Encarna, mirando el cuchillo—. Su padre, doña, era igual, sino peor, que Beni. Muchas de nosotras tuvimos hijas que fueron víctimas, tanto de él como de su padre. —Teresa se le acercó a Encarna, y le puso las manos sobre los hombros.

—¡Lo siento tanto, Encarna! —Y añadió, mirando a Queta—, y tú también...

—Creo que ya tuvo su castigo —afirmó Encarna—, con tan fea muerte que tuvo.

La frase de la vieja sirvienta dejó a Teresa incómoda, mientras que Queta se puso más nerviosa y salió de la cocina. La patrona notó esa reacción.

Loíza Aldea

Una tarde húmeda, Amalia fue hacia las parcelas. Quería ver al nuevo vecino, que seguía derrumbando casuchas, y observar por primera vez su antiguo hogar, ahora una casa de dos plantas con un balcón hermoso hecho de bloques de concreto. Había puesto una familia a vivir debajo, mientras los obreros le terminaban la suya. Una vieja morena, que se mecía con gusto en un sillón en el balcón, saludó tímidamente a Amalia. Ella le devolvió el saludo; no tenía idea de quién era ni si hablaba español, pero estaba vestida muy bien.

No encontró al nuevo propietario; sin embargo, varios jornaleros, encabezados por Efraín, se le acercaron a Amalia frustrados. Se habían enterado de que el nuevo dueño de La Donostia haría muchas casas más, y un centro nuevo para esa área. Había comprado más terrenos y ampliaría el proyecto. Los peones del cañaveral se quejaron a Amalia, ya que muchos perderían sus trabajos y sus casas. Jimmy les ofrecía trabajo, pero de construcción, que podrían aprender rápidamente y les explicó que estaba construyendo hogares dobles, llamados dúplex, y algunas casas tendrían jardines por si querían cultivar.

—...y nos ofrece un plan de pago —siguió su relato Efraín— que nos va excluyendo del salario. O sea, serían nuestras tierras, nuestras casas. ¡Ah!, y eso nos lo dijo en perfecto español, esa frase la practicó bien.

Casi todas las viejas casas de madera habían sido derrumbadas; Queta y Encarna habían escuchado las quejas de quienes iban a

San Juan a buscar trabajos. Conocían a muchas personas que estaban en un percance, y esperaban que Amalia estuviera abogando por ellos.

Si habían cortado gran parte del manglar, ¿qué harían todos esos jornaleros que vivían de las maderas? ¿Qué pasaría con la tumba de coco que se hacía dos veces al año? Los pobres madereros, pensó, estaban sufriendo muchos cambios.

Ahí estaba el problema, conversaban Teresa, Queta y Amalia: un nuevo orden social estaba siendo establecido. Muchos se fueron a buscar otros trabajos, otros se fueron a intentar suerte en los Estados Unidos. Parecía que los más pobres eran animados a emigrar.

Amalia volvió a hablar con el americano varias veces. Tampoco quería que ese nuevo centro le quitara su clientela. Pretendía de una vez enseñarle cómo se hacían las cosas en Puerto Rico, pensando que con conversación e interés en los demás se gana la confianza de la gente.

—Ofrecerles algún descuento a los empleados, o algunos beneficios a la compra, es una buena idea; pero hay que explicarles, esto es un concepto nuevo.

—*Yes*, Amalia, *and* ellos saben que la gente pobre de San Juan está recibiendo viviendas gubernamentales, pero aquí se han olvidado de Loíza.

Igual parecía un poco tarde: muchos se tuvieron que mudar a otras partes del pueblo; los que habían podido ahorrar, o aquellos cuyos hijos vivían y trabajaban en los Estados Unidos, pudieron comprar las casas y se quedaron.

—*I'm not planning to lose money here, either. I'm creating opportunities, ownership* —le contestaba Jimmy a Amalia cuando se frustraba.

Ella seguía sus conversaciones con el americano alto, nunca había conocido a alguien como él. A veces pensaba que había más sobre este hombre y su madre de lo que sabía. Seguro que su historia tendrá.

—¿Y cómo fue que escogió Puerto Rico para hacer su negocio de bienes raíces, y por qué en esta aldea? ¿Cómo se enteró de la Hacienda Donostia?

Tarde una noche, Jimmy le confesó que no quería ser áspero, era sólo que quería modernizar al pueblo, ayudar.

—Pero no puedo perder dinero, tampoco. Mira, mi madre me convenció para que crease contratos con los trabajadores; si quieren quedarse a vivir aquí, yo les vendo la casa, y pagan todos los meses con su salario, yo les ayudo con el banco. Eso se llama *Rent to Buy*.

—Alquiler a propio plazo, —dijo Amalia.

Amalia tuvo que explicarle a Teresa que se sentía responsable, que obvio que no lo había pensado bien. Nunca se imaginó que esas tierras verían tanto cambio, qué ingenua de su parte.

—Amalia, el cambio es natural, y la mayor preocupación de todo padre es conseguir trabajo para dar de comer a sus hijos; estamos saliendo de la miseria a un nuevo Puerto Rico, se está modernizando.

Amalia no quiso tener otra discusión, simplemente estaba escéptica.

Se culpó durante los años siguientes por el cambio drástico de su pueblo. A la vez, su casa se convirtió en una cafetería, sirviendo desayunos, almuerzos y meriendas, y también aguardiente. Venían ingenieros a almorzar mientras se planeaba la próxima represa, que sería de gran ayuda para evitar las inundaciones que causaban las lluvias excesivas que desbordaban el río. Se sentía que empezaba un sentido de comunidad, a pesar de los cambios en la aldea. Amalia cerraba su cafetería a las 5:00 en punto todas las tardes, ya que no quería borrachos por su casa, como dijo más de una vez. Todas sus ganancias las ahorraba.

En cuanto al americano, Amalia se preguntaba qué le habría hecho escoger Loíza. ¿Cuál sería su conexión con el pueblo? Lo hablaban con Berta más de una vez.

Una tarde, conversando en la cafetería, Berta le sugirió a Jimmy que construyera un parque de pelota para toda la comunidad.

—*Excellent idea*.

El americano, un amante del béisbol, se ocupó de que los muchachos tuvieran un centro de pelota, compró bates y bolas también. Después de un comienzo tormentoso, ya todos adoraban al gringo de Pittsburgh.

Jimmy empezaba a sentirse más respetado, como si lo hubieran aceptado por fin. El español lo seguía aprendiendo, cada día salía con una oración completa, y pocas veces se confundía con el género de un sustantivo, con la excepción de que seguía diciendo "la problema".

Amalia por fin no pudo contenerse, y como si fuera una profesora de lengua le dijo firmemente:

—En español, todas las palabras que terminan en "ema" son masculinas. —Tomando aliento siguió—: el tema, el problema, el esquema...

Jimmy repitió cada palabra junto al artículo masculino, como buen estudiante. Amalia, sonriéndole pícaramente, continuó con la lección.

—¿Sabes que todas las palabras que terminan con "ción" son femeninas? Por ejemplo: la canción, la información, la narración, la investigación...

—*Fantastic*! —exclamó Jimmy, sorprendido de que le enseñara un método para recordar.

—Acuérdate, Jimmy —le dijo Amalia a su estudiante, con un brillo travieso en los ojos—, el problema es el hombre, la solución es la mujer.

—*Yes, madam, you are so correct*, —respondió Jimmy, y se quitó el sombrero, burlón.

Amalia reconocía que el inversionista era un hombre de negocios, cierto, y estaba tratando de enseñar responsabilidad. Por más generoso que ahora fuera con sus planes de pago, no planeaba perder dinero tampoco, pero era evidente que tenía buenas intenciones con los loiceños.

Un día, caminando por el sendero, que ahora tenía menos sombra por tantos árboles que Jimmy había mandado a cortar, se lo encontró junto a Yeiza, que estaba susurrándole algo. Amalia observó la escena anonada, pensando qué se estarían diciendo, ¿sería una mezcla de inglés y español? Yeiza no hablaba inglés para nada. ¿La echaría a ella de esas tierras también?

Amalia se acercó a ellos. Cuando Jimmy la vio, dio unos pasos hacia ella con gesto cordial, extendiéndole la mano para saludarla. Amalia estrechó la mano para reciprocar, pero con el ceño fruncido. Yeiza habló primero: ya era hora de que se enterase, se dijo así misma.

—Jesús Alejandro, tú sabes que Amalia es tu hermana, pero no creo que ella lo sepa, o no lo ha entendido del todo.

Amalia se quedó congelada por esa declaración. Sintió que el pecho se le apretaba, y de repente Jimmy fue hacia ella para aguantarla, evitando que se desmayara. Una señora que salía de casa de Yeiza le trajo un vaso de agua de acerola.

A continuación, Jimmy le explicó, en su español ahora poco machucado, a una Amalia sorprendida, la versión de su vida. Yeiza, sin ninguna inquietud, añadía datos de cómo fueron los acontecimientos de aquellos años.

—El año que doña Ana Concepción, tu difunta madre, echó a toda la familia de Jimmy de Loíza... es cierto Jimmy, tu padre Francisco Alejandro Sánchez estaba locamente enamorado de tu madre.

Amalia miraba al horizonte, la mirada perdida en algún recuerdo lejano. Parecía acordarse de las peleas violentas de sus padres. De repente, le pareció recordar una mañana en que su papá cargaba a un pequeño niño, medio blanco, entre sus brazos.

—¡Ese eras tu, Jimmy! —dijo mirando al hombre a quien hacía unos años le había vendido las tierras de su padre—.¿Y por qué? ¿Por qué has vuelto?

—*I promised my grandfather that I'd come back and all this would be mine, and that I'd build a house for my mother on this land*, estas tierras son de nosotros.

—Entiendo todo ahora... ¿Venganza?

—No, por supuesto que no. *My mother deserves to die on her homeland*. Siempre ha extrañado Loíza —dijo en voz autoritativa, mirándola seriamente.

Amalia, molesta y sintiendo que le hacía falta una cerveza bien fría para bajar todo eso, le reclamó con la voz alta.

—¿Y por qué rayos quieres echar a todos estos pobres de sus tierras?

—¡No hago eso! Estoy *hacienda* mejor la situación, quiero que todos salgan de pobreza. San Juan se olvida de los loiceños —dijo con firmeza. Amalia no se atrevió a corregirle el español, ya que él nunca le había corregido a ella su inglés. Estaban a mano, entonces, pensó.

—*I loved my father, you know* —continuó Jimmy—. *But he didn't stand up for me.*

—Me alegro por ti que hayas querido a nuestro padre, —respondió Amalia, amargamente— yo desafortunadamente no tuve esa misma dicha. Mi padre no fue justo conmigo.

—Tu mamá fue malvada con la mía.

Amalia, sintiéndose débil, entendió perfectamente por qué su madre sufría tanto, después de tantos engaños y maltratos. No la culpaba de ninguna de sus decisiones, ¿qué iba a hacer, abandonar al marido y llevarse a los hijos? Se le aguaron los ojos pensando en su pobre madre. ¿Adónde podría haberse ido, si su propio padre le dio todo a su marido para que se encargara de los manglares?

—¡Estúpidos hombres! —dijo en voz alta.

Jimmy se le quedó mirando. Yeiza, viendo por dónde se le escapaba la mente a Amalia en ese camino de los recuerdos llenos de vivencias intensas, le puso las manos alrededor de la cara.

—Amalia, no fue tu culpa, y tu madre estaba protegiendo lo suyo y a sus hijos. En otra época las cosas serán diferentes, pero tu madre hizo lo que tenía que hacer; Jesús aquí-

—¡Jesús! —interrumpió Amalia, poniéndose la mano en el pecho—, ¡*Yes, you are* Jesús! Me acuerdo de ti de chiquito, el niño sordo. Mi madre te gritó "bastardo sal de mi casa".

—*I remember that day*, —dijo Jimmy, bajando la cabeza—, *I was four years old. Luckily, I couldn't hear her words, but felt her anger and pain.*

Mirándolo Yeiza le preguntó

—¿Y por qué Jimmy? —le preguntó Yeiza—. ¿Por qué no te llamas Jesús?

—En los *United States* nadie se llama Jesús, solo *Jesus Christ* se llama Jesús; *so* mi nuevo padre... mi mamá se casó con un hombre bueno de Pittsburgh y me puso James Alexander y me adoptó como suyo. Me operaron y puedo oír un poco ahora, *this ear better*. —Se señaló el oído izquierdo—. Tuve una buena crianza con mi nuevo padre, inteligente hombre, mis abuelos vivieron con nosotros también.

Amalia empezó a llorar, jamás nadie la había visto llorar así. Sintiendo lástima por sí misma, tantos años sin darse cuenta de que había tenido otro hermano, y que éste había sufrido más que ella. Yeiza pensó en traerle algo para calmarla, pero se dio cuenta de que ese río de lágrimas tenía que desbordarse; había sido mucho lo que había aguantado esa niñita, que tanto quería ser amada. Ya hablaría con Jesús para que la apoyara y fuera un buen hermano, se merecía por lo menos eso.

Ya 1941

Debido a la situación difícil en la isla, muchos muchachos puertorriqueños se apuntaron para servir en las fuerzas armadas de los Estados Unidos, y otros miles fueron reclutados a la fuerza. Muchos pelearon, a pesar de que eran objeto del racismo que existía en las tropas; aquellos quienes eran negros estaban en otra sección, todas segregadas por su raza. Teresa no dejaba de escuchar la radio, se enteraba por sus amigas de los muchos que fueron reclutados para servir en la guerra: hermanos jóvenes de sus amigas, hijos de algunas vecinas, muchachos que ella misma conocía. Se sintió de repente en necesidad de rezar, ¿cuándo fue la última vez que lo había hecho? No se acordaba.

Queta imaginaba lo ocupada que estaría Yeiza haciendo amuletos a todos esos muchachos, el cura bendiciendo y pidiéndole a San Rafael que los acompañara. Pensó en sus hermanos y primos, no se imaginaba a ninguno de ellos pudiendo matar ni a una mosca.

Entre sus pocos viajes a Loíza, se fue enterando de a quiénes habían reclutado. Sentada a la mesa de la marquesina de Amalia, se quedaban hablando hasta tarde con Berta, Amalia, unas primas de Queta, Jimmy y su madre.

—El español del americano está mejorando, —le susurró Queta a Amalia.

Amalia aún no le había contado a nadie de su lazo sanguíneo. Jimmy miraba a Queta intrigado. Más tarde le haría preguntas a Amalia acerca de esa mujer de ojos grandes, cuello largo y orgulloso.

Mientras tanto en San Juan, Teresa seguía bregando con su segunda hija.

—¡Ani Conchi, tómate la leche, por favor!

—¡Fo! La leche en Loíza era más rica, estas botellas saben a agua blanca.

Era cierto; Teresa misma sabía que la leche que iban a buscar a la Vaquería de los Oviedo con el contenedor de aluminio cada mañana, era leche que venía derechito de la vaca, mientras que en San Juan era pasteurizada. Sus tres hijos habían ordeñado vacas en varias ocasiones, y ayudaban a los peones a cargar el jarrón. Lo más seguro era que ningún compañero de clase en su nueva escuela habría tenido una experiencia igual.

Encarna fue a buscar el polvo de chocolate que había comprado su patrona, y le echó dos cucharitas del *Quik* a la leche. Ani Conchi, Susana y Felipe beberían leche así por los siguientes veinte años.

Teresa se sentó a la mesa de la cocina junto a sus hijos poniendo El Mundo en la mesa.

—Vieques es ahora una base naval. ¡Bendito!, desalojaron a muchas familias por no tener títulos de sus propiedades, que fueron de ellos por siglos.

—¿Toda la isla? —frunció el ceño Susana mirando a su madre.

—No, pero gran parte, dos tercios. Todo lo que solían ser cañaverales de azúcar. —Después de leer el primer párrafo del artículo, Teresa dejó el periódico sobre la mesa, mirando a Encarna tristemente.

A través de los años, las noticias reportaban las muchas molestias que causaba la Base Naval de Vieques. Después de la guerra, continuaron los entrenamientos anfibios de la marina y las ruidosas prácticas de bombardeos, creando tensión entre los viequenses y el ejército. También se reportó una variedad de bombas y experimentos que contenían uranio, mercurio, plomo y otros elementos que causarían cánceres en muchos habitantes de la isla.

Manos a la Obra

Puerto Rico empezaba a ver más cambios políticos, en todas las cocinas la conversación que reinaba era ¿qué va a pasar? Puerto Rico prontamente tendría su primer gobernador elegido por el pueblo.

Toda la familia escuchaba el discurso del entonces senador Luis Muñoz Marín, reunidos alrededor de la radio:

"Amigos, compañeros y compatriotas. El hombre del campo es el hombre olvidado de Puerto Rico. Al campesino no se le informa bien de lo que está ocurriendo y qué lo mantiene en la pobreza. Al campesino no se le consultan las leyes que ayudan a que las grandes corporaciones sean más ricas cada día y los pobres sean más pobres cada día. Nunca se ha tomado en cuenta a la masa del pueblo, al campesino para nada que no sea explotarlo, arruinarlo y quitarle su voto cada cuatro años mediante el engaño o mediante unas cuantas pesetas, que es el engaño peor. Al campesino se le ha despreciado como a una bestia que es útil para trabajar y producir riquezas a unos cuantos intereses, pero a quien no hay que hablarle, ni explicarle ni consultarle.

En Puerto Rico, los líderes políticos de San Juan han hecho muchas combinaciones políticas, pero al hombre del campo no se le ha venido a explicar ni a consultar eso en su batey, y sin embargo de esas leyes y de esas combinaciones políticas ha dependido en gran parte la miseria, la ruina y el sufrimiento del campesino. De los miles de bateyes, de las miles de casas pobre de Puerto Rico, tiene que surgir el gobierno que exprese la voluntad del pueblo sufrido, y no la voluntad de los políticos a la antigua, sirviendo a los intereses que sacan millones de la pobreza del campesino y de todo el pueblo.

¿Cómo se arregla esa situación? Se arreglará el día que el pueblo se gobierne..."

—Me gusta ese hombre, doña Teresa, —dijo Queta.

—De seguro que a titi Amalia también —agregó Susana mirando a su tía—, ¿a que sí?

—Con tal que no nos venda a los americanos... —sentenció Amalia, escéptica.

El 7 de diciembre de 1941 El Imperio Japonés atacó Pearl Harbor. Fueron llamados muchos puertorriqueños más a combatir en la Segunda Guerra Mundial.

Los primos mayores de Queta abordaron aviones en Ceiba, en Roosevelt Road. En estos años se implementó un plan industrial para Puerto Rico, muchas bases militares que se centrarían en la isla. Empezó una economía militar. La producción de ron alcanzó un *boom*. Viendo esto, Amalia sacó provecho. Había estado muy ocupada haciendo su famoso pitorro, mientras se quejaba de tantos militares en la isla. Sin duda que su pitorro tenía algo que a muchos les encantaba, los bares cerca del Fuerte Buchanan tenían que estar llamándola cada semana, comprándole más barriles. Ella se reía, les llevaba 40 botellas, con tal que le dieran las botellas viejas para volver a llenárselas. Si no se las entregaban lavadas ya los volvía a regañar. El dueño del bar más popular era un americano con quien ella rehusaba hablar.

—*I speak to your Puerto Rican barman, not you.*

Todos adoraban al muy carismático americano; sin embargo, era sólo con el puertorriqueño que ella bregaba. Cuando lo conoció la primera vez, hubo algo en ella que la puso en alerta, no confiaba en él.

—Tiene doble vida ese, lo presiento, —les dijo a Teresa y Queta una noche.

—¿Crees que pueda ser un espía? —Queta abrió los ojos bien grandes.

Raro, un día simplemente desapareció el dueño del bar.

Con la frecuencia de sus viajes, por la demanda del ron de Amalia, ella pasaba de vez en cuando a visitar a su familia, que tanto extrañaba. En cuestión de minutos, ya se metía en discusiones con quien estuviera visitando a Teresa, fuera una amistad o pariente.

—¿Y qué pito tienen que hacer esos muchachos allá tan lejos y con ese frío? Nosotros ni votamos por el presidente de los Estados Unidos, mío no es.

—Bueno, aquí las cosas no andan muy bien, ese sueldo los ayuda a ellos y a sus familias acá, ¿verdad?

Trataban de razonar todos los cambios. Encarna vivía preocupada por sus nietos, que estaban en un país lejano en el océano Pacífico. Era un milagro que no hubiera incendios, con tantas casas iluminadas por las velas encendidas a múltiples santos milagrosos.

Una tarde que estaba Mercedes, invitada a almorzar y encantada de que Queta le preparara una tortilla de amarillo, añadió a la conversación algunos hechos que había escuchado en su escuela de monjas americanas.

—Si seguimos así de base militar, Puerto Rico será el cuadragésimo noveno estado.

—Yo escuché —agregó Ani Conchi— que vienen submarinos alemanes a invadirnos.

Amalia, parada junto a Teresa, seguían su conversación mientras Queta lavaba los platos. En eso las dos tomaron unos paños y se pusieron a secar los platos. Queta se sorprendió del gesto, pero lo observó agradecida.

—Que vengan de una vez y caso a Ani Conchi con un alemán, —dijo Teresa, riéndose—. Ya verán, con eso se retiran y nos dejan en paz y ganamos la guerra. —Se rieron Queta y Teresa. Amalia mantuvo el gesto serio.

—Este país me preocupa, —dijo— van a pasar décadas y no habrá cambiado la conversación, sigan ustedes riéndose.

—Amalia, por Dios, que nadie se está riendo, —la regañó Teresa.

Se despidió a la mañana siguiente después de acompañar a sus sobrinos al colegio, dándoles besos a los tres. Luego volvió a la casa y besó y abrazó a todas las mujeres de la casa, en especial a su nana Encarna, que la conocía mejor que sus propios padres.

Teresa y Queta se quedaron las dos solas en la cocina, sentadas como amigas o cómplices; continuaron su conversación, hablaron de todo. Tenían tanto en común, más de lo que sabrían. Queta ya había dejado de pensar en el doctorcito; quizás fuera cierto que él estaba enamorado de su patrona, sin embargo nunca pasó nada entre ellos, al menos que ella supiera. Teresa ni siquiera lo mencionaba, nunca la había ido a visitar a San Juan tampoco. A lo mejor Teresa no le correspondió, pensó Queta.

Algunos de los hijos de Encarna que vivían por distintos lugares de la isla iban a visitar a su madre, siempre pidiéndole que se fuera a vivir con ellos; ella siempre les contestaba igual.

—Me gusta estar con esta generación de los Sánchez Gorriti, y mira, me respetan y no me regañan como lo hacen ustedes, —les gruñía— y sigo haciendo mi dinerito, me gusta.

Teresa miraba a la vieja sirvienta: nunca cambiaría esa gran mujer, independiente además de testaruda.

—Varias Encarnas más hacen falta en este país, —decía Amalia en varias ocasiones.

—Estamos en una situación extraña, doña Teresa, —le dijo Queta una noche—, como que nos engatusaron que no podemos vivir sin ellos, que no somos capaces de ser adultos... Este país puede gobernarse a sí mismo, hay tantas personas inteligentes y con ganas.

—Queta, qué interesante lo que me acabas de decir.

—Disculpe si sueno severa, pero es como si todo el país estuviera estancado en una adolescencia larga. ¿Se imagina a Ani Conchi una *teenager* por toda la eternidad?

Teresa se quedó mirando el periódico enfrente de ella, todo revuelto, señal de que Amalia lo había leído por completo.

San Juan, 1946

—¡Qué rico huele, Queta! —exclamó Felipito.

—Preparando tu cena de cumpleaños, corazón. ¡Ah, y la de Nochebuena!

Al menor de los hermanos Sánchez Gorriti nunca le molestó tener que compartir su cumpleaños con el evento histórico más importante.

Queta, una mujer con un don para la cocina que jamás había leído una receta, o mejor dicho, que aprendió a leer ya cuando era una cocinera experta, saboreaba con la vista la composición que creaba en sus ollas y sartenes, al ojo. No había duda de que ella, a su manera, aceptaba los halagos de todos en la familia, y de las muchas amistades que venían a comer a la casa de doña Teresa, Vda. de Sánchez. Llegaban con frecuencia a la casa las amigas y las primas hermanas de Teresa. Queta les apuntaba los ingredientes con mucho orgullo, luciendo que sabía escribir algunas de sus recetas para que las intentaran ellos mismos.

El menú de la nochebuena sería: arroz con gandules, el achiote molido desde el día anterior, y un lechón completo, que lo había adobado la mañana previa. Horacio, el vendedor ambulante de víveres favorito de todo San Juan, siempre le escogía el mejor pernil a Queta. ¿Cuándo le haría caso Enriqueta? Todos le decían a Queta que quedaban pocos buenos hombres como Horacio. Ella, no obstante, se sentía aún traicionada por lo que sufrió en manos de Benat y por el cariño que había sentido por el doctor. Se decía constantemente que ese estaba fuera de su alcance. Ella ya lo sabía, Horacio era de buen parecer y trabajador; se lo recordaba a sí misma todos los días.

Volvió a salir al patio, agarró algunas naranjas agrias de una de las ramas más altas del palo, que hacían magia con el mojo, año tras año.

—Son ellas las que se llevan el crédito, —les decía a los comensales. Sin embargo, cuando ella regalaba humildemente algunas de sus naranjas a otras las sirvientas de su calle, a ninguna le salía igual la receta.

—¿Qué más le echas a tu mojo Queta? —era la pregunta de siempre.

Esa Nochebuena del decimotercer cumpleaños de Felipe Miguel Ángel sería diferente, ya que Amalia anunció que debía regresar a Loíza debido a algún percance, sin decir qué había ocurrido. Pero antes de irse, en coro y todas muy afinadas, empezó el canto tradicional:

—Feliz, feliz en tu día, amiguito que Dios te bendiga... —seguido por el *Happy Birthday*, ya acostumbrado en la isla.

El motivo del regreso apresurado de Amalia era que Berta estaba muy mal de salud. Nadie se enteraría hasta pasados unos meses, cuando finalmente falleció.

San Juan, Horacio

Queta salió con Horacio un domingo por la tarde, su primera cita con un hombre. Jamás había salido con nadie a cenar, ni mucho menos a un cine. Tenía 29 años, y el dulce vendedor le llevaba dos.

—Yo jamás me iría de Puerto Rico, —decía Horacio sin parar—, me da un coraje cuando oigo de cómo tratan a los puertorriqueños y a los negros allá en los Estados Unidos.

Queta disfrutaba de las visitas semanales y las invitaciones de Horacio; sin embargo, se sentía confundida sobre cuál camino tendría que seguir su vida. Estaba ella tan a gusto viviendo con Teresa, viendo a Felipe crecer junto a sus hermanas, y la querían a ella como si fuera de la familia. Susana y Ani Conchi siempre le daban un beso de buenas noches todavía. Tantas nuevas emociones solo le creaban confusión, y no quería lidiar con eso: estoy bien, ¿para qué cambiar mi rumbo?

Sintiendo que tenía que hablar con alguien, acudió a Teresa.

En el salón, Ani Conchi estaba parada derecha, con el periódico abierto torpemente entre las manos.

—Mamá, ahora podemos ir a Nueva York en vuelos directos de Pan Am.

—¿Y para qué quieres ir a Nueva York? —le preguntó Teresa mientras le tomaba el ruedo a la falda de lana del nuevo uniforme de Ani Conchi—. Estate quieta, que te pincho.

—Dice titi que eso es parte del plan ese de propaganda: sentirnos más americanos y que muchos pobres se vayan a buscar trabajos allá.

—¿Qué, qué? —miró Teresa a su hija, anonada.

Queta entró en la escena, y se agachó para terminar de ayudar a su patrona con el ruedo.

—Mi niña, estate quieta, —intervino la sirvienta— y mira muchacha, si te me vas para Nueva York, me muero de soledad sin ti.

Teresa le sonrió con los ojos, como dándole las gracias. Queta se sintió tan querida por ella. Comprobó el apoyo y el cariño de esa familia, que ella sentía era la suya. No tenía nada que hablar con Teresa: sería con Horacio.

El próximo domingo y los dos que le siguieron no salió con él. Sin explicarle jamás, no volvió a aceptar una invitación de su amigo. No sabía qué decirle, así que simplemente se negaba. Horacio no se rindió de primeras, pero con los meses entendió que Queta no lo quería como él a ella.

Loíza Aldea, 1948

La Bandera

—¿Es ilegal que vuele la bandera de Puerto Rico? Pues nada, la pintaré como un mural.

Desafiante, Amalia pintó una bandera de Puerto Rico enorme en su cafetería. La Ley de la Mordaza había sido implementada por los Estados Unidos, conocida como "*The Little Smith Act*": era ilegal exhibir la bandera de Puerto Rico, sólo la de los Estados Unidos podía ser volada sobre la isla. Esta ley duraría hasta 1957.

Se consideraba la bandera como símbolo de nacionalismo puertorriqueño, o sea del movimiento separatista. Sin embargo, la bandera puertorriqueña, similar a la cubana, nació en Nueva York el 11 de junio de 1892. Inspirado por su buen amigo José Martí, Horacio Vélez Alvarado, socio en muchos proyectos revolucionarios, decidió tener banderas parecidas:

> "*Si los cubanos y puertorriqueños vamos a luchar juntos como hermanos, nada más justo que las banderas sean también hermanas.*"

> Horacio Vélez Alvarado

Vélez Alvarado falleció el 17 de enero de 1948. Luz les contaba esto a sus estudiantes en la Universidad de Puerto Rico, igual que su abuelo Carlos, el Míster, el gran historiador que conocía cada grano de arena de la historia de Puerto Rico. Sin darse cuenta, Luz llevaba volúmenes de notas, que en unos años formarían una gran enciclopedia sobre Puerto Rico.

Una noche, al volver Teresa de una cena con viejas amistades, se encerró en su cuarto a pensar. ¿Sería cierto lo que decían sus amigos, que la policía se llevaría preso a quien fuera, simplemente por alzar una bandera puertorriqueña? Recordándo lo que le contó Queta, que Amalia había pintado una inmensa bandera puertorriqueña en una pared de su cafetería, ¿contaría eso como tener una bandera? Preocupada por su cuñada, seguía atormentándose. ¿Podrían llevarse a una mujer mayor a la cárcel por eso? ¿Y en qué más estará envuelta Amalia?

Presentía que su cuñada estaba ayudando a los nacionalistas desde hacía años; de una manera pacífica, quería pensar, pero igual le daba miedo. Decidió llamar al Dr. Molino el día siguiente, ya que eran las dos de la mañana.

Tan pronto se despertó, hizo su llamada a Loíza. El doctor no estaba, andaba por Ponce. Frustrada, se quedó parada en la ventana mirando hacia su patio. Queta notaba a su patrona inquieta, y por fin se atrevió a preguntarle si la podía ayudar en algo.

Teresa, atormentada, le confió lo que había escuchado la noche anterior, y como estaba la situación política últimamente.

—No hay que provocar a los americanos... ¿Cómo hacemos para que Amalia pinte por encima de la bandera que hizo?

Durante unos largos minutos, Queta pensó, mientras ambas se tomaban su café matutino, sentadas en la cocina.

—¿Y si no se lo decimos? Simplemente contratamos a alguien que lo haga.

—¿Y cómo vamos a pintarle la pared sin que ella sepa?

—La invitamos a visitarnos, con la excusa de que estamos solas, o que Encarna está malita.

Teresa asintió con una sonrisa. Estaba de acuerdo con esa buena idea que acababa de sugerirle su cómplice, Queta.

—Eres inteligentísima.

—Lo hago ahora mismo.

Llamó a Amalia y empezó hacer los planes. Queta hizo una lista de a quién podía llamar. Sus dos primos no estaban disponibles, ya que habían encontrado un buen trabajo en Canóvanas. Entonces, a Queta se le ocurrió que Teresa podría hablarle en inglés al americano que compró la Donostia.

—Es muy simpático, y parece que aprecia a la señorita Amalia, ¿sabe?

Tuvieron suerte y dieron en seguida con el teléfono del tal Jimmy: la primera noche que Amalia se quedó a dormir en San Juan, ya Jimmy y sus peones pintaron encima de la bandera de Puerto Rico.

Queta se regresó a Loíza con Amalia tres días más tarde, para confirmar con sus propios ojos que el americano había hecho su trabajo. Al llegar a la cafetería, Amalia vio las franjas de rojo y amarillo con un río en el medio y del costado una franja verde.

—¿¡Qué carajo pasó aquí!? —estalló apenas vio el nuevo mural—. ¿Esto fue labor de Teresa o Encarna?

Queta estaba a punto de hablar, cuando vio que Jimmy se le acercó.

—*Sorry, sis, we had to do it.*

Queta se entrometió entre Jimmy y Amalia, alzando las manos para que Amalia no fuera a actuar agresivamente. Ya para entonces se habían metido varias personas, incluyendo a Yeiza, que sonreía.

—Este hermano te cuida mejor que el otro que tenías.

Queta pareció confundida, y sin entender dejó que siguieran.

Después de respirar hondo, Amalia se quedó mirando al mural que le dejaron; entendió que esos colores representaban a Loíza.

—Mira, Queta —finalmente se rio—, parece aquí un rio. No, si al final me encantó tu mural, Jimmy.

—No, *not my idea*, fue idea de Rafa, —respondió el americano, refiriéndose al hermano mayor de Andrés, el artista de Loíza, autor de las tablitas que decoraban la cafetería—. Rafa y yo pusieron en ese orden y *we added the river.*

—Pusimos, —Queta lo interrumpió— Rafa y yo *pusimos,* no pusieron.

—Rafa y yo pusimos —repitió Jimmy, sonriéndole a Queta.

—Pues te quedó muy bien el mural —le dijo, devolviéndole una media sonrisa de agradecimiento.

Amalia se les quedó mirando.

—*Flag of Loíza*? ¿Podríamos hacerlo la bandera de Loíza? ¡Me gusta!

El orden de las tablitas de Andrés, el rojo, amarillo, azul y verde.

—Pues miren, —apoyó Queta la idea—, el rojo y el amarillo aquí representan la madre patria, el azul el Gran Río de Loíza y el verde nuestra herencia irlandesa, quienes nos dieron nuestro otro santo, San Patricio.

Jimmy se le quedó mirando a Queta con cara de alivio, le guiñó el ojo con felicidad. Queta juntó las manos como en oración, y alabó en voz alta la obra de arte.

—Precioso el mural de Loíza, bello trabajo, Míster Jimmy.

—*Call me* Jimmy o Jesús; mi nombre verdadero es Jesús. *No more* señor, llámame Jimmy o Jesús, *pol favol.*

Queta se le quedó mirando confundida. Amalia ignoró lo que dijo Jimmy, por el momento. Esa tarde se hizo noche al compás de los tambores y bailes, la bomba seguiría por horas. Curiosamente, la bandera loiceña tendría tres franjas: roja, amarilla y verde con un dibujo de la iglesia del Espíritu Santo y San Patricio sobre la franja roja; las franjas serían en curva, representando el gran Río de Loíza.

Esa noche, Amalia llamó a su cuñada, la regañó cariñosamente.

—Qué saco de trampas eres... —le dijo, pero la adoraba más que nunca.

Teresa se puso a regañarla, pero enseguida Amalia le contestó:

—Por teléfono no hablemos de estas cosas, Teresa. Tengo que ir a Bayamón el próximo viernes, te voy a ver.

Entre pedidos de bizcochos de guayaba, de coco y flanes caseros, además de su famoso ron, Amalia seguía sus ventas. El siguiente viernes, al llegar a la casa de su cuñada, Queta la recibió con un abrazo.

—Estoy preparando un arroz con pollo y unos amarillitos.

Teresa llegó de visitar a una amiga querida que estaba en el hospital, cuando vio a su cuñada, sentada en el patio, leyendo el periódico del día anterior. Después de darle un beso y servirse un refresco, ahora una Coca-Cola con hielo en lugar del agua de tamarindo que solía beberse, las tres conversaron de cómo se les había ocurrido engañarla. Las cómplices se miraron y rieron.

Discutieron seriamente de la situación política, como en todas las casas siempre había tres puntos de vistas. Teresa estaba confundida, sin querer pertenecer a un partido político en particular, pero tampoco aceptaba que la obligaran a algo en especial si no tenía ella algo que decir en el razonamiento.

—Exactamente Teresa, esto es lo que te estoy tratando de explicar, —continuó Amalia, en su manera tan especial de explicar las cosas, comparándolo a algo visual y tangible—: imagínate nunca crecer, ni poder tomar nuestras propias decisiones. ¿Me estoy explicando?

—Tantos querían la independencia de España —concluyó Teresa— y terminamos siendo el trofeo de guerra de los Estados Unidos.

—Así mismo fue, no tenemos ni voz ni voto en el Congreso de los Estados Unidos.

—¿Cómo van a decidir por nosotros qué idioma, cuál bandera, cuáles leyes agrícolas o navieras imponernos, sin nosotros poder decir ni pío? —Ya Amalia se estaba poniendo colorada.

—Tienes razón Amalia, si no nos dan voz, voto ni respeto, ¿para que seguir en este matrimonio?

Queta se le quedó mirando a su patrona. Había visto esa mirada antes.

Los Aretes

Teresa caminaba a paso acelerado por la acera, hasta que llegó a la pequeña tienda del viejo joyero de su familia. Al entrar, sacó una bolsita y puso dos aros y una antigua pulsera de oro sobre el mostrador. De repente, se exaltó al ver a Mercedes junto a ella.

—Doña Teresa, buenos días. Qué susto me ha dado, no esperaba encontrarme a nadie. —Se le acercó para darle un beso, el saludo acostumbrado.

Tan pronto Teresa se recuperó del asombro, le preguntó:

—¿Estás arreglando alguna prenda?

Mercedes miró al joyero con un poco de vergüenza.

—Estoy vendiendo estas pantallas de mi mamá.

—Me acuerdo de ellas, —dijo Teresa al verlas.

—A mi mamá no le gustaban, —suspiró la joven—. Además, mi papá y ella pelearon varias veces por estas estúpidas pantallas, no las quiero.

Teresa se acordó de la vez que su marido le dio a ella misma esos pendientes, y lo infeliz que era esos años.

—Pues haces bien, —dijo con firmeza— los malos recuerdos, mejor deshacerse de ellos.

Teresa se echó un poco más lejos, para que Mercedes y el joyero pudieran hablar en privado. Les sonrió a ambos, pensando que ella venía a vender unas joyas también: dos regalos de Benat y una vieja pulsera que había sido de su abuela que no le gustaba. Ella era una mujer sensata que, con la excepción de los libros de historia de su padre, no le tenía atadura a nada. Antes de llegar a esa decisión, se acordó como su abuela paterna, su tocaya, había vendido sus prendas para viajar a Puerto Rico con sus hijos; ella ahora se desharía de estas prendas que solo le ocupaban lugar en su joyero y aprovecharía el dinero para comprarles algo a sus hijas. Susana se iba a estudiar a España, nada menos que a Galicia, de donde salió su abuela: la vida da círculos, pensó.

Discretamente siguió contemplando a Mercedes. Cuando terminó, se separó del mostrador.

—¿Me esperarías un momentito, Mercedes? Me encantaría invitarte a un café.

La joven se puso un poco nerviosa, pero la aceptó. La esperó afuera de la joyería, unos minutos más tarde salió Teresa. Agarró a la joven por el brazo y se fueron caminando hasta su cafetería favorita. Después de que hablaran un poco de todo, Teresa le pidió un favor a Mercedes.

—Me gustaría que no le dijeras a nadie que nos encontramos vendiendo prendas.

—Gracias, —respondió amistosamente la joven—, me mataría mi abuela, sino lo hace mi tía antes.

—Mercedes, dijiste que tus padres se pelearon por esas pantallas... Perdona que te pregunte, pero es que hay algo que siempre me molestó de ellas.

—¿De las pantallas?

—Sí, —asintió Teresa—. ¿Te acuerdas de esas peleas?

—Sí me acuerdo, una tarde que las llevaba puestas, mi papá abofeteó a mi madre y la llamó ramera —dijo Mercedes, con firmeza en la mirada—, que esas pantallas lo más seguro se las regaló otro hombre y que a ver si ese era mi padre.

Teresa se reclinó hacia atrás en su silla poniendo una mano sobre su boca, enseguida se le aguaron los ojos.

—Mi niña, jamás me hubiera imaginado que era esto lo que me ibas a contar.

—Mi pobre mamá —continuó la joven, secándose las lágrimas—, luego las envolvió en un pañuelo y me las dio para que las guardara entre mis cosas. Cuando se enfermó y mi padre sólo se quejaba de sus gastos, le pregunté si las podíamos vender. ¡Bendito!, ella me dijo que no. Mi papá luego mandó a mi mamá a San Juan a vivir con sus padres; obvio que la quería castigar separándonos.

Teresa extendió los brazos entre las tazas de café y tomó a Mercedes de las manos.

—Cariño, no la has tenido fácil ¿verdad?

—Pienso que no, y cada vez que voy a Loíza me acuerdo de lo felices que éramos de niñas, todas jugando al aire libre con los hijos de los obreros, sin importarnos un carajo. —Enseguida se disculpó, pero Teresa se encogió de hombros, como dejándole saber a Mercedes que poco le importaba una palabra sucia.

—¿Piensas que lo que le dijo Enri a tu mamá era verdad?

—Bueno doña Teresa, —suspiró mientras se limpiaba la nariz mocosa, y como preparándose para decir algo difícil—. Ani Conchi y yo pensamos que somos gemelas.

—No, —Teresa abrió bien los ojos—, yo parí a Ani Conchi y tu mamá a ti, mi amor.

—Entonces —río Mercedes con ironía—, tenemos el mismo padre, usted perdone.

Teresa miró hacia la calle y luego de unos segundos asintió con la cabeza.

—Creo que tienes razón.

—Mi mamá una vez le gritó a Enri, a mi padre, que él había matado a su esposo, o sea mi verdadero padre.

—¿Qué, qué? —Teresa no supo qué contestar.

—Pero no creo que le haya importado tanto como para matarlo... Mi padre es maricón, ¿sabe? Tiene en la finca a un mari-novio todavía.

Teresa nunca había tenido una conversación tan intensa con una persona tan joven, ni con Queta ni con sus propias hijas.

—Por eso, ya entiende que me burle de las fantasías de mi abuela cuando quería darme un quinceañero, que fuera una debutante junto a las niñas de sociedad... yo soy una bastarda, hija de una ramera.

—Mercedes, para, ¡alto ahí! Escúchame, tú eres tú, un ser maravilloso lleno de vida, generosa. Te extrañamos tanto cuando te mudaste, y la alegría que sentimos todos el día que te encontramos en la Ponce de León. No juzgues a tus padres, y de lo que sea que ellos fueran culpables, no refleja quién eres tú.

Teresa le contó entonces la historia de su propia abuela, tirándose a Puerto Rico sola, dejando a su familia en España avergonzada por su decisión. Con dos hijos chicos, vendió lo que podía, casualmente varias prendas.

—¡Diantre! ¿De veras? —exclamó Mercedes en admiración—. Para una mujer, hacer eso en esos años es que era de carácter fuerte.

—Y tuvo que trabajar y criar a sus dos hijos sola, porque el marido le resultó un canalla.

Mercedes se sentía mejor, hablar con Teresa le había asentado.

—¿Qué vas a hacer con el dinero?

—Quiero irme a ayudar al partido nacionalista, he ido a reuniones de los seguidores de Albizu Campos.

A Teresa le cambió la cara al escuchar ese nombre.

—Mercedes, no... Ten cuidado, te van a matar.

—Doña Teresa, los Estados Unidos nos han asfixiado económicamente, nos han usado hasta para sus experimentos científicos, son una amenaza para el puertorriqueño.

—Mi corazón, —dijo Teresa, ahora bajando la voz—, toma ese dinero y úsalo para estudiar en una universidad. Quizás puedas hasta estudiar en los Estados Unidos, como Albizu, tu héroe. Mira, podrías hacer más por Puerto Rico instruyéndote, en vez de participar en esas marchas tan peligrosas.

Mercedes se puso muy seria y le dijo a Teresa:

—Prometo no decirle a nadie que nos vimos vendiendo prendas. —Se paró, le dio un beso en el cachete a Teresa y antes de irse se giró—: ojalá hubiera sido hija suya.

—Como si lo fueras, —le contestó Teresa, con un nudo en la garganta—, eres hermana de los míos, corazón. Cuídate mucho por favor.

Arrepentimientos

¿Y por qué Queta intuía algo? Llevaba una semana de estar distraída en sus quehaceres, algo en el pecho le apretaba. Llegaron dos de los hijos de Encarna con una bolsa llena de cocos, entraron por el patio y se sentaron en la cocina con ella a conversar. Teresa no había llegado de vuelta aún. Encarna les hizo unos sándwiches de jamón y queso americano.

—Este pan es tan delgadito, mamá, la próxima vez te traigo pan sobao.

—A la doña le gustan mucho los productos americanos, y dice que este pan no engorda. Y se dice "gracias".

Riñéndole a su hijo mientras seguían la conversación, entró Queta del patio con ropa doblada que había bajado del tendedero, saludando a los visitantes y preguntándoles cómo estaban.

—¿Han pasado por Loíza o los cocos son de Carolina?

—De Loíza, Queta. Me compré una casa y quiero volver a pedirle a mamá que se mude con nosotros.

Queta sintió un vació, una gran tristeza, al pensar que se le iría Encarna, que había tomado el lugar de su madre.

—Queta, los muchachos me han dado una noticia. Ven, deja eso y siéntate aquí.

A continuación, le contó que su abuela Otilia había fallecido hacía una semana. Nadie la había llamado, sus primas aún resentían la suerte de Queta. Les pidió que le contaran cómo había sucedido, cómo se enteraron de esta triste noticia, en fin, que le contaran todo lo que supieran.

—Hubo una discusión fuerte entre los que asistieron al entierro, —Jaime le dijo cuidadosamente—. Lo hicieron esa misma tarde, no le dieron ni una misa. La enterraron en un hoyo en la tierra, sin ataúd. Uno de sus nietos se quitó la camisa y se la colocó encima para que no le cayera la tierra en la cara a su amada abuela, y así la inhumaron.

Queta no pudo respirar bien, dejó sus emociones salir de su pecho apretado. Lloró unas cuantas horas. Se sentía como la peor, y la más malagradecida de todas las nietas. ¡Tanto que le dio su abuela!

Llegando a su casa, Teresa vio a la vecina enfrente, hablando con el jardinero.

—Teresa, para que sepas, hay varios hombres negros que entraron por detrás de tu casa y he oído un par de gritos.

—¿Qué?

—Escuché a tu Queta.

—¿Mi Queta? —pensó Teresa. Se heló, que raro comentario; además, no tenía ni idea de que a través de las paredes y jardines se pudieran escuchar voces. El jardinero se ofreció acompañarla a entrar en la casa por si tenía miedo.

—No tengo porqué preocuparme, —ella le contestó— creo que es algún pariente de Encarna o Queta.

—Las sirvientas son de Loíza —le dijo la vecina al jardinero.

Teresa, ignorando lo que acababa de oír, entró a su casa.

—¿Encarna, Queta?

Salió Encarna al pasillo con una cara triste.

—Cuéntame, ¿qué ha sucedido?

—Jaime y Víctor están aquí y le dieron a Queta la mala noticia de que falleció su abuela.

Teresa fue a darle el pésame y fue entonces que comprendió la situación completa. Fue la forma en que la enterraron lo que más le dolió. Llamó enseguida a Amalia. No se había enterado de lo sucedido, a esa parte de Loíza ella no solía ir. Prometió que iría con uno de sus trabajadores a averiguar.

—Mientras tanto, dile a Queta si gusta venir a pasar unos días conmigo y le damos una misa a su abuelita.

Teresa fue por su cartera, tomó dinero de lo que recién había cobrado por la vieja pulsera y se lo ofreció a Queta.

—Toma Queta, esto es para que le des un entierro digno a tu querida abuela, y trata de charlar con tus primas, te hará bien. —Queta, con los ojos lleno de lágrimas, le dio las gracias. —Y tus primas tienen que entender que tu partida no fue tu idea, y lo que pasó después tampoco fue tu culpa...

Encogiéndose de hombros y secándose las lágrimas, se puso el dinero en el brasier. Los mismos hijos de Encarna llevaron a Queta hasta Loíza Aldea.

Una vez allí, Amalia no se separó de ella en ningún momento, temía que una de las primas la maltratara. Consuelo, una de las nuevas asistentes de Amalia, y Queta se fueron manejando, con Amalia al timón. Las tres juntas llegaron al pueblito cercano para ver dónde habían enterrado a su abuela. Al día siguiente, con la ayuda de Yeiza, le darían una despedida especial a la abuela. No la sacaron de la tierra, para no perturbar el procedimiento natural que ya habría comenzado. Sin embargo, le dieron toda una despedida, con todos los honores de los Orishas. Yeiza le aseguró que Otilia estaba ya renaciendo entre la naturaleza y que estaba libre de esa enfermedad.

—Está en paz, —le dijo a Queta.

Yeiza y Queta se quedaron mirándose un rato. Repentinamente, Yeiza le dijo:

—Estoy feliz de verte.

Queta se pasmó: lo que acababa de escuchar era la voz de su abuela, y no la de la vieja santera. Sintió una leve brisa y cerró los ojos, empezó a lloviznar. La invadió una paz inexplicable.

Law 116 goes into force, Free Sterilization

Amalia invitó a los catorce familiares de Queta presentes a que fueran a almorzar a su casa al día siguiente, para que comieran algo digno en celebración de la vida de Otilia. La prima mayor se quedó mirando a Amalia intensamente, obvio que estaba fijándose en su ropa varonil. Después de un silencio incomodo, varios aceptaron la invitación. Amalia en todo el camino estuvo dándole ánimo a Queta para que le contara su vida a las primas que la trataban mal, para que entendieran que no todo es color de rosa.

—¡Qué tonta e ingenua es esa prima tuya! Y no la dejes que te vuelva a gritar. —Amalia se inclinó y le puso el brazo alrededor—. ¿Y por qué rayos tiene tantos hijos esa prima tuya?

—Y los que le falta por tener... —contestó Queta, entre risas.

Muchos médicos seguían practicándoles esterilizaciones gratuitas a mujeres a través de la isla, con y sin su consentimiento. Esto era criticado fuertemente en misa, especialmente cuando se supo que los Estados Unidos estaban estudiando en la población el efecto de una pastilla anticonceptiva. A pesar de los efectos secundarios, muchas mujeres continuaron usándola. Los médicos estadounidenses estaban determinados en controlar la natalidad puertorriqueña, como mecanismo para disminuir la pobreza.

—Hay que progresar, señora, no se puede estar preñada todo el tiempo, —decían los doctores, repitiendo las líneas que les hicieron practicar, como parte de la campaña de esterilización.

Los sacerdotes les aconsejaban a las mujeres que no tomaran nada que les dieran esos médicos.

—Con la vida no se juega, señoras, —parecían gritar los curas desde su púlpito los domingos.

Private Matienzo

Un mes después de las celebraciones por el cumpleaños del príncipe de la casa, y ya con planes de ir a estudiar al Colegio de Mayagüez, Felipito llamó a la familia a que fueran enseguida al comedor, también conocido como el Salón de Conferencias de los Matienzo Sánchez y familia.

¿Sería la intuición de madre? Queta sabía que era algo serio. Antes de la comida, el joven anunció que él, como tantos otros, había recibido la noticia donde le daban órdenes de su reclutamiento. Tendría que enlistarse en el ejército estadounidense al terminar el verano. Temeroso de la reacción que tendrían las mujeres en su vida, empezó por decirles que ahora sería conocido como *"Private* Matienzo".

—¿Qué, qué? —dijo Amalia, sin entender.

Teresa supo enseguida lo que pasaba, y se encogió nerviosamente y con temor en la voz dijo:

—Te reclutan y ni siquiera se molestan en averiguar cuál de los seis nombres que llevas es tu primer apellido?

A Amalia le cambió la cara.

—De ninguna manera, te sacamos la ciudadanía española y ya.

—No titi, tranquila, es mi deber.

—*Last name*, —interrumpió Ani Conchi—, el último de todos los nombres, eso es lo que hacen los americanos.

—Esto es el colmo, ¡carajo!

Todos parecían perdidos. Las caras de las mujeres ahora eran de preocupación. Queta se mantenía algo retirada, parada cerca de la mesa. Amalia, ya hecha una cabecita de algodón, porque no tenía ni un pelo de vanidosa, le dijo a su sobrino:

—¡No dejes que te peguen un tiro, muchacho! Ya eres un hombre hecho y derecho, Felipe, ya sabrás qué quieres hacer con tu vida. Pero si quieres, te saco el pasaporte español y te largas.

Felipito se volvió a sentir como un mocoso de cinco años. Salió del salón enojado. Ani Conchi, la hermana protectora, por fin se paró y salió tras su hermano mirando a todas las mujeres.

—¡¿No ven que está ya nervioso, que lo que hay que hacer es darle ánimo, respaldarlo y decirle lo orgullosas que estamos de él?!

Teresa seguía sin saber qué decir, siempre tenía que haber algún hombre poderoso que viniera a dañarle la vida.

—¡Déjenme vivir en paz con los míos! —le gritó al techo.

—¿Me oyen? —siguió gritando Ani Conchi, a todo pulmón—. No le pueden decir que esquive el maldito *draft* ese. Él está dispuesto a ir, y será el mejor soldado en su tropa. Es lo que tendrían que haberle dicho.

Queta, que había estado parada junto a la entrada del comedor, volvió a la cocina a sacar el bizcocho de guayaba que ella y Felipito habían hecho juntos el día anterior, algo que él desde muy niño, quizás desde los dos añitos, había estado preparando junto con ella. Amalia y Teresa se le quedaron mirando, con lágrimas en los ojos.

—El país está en otra maldita guerra, —agregó Amalia con furia— para eso es que nos querían como ciudadanos, ¿vieron? Estos son los problemas de los Estados Unidos, nosotros somos puertorriqueños.

—Ani Conchi tiene razón, —dijo Queta, con una voz orgullosa— y se hará más hombre, y puede recibir muchos beneficios. Vendrá hecho todo un gran hombre.

Ambas mujeres miraron a Queta, Teresa se levantó y fue a abrazarla. Amalia, tragando su rabia, se levantó y se unió al abrazo.

Ani Conchi pensó en llamar a Susana a España de inmediato para contarle las últimas noticias, sin importarle el costo de la llamada. Pero primero fue a hablar con su hermano. A los minutos, entró al comedor; como le era costumbre cuando tenía una rabieta, entró como un huracán.

—Ustedes siempre han decidido por nosotros; él ya es un hombre, denle la bendición hoy mismo. Ya es hora de que viva entre hombres y no tantas mujeres posesivas.

—Mi niña, tienes razón —dijo Queta, colocando el postre sobre el mantel de hilo bordado por doña Teresa misma.

—Llámalo tú Queta, que le daremos nuestra bendición al hombre de la casa —se volvió a sentar Teresa en su asiento, en la cabeza de la mesa.

Siguiendo las instrucciones de la patrona, Queta fue a llamar a Felipe, que estaba sentado al borde de su cama.

—Te esperan para probar tu bizcocho de guayaba. —Ella le sonrió y le volvió a hablar—, mi niño, todo te saldrá bien, y que guapo te vas a ver en uniforme. ¡Ay, bendito! Pobres muchachitas, van a estar que se les cae la baba.

Felipe la miró y se echó a reír. A Queta un soldado americano le parecía algo fenomenal, acordándose de lo guapos que se veían los muchachos que paseaban por el Viejo San Juan y Fuerte Buchanan aquellos sábados y domingos por las tardes durante la Segunda Guerra Mundial. Dándole la bendición en su propia mente, se dijo así misma "mi Felipito será uno de ellos, un hombre fuerte".

Felipe, antes de salir de su cuarto, le dio un beso a Queta en la mejilla.

—Gracias, mi Queta.

Llegó mayo: se graduó Felipe Miguel Ángel Sánchez Gorriti Matienzo, con el promedio más alto de su clase; ahora era *Private* Matienzo. Todas las monjas les dieron la bendición a él y a sus compañeros en una misa especial para todos los muchachos, parte de la ceremonia de graduación de ese año. Susana fue desde Galicia para ese gran acontecimiento. No había un ojo seco esas dos horas.

Queta preparaba el gran desayuno de despedida para el hombre de la casa: revoltillo de huevos con queso del país. Sólo que no le estaba saliendo ni oliendo como solía. Queta quería dejarle saber lo orgullosa que estaba de él sin llorar como una Magdalena, para que no fuera a sospechar que ella era su verdadera madre. Amalia tuvo que despedirse antes, ya que la habían llamado por un percance en la cafetería. A través de los años, Amalia nunca había tenido el hábito de mencionar todas sus andanzas, últimamente preocupada por el estado político de la isla, pero sin mencionar detalles. Queta y Teresa sospechaban que la cafetería de Amalia era lugar de muchas reuniones clandestinas.

—*Private* Matienzo —le gritó Ani Conchi, y se tiró a los brazos de su hermano menor y le puso en la mano una bandera pequeña de Puerto Rico.

Se despidieron de Felipe, ahora todo un *Borinqueneer*. Todas las mujeres lo llorarían por días. Teresa, que no era de rezar, hasta fue a misa. Queta se fue a Loíza a ver a Yeiza.

Después de esperar más de una hora en el Ancón de Loíza, ya que parecía que estaban regalando algo en San Juan porque todos querían ir a pasar el día en la capital, Queta regresó a San Juan. Allí vio a su antiguo amigo, el repartidor de víveres, Horacio. Él, tan pronto la reconoció, le regaló una sonrisa de oreja a oreja. Ella se sintió tan halagada que caminó hacia él y le dio un beso en la mejilla, lo cual lo sorprendió.

Le contó que se regresaba a la casa de doña Teresa, y él insistió en alcanzarla en su carro. En camino, intercambiaron sus historias desde la última vez que se hablaron.

—¿Que tienes dos hijas? —se asombró, sintiéndose tonta porque nunca le había preguntado nada sobre él mismo—. ¿Y la madre, está viva?

—Me dejó, se fue para los Estados Unidos. No le gustaba vivir pobre y me puso los papeles de divorcio. Poco sé de mis nenas, la mayor tiene 19 y la menor 17.

Queta notó que Horacio se puso triste.

—¿Cuándo salimos seguías casado?

—No, qué va, Queta, llevaba ya separado cinco años, el divorcio no es barato. Yo se lo doy, pero que lo pague ella, —dijo en voz baja, quizás con vergüenza—. Yo no me voy de aquí, me gusta mi trabajo. No soy millonario, Quetita, pero me gusta ir de vendedor de casa en casa: llevo productos frescos, conozco a mis clientes, lo que les gusta y no les gusta, me conozco a todo San Juan, ¿tú sabes?

—Horacio, es cierto, tú te conoces a todo el mundo, eres el mejor, todos lo decimos en la calle de doña Teresa.

Llegaron a la casa y Queta sintió tristeza porque el viaje se le hiciera tan corto. Lo que siguió de su boca nunca se lo hubiera imaginado:

—Te he extrañado, ¿sabes? ¿Me invitas al cine el próximo domingo?

Corea del Sur, Los Borinqueneers

La valentía de las tropas puertorriqueñas no sería honrada sino hasta décadas más tarde en la Casa Blanca. Sin embargo, en la isla serían recibidos como héroes.

Nuestros muchachos le salvaron el pellejo a los Marines.

Un año después de la partida de Felipe, el día de su cumpleaños, la familia se sentó junta, su silla quedó vacía. Él, desde su rincón helado, imaginaba lo que estaría cocinando Queta, la discusión de siempre entre Ana Concepción y su madre... su mente estaba completamente en la cocina de su casa.

Empezó una carta para la familia, escribió: *"Happy Birthday to me*, ¡me estoy *freeziando*, familia! ¡Qué frío!"

De repente, hubo una explosión. Vio un relámpago, luego percibió en su frente a Queta; pegó un grito y se le cayó su espátula favorita de la mano, vio que le pasaba los últimos detalles a su bizcocho de coco. No recordaba lo que pasó después, pero le contaron que lo que se le cayó de las manos fue el rifle.

El Batallón de los puertorriqueños fue el último en ser evacuado de Pusuan, después de una batalla feroz contra las tropas de Corea del Norte. Se sabía muy bien que habían sido armadas con fusiles y tanques rusos. Los *Borinqueneers* lograron que las tropas de China y Corea del Norte huyeran del perímetro, empujándolas de vuelta hacia el norte.

Entre abrazos, los soldados evacuados se decían:

—¡Somos una familia, mi gente! Aquí luchamos juntos, nos cuidamos el uno a otro, somos un equipazo; aquí hay sesenta y un mil puertorriqueños peleando.

—No somos los *Rum and Coke* —así llamaban los sargentos anglosajones a los rasos puertorriqueños—, ¡somos los *Borinqueneers*!

Algunos, ya en los portaaviones, bajaron las cabezas para decir sus oraciones diarias, y esta vez tenían que rezar dándole gracias a Dios por estar con vida, pero sin olvidar a otros muchos puertorriqueños que perdieron la suya y a sus familias, que los extrañarían. Hubo tres mil quinientas cuarenta víctimas puertorriqueñas en esa guerra, tan lejos de la Isla del Encanto. Un total de setecientos cuarenta y siete puertorriqueños murieron.

Walter Reed, Washington, DC

Recostados en sus camillas del Hospital de Walter Reed, cabezas vendadas, con el brazo y la clavícula enyesados, Felipe Matienzo y Juan Enrique les estaban escribiendo cartas a sus familias en Puerto Rico. Se les acercó una joven de ojos verdosos, pero con tez morena. Felipe enseguida se paró, como le habían enseñado en su casa que había que hacer cuando se acercaba una dama.

—*At ease soldier*, —le dijo la enfermera de las tropas morenas, sonrojada por la cortesía del soldado—. *How are you feeling?*

Con una enorme sonrisa la chica les extendió a los dos unas revistas.

—*Do you speak English*?

Felipe, en su inglés casi perfecto, le contestó que sí. Juan no se quería quedar atrás.

—Yes, beautiful —le dijo en su inglés machucado.

Felipe le dio una mirada a su compañero de cuarto.

—Disparatero, Don Juan...

Charlene Taylor, sin esperar un segundo, hizo que el paciente se volviera a recostar, poniéndolo cómodo otra vez. En una esquina de la cama le puso las revistas a Felipe, y después fue a poner unas toallas enrolladas debajo de las ventanas, para mitigar la corriente de aire que se sentía en el viejo cuarto donde tenían a los puertorriqueños.

—*It's nasty cold today*. —El frío de diciembre de Washington, DC.

Después de un rato conversando con los jóvenes, hasta aprendió algunas palabras en español. Hablaron de lo que ella había escuchado.

—*In the front lines you all were speaking Spanish, right?*.

Felipe y Juan le explicaron que, efectivamente, eso era cierto.

—Todos éramos puertorriqueños. Pero nuestro oficial de comando era un anglosajón que no hablaba español, así que entre los que hablamos inglés le traducíamos.

—Ah, pero entonces nos regañaba si hablábamos español: *"Rum and Coke, speak English"*. ¡Ay, caray!

—Los negros han peleado en varias guerras, —comentó Charlene— pero nunca junto a los blancos, y se sabe también que a los puertorriqueños los tienen separados y en las líneas del frente del combate, ¿cuál es su opinión?

Felipe se quedó mudo: nadie le había pedido nunca su opinión. Él se había criado con puras mujeres, que parecían dictar su vida, así que no supo cómo responder. Sin embargo Juan, que había estado en Georgia, le respondió a Charlene.

—Efectivamente, hay un problema aquí de quienes se creen superiores, pero todos sangramos igual, mira. Y en Puerto Rico no hay baños separados, todos hacemos pipi igual; y en las guaguas no hay restricciones de dónde puedes sentarte, si entra una señora, te paras de tu asiento seas blanco o moreno. Así nos enseñaron en casa, a menos que quisieras un chancletazo.

A Felipe le dio la risa.

—¡Ay, me duele! ¡Cállate loco, no me hagas reír más, coño!

—Ah, *but yes, very true* —siguió Juan.

Charlene estaba encantada escuchando a estos muchachos.

—*I'd love to go to Puerto Rico someday* —finalmente les dijo.

El mejor maldito día de la guerra para estos dos, hasta que la jefa de enfermeras llamó a Charlene.

La enfermera le escribió esa noche a su madre enferma en Michigan sobre el batallón de las tropas de los *Borinqueneers*. Era obvio que había discriminación hacia los puertorriqueños. Su madre guardaba todas las cartas de su hija, por si algún día podrían ser parte de los libros de historia. Su única hija, enfermera enlistada en el ejército, que había sido llevada tan lejos de ella en sus últimos días. Por lo menos ya estaba devuelta a los Estados Unidos... En sus cartas, Charlene escribía: "...pero es raro, porque muchos son bastante blancos, y los sargentos anglosajones los tratan mal de todas formas. Tengo a dos ahora en mi sección, no son tan morenos como los otros, pero igual me los asignaron a mí."

Ella otro día les contó a sus nuevos pacientes, los *Borinqueneers*, que habían reclutados a tantos porque los muchachos blancos estaban escasos. Habían caído tantos en la Segunda Guerra Mundial.

Hablando con ellos y haciéndoles preguntas de cómo se hirieron, aprendió que se salvaron por un gran amigo y compañero de armas, que les salvó la vida al lanzarse encima de una granada de mano que les había tirado el ejército coreano del norte. Ambos contaban el incidente ayudándose mutuamente, ya que parecían tener mucho dolor. Charlene sabía que les hacía bien expresarse y los dejaba hablar sin interrumpir:

—*God bless his family*, —dijo Charlene, después de un largo silencio—. *What a hero, that Borinqueneer.*

—Así mismo, Dios bendiga a su familia —asintieron ambos.

Una tarde les trajo un juego de damas para que se entretuvieran; en verdad, ella buscaba excusa para hablar con ellos. Al rato, se presentó el sargento para hablar con los dos puertorriqueños, para él mismo expresar su genuina admiración por su acción, sabía que habían perdido un compañero en el ataque. Su contribución era admirada por el país, continuó a contarles de cómo el Regimiento 65 de Infantería era un grupo de soldados muy capaces, habían sido bien entrenados. Charlene en la distancia oía la conversación del sargento con sus nuevos amigos.

Finalmente, cuando se fue el sargento, los muchachos llamaron a Charlene. Ella los felicitó y les dijo que lo más seguro serían héroes en *Porto Rico.* Juan tuvo que corregirle la pronunciación.

—Puerto Rico.

—Oh, *I saw on a map "Porto Rico"*...

Y siguió la enseñanza sobre la isla.

—*That's when they wanted to change our name, to make it easier for them to say.*

Charlene les preguntó porque se llamaban los *"Borinke -what?"*

Juan, el que más gozaba de hablar con ella sin parar, empezó su lección:

—Ah, ese era el verdadero nombre de Puerto Rico, antes de Cristóbal Colón. —Se acordó entonces del nombre en inglés—: *Christopher Columbus* puso pie en la isla que era llamada Borinquén por los indios Taíno.

Felipe se reía de las ocurrencias de su amigo, y Charlene lo miraba, encontrándole los ojos se reían juntos.

Le contaron dónde habían recibido su entrenamiento: en el Fuerte Buchanan, mientras que a otros compañeros los mandaron a la base de Tortuguero en Vega Baja, entrenando por tres semanas intensamente.

—¿Ese gran entrenamiento se lució, verdad?

Después Felipe se acordó del compañero Santiago, de Barranquitas, que salió volando del jeep cuando manejó encima de una mina. Pensó que se iba a asfixiar. Charlene enseguida le dio agua y logró que se le regulara la respiración.

Felipe tuvo varios episodios de ataques como ese. Charlene era experta en ayudarlo, habiendo seguido un entrenamiento especial para ayudar a los soldados que sufrían trauma. Entre ejercicios mentales y de respiración, el nuevo curso recién estrenado serviría para ayudar a quienes sufrían ataques de nervios.

Charlene se sentaba junto a él hasta que se le pasara. Así, tuvieron varias charlas acerca de su crianza, de sus hermanas, y ella también le contaba su vida. Felipe estaba sorprendido de que los negros tuvieran que usar baños diferentes, o que no pudieran sentarse en las guaguas sino bien atrás.

—¿Qué qué?

—*Don't you have to sit in the back of the bus in Puerto Rico? Especially if a white person comes on?*

Felipe se le quedó mirando como si oyera la cosa más extraña. Esto era lo que oía hablar a su tía Amalia, "las locuras de los yanquis blancos, son unos racistas". "¿Qué los españoles eran santos, Amalia?", le reprendía Teresa cada vez que empezaban esas discusiones. Recordar a esas dos mujeres lo hizo sonreír, sólo con recordarlas... Ya tenía ganas de estar en el mismo salón con ellas.

Solía calmarse cuando se acordaba de su madre, su Queta, sus hermanas y su tía Amalia, amante del aire libre. Charlene le decía que cerrara los ojos y pensara en algo que le trajera mucha paz, alegría. Entonces, se transportaba a la cocina, junto a Queta, friendo un plátano; o andando a caballo junto a su tía Amalia, ella con un racimo de plátanos grande, él montado atrás. Así sentía que se le tranquilizaba la respiración. Oyó a Queta llamándolo para pasarle la espátula al bizcocho de coco, pero entonces, de repente, gritó. Se acordó de una explosión. Charlene lo abrazó y lo sostuvo en sus brazos hasta que se le pasó.

Una Carta de Corea

El chillido del portón anunciaba la llegada de alguna persona. Queta se asomó y vio que esta vez era el cartero. Al rato salió a buscar el correo, reconoció enseguida la letra de Felipito. Corrió adentro y se la puso en las manos a la patrona. Como siempre, Teresa leía las cartas que llegaban de Felipe en voz alta para que todos quienes estuvieran en casa la oyeran; después, Queta se las llevaba a escondidas y las leía a solas varias veces más. Especialmente la parte en que decía "un beso a mi Queta, como extraño la comida de casa".

Ani Conchi, que estaba de vacaciones de la universidad, fue a buscar el libro grande del estante, el Atlas, para enseñarle a Queta dónde estaban todos los lugares que Felipe mencionaba en su carta.

—Aquí llegó primero, mira, esto que parece un plátano: el Canal de Panamá. Luego fue hasta Hawái, Japón aquí, y de ahí a Corea, ya estará allá.

Cuando llegó esa carta, ya Felipe llevaba meses de batalla en Pusan, pero antes había disfrutado del lindo país de Panamá. "¡Esto se parece a Puerto Rico!", decía en sus cartas.

—Ani Conchi, y ¿dónde está Puerto Rico?

—Aquí, este puntito.

—¡Así de chiquitos no somos! —exclamó Queta, con los ojos enormes—, ¡si somos tantos!

—Definitivamente los más ruidosos, eso de seguro —exclamó Teresa risueña, mientras sacaba su carpeta con hojas de papel cebolla para ponerse a escribirle a Susana en España; tenía que compartir con ella las últimas noticias que habían recibido del hermano. Teresa se quedaría pensativa: una hija por España que será una médica, mi hijo Felipe por Corea en una guerra, y yo acá con Ani Conchi, escondiéndome de sus regaños. Felipe se reía de las líneas de su madre cuando le decía "tu hermana me ha regañado más todos estos años que mis dos abuelas juntas".

Se quedó pensativa, mirando el bolígrafo americano que decía Bic; se acordó de cómo su abuela se emocionaba cuando recibía cartas de sus parientes de España. A veces veía a su abuela oler las cartas y darles un beso. ¿Serían de sus hermanos o su madre? Nunca le preguntó.

—Doña Teresa, por favor, mándele un beso de mi parte a Felipito.

—¡Por supuesto!

Con Ani Conchi al lado todavía, Queta puso su dedo índice sobre el puntito que era Puerto Rico, trazando lentamente hacia Nueva York, luego a Panamá, cruzando el Canal siguió por el océano Pacífico, llegó a Japón y buscó Corea. Al llegar a su destino, se quedó allí unos segundos.

—Obbatalá, cuídamelo —susurró.

Ani Conchi le puso el brazo alrededor y le dio un beso inmenso a su amada Queta.

—En este puntito de Puerto Rico hay más gente rezando por nuestros hermanos que en cualquier otro país.

Queta asintió, limpiándose las lágrimas.

Lo que Felipe no decía en sus cartas era que Charlene y él continuaron viéndose con frecuencia. ¿Cuándo se lo diría a su familia? ¿Se enojarían porque fuera trigueña?, se preguntaba más de una vez al día.

Mr. Jackson comes to San Juan

—La señorita Amalia, la cuñada de doña Teresa, llega esta tarde, —le dijo Queta alegremente a Silvia, la sirvienta de los vecinos, mientras regaba las plantas del frente de la casa—. Quiero que todo se vea perfecto para ella, las matas lo dicen todo.

—¿Cómo así?

—Pues si las plantas se ven tristonas es que nadie las cuida, y si nadie las cuida es que hay descuido; algo anda mal en esa casa, y de ahí viene la mala fortuna, una tristeza en el hogar.

—Aah, mira, no lo había pensado, —contestó la otra, fijándose en lo salvaje que estaba la enredadera envolviendo el árbol Guayacán. Se acercó a oler la fragancia de las lindas flores de color azul. En eso sonó un silbido alto familiar, que hizo volver a las sirvientas a su faena habitual.

—Tengo que afilar varios cuchillos y este machete, parámelo que vengo corriendo —gritó Queta, apurada.

Por ahí venía caminando, empujando su carretilla vieja, el hombre flacucho llamado Modesto, el afilador de todos los cuchillos de San

Juan. No había calle, redondel ni avenida donde no conocieran a Modesto.

—Importante tener los cuchillos bien afilados todo el tiempo.

—Así mismo es, Modesto, eso lo decíamos en Loíza también.

Para Queta, las visitas de Amalia siempre significaban más trabajo, pero ella encantada, especialmente por lo mucho que disfrutaba en deleitar el paladar de la visita más exigente.

Al llegar, Amalia iba cargando una canasta de viandas y una carta para Teresa.

—Mira el remitente, ¿te acuerdas de ese nombre?

Queta, con el sobre en la mano, leyó orgullosamente "Richard Jackson". Teresa le dio una sonrisa alegre, como de complicidad, por haberle enseñado a leer y escribir hace años en privado. Queta le entregó la carta a su patrona para que la abriera.

—Ah, dice que viene a Puerto Rico con varios colegas para una serie de trabajos.

—¿No sabrá que vendiste y te fuiste de Loíza? —preguntó Amalia, mirándola ahora seriamente.

—No, ¿cómo lo habría sabido? —Puso la carta encima del libro que había estado leyendo—. De hecho, todos los años me traes tú su tarjeta de Navidades.

—Yo le escribí hace años cuando falleció Benat —Amalia interrumpió—, para que estuviera enterado y supiera que estaríamos vendiendo tierras para pagar las deudas de mi hermano.

—¿Ah sí? No me habías dicho.

—No estoy segura, mira, no me acuerdo si te lo comenté o no...

Amalia se quedó pensativa y recordó que, efectivamente, habían recibido una carta dando el pésame. Se lo recordó a su cuñada.

—Me suena, sí... Es que ha pasado tanto desde entonces.

—En fin, ¿qué querrá? —dijo Amalia, mirando a Queta.

—Será que aún se acuerda de mis bacalaítos —se rio.

Las tres mujeres solas en la cocina; Amalia parada junto a Queta, que hacía un tembleque que le había encargado uno de los vecinos. Teresa sentada a la mesa con el periódico abierto, a ver si había noticias de la Guerra de Corea.

—¿Le vas a contestar? —preguntó Amalia por fin.

—¿Al Jackson?

Amalia asintió, mientras le metía un dedo al tembleque antes de que Queta lo volteara.

—Nadie se da cuenta, —dijo riéndose, mientras se lamía los dedos.

Esa noche, Teresa le contestó la carta a Mr. Jackson. Lo invitó a él y sus colegas para cenar en su casa cuando estuvieran en Puerto Rico. Le contó que ya no vivía en Loíza, que llevaba algunos años en San Juan. Le mencionó, porque pensó que le gustaría saber, que su hijo estaba sirviendo en la Guerra de Corea y que sus dos hijas mayores, a quienes él había conocido de chicas, estaban estudiando en la universidad. Le daba tanto orgullo decirlo.

El Sr. Jackson llegó a Puerto Rico con dos colegas, se estaban quedando en el Caribe Hilton. Teresa le pidió prestada la sirvienta a la vecina por esa noche. Silvia y Queta tiraron una rica cena puertorriqueña. El asopao de camarones dejó a los invitados enamorados de la isla. Le pidió a su prima hermana que asistiera. Esther y su marido, que había estudiado en Harvard, hablaban ambos un inglés perfecto. Eso la ayudaría a hacer la velada más placentera. Con gusto vinieron a acompañarla y ayudarla en entretener a la visita.

—Por supuesto, —le dijo Esther al aceptar la invitación—. Eso de invitar a tres hombres a cenar, estando tú sola en casa, no se ve bien.

Teresa entraba a la cocina de vez en cuando a chequear cómo iba todo. Menos mal que se le ocurrió decirle a Esther y Joaquín que la cena era a las cinco, porque llegaron casi a las seis de la tarde, minutos antes de que llegaran los americanos. Los colegas de Mr. Jackson fueron muy corteses, y obviamente estaban muy impresionados con San Juan. Mr. Jackson les habló de la primera vez que conoció a Teresa, una esposa y madre joven. Le dijo que no sabía que había tenido un varón.

—*When exactly did Benat pass away?*

Teresa, sabiendo que tenía que fingir un poco de tristeza a esa pregunta, dijo tristemente:

—*My poor husband never met his son, he died five months before his birth.*

Y pensó que, al fin, eso no era una mentira. Se sonrió por dentro de su propia ocurrencia.

Richard Jackson le contó al grupo el tipo de negocios que lo traía a la isla: las próximas fábricas de plástico y metal, y la otra de equipo electrónico, que rendirían muchas ganancias. Empezarían la construcción el siguiente enero, después de las navidades.

—Esto traerá miles de trabajos nuevos, *no more poor people.*

Teresa notó que el colega más joven estaba bastante sudoroso. Llamó a Queta para que trajera otra jarra de agua. Teresa se levantó de la mesa para recibir la jarra y ella misma sirvió el agua.

—Aquí tiene.

—*Thank you, it's so hot here!*

A Queta le dio lástima el americano, así que fue a la alacena, se trajo el abanico de pie al comedor y lo encendió.

—Oh, *fantastic, thank you!*

—De nada.

Teresa sonrió complacida porque pudo hacer sentir mejor a su visita. Al rato volvió a entrar Queta con otra jarra de agua, esta vez con mucho hielo.

—Qué bueno que estén creando nuevos trabajos, —le dijo Teresa a Mr. Jackson—. Mi temor, sin embargo, es todo el cambio que se está generando en la isla. Nos está cambiando como personas también, pienso yo.

—*Change is good*, Teresa.

Ella, sin saber cómo contestar, sólo pensó qué bueno que no esté Amalia... Tanto cambio forzado era exactamente lo que no le gustaba a ella. El señor Jackson habló de su familia, de su difunta esposa, de sus tres nietos. Los otros dos colegas también hablaron de sus familias. Teresa encontró más interesante al hombre que menos hablaba. Por lo que podía ver, no tenía anillo, ¿sería soltero? Casi al final de la noche, el hombre, llamado Paul Franklin, la invitó a almorzar el sábado al Caribe Hilton. Quería reciprocar la gentileza. Teresa se sintió un poco nerviosa, pero aceptó la invitación.

Llegado el sábado, almorzaron junto al mar. Paul disfrutó de todo lo que había visto de Puerto Rico, a pesar de unas observaciones negativas que compartió con Teresa. Ella sintió una necesidad de defender la isla, pero se dio cuenta de que él estaba muy ilusionado con todo lo que venía a hacer, esto era bueno. Lo escuchó una hora más, cuando entonces Paul se excusó: tenía que reunirse con Rick, el apodo de Richard Jackson. Esa noche la llamó para invitarla a pasear, pero Teresa tenía el almuerzo de cumpleaños de su prima, así que le dijo que no podía. Sintiéndose mal al escuchar su tono de decepción, lo invitó a que fuera a almorzar dos días más tarde.

—¿Los dos solos? —exclamó Queta.

A los dos días se volvieron a ver. Abrió la puerta ella misma, y al ver un ramo de flores rosadas se emocionó. Se acordó de las dos veces en su vida que un caballero le regaló rosas. Las rojas que le regaló su padre para sus quince años y las de Alejandro Romero, su primer pretendiente, a los dieciocho años. Se volvió a sentir como una adolescente. Dándole las gracias efusivamente, lo invitó a entrar. Con la ayuda de Queta pusieron las flores en el jarrón de cristal que había sido de su propia madre.

Después de un almuerzo típico puertorriqueño, arroz con habichuelas y un bistec encebollado, Teresa le sirvió a Paul otra copa del buen Rioja que había comprado para la ocasión. Todo parecía ir bien. Teresa se encontraba relajada, hablando más de una hora en inglés cómodamente, cuando de repente Paul empezó a quejarse de un incidente laboral, muy extraño. Ella quiso entender cuál era el problema, ya que más bien parecía ser solo una queja.

—*Stupid Puerto Ricans*, —dijo Paul claramente— *they really are dumb*! Poco educados son, qué suerte tienen que vinieron los americanos al rescate.

—*Excuse me*? —le preguntó Teresa, confundida.

Paul empezó a burlarse de cómo decían los puertorriqueños ciertas palabras en inglés.

—*For example*- —y seguía riéndose en tono de burla.

Teresa alzó la mano como un policía señalando un alto, lo interrumpió, y hablándole en claro inglés, le dijo:

—Nuestro idioma es el castellano, siempre lo será, el inglés es nuestro segundo idioma, y si lo tratamos de hablar es para que ustedes se sientan más cómodos. Los americanos ganaron a Puerto Rico en una guerra, como si fuéramos unas canicas que se reparten los ganadores. Ni nos preguntaron si queríamos ser parte de los Estados Unidos.

—*Well good thing! You folks didn't even have functioning toilets throughout the island until the Yankees put them in.*

—Sí había inodoros en muchos hogares, pero en áreas rurales y remotas todavía no teníamos la capacidad de-

Paul la interrumpió, Teresa empezó a ver un lado oscuro que no conocía de este hombre tan apuesto. Sintió una gran decepción, e incluso temor. Queta los oía desde la cocina, y presintió que esa conversación, aunque ella no la entendiera, no iba muy bien. Decidió quedarse cerca y atenta de su doña.

—Qué bueno que estén brindando trabajos a los puertorriqueños, —Teresa le dijo— pero no te creas, a los Estados Unidos les ha ido muy bien la posesión de esta isla, hasta la mano de obra barata nuestra que has dicho tú mismo. Encima de eso, ¿vienes a burlarte de que no hablamos el inglés lo suficientemente bien?

Paul sin dejarla terminar le dijo:

—*Are you ungrateful! We are hiring those lazy people that were tired of working their farms*.

Teresa no pudo más; empezó a defender al agricultor. Efectivamente, el orden de la isla estaba cambiando, la industrialización había llegado, y Puerto Rico le daba la bienvenida, pero al agricultor habían sido ellos mismos quienes lo exterminaron.

—Nos asfixiaron...

Paul, que ya tenía la cara roja de coraje, se paró de la mesa y con gran ligereza alzó la copa de vino y se la echó a la cara a su anfitriona.

—*You ungrateful spic*!

Teresa soltó un grito que llamó la atención de Queta, que estaba de guardia mientras le daba los últimos detalles del *frosting* al bizcocho de coco.

Queta entró al comedor horrorizada y se tapó la boca al ver a su ama sentada y manchada de vino tinto. Teresa enseguida supo que la situación era grave, y que era ella la que tenía las de perder, no le podía empezar a gritar enloquecida a ese psicópata. Se llenó los pulmones de aire y se hizo la que estaba llorando, cubriéndose la cara con la servilleta. Queta acarició a su patrona en la frente, se agachó junto a ella para ayudarla a secarse, cuando discretamente Teresa le susurró al oído.

—Tráete los dos más afilados y vuelve con ellos, hay que echarlo de aquí.

Con las manos le hizo un gesto que necesitaba otro trapo, y por si Paul entendía la palabra "cuchillo", no la dijo. Queta, sin mirar al hombre a la cara, se retiró corriendo hacia la cocina. Paul seguía maldiciendo a su anfitriona por malagradecida, tiró la copa al piso con furia. Y en eso entró Queta con un inmenso cuchillo en una mano y el machete en la otra.

Acto seguido, Teresa se paró con valentía de su puesto

—¡Dámelo! —tomándole a Queta el cuchillo bien afilado de la mano—. *Get out of my house now, or I'll scream that you tried to rape me*!

Queta, con el machete en posición perfecta para cortar caña y sus ojos abiertos inmensamente, sólo oyó al hombre gritar algo dirigido a ella, que no entendió.

—*Niggers, you are all a bunch of lazy niggers*!

Teresa se lanzó para clavarle el cuchillo. El Mr. Paul salió huyendo, volando del comedor, pero antes pegándose fuertemente en la cadera contra la mesa de la entrada, la mesa de su brava abuela, María Teresa.

—*Get out*! —le gritó otra vez.

Teresa y Queta quedaron con la vista clavada a la puerta por donde salió el hombre. Se oyó el portón chillar con la fuerza del empujón. Al rato de componerse, mientras se miraban las dos mujeres, sin decir una palabra solo como si estuviesen leyéndose los ojos. Queta le quitó el cuchillo de la mano cuidadosamente a su patrona.

—¿Qué tal si le sirvo un pedacito de mi bizcocho? Mire que me quedó bien rico.

—A quién le amarga un dulce, —dijo Teresa, llevándose las manos a la sien—. Ah, y con un cafecito. Pero te sientas conmigo, por favor.

Un cafecito, la mejor prevención de migraña.

Después de hablar un rato, ambas mujeres llegaron a la conclusión de que sería prudente llamar al Mr. Jackson y contarle que tenía un hombre violento trabajando para él y su comportamiento era inaceptable. Le dejó un mensaje en la recepción del hotel diciendo que era "*urgent*". Él contestó a la media hora, ya que el joven de la recepción, en su primer día de trabajo y orgulloso de estar trabajando en el Caribe Hilton, fue al bar a darle el mensaje personalmente al señor mayor, el simpático americano.

—*Excuse me, Mr. Jackson, you have a message urgent.*

Mientras Teresa empezaba a disfrutar de la segunda rebanada del bizcocho, sonó el teléfono. Ella contestó y le contó a Richard los insultos gráficos de Paul, añadiendo que la había agredido físicamente y que su sirvienta, gracias a Dios, estaba en la casa y la salvó.

El tal Paul Franklin fue despedido, y a la mañana siguiente estaba en el vuelo de Pan Am hacia Nueva York y de ahí, de regreso a su estado de Texas. El Mr. Jackson llamaría a Teresa la tarde siguiente para comunicarle que ese "*S.O.B.*" jamás volvería a molestarla, y que él mismo se quedaría en Puerto Rico hasta que estuviese la fábrica construida. Entre tanto, estaría buscando ingenieros en la isla para que vieran el proyecto, así traería buena voluntad el que hubiera al mando un puertorriqueño.

—Pues sé exactamente a quién puede contratar: a mi ahijado, Benito Méndez, recién graduado de ingeniero, pero aprende rápido.

No le dio chance de decir ni pío al Mr. Jackson, problema resuelto. Tan pronto colgó con Mr. Jackson, Teresa llamó a Amalia para contarle.

—Ay Doña, —comentó Queta— me alegro tanto de que lo hayamos echado de Puerto Rico.

—Bueno, fue el Sr. Jackson, no nosotras. ¿Sabes que me dijo que ese maldito era un gran ingeniero y muy inteligente? Había subido en la compañía rápidamente.

—Pues ese yankee subió como palma, pero cayó como coco.

—Tienes razón, Queta —afirmó Teresa, muerta de risa—, cayó como coco rancio.

Ese fin de semana, Amalia fue a San Juan. Esta vez se quedó un poco más, con la excusa de que tenía que visitar a unos compañeros.

—¿Compañeros? —preguntó Queta.

—Quise decir a los que les vendo mis productos —aclaró Amalia, dándose cuenta de que se había equivocado.

Teresa le puso el periódico en frente, Queta le puso el café con leche al lado de su mano derecha, alcanzándole la azucarera. Sin fijarse, Amalia empezó a echarle cubitos de azúcar en su cantidad usual.

—O sea, ¿te gusta tu azúcar con un poco de café? —le dijo sarcásticamente Teresa.

—Soy hija del cañaveral —continuó la broma Amalia.

Queta se identificó con esa frase, hija de Loíza Aldea, así mismo. Teresa se sentó junto a su cuñada, mientras Queta empezaba la tarea matutina de preparar sus desayunos deliciosos.

—Espero que no estés metida en esos revolú con los nacionalistas, Amalia —le dijo Teresa, ahora seriamente.

—No me gusta la violencia, Teresa —dijo Amalia, con la vista hacia la ventana, sin mirar a su cuñada—. Era de su bando, pero no me gusta cómo quieren pelear esta batalla.

Queta dejó soltar el aire, pensando "gracias a Dios".

—Me alegro, Amalia, porque se me gastaron las cuentas del rosario, ¿sabes?

—¿Tú rezas?

Teresa dejó soltar una risa.

—Desde que Ani Conchi se puso a vender mangos en la calle con Mercedes.

Se rieron las tres.

—Bueno, hay veces que les hago favores —retomó Amalia.

A Teresa no le gustó oír eso.

—Amalia, no puedes estar escondiendo a gente, punto. ¡Mírame, Amalia!

Ella la miró, insegura de cómo contestar. Teresa le tomó la cara entre las manos, forzándola a tener contacto ojo a ojo.

—Por tus sobrinos, prométemelo. ¿Y si fueras a perjudicarlos a ellos de alguna manera, o a alguien en Loíza? Ya, por favor, no más.

A Amalia se le aguaron los ojos.

—Es por ellos que lo hacía, por mi país.

Queta le puso un revoltillo con chorizos enfrente, ni loca le volvería a servir setas de lata.

Por la tarde, Queta pidió permiso para salir, ya que Horacio la había invitado a pasear por el Viejo San Juan. Teresa se emocionó por ella, Amalia también.

—Péinate lindo entonces, que tienes ese pelo alborotado.

—Cuando te cambies ven, te hago una trenza francesa bien bonita.

Luego las tres terminaron en el cuarto de Susana, con Queta sentada en la silla baja de la coqueta.

—¿Te acuerdas de la última vez que te sentaste aquí?

—Ay, doña Teresa, no me lo recuerde —se rio Queta.

Amalia, ajena a ese evento, escuchó como entre las dos le contaban como Susana había llegado un verano de la universidad queriendo abrirle las orejas a Queta.

—Es que nadie nos perforaba las orejas cuando era chica, —añadió Queta.

—Las pantallas de oro te quedan bellas, —la piropeó Teresa.

—¿Y dejaste que Susana con una aguja te las abriera? —preguntó Amalia, incrédula—. ¡Ave María, Queta! Mira que tú has sido una alcahueta con esos muchachos. Dejarte usar para practicar un procedimiento quirúrgico...

La trenza le quedó preciosa. Cuando llegó Horacio a recoger a su novia, quedó deslumbrado de tan linda mujer que lo esperaba.

—Estás bella, Quetita.

—Límpiate la baba, nene —Amalia lo vaciló.

Horacio estaba orgulloso de llevar a su novia del brazo toda la noche.

Santurce

Después de su turno de nueve meses por Corea, y tan pronto le dieron de alta, Felipito volvió a Puerto Rico, volando como tantos otros héroes puertorriqueños en uno de los nuevos aviones de la Aerolínea Eastern, que anunciaba con orgullo como llevaban gratis a los soldados que regresaban a la isla.

Felipe llegó feliz, con muchos regalos para todas sus lindas mujeres. Aunque Susana ya estaba viviendo en España, donde estudiaba medicina en la Universidad de Santiago de Compostela, su regalo la esperaría: una cadena de oro de 18 quilates con una medalla de una palma. Era un chiste entre ellos, por una vez que prometió no decirle nada a su madre de que la vio treparse hasta arriba para buscar cocos con los nenes de las parcelas, la única blanquita de esa tropa.

Su mamá, Teresa, saltó de la alegría, pegando unos gritos que toda la calle se enteró de que había llegado el nene de la casa.

Ya con vasos de agua con limones verdes en las manos, se sentaron a hablar. Teresa quiso verle la herida, pero él le cambió el tema. Ella entendió, y prosiguió enseguida a contarle las últimas sobre sus hermanas, la tía Amalia y la noticia que más orgullo le daba: Queta estaba escribiendo sus recetas, a ver si le conseguían publicar un libro de recetas loiceñas.

Felipito se emocionó al oír la noticia. Al enterarse de que Teresa seguía animando a Queta a ver cómo conseguir a una editorial, le dijo:

—Lindo gesto, mamá, cuánto admiro a nuestra Queta. Tan buena persona que es, dedicada a nosotros toda la vida. Estoy de acuerdo, tenemos que ayudarla a lograr algo para ella misma.

Justo llegó Queta, que venía caminando desde la avenida Baldorioty de Castro apuradamente, debido al peso de las compras del mercado de Santurce. Primero oyó y luego vio a Felipito: el grito eufórico se oyó en toda la calle. Él se paró y la abrazó hasta dejarla sin aire. Las lágrimas de alegría les rodaron por las mejillas. Hablaron y hablaron mientras él la ayudaba a colocar la compra.

—Ah, pues le faltó a doña Teresa contarte que tengo novio.

—¡Eeah, rayos! Déjame adivinar: ¿aceptaste al buenón de Horacio?

Riéndose, le dijo a su nana que ese Horacio era un buen hombre, y así mismo era.

—Me entretengo con él, ¿tú sabes? Nos vamos a pasear, y él quiere que escriba un libro de cocina.

Teresa agarró a Queta para que se sentara enfrente a ellos.

—Mamá —le dijo Felipe a Teresa—, para mi eres la mujer más buena, bondadosa y comprensiva del mundo, nunca has lastimado a nadie, al contrario.

Teresa al oírlo se sintió inquieta: ella que lo quitó de los brazos de su verdadera madre, que mató a su padre. Notó que Queta lo escuchaba. Se puso la mano en la frente.

—Qué calor hoy.

Cambió de tema rápidamente. Le sonrío y le habló de cómo Ana Concepción la estaba volviendo loca, y de que la mandaría a un manicomio algún día. Felipe, con una enorme sonrisa, asentía al ver que nada había cambiado por allí.

El soldado estaba feliz de estar de vuelta en su casa. Esa noche dormiría en su propia cama, que lo esperaba día tras día, ya que Queta le sacudía el polvo a diario esperando a su nene.

—¿Y qué hay de nuevo en Loíza? —por fin preguntó.

Lo puso al tanto de los chismes del pueblo y de los pleitos que se tenía Amalia con uno de sus distribuidores de ron.

—Pero no te creas, esta guerra le dio un capital.

Después de la cena, Queta se puso a recoger los platos y Felipe la ayudó. Ella se dio cuenta de la cicatriz que tenía en el cuello

—¿Te duele, mi amor?

Él no contestó. Esa noche, Queta lo ayudó a vaciar el resto de la ropa del petate que trajo. Vio una foto de su batallón con una bandera grande de Puerto Rico.

—Este murió —dijo Felipe, señalándole al compañero que había estudiado con él en la Academia. La madre se dio cuenta de que su hijo había sufrido. Se acordó de las palabras de la vieja Yeiza, "volverá mi niña, pero no será el mismo, ténganle paciencia".

Felipe se sentó esa noche con una cerveza y sin camisa, algo que nunca lo habían visto hacer. Teresa estuvo a punto de corregirlo, pero se controló, ignorándolo. "Dale unos días para volver a la civilización", pensó.

—Felipe, ¿te gustaría hacer algo en particular mañana? —le preguntó por fin Teresa.

Felipito no dijo nada. Vio algunas piezas del rompecabezas que estaba haciendo Teresa, seguidamente colocó una tras otra, de una manera que la sorprendió. Lo dejó hacer. Queta, mirándolos a los dos, pensó que la felicidad nunca es completa, pero qué bueno era que ya estuviese en casa. "Y qué buen hombre hemos criado".

Queta se sintió un poco liberada de la culpa que llevaba, de la gran mentira.

Felipe se paró de la silla, le dio un beso de buenas noches a Teresa, y fue a dejar la botella de cerveza en la cocina. Con una sonrisa forzada, como todavía en otro lugar, le habló a su sirvienta.

—Queta, quiero que me hagas una tortilla de amarillos mañana, por favor. Las he extrañado.

—Por supuesto, lo que gustes. —Con los ojos llenos de lágrimas, lo vio retirarse.

Todos sabían en la isla que muchos muchachos que regresaron de la Guerra de Corea no eran los mismos; muchos vieron cosas horribles, pasaron hambre y vieron a compañeros morir, la guerra los cambió. No obstante, fueron recibidos como héroes. Otros, no tan afortunados, fueron enterrados con todos los honores. El gobernador de Puerto Rico, Luis Muñoz Marín, iría a los entierros.

Queta le contó a Horacio esa noche entre sus brazos lo orgullosa que se sentía de Felipito. Solo un mes antes le había contado su verdadera historia. Él lloró con ella por su mala fortuna de niña.

—Cuanto me alegro de que haya muerto ese cabrón de apendicitis.

Abrazada a Horacio, ella volvió a esa noche en que se murió Benat. Recordó lo tranquila que estaba su patrona, ambas juntas, las únicas dos en ese cuarto, como si así lo quiso doña Teresa: que su marido muriese enfrente de las dos.

Washington, DC, 1954

Felipe decidió quedarse en el U.S. Army, ya que le habían subido de rango, y el hecho de que hablara un inglés perfecto ayudaba muchísimo en las relaciones entre la isla y Washington. Le dieron un trabajo de gran importancia en el Pentágono. Sin embargo, lo que más orgullo le daba era que él mismo se estaba pagando los estudios en una buena universidad de la capital. Su *G.I. Bill* lo ayudaba a pagar la universidad, y con una beca que le habían otorgado no tuvo que poner un centavo propio. No obstante, él sabía que se lo había merecido por sus meses en Corea, y sus heridas que iban más allá de cicatrices físicas.

Se seguía viendo con Charlene, pero sin que muchos supieran. Había sufrido él mismo el racismo de un país que él había ayudado a defender contra el comunismo. La superioridad blanca se sentía hasta en Washington, no era solo una ignorancia del sur, se palpaba por todo el país. ¿Y así se los pagan?, se decían entre ellos los puertorriqueños.

Charlene tuvo que intervenir varias veces en restaurantes o bares para que no se peleara por ir con una negra; él en uniforme militar, y ni con eso. Esto sucedía con frecuencia. Tenían que ir a cines o teatros exclusivos para gente de raza negra, debido a las leyes apodadas *Jim Crow*. Aunque no lo admitían en los establecimientos, simplemente no querían ver a una negra con un latino, aunque fuera un soldado.

Cuando fueron invitados a la fiesta de cumpleaños de un compañero de trabajo, Charlene se sintió nerviosa con que algo iría mal. El capitán de la división de Inteligencia donde trabajaba Felipe admiraba al teniente puertorriqueño. Tan pronto lo recibió en la puerta de su casa, lo introdujo como su gran amigo. Charlene estaba regia, la mejor vestida entre todas, en su vestido verde que ella misma se había cosido con unas perlas que le había regalado Felipe. Los ojos verdes cristalinos, en ese vestido verde contra su piel morena, la hacían verse como una reina egipcia, por más que las otras mujeres blancas la miraran con desprecio. Los hombres sentían que estaban en presencia de una belleza exótica, solo que nunca se atreverían a decirlo en voz alta.

La esposa del cumpleañero en verdad no pensó que el teniente y su amiga se presentaran. Se disculpó con una amiga, originaria de Georgia. El sargento introdujo a Charlene como una enfermera que había servido en la guerra y ahora trabajaba en el Hospital Walter Reed. Muchos de los hombres le hicieron preguntas sobre su trabajo. Felipe brillaba de orgullo, ella les contó con cuales médicos había trabajado, algunos de los militares sabían exactamente quiénes eran. Le dieron las gracias por toda su labor, que lo más seguro era difícil.

La esposa del sargento nunca fue hacia ella, así que después de un rato, Charlene colocó sobre la mesa el regalo que ella con tanto detalle había envuelto. Trató de incorporarse al grupo de las mujeres en el salón, se presentó y alguna le sonrió un poco incómoda. La mayoría de las mujeres no le hicieron mucho caso. Una de las mujeres mayores le dio la espalda, cerrando el círculo, dejando a Charlene fuera. Sintió que le entraban ganas de llorar cuando vio a los sirvientes: eran negros en uniforme. Les sonrió, ellos asintieron con la cabeza.

Felipe se dio cuenta de la situación casi enseguida y fue a su rescate. Le puso un refresco en la mano y se la llevó por el codo.

—Let's get out of here in 7 minutes.

Miraron hacia la puerta, alistándose para su plan de escape. Ella le guiñó el ojo de acuerdo y en agradecimiento. La llevó junto a él mientras hablaba con su jefe un rato más, y después se fueron. Estuvieron en esa fiesta un total de treinta y dos minutos.

A la muerte ni temerla ni buscarla, hay que esperarla

Encarna había dicho miles de veces: —a la muerte ni temerla ni buscarla, hay que esperarla. —Sólo que nadie se hubiera imaginado que llegaría el día en que tendrían que vivir sin Encarna. En su sueño, al igual que su amado Mr. Carlos Ryder, falleció una noche. El médico que vino a la casa les explicó a su hijo y familia, que a Encarna le había dado un aneurisma cerebral durante la noche.

Amalia le preparó un entierro mejor que el de su propia madre.

—Nuestra Encarna era una gran mujer. No la mujer más fuerte y trabajadora, porque todas las mujeres loiceñas somos así, como la plancha de acero del Burén. Nuestra Encarna era admirada por todos.

Amalia bajó del altar donde el cura le había permitido dar una despedida, besó el ataúd hecho de la mejor madera loiceña, con una elegante cruz de metal plateada.

—Encarna, vivirás, para siempre mientras haya un Buren en Loíza.

Ojos del cielo

Ya Susana se había recibido como médica y se quedó a trabajar en España; le encantaba el estilo de vida por allá, y además se había casado. Aunque el matrimonio no le duró mucho, el divorcio no era una opción legal aún en España. El marido era médico en otro hospital, así por lo menos no se tenían que ver todos los días, solo cuando iba a recoger al hijo en común. Su bello hijo, del que estaba orgullosa, era Carlos Miguel. Pocas veces había podido llevarlo a Puerto Rico, pero ya Teresa se atrevía a montarse en avión y los visitaba para los cumpleaños de Carlos. La abuela tenía locura con su nieto, hasta la fecha el único que había heredado sus ojos azules. Ninguna de sus hijas se le parecía. Los ojos de su propia abuela María Teresa, "los ojos del cielo gallego tenemos tú y yo" le había dicho más de una vez, ahora su nieto.

—Qué bello gesto que Susana haya escogido el nombre de Carlos en honor al míster de Encarna, que tanto le enseñó —se decían Teresa y Queta. Susana decía miles de veces que aprendió más historia universal de Míster Carlos en Loíza que en la escuela en San Juan.

—No, no me gusta el marido de Susana, —decía, severa, Teresa—. De hecho, nunca me cayó muy bien.

—¡Ay bendito, pobre Susana! —se lamentaba Queta al oír a su patrona.

—La última vez que estuve en Galicia se portó muy déspota conmigo, malcriado ese muchacho.

Recordaba Teresa la voz áspera de su yerno, el olor a cigarrillo, y cómo le gritaba a Carlos. Pobre niño, con razón no quería ir a visitarlo. Iba caminando con pies de plomo de la mano de Susana y Teresa cuando le llevaban al piso de su padre.

A Amalia no le gustaba nada la situación de su sobrina.

—Se debió haber casado en Puerto Rico, y así se hubiera podido divorciar.

Susana maldijo mil veces haberse enamorado del gallego. Una noche de confidencias con su madre, Teresa la intentaba convencer de que se mudara a Puerto Rico, que le sacaran un pasaporte americano a Carlitos. Le contó la historia de su abuela, cómo se las había ingeniado para salir de Galicia por barco hasta Puerto Rico, aunque la situación era muy diferente. Le contó de lo que pensaban su padre y su tío acerca de cómo se había deshecho del maldito marido, riéndose, cuando de pronto se acordó que ella había hecho igual. Se echó para atrás en su asiento, cerrando los ojos.

—Mamá, ¿se te hizo tan difícil criarnos sin un padre?

—¿Qué dices? Ustedes tuvieron un padre.

—Sabes a lo que me refiero... además poco hablabas de él y Amalia menos. Y Queta ni siquiera se acordaba de él.

—¿Le preguntaban a Queta?

—Pues claro, si sabíamos que no te íbamos a sacar nada a ti... Cuéntame, nunca me has contado de mi padre; no lo querías, ¿verdad?

—Me casé locamente enamorada, pero cierto, me lastimó mucho, me hizo sufrir. Pero me dio unos hijos maravillosos.

Susana le sonrió con picardía. Teresa se sintió nerviosa y trató de cambiar la dirección de la conversación.

—A tu esposo nunca lo soporté, ¿sabes?

—Lo presentí, se te notaba en la cara. Tú no finges muy bien, que digamos... ¿Pero por qué no me dijiste nada?

—Ay, Susana... te lo insinué miles de veces, hija, no sé cuántas veces te dije que se sentía superior a nosotras, esa actitud no me gustaba para nada y mira, tenía razón. Además, mira cómo trata al niño.

Susana se quedó pensativa mirando a su madre unos segundos. Teresa abrazó a su hija y la dejó llorar.

Mientras estudiaba en el Colegio de Mayagüez, Ani Conchi se enamoró locamente de un joven ingeniero que le llevaba cinco años. Amor a primera vista, sin duda, admitiría más tarde. Ella estaba sentada con unas amigas comiendo un bizcocho con una Coca-Cola, cuando se le acercó un joven muy musculoso.

—Señorita, esto se lo pago yo.

Cuando lo vio otra tarde en esa misma cafetería, enseguida se acordó de él. Las amigas que acompañaban a Ani Conchi empezaron a reírse y hacerle bromas.

—¡El futuro padre de tus hijos!

Pero primero terminaría su carrera de ingeniería. El ingeniero Álvaro Oviedo, de Adjuntas, estaba perdidamente enamorado de Ani Conchi. Ella por fin se atrevió invitarlo a San Juan a conocer a su madre, aunque estuviera nerviosa de cómo reaccionaría ella. En todo el camino de Mayagüez a San Juan le contaba lo difícil que era su mamá, y le advirtió que no hablara de política con ella, y menos aún si estaba su tía Amalia.

—Con tal que quieran la independencia para Puerto Rico, no peleo con ellas.

Ana Concepción, con su hermano en los Estados Unidos, ahora defendía todo lo americano. Le metió un puño mientras manejaba, él le tiró un beso.

Llegaron por fin a la casa de doña Teresa Matienzo, Viuda de Sánchez Gorriti. Álvaro entró extendiéndole la mano respetuosamente, poniéndole una caja de chocolates finos en las manos. A Teresa le cayó muy bien el joven ingeniero, y tan pronto oyó su apellido y que era de Adjuntas, se quedó helada.

—¡Pero si nosotros conocemos a tus padres, muchacho! Fuimos hace muchos años a Adjuntas.

Teresa le contó la historia del reloj, aunque no mencionó nada sobre la escritura de la finca. Álvaro se quedó mirando a Teresa, asombrado.

—¡Doña Teresa, ay bendito! Sé quién es usted exactamente, ahora que me lo recuerda, yo me acuerdo perfectamente de ese día que llegaron todos.

—¿O sea que nos conocemos desde niños? —Ani Conchi se quedó pasmada.

La boda fue a final del verano, tan pronto Ani Conchi se graduó. Celebraron el gran evento en la finca de la familia Oviedo, con un saco de café de recuerdo para cada invitado. La finca había quedado preciosa decorada con tantas luces, un conjunto tocó hasta las tres de la mañana, y lo más espectacular del evento fue Felipe llevando del brazo a su hermana al altar. Queta estuvo sentada junto a Teresa y Amalia, las tres juntas viendo el acontecimiento familiar. Nadie lo vio extraño, al contrario, apreciaron más a Teresa.

—¡Qué mujer tan bondadosa! —dijeron Valeria y sus hijas mayores. Sin imaginarse jamás, claro, que también era una asesina.

Queta, en la primera fila de la capilla, pensaba "qué habré hecho para merecer tanto honor... ¡Ay, mi Dios, perdóname! Sé que soy una asesina, pero bendito, usted sabe bien lo malo que era ese demonio".

Ani Conchi estaba muy nerviosa y sin palabra esa mañana del brazo de su hermano, solo les sonreía a los invitados de un lado y otro. El periódico El Mundo anunciaría el acontecimiento: "Ingenieros se Desposan ... del brazo de su hermano, el Sargento Felipe Matienzo, ...la novia luciendo galas en tul ilusión y encaje de Bruselas adornado con blancas perlas. Llevó corona imperial que sostenía un corto velo; y en sus manos, ramo de orquídeas de Loíza..."

La pareja de recién casados se mudó a San Juan para poder así seguir volviendo loca a Teresa, y también para que la ayudara a cuidar a sus dos hijitas, que llegarían rápidamente. Teresa se reía de su extraña suerte.

Santurce, 1955

Cada vez que Felipe Miguel Ángel iba a visitar a su madre y hermanas, llevaba regalos y compras del comisariato del ejército de los Estados Unidos, o de una de las bases en Puerto Rico más cercana. Era su primera parada antes de llegar a su casa, porque presentarse con las manos vacías simplemente no era una opción.

En esa ocasión, le llevó a su fiel y alcahueta nana Queta provisiones de hierbas secas americanas de la marca McCormick, manteca de cocinar Crisco en una lata azul, un perfume, lociones y cremas para la piel, pensando que le aliviarían la labor cotidiana de tantas cosas que ella misma crecía y preparaba. A la dedicada sirvienta le hacían gracia todos estos potes atractivos.

—Ah, esto es orégano, "Oregano"... la misma palabra en español.

Oliéndolo se quedó pensativa: obviamente que no era de la misma tierra, porque el aroma era otra cosa. Se imaginó lo que diría Amalia, pensó que seguro que lo habían secado en una de esas fábricas en las que se hacía de todo. Se paró a abrazar a su hijito, que lo veía feliz de haberle traído tantos regalos con amor y buenas intenciones, por más extraños que fueran.

—Eres tan bueno conmigo Felipe, gracias mi hijito del alma.

Se le salió, jamás había dicho eso antes. Se sonrojó, y Felipe obvio que no captó su reacción porque enseguida le pidió que al día siguiente cocinaran algo juntos, ya que quería aprender a cocinar un asopao.

—Voy a traer a una dama a quien quiero mucho, Queta —le dijo, poniéndose el dedo índice de silencio—, es un secreto.

Ella se tapó la boca y con los ojos sonrió en complicidad.

—Cocinaremos un asopao de pollo mañana —afirmó Queta.

—No, de pollo, no, de camarones. El pollo me aburre, a menos que me hagas unos platanitos también.

Queta pensó, no se le quita el paladar del padre ese...

Siguió repartiendo regalos el Santa Claus de septiembre: perfumes, maquillajes de las listas que le daban su madre y hermanas. A Ani Conchi le encantaba que le hicieran las compras, ya que trabajaba muchísimo e incluso a veces tenía que viajar por toda la isla. Era la primera que se emocionaba con todo lo que iba sacando de su maleta. Ella enseguida le daba las gracias por las sombras, rímel, y polvos que le traía Felipe.

En esa ocasión, fue Teresa quien se le quedó mirando al regalo tan precioso que le dio: el detalle del collar que le puso en las manos, una trenza de tres metales diferentes. Le fascinó el enlace entre la plata, el oro amarillo y oro rosado. La mujer, que siempre mantenía sus emociones bajo control, sintió lágrimas inexplicables en esos ojos azulados.

Sí, ya sabía que era normal emocionarse a su edad, y sentir frío en un instante y cinco minutos después parecerle que estaba metida en un horno. Es normal a su edad. Pero ese collar de trenza representaba a las tres mujeres que lo vieron nacer, crecer, y las que amaron a Felipito como suyo, amor de sus tres madres. Tenía que decirle a Felipe lo que había pensado. Algún día se atrevería, ahora no.

—¡Felipe, este collar me parece precioso! ¿Sabes?, se me parece a la trenza de Queta, que ahora tiene casi tres colores. Muy lindo, hijo.

—Mamá, me alegro de que te guste, a mí me encantó, y lo veo que pega con todas tus blusas blancas y negras.

—Ok, no te burles, —le dijo con una sonrisa.

Teresa no dejó de pensar que Amalia era la trenza de plata, ella quizás la de oro amarillo, y la de oro rosado que parecía achocolatado representaba a su madre biológica, Queta. ¿Habrá hecho bien todos esos años en hacerle pensar a Felipe que era hijo suyo, quitárselo a Queta? ¿Y por qué lo hizo? Se le hizo tan fácil quererlo desde el primer día en que el Dr. Molino se lo puso en los brazos...

—¿Amalia viene en estos días o debo ir a Loíza a verla? —Teresa saltó de sus pensamientos al oír la voz masculina autoritativa de Felipe—. Le traje exactamente lo que me pidió.

Las tres mujeres le dieron amor de madre y padre. Ahora que era mayor, entendía que Amalia, hermana de su padre, quería ser como un padre para él.

—¿Y qué te pidió?

Orgullosamente, Felipe sacó una cartuchera con la bandera Suiza.

—Mira, una cuchilla suiza roja; es lo máximo, lo tiene todo.

Ni Felipe ni nadie en la casa jamás hablaban de lo diferente que era la tía Amalia; al contrario, entendían su orientación sexual, la amaban tal como era.

Queta puso un puesto de más en la mesa, y al notarlo Teresa le preguntó por qué. ¿Quién venía?

—Señora, me lo pidió Felipito.

—Ah, será uno de los compañeros del regimiento. —Queta miró al suelo incómoda y pasó por el lado a Teresa—. ¿Qué no me estás contando, Queta?

—No sé a quién trae, doña Teresa —dijo, encogiéndose de hombros—, pero presiento que es alguien muy especial.

Emocionada, Teresa se fue a cambiar de ropa por si fuera a presenciar una pedida de mano. Lo más seguro era que Felipe se hubiera traído una americana de por allá.

Felipe había estado fuera toda la tarde, paseando a Charlene por El Morro y luego en la playa de Boquerón. Se sentían completamente a gusto en Puerto Rico, libres, nadie les decía nada porque fueran una pareja mixta.

A Charlene le encantaba el aire salado de la isla, se lo dijo varias veces a Felipe.

—¿Tienes sed? *That means, are you thirsty?* —le preguntó Felipe.

Pararon en un carrito colorido y el trabajador empezó a rayar el bloque de hielo: así Charlene probó su primera piragua. Ella y Felipe caminaron compartiendo la piragua de tamarindo, entre pasos se lo pasaban ligeramente para ganarle al hielo que se derretía. Ella nunca había oído hablar del tamarindo; al encontrar un árbol, él se lo enseñó. Se puso de puntillas y le alcanzó a Charlene el fruto.

—*Oh, this reminds me of my grandma's backyard, getting the peas out* —Charlene rio mientras se acordaba de esos veranos en su niñez.

Guess who's coming to dinner

Y así llegó el turno de Felipito, el niño mimado. Llevando a Charlene de la mano, entraron a la casa, donde los esperaban en el balcón Álvaro y Ani Conchi. Se mecían en los sillones, oyendo los coquis capitalinos en una noche de pocas estrellas, con las niñas viendo televisión en el cuarto de la abuela. Se las oía reír.

Teresa oyó voces y salió a recibir a Felipe y a su invitada misteriosa. Tan pronto Teresa vio a Charlene se le paró la respiración. Esto no se lo esperaba, pero con el temor que se le notara, sonrió exageradamente. Ani Conchi le dio una mirada, como diciéndole "no finjas, madre".

—*Charlene, this is my mother, Teresa.*

Teresa le extendió la mano, no le dio un beso como había hecho Ani Conchi. Felipe se dio cuenta enseguida de que su madre estaba incómoda. Quizás hizo mal en esconder la existencia de Charlene todos estos años, en no contarle ni explicarle quién era ella en realidad, ni cómo se conocieron. Pero no quería tener que discutir con su madre sobre el color de piel, después de todo, ella y Amalia vieron tantos niños trigueños en Loíza Aldea. ¿Qué diferencia tenía el color de piel de quien se había enamorado?

"Al parecer, quizás mucha", pensó de repente Felipe, volviéndose a sentir como un Felipito.

Ani Conchi se excusó para ir a ver si las niñas ya se habían lavado las manos para cenar. Entrando en el cuarto de su madre, cerró la puerta, y les explicó a sus hijas que tenían que portarse muy bien.

—Tío tiene una novia trigueña, eso no es nada malo, el amor es el amor. Pero ustedes dos se me portan bien y le hablan en inglés. Se portan bien o les quito todos los juguetes —les dijo nerviosa.

Salió con sus hijas de cada mano y se las presentó a Charlene.

—¿Eres enfermera? —le estaba preguntando Teresa.

—¡Yo quiero ser una *nurse*! —gritó la hija mayor de Ani Conchi efusivamente—. *My name is* María Luisa.

—Bello nombre —dijo Charlene, tratando de impresionar con su español.

—Muy bien —le alabó Álvaro—, *I see Felipe is a good teacher*.

Charlene se arrodilló para estar a la misma altura de la más chiquita.

—*My name is Ana* —dijo, y le dio un beso.

Durante esta escena, Queta estaba observando el cuadro familiar sin creérselo. Charlene se parecía mucho a ella cuando joven.

"Ay vida, me das cada sorpresa...", se dijo Queta con una sonrisa entre dientes.

—La comida está lista, Doña Teresa, —dijo en voz baja, sin saber hacia dónde mirar.

El grupo fue entrando en el salón. Felipe hizo un alto y con orgullo le presentó Charlene a Queta.

—Mucho gusto, —le extendió la mano Charlene. Queta suavemente se la aceptó, con miedo de mirarla a los ojos. Charlene se le quedó mirando toda la noche. En varias ocasiones, miraba la cara de Felipe y luego la de Queta; cada vez que traía más agua fresca o servía otro platillo la observaba, algo familiar tenía.

—Queta, quédate aquí por favor, que eres parte de la familia, —dijo Felipe, parándose—. Quiero que sepan que Charlene y yo nos casamos el mes pasado en Washington.

Hubo silencio absoluto.

Teresa se dio cuenta de que ninguno de los dos llevaba anillos.

—¡Felipe, felicidades! Charlene, *welcome to the family*, —dijo Álvaro, observando el silencio de los demás—. Propongo un brindis.

—Felicidades mi niño —dijo Queta, con mucho respeto—, y Charlene, que Dios los bendiga y que sean muy felices.

—Gracias, mi Queta. —Felipe se paró para darle un beso.

Teresa, dándose cuenta de que quizás el silencio era palpable, se paró y dijo:

—Alvaro, tienes razón: hay que hacerle un brindis por los novios.

Les dio la bendición, y tan pronto estaban todos ya relajándose y aceptando la nueva noticia, Charlene se inclinó hacia su marido y le susurró:

—*Tell them honey*.

Felipe anunció, con una enorme sonrisa para todos los de la mesa:

—¡Y seremos padres, para principios de enero!

—*¡A baby!* —Ana se puso a saltar en su silla, emocionada.

—Así es, sobrinita, vas a tener un primo o quizás una prima.

—¿Tendrás un bebé negrito? —añadió María Luisa, sin pensarlo. Ani Conchi por debajo de la mesa le metió un pellizco en el brazo que por años tendría la cicatriz la pobre niña.

—Lo más probable —le respondió Felipe a su sobrina—, y será el bebé más amado, porque Charlene y yo nos queremos mucho.

Al final de la noche, Teresa le dio un abrazo a Charlene.

—*I'm so pleased to meet you*, —le dijo en su inglés perfecto— *and this is your house too.*

Queta se fue a la cocina a llorar, sin saber por qué exactamente.

Felipe se quedó en el hotel donde había alojado a su mujer. Se pusieron los anillos tan pronto llegaron a su cuarto y durmieron abrazados. A la mañana siguiente irían a Loíza para darle la noticia a la tía Amalia, si es que ya no se lo hubieran contado...

Efectivamente, Amalia se había enterado por su cuñada. Teresa estuvo hablando por teléfono durante horas. Amalia trataba de calmarla.

—*M'ija*, con esto se confirma, ¿sabes? La sangre llama, ¿y qué importa? Mejor que se vengan a vivir a Puerto Rico, hay mucho racismo allá en ese país.

Al llegar a casa de Amalia, se encontraron con el gran banquete loiceño, y un día bien planeado para su sobrino y esposa.

—¿Me esperabas, titi? —preguntó Felipe, con sorna.

—¿Guardar un secreto en Puerto Rico? —dijo Amalia, con una sonrisa pícara—, ¡por favor!

Empezaron a llegar viejas amistades de la familia, entre ellos quien trajo al mundo a Felipe, su tocayo, el doctor Felipe Rafael Molino.

El médico, que ahora tenía una clínica bastante importante en el pueblo, con varios doctores y enfermeros asistentes, quedó impresionado de que Charlene fuera enfermera. Ella le contó de su experiencia durante la guerra y en el quirófano. Sin embargo, al volver a los Estados Unidos le habían puesto límites a su trabajo, debido al color de su piel. A pesar de que ella hacía los trabajos igual, e incluso mejor que algunas de sus compañeras blancas. El hecho de que la dejaran trabajar en ciertas alas del hospital ya era una gran suerte.

—Qué triste diferenciar entre las unidades blancas y las negras, —se lamentó el doctor Molino, y enseguida le ofreció—: *I will give you a job here. You know, I need good and smart nurses*.

Las siguientes seis horas Amalia y el médico se las pasaron tratando de convencer a Felipito y a Charlene de las mil razones por las cuales tenían que mudarse a la isla, Loíza en especial.

—Puerto Rico lo tiene todo, y aquí no te van a mirar raro, muchacho... allá están las cosas feas con esas estupideces de cómo tratan a los negros. Mira, piensa en tu bebé.

El médico no pudo dejar de pensar lo mucho que le recordaba Charlene a Queta de joven. Era una mujer de cuello alto, con su tez achocolatada y una sonrisa que atraía. "Interesante como funcionan nuestro cerebro y corazón", escribiría esa noche el Dr. Molino en su diario.

A Charlene le encantó pasar el día y la noche en casa de Amalia, disfrutó ir a la playa, su mar impresionante, nunca había visto semejante azul, el largo paseo caminando por los manglares y luego la plaza.

—Hasta el aire es más puro aquí, ¿sabes? —le dijo Amalia a su nueva sobrina—. A tu bebé le vendrá bien este ambiente.

Charlene repetía palabras en español, como una esponja absorbiendo todo lo que había vivido en las últimas veinticuatro horas.

—Necesito otra toalla, por favor. Buenos días, buenas noches, muchas gracias, muy rico el mofongo... ¡y aprenderé más! —se prometió Charlene.

Por la noche, el matrimonio tuvo una conversación, abrazados en la mecedora.

—*I wouldn't mind living here.*

—¿Te gusta, de verdad?

—Sí, —le dijo en inglés—, y me gustaría trabajar en una clínica donde me dieran responsabilidades de acuerdo a mi entrenamiento, no al color de mi piel. Podría ayudar a tanta gente que me respetaría, que no exigiría que los tratase una enfermera blanca. —Charlene se le quedó mirando a Felipe—, y me encanta verte en tu ambiente, ustedes los puertorriqueños sonríen todo el tiempo, me parece. Con la excepción de tu mamá cuando me vio por primera vez.

Los dos se rieron. Mirando a su alrededor, Felipe asintió.

—Mis primeros años fueron muy felices aquí, y eso que no había tantas casas. Todo esto era campos y campos hasta llegar al río.

Se miró las manos, y vio que las tenía cruzadas tocándose los nudillos. Las soltó, y sintió que se relajó otra vez. Esos momentos de tensión le iban y venían varias veces al día; sin embargo, ese fue el primero que tuvo en Puerto Rico, a su tercer día de regreso.

De repente empezaron a sonar unos tambores, y todo se llenó de música.

—*What's that Felipe, a party?*

—Una noche en Loíza. —La agarró de la mano y fueron en busca de los sonidos.

Llegaron a un círculo de personas donde había una mujer bailando al compás del seguidor, que era quien tocaba el tambor. Charlene observó a los dos, como si estuvieran en plena conversación, la danza y el músico. Siguió observando a su alrededor, vio que las casas eran más humildes que las anteriores que había visto.

—*Beautiful*, Felipe, —le susurró— *look around this place there's nothing to smile about, they seem poor, but they are so rich! That rhythm, I'm feeling something I have never felt before.*

Se agarró el pecho. Lo que no sabía ninguno de los dos, era que estaban parados exactamente donde una vez estuvo la casa de Yeiza. Charlene y Felipe decidieron esa noche donde se mudarían, tan pronto él acabara el último año de sus estudios universitarios.

—*Well, I love it here Felipe, these people are so nice... I feel as if I've met them before.*

Y claro que sí, así mismo era: Yeiza había encontrado a la hija que una vez perdió. *Yíya omo*, volver a encarnar.

"Se hizo enfermera", sonrió la brisa que les pasó gentilmente, acariciando a los tres, el viento susurrando: "*Mi Tejumola*"

Por años, la gente del pueblo se preguntaba qué habría sido de Yeiza. Se especulaba que se había cansado y quiso ir a morir sola. Otros en voz baja se preguntaban: "¿no será que el Mr. Jimmy Adams le compró la tierra y se fue a otro lado? ¿Y por qué no nos dijo nada?"

La verdad era que todo lo que se sembraba alrededor de su casucha crecía con fuerza, con presencia.

—Simplemente, se esfumó —le dijeron a Queta una vez que fue a visitarla y ya no la encontró.

Sin darse cuenta, Queta se había enamorado. Pasaron casi dos años juntos, cuando de repente llegó Horacio con la noticia que era abuelo.

—Mi hija me ha invitado a conocer a mi nieto, dice que quiere que vaya a Nueva York.

Queta lo abrazó y lo felicitó, pero lo que le dijo después nunca se lo había imaginado. Horacio le comunicó que su antigua esposa le pidió que fuera a vivir con ella por lo que le quedaba de vida: estaba con una enfermedad terminal, cáncer de estómago. Queta sentía que se le abría el piso, se sintió mareada. No sabía cómo interpretar ni digerir lo que estaba escuchando. Horacio no paraba de hablar.

—Me voy mañana *pa'* Nueva York —finalmente le dijo. Queta nunca pensó que el amor doliera tanto.

Lo lloraría, preguntándose muchas veces por qué él no la quiso tanto como ella. Enojada con los dioses, no entendía por qué la vida le jugaba tantas malas pasadas.

Bajo vigilancia

Sucedieron unas protestas de los estudiantes de la Universidad de Puerto Rico, que no tenían que terminar violentamente, pero así fue. Se enfrentaron a la policía, y varios universitarios fueron heridos por balas innecesarias. El FBI los tenía vigilados y estaban listos para confrontar a los nacionalistas.

Dos días después, la familia Sánchez Gorriti Matienzo se enteraría de la muerte de Mercedes. Teresa, Ana Concepción, Queta, y en especial Amalia estaban inconsolables. Felipe y Susana se enteraron por cartas y un recorte de periódico que le enviaron desde San Juan. Sin embargo, no les dijeron que había sido hermana suya. Eso quedaba para otro día.

Amalia no se quedaría con los brazos cruzados. En Santurce, horas después, decidió entrar en la iglesia del Sagrado Corazón de Jesús, en la Parada 19. Había varias mujeres sentadas en los bancos. Amalia caminó lentamente y se acercó a la estatua de la Virgen María con el niño Jesús. Arrodillándose, encendió una vela. Sintió que se le derramaba las lágrimas. Se persignó, y luego fue a sentarse a un banco. Pasó una hora, cuando un sacerdote se le acercó.

—Hija, ¿estás bien?

—No creo, Padre.

—¿Necesitas confesarte?

—Mis secretos son inconfesables... Déjeme sentarme aquí un rato más, por favor.

El sacerdote le puso la mano en la cabeza, la persignó y le susurró:

—Tus secretos presiento que no son pecado. Estás en tu casa, tómate todo el tiempo que necesites.

1957

Ani Conchi y Álvaro compraron una firma de ingenieros en San Juan, cuyos dueños, unos americanos se iban de la isla. Ella feliz, ya que llevaba años trabajando para diferentes compañías, que la tenían en proyectos viajando por toda la isla.

El matrimonio empezó la difícil tarea de decidir cuáles de los empleados se quedarían en la empresa. Una tarde, los dos sentados en el comedor de su casa comenzaron a leer expedientes y a familiarizarse con todos los trabajadores.

—Mira, Álvaro —pasándole la hoja a su marido—, este ingeniero tiene buena recomendación del antiguo dueño, lee aquí.

—Pues sí, que tenga una atención meticulosa a los detalles que otros no ven es exactamente la cualidad que queremos. Ah, y mira, habla bien el inglés. Y tiene varios años de experiencia con esta oficina y otros proyectos, con 36 años. Yo pienso que nos serviría para mantener los mismos clientes; fíjate aquí, energía para ejecutar y carisma para lograr sus propósitos, la gente confía en él.

—Ah, entonces a conocerlo. Llámalo, hablemos con él mañana mismo, —le ordenó Ani Conchi a su marido.

—Sí, doña Ana Concepción, —dijo Álvaro guiñándole un ojo; ella le tiró un beso.

Viendo la hoja de papel, Ani Conchi se fijó en el nombre: ¿porque le sonaba?

—Toma estas hojas, échamelas al zafacón.

—Sí, mi doña —seguía riéndose del tono de su mujer—. ¿Sabes que la palabra zafacón viene del inglés americano *safety can*?

Ani Conchi se le quedó mirando, bajó los papeles que tenía en la falda.

—Incorrecto, Álvaro. Me temo que no les puedes dar crédito a los americanos por esa palabra.

—Entonces aclárame tú el origen —dijo incrédulo con la reacción de su mujer, que a la misma vez demostraba tanta confianza en sí misma.

Ani Conchi levantó el cuello en alto, expresión que él sabía bien que anunciaba una larga explicación académica.

—Viene del viejo castellano "zafarrancho", entre tantos otros términos de los marineros, muchos de Andalucía y las islas. Zafarrancho, zafar, quiere decir limpiar, hacer una limpieza completa. Me suena a una palabra árabe para serte sincera.

—Nena, ¡pero cuánto te enseñaron en la escuela!

—Eso lo aprendí sentada en mi cocina, en Loíza Aldea, *pa'* que tú lo sepas...

—¡Ah, ese Míster Carlos de ustedes! ¡Estaba del carajo ese viejo!

Riéndose de su marido no pudo dejar de añadir:

—Otra palabra de los marineros.

—¡Vete *pa'l* carajo, sabelotodo!

Ambos terminaron riéndose a carcajadas. Se levantó el marido consentidor y le dio un beso a su mujer.

A primera hora del día siguiente, entró el ingeniero de 36 años, alto, trigueño, de buen vestir. Fue hacia Ani Conchi, estrechándole la mano para saludarla con una enorme sonrisa, unos ojos marrones que brillaban sinceridad y familiaridad. Ella se sintió inmediatamente a gusto con él.

—Benito Méndez, para servirle.

—Encantada, Ana Concepción Sánchez Gorriti Matienzo, y ya conoce a mi esposo, Álvaro Oviedo Quiñones.

Benito se paró de su asiento sorprendido.

—¿Usted es la hija de Doña Teresa?

Ani Conchi se paró, poniendo las manos juntas las aplaudió una vez, fue hacia Benito y le dio un fuerte abrazo.

—¡Ay, Benito, eres tú! ¡A Dios cara, qué chico el mundo!

A Benito se le aguaron los ojos, y los dos se pusieron a recordar las veces que él había ido a Loíza a visitarlas antes de que ellas se mudaran a San Juan. Álvaro escuchaba el intercambio entre los dos pensando que era más bien una reunión entre primos, tenían ciertos manierismos familiares. Benito les contó a quienes serían sus nuevos jefes lo generosas que habían sido doña Teresa y su tía Amalia todos esos años.

—Hasta me pagaron los estudios universitarios, ¿sabe? Me exigían siempre que mantuviera un promedio bien bueno. Y nos carteamos por años.

Ani Conchi recordó para sí lo que Susana una vez le sugirió, "¿no será que Benito es medio hermano nuestro?"

—Pues Benito, te vienes a cenar a casa esta noche.

Doña Teresa llegó a la casa de su hija llevando a sus nietas, que solían pasar las tardes después de la escuela con ella mientras sus padres trabajaban. Anita y María Luisa pusieron el flan de coco hecho por Queta en la cocina, y Teresa le dio a Ani Conchi las últimas revistas de decoración que había comprado.

—Gracias, mami. Mira, te tengo una sorpresita. —Se rio como cuando estaba a punto de ser regañada por otra travesura; Teresa frunció el ceño—. Ven.

Benito salió de la cocina con dos cervezas, una para Álvaro y otra para él mismo; las colocó en la mesa central y se dirigió hacia Teresa.

—Dios me la bendiga siempre, mi Doña Teresa.

—¡Benito, no lo creo! ¡Ay, que me da algo! Ven aquí, dame un abrazo, muchacho de Dios, ¡qué alegría me has dado!

Poniéndose al día, Benito les contó que su hermano Juan estaba haciendo la residencia en un hospital en Nueva York, el inteligente de la familia

—¡Bendito!, siempre decía que quería curar a mamita... se nos fue muy temprano.

—Ustedes dos son brillantes, Benito. No hables así, que desde el cielo estará bien orgullosa de ustedes, como lo estoy yo.

Volvió a ponerle los brazos alrededor. Se la pasó sentado al lado de su benefactora toda la noche hasta que se despidieron. La cena, riquísima: la sirvienta de Ani Conchi era la sobrina de Berta, que tenía una gran mano para el arroz con pollo, y sus habichuelas eran casi tan ricas como las de Encarna. Qué feliz noche pasó Teresa. "Deja que se lo cuente a Amalia", pensó.

La próxima tarde le llegó a Teresa una carta sellada de Loíza, Queta se la puso en las manos a su patrona. Tan pronto la abrió, notó que eran noticias malas, pero por la cara supuso que tenía que ver con su difunto marido; cada cosa que tuviera que ver con su viejo patrón ponía a Teresa de un humor de mil diablos. Teresa se levantó y guardó la carta en la gaveta.

Queta se fue de puntillas de regreso a la lavandería y le dijo a la nueva sirvienta que podía planchar mientras veía la novela. Quitando la ropa blanca y negra de su estimada y fina doña Teresa del tendedero en la marquesina, pensó: "Qué rayos habrá dicho esa carta? ¿Y de quién sería?"

Observó que Teresa agarró la cartera, se puso lápiz labial y se dispuso a salir, cuando de repente se giró.

—Queta, ¿quieres venir conmigo? Voy a Loíza Aldea, Amalia está gravemente enferma. Es más, hagamos una maleta por si nos tenemos que quedar.

La carta era del doctor Molino. Queta abrió sus ojos inmensos: nada que ver con el difunto, sino con la buena de Amalia. Fue corriendo por su cartera, quitándose el delantal mientras corría por la casa preparando una valija y una bolsa para ella. Teresa agarró su maleta, se montó para encender el carro, y tan pronto llegó Queta, se fueron guiando las dos solas hasta Loíza.

—¿Y por qué no llamó en vez?

—¿Quién sabe? La falta de lógica del hombre...

Tan pronto llegaron, se encontraron la casa a oscuras. Ni una luz.

—¿No estará? —Queta se apeó del auto y fue hacia la puerta. Empezó a tocarle por la ventana del cuarto.

—Voy —se oyó una voz decir. Amalia les abrió recibiéndolas con un abrazo.

—¿Por qué no me dijiste antes, Amalia? —Teresa enseguida le dijo.

—¿Quiere que le prepare una sopita, señorita? —se ofreció enseguida Queta.

—Sí, por favor —sonrió Amalia.

Las cuñadas se sentaron en la sala, Teresa agarrando a Amalia por la mano, no quería soltar a esa mujer que tanto había hecho por ella.

—Dime, ¿qué tratamientos te sugiere el Dr. Molino?

—Pues no hay mucho que se pueda hacer... pero quiere que esté cómoda, más bien, y no trabaje tanto.

—¡Eso ya iba a decirle yo! —le pegó un regaño Queta desde la cocina.

—Pues para que sepas, vendí mi receta de Tafia. —Ese era el nombre que le había puesto Amalia al ron loiceño de su cañaveral de la antigua Hacienda Donostia, en honor a la palabra indígena africana.

—Excelente, me parece muy bien, —dijo en un tono de arrullo Teresa.

—Me pagaron muy bien, —anunció Amalia, ahora con la cabeza en el hombro de Teresa, riéndose con fatiga—. Quién diría que el ron me iba a dar un capital tan grande.

Queta entró con un caldo de vegetales en las manos; le había echado unas cuantas hierbas que vio en la ventana de la cocina, a ver si eso le hacía un poco de magia.

—¿Te crees Yeiza, ahora?

Teresa empezó a contarle a Amalia de su noche anterior, de lo bien que estaban Benito y Paco.

—El mes pasado Paco vino a verme para despedirse, —le comentó Amalia—, todo un Dr. Juan Francisco Méndez, qué alegría.

—¡Increíble! —dijo Teresa, orgullosa. Amalia continuó en contarle que estaría unos años trabajando en el hospital de Harlem, pero que prometió volver a Puerto Rico.

Teresa y Queta se quedaron a dormir con Amalia. Queta se llevó los ventiladores de la marquesina para los cuartos, para que tuvieran una corriente por el pasillo y refrescara el cuarto caluroso. Las tres durmieron en el mismo cuarto el resto de la semana.

Teresa se quedó una semana, y Queta tres más. Para mantener a Amalia cómoda y distraída, se la llevaba a la cafetería, se sentaba en uno de sus sillones de mimbres donde podía observar toda la acción de la cocina. La gente llegaba a almorzar y todos saludaban respetuosamente a "Doña Amalia", o a la "Señorita Amalia". Algunas mujeres le llevaban el periódico, y otras aguas milagrosas para que bebiera.

Antes de despedirse de su cuñada, Amalia la agarró por la muñeca.

—Teresa, hazme un favor, pásate por la clínica de Felipe y dale aquel sobre, dile que tiene que aceptarlo, aunque sea para pagar la cuenta de quien no pueda, pero que te lo acepte.

Teresa asintió, le dio un beso encima de la cabeza porque no quería que Amalia la viera con los ojos aguados. Agarró el sobre que sabía que tenía bastante efectivo y se fue a la Clínica Molino.

Entró tímidamente a la clínica. La saludó una joven morena sorprendida porque no la conocía. Felipe se paró al oír las voces, sorprendido al ver a Teresa pero con una inmensa sonrisa se le acercó. Ella lo encontró guapo como siempre, él le dio un beso en el cachete. Nerviosa, le dio el sobre enseguida para que viera el motivo de su visita. Tan pronto hizo eso se sintió tonta.

—¿Estás en obras? Veo que has expandido la clínica, por allí era la entrada ¿cierto? —con el dedo indicó hacia una pared recién pintada de verde.

—Pasa, te enseño todo lo que hemos hecho. Este proyecto me tiene muy emocionado, pero ya son muchos meses de obras. ¡Ay para qué te cuento! —agarró a Teresa por el brazo afectuosamente.

En un tono amistoso, aunque claramente era un regaño le preguntó al Dr. Molino:

—¿Cómo no se te ocurrió llamarme para decirme de la situación delicada de mi cuñada?

—Teresa, me hizo prometer que no te llamaría. —dijo con la voz defensiva, —pero no dijo que no te podía escribir una carta, ¿verdad? Así que aun sabiendo que me matarías, ... —paró y la miró nervioso, —bueno, tú sabes a lo que me refiero, sabía que tenías que saberlo, punto. Por eso, decidí mandarte una carta enseguida.

Teresa se le quedó mirando, recordando con nostalgia cuando los dos eran jóvenes, cuando se conocieron por la primera vez en el Ancón. Le dio una sonrisa y le dijo cariñosamente agarrándolo por el brazo.

—Te perdono, ¿sabes? Muéstrame todo lo que estás planeando aquí en la clínica, esto es impresionante.

Pasaron a su oficina; el joven médico abrió una de las gavetas de su escritorio nuevo hecho de madera loiceña por uno de sus pacientes.

—Mira, tengo aquí guardadas las plumas que le dio el antiguo dueño de la Donostia, el viejo Ángel Benjamín Sánchez, a mi padre cuando se graduó de médico.

Teresa se llevó las manos a la boca, incrédula. Sin entender porqué sintió que se le aguaron los ojos. Sería al recordar las veces que Amalia hablaba con tanto cariño de su abuelo Ángel. El Dr. Molino al notarlo, cerró la gaveta y la distrajo enseguida, haciéndola pasar por las puertas grandes con cristales hacia un patio que tenía una parra que estaba a punto de colocar.

— Hermoso, Felipe, esto te va a quedar precioso, parece un paraíso. ¿Y esta plantita?

—Esta plantita va a crecer un montón, así y por aquí, —haciendo una maniobra con las manos que hizo a Teresa reírse de él.

—O sea, ¿una enredadera?

Con una sonrisa coqueta él repitió, —una enredadera, así mismo. Esta es una flor silvestre se llama cundiamor, me la trajo una paciente del monte, creo que me dijo de Barranquitas. Me dijo que es para matar piojos, así que ya ves, los remedios estilo Yeiza siguen reinando por aquí después de todos estos años.

—Me encanta, y huele rica, ¿se podrá comer?

—Sí, —arrancó una y se la puso en la boca a Teresa para que la probara.

Teresa, sintiéndose como una adolescente emocionada, abrió la boca, y se la comió. Bajó la mirada a la tierra por un instante, insegura de sí misma; al alzar la vista vio que Felipe la seguía mirando, él se le acercó y le acarició la mejilla. Teresa, fijada en sus ojos azules, se inclinó hacia él y lo besó. Después del beso y el abrazo en que se encontraban, Teresa sintió una leve brisa, se echó para atrás; sin pensarlo mucho más le dijo:

—Felipe, gracias por todo, por todo lo que siempre hiciste por mi. Le tocó la cara con los ojos otra vez aguados, y precipitadamente salió de la clínica.

Esa noche, Felipe buscó en todos sus diarios: al encontrar el que quería, lo abrió, arrancó muchas páginas y las echó a la fogata que recién había encendido. Los días que siguieron fueron dedicados a su patio. Encima de esas cenizas puso la parra con la ayuda de uno de los hijos de sus pacientes, le echó cemento a los agujeros que mantendrían las vigas de soporte. Empezó a colocar las hojitas de la cundiamor para que crecieran enredadas. Para las próximas fiestas de Santiago, estaría cubierta toda la parra de flores silvestres anaranjadas dándole un olor único al patio del Dr. Felipe Molino.

Al final de esa última semana, Amalia se estaba sintiendo bastante bien. Varias de las mujeres se quedaron a trabajar en la cafetería, y se turnaban a dormir en la casa, así que Queta finalmente se regresó a San Juan.

—Pero cualquier cosa, me llaman, que vuelvo enseguida —dijo antes de partir.

Qué lindo haber estado cocinándoles a tantos y pasar rato en la cocina con esos olores otra vez. No pudo evitar sino sentir una gran nostalgia por sus días en la cocina con Encarna. Recordó tantos momentos vividos trabajando junto a ella, y luego con el mismo afecto pensó en Yeiza y su abuela.

Al final de ese mismo mes, Felipito llamó a su madre para comunicarle que había nacido una niña, María Teresa. Su bello nombre era en su honor, y también en el del padre de Charlene, que se había llamado Terrence. Teresa nunca sintió tanto júbilo; la mujer inquebrantable no contuvo esa vez las lágrimas de felicidad.

—Mami, y una noticia más: nos mudamos a Puerto Rico. Buscaremos trabajo, y si pudiéramos quedarnos a vivir unos meses contigo y Queta...

—Esta es y será tu casa siempre, mi amor —le dijo antes de colgar el teléfono negro.

Queta se emocionó tanto que no aguantaba la felicidad en el pecho.

Teresa ya estaba planeando las mejores Navidades, con la ilusión de invitar a muchas viejas amistades, algunas viudas ya. Amalia iría a pasar solo dos noches, ya que se sentía más a gusto en su propia casa.

Llegaron los Matienzo el 21 de diciembre de 1957.

—¿Que a la nena le pusiste María Teresa Matienzo, pelado? —se echaron a reír Ani Conchi y Teresa esa tarde. Charlene, una madre novata, aceptaba todo el cariño y las sugerencias de su suegra y cuñada. Queta buscaba la manera de ofrecerse a ayudar como fuera.

Amalia, que se veía más delgada y envejecida, entró con los brazos cargados de comida y botellas de ron. Felipe se paró a ayudar a su tía, ella lo abrazó. Salieron Susana y su hijo Carlos de su lugar de escondite para sorprender a Amalia.

El 24 de diciembre celebraron, como solían hacerlo, todos juntos, el cumpleaños del ahora padre orgulloso y la nochebuena en familia.

—¡Feliz Navidad, Doña Teresa! —la felicitó Queta, con la mirada fija en los huevos.

—Linda nuestra nietecita, ¿verdad?

Amalia entró cargando a la bebé con el padre orgulloso detrás.

—Mi sobrina nieta, Mari Tere, —dijo mirando a Teresa y a Queta.

—Oye, Felipe, tienes que arreglar este asunto del apellido, por favor —regañó Amalia.

—Acá en Puerto Rico se me hará más fácil.

—Ni te creas —se rio Amalia.

Felipe les pidió a las tres mujeres que se sentaran con su hija para tomarles una foto. Sin haberlo hablado, simplemente porque entre ellas lo sabían, el honor se lo dieron a Queta con Mari Tere en la falda, Teresa agarrándole la manito delicada, y Amalia con el brazo alrededor de Queta. Le sonrieron a la cámara. Charlene observó esa escena de las tres mujeres, eran las tres, las madres de la cuales tanto le había hablado Felipe. Sin embargo, ella presentía quién lo había traído al mundo. Ahora no le cabía duda: esos ojos y esa frente, son iguales a los de su Mari Tere. Sonrió.

Esa noche, después de tantas emociones vividas, Queta y Teresa acompañaron a Amalia a acostar. Susana entró unos segundos después para examinar a su tía. Le dio un medicamento tras tomarle la presión. Hablaron un largo rato. Pasarían varias horas las cuatro en la habitación. Teresa se quedó dormida junto a Amalia hasta la madrugada. Al despertarse, se fue a acostar en su propia cama. Antes, le dio un beso en la frente a Amalia.

Queta preparó un gran desayuno mientras Mari Tere era la más despierta de todos. Sus padres, madrugadores involuntarios, tomaban su café. Mientras Charlene le daba su cereal a Mari Tere, la niña jugaba aplastando su guineo sobre la mesa, a veces aterrizándole a uno de sus padres. Felipe se paró varias veces para pasarle un trapo mojado a su esposa, para que se limpiara ella y a la niña. Charlene anunció que se iría a bañar.

—Por favor, Felipe, llévate a pasear a Mari Tere. Queta, acompáñalo por favor, y aprovechen y compran el periódico.

Queta se inquietó por la sugerencia, pero lo aceptó. Puso la mesa, y dejó servidas algunas cosas. Le dejó una nota escrita junto al plato de su patrona: "Buen día, me pidieron que acompañara a Felipe a pasear a Mari Tere. Le traeré el periódico. El café ya se lo dejé mezclado en la ollita. Q."

Por una hora y media, empujó el cochecito de su nieta, algo que nunca imaginó hacer en su vida. Felipito podía palpar la felicidad de Queta, estaba hasta conmovido por la alegría que sentía su fiel sirvienta.

Hablaron de una variedad de temas. Ella lo escuchaba atentamente, mientras le hacía gracias a la beba más linda del mundo.

Teresa se tomó su café. Miró la cafetera y notó que seguía llena.

—¿Y Amalia, no se ha asomado por aquí?

—No mami, no la he visto aún.

Siendo las once, Ani Conchi y Álvaro leían el periódico de lo más acurrucados, cuando de repente se dieron cuenta de la hora. Ella dio un salto.

—Voy a ver qué le pasa a titi, ¿desde cuándo es una dormilona?

Estaban acostumbrados a que ella fuera la primera en ver el periódico. Lo primero que hacía Ani Conchi era quejarse del desorden de periódico que dejaba titi Amalia cuando estaba de visita. Cómo le gustaba leer el periódico a su tía, y luego se ponía a quejarse de los políticos.

Y estaba en lo cierto: algo estaba fuera de lo común. Al tercer toque a la puerta, Ani Conchi entró y vio a su tía muy pálida. La tocó, estaba helada.

—¡Mami, mami, Queta, Felipito! —gritó una y otra vez, abofeteó a su tía. Nada, ninguna reacción. La hermana de su padre había decidido no despertar.

Teresa entró, algo le parecía raro, algo del cuarto le estaba diferente. Felipe se asomó.

—*Everything okay*?

—No, llama a Susana.

Al entrar Queta, supo enseguida que Amalia sabía que esa iba a ser su última noche al ver la ventana abierta. Amalia esperaba que su espíritu volara, volara a otro mundo, un mundo de libertad y abiertamente feliz.

El 26 de diciembre falleció la mejor tía y la mejor amiga del mundo, Amalia Miren Sánchez Gorriti.

Los preparativos

—¿Podrás quedarte unas semanas más, Susana? —esa noche le preguntó Ani Conchi entre lágrimas a su hermana. Charlene se metió en la cocina a ayudar a Queta, que claramente estaba muy conmovida.

—*I'll do this, you go rest.*

—*Thank you.* — Le dio un beso en la mejilla a Charlene. Susana vio que Charlene estaba acomodando los trastes en la cocina y entró.

—*You don't have to do that.*

—Quiero ayudar como pueda.

Susana decidió unirse a ella y juntas terminaron de limpiar la cocina.

Hubo un paro total en Loíza. Todos fueron a darle su respeto a Amalia. Tuvieron que poner altoparlantes a las afueras de la pequeña Iglesia San Patricio, ya que todo el pueblo estaba presente y todos querían oír la misa. Fue una versión corta, ya que Amalia le había pedido al párroco que no quería cantos, le donaría unas bancas nuevas para la iglesia si cumplía su deseo. El cura se rio y le preguntó si se quería confesar. Ella le dio un beso en la mejilla y le dijo:

—Ricky, todo bien, creo que soy una buena persona; tú lo sabes, siempre fui un libro abierto, nada escondo.

Y lo dejó sentado en una silla vieja en su sacristía, con sus pensamientos. Amalia le había contado que el cáncer de hueso se le había regado, y que sólo quería morir en paz, pero que pasaría su última navidad con su familia. Le prometió a Teresa que se quedaría dos días con ellos.

Esa mañana, tanto Teresa como Queta sabían cómo había muerto Amalia, al ver la ventana abierta. Ya sospechaban algo tan pronto la vieron, no se veía bien. Queta abrió la ventana más aún de lo que la había dejado Amalia, luego trajo agua con lavanda para bañar a Amalia junto con Teresa.

—Para que se la lleven limpiecita, —dijo Teresa. Queta le enseñó un pote que vio encima de la bolsa de Amalia, eran barbitúricos.

Después se enterarían en Loíza, por el Dr. Molino, de los dolores que sufría Amalia por su cáncer de hueso.

—No podía dejarla sufrir mucho más. —le confesó el médico a su amiga Teresa una semana después.

Ya cuando se llevaron el cuerpo, Queta se puso a trapear el piso. Llevó el cubo de agua lleno de un jabón americano con un hombre calvo bien feo en la botella y empezó a limpiar, dejando en su lugar sus propias lágrimas sobre el piso.

El día que la llevaron a Loíza, Queta se puso a arreglar las cosas del cuarto de Amalia. Se asomó por la ventana al escuchar voces por el camino. Vio al Dr. Molino caminando hacia la casa de Amalia, y vio que le hizo seña a Teresa que quería hablar con ella.

—Hola Felipe. —Sonriéndole Felipe se inclinó para darle un beso en la mejilla.

Esta vez Teresa le encontró algo diferente en el rostro, aquellos ojos azules se veían pesados. El doctor había cambiado de alguna manera. Queta veía en la distancia que platicaban, sin embargo, no sentía celos. Podía oír algunas frases desde la ventana.

Empezó a contarle que, a través de los años, había estado haciendo estudios de plantas, tratando de recrear algunas de las tantas cosas que la vieja santera hacía. Teresa, manteniéndose en control, sin gustarle por donde iba esa conversación, le dijo:

—Interesante, te convenció ella de sus remedios y no al revés. —Teresa le guiñó el ojo, y el médico le sonrió. Teresa enseguida pensó, "espero que no crea que le estoy coqueteando". En eso vio que él seguía tocándose el bigote, como cuando se ponía pensativo o nervioso, al igual que la primera vez que habló con él, hacía ya más de veintiséis años.

Desde su escondite, Queta observó a Teresa como nunca la había visto, muy relajada con el médico, muy a gusto. ¿Y él? No estaba segura de como él estaba reaccionando, pero sí lo veía diferente. Pensó, "todos nos veremos diferentes, todos hemos envejecido".

Felipe agarró a Teresa por las manos. Queta siguió mirando. "¿La besará?" se dijo Queta. Teresa pareció decir algo y se regresó hacia la casa de Amalia. Queta miró hacia el otro lado y empezó a lavar unos platos.

El Rincón de Amalia

A la semana se leyó el testamento de Amalia. Nadie se había imaginado que tendría uno, pero ella siempre fue una mujer que ejercía el control, una mujer práctica de negocios. Claro que dejó todo arreglado por la ley desde el más allá de su vida.

—Para evitar pleitos, dijo —les explicó el abogado. Estaban presentes muchas personas. Teresa y Queta saludaron cariñosamente a todos, interesante que estuvieran tantos, ya presentían lo que vendría.

Los hermanos Benito y Juan; Luz, la profesora de historia de la UPR; y los tres de Queta y Teresa.

—Falta nuestra Mercedes —se lamentó Teresa. Queta se le quedó mirando, poniendo la mano sobre su pecho.

—Está presente en nuestros corazones, doña Teresa.

—Amalia ha dejado un testamento muy completo, —empezó el abogado, tratando de poner orden frente a las cuatro conversaciones diferentes entre los adultos jóvenes—. Su gran amiga y antigua colega, Enriqueta María Martín, será su heredera principal: recibirá su tierra, casa, y cuenta con un poco más de $10,000. Leo textual: "para que logres tu gran sueño por fin, ya tienes tu restaurante que ayudaste a iniciar, es todo tuyo".

Queta se llevó ambas manos a la boca. Varios se le quedaron mirando y le dieron palmadas cariñosas en los hombros.

—Aquí tiene esta carta, doña Enriqueta.

Queta se quedó helada al escuchar al abogado dirigirse a ella con tanto respeto. En el sobre elegante decía, "Para Queta".

El abogado continuó.

—A todos sus sobrinos presentes, —levantó su mirada hacia el público—, así es, a los hijos de Benat Sánchez Gorriti, sus queridos sobrinos, a quien ella vio crecer y puso su granito de arena para asegurar su futuro, recibirán cada uno la cantidad de $10,000.

—Ay Virgen, ¡me da algo! —exclamó Luz—, llevándose las manos a la boca en asombro—, nuestra titi, qué gran mujer.

Ani Conchi miró a Susana, no tenían ni idea que Luz también era una hermana; sospechaban de Benito y Juan, pero de Luz no. Teresa no se lo imaginaba tampoco, pero tenía sentido. ¿Cómo es que Encarna o el Míster nunca le confiaron nada? Queta miró hacia la ventana, como si de repente entendiera tantas cosas.

El abogado le puso un cheque en las manos a cada sobrino de Amalia Sánchez Gorriti. Felipe se quedó mirando al suyo y le dijo al abogado:

—Licenciado, la verdad que la vida me cambió el nombre: ahora soy Felipe Matienzo, así pelao.

—Dice Matienzo también, ¿verdad? —dijo el licenciado, confundido.

—Pues sí, pero ¿no tendré problemas al depositarlo en el banco?

—Lo dudo, Felipe, pero ¿no quieres usar el nombre de tu padre?

—Hoy soy Felipe Matienzo, —dijo seriamente.

Dirigiéndose a Teresa, el abogado le dijo que tenía una carta para entregarle, y que luego discutiría en privado con ella y doña Enriqueta algunas cosas específicas.

—Antes de que se vayan, tengo que comunicarles que tienen un pariente más.

Hubo un largo silencio, Queta miró a Teresa como transmitiendo con los ojos, "¿les hablará de Mercedes?"

El licenciado se paró, fue a la puerta. Detrás de él había un hombre alto, Queta lo reconoció enseguida y le sonrió, y él a ella. El abogado introdujo a Mr. Jimmy Adams, explicando que era hermano de Amalia por parte de padre.

—Se llamó Jesús Fuentes al nacer, —Teresa recordó enseguida la tarde aquella, hacía ya años, cuando la hermana del padre de Amalia y Benat, la señora que parecía trastornada, no se quitaba del frente del cuadro de su suegra. Enseguida le preguntó:

—*Was your mother's name Maria?*

—*And still is, she lives with me.*

Teresa volvió a escuchar el chillido de la tía Maritza en sus recuerdos— pobre Jesús, mi sobrinito. —Era él, el nuevo dueño de La Donostia.

Benito y Juan se pararon para extenderle la mano al nuevo tío, Felipe les siguió anonadado. Se acercó a las damas y todas le dieron la mano.

Teresa ahora entendía, sin demostrar que estaba sorprendida le extendió la mano, —*good to see you again, how are you?*

Queta le estrechó la mano y le dijo:

—Ese era el secretito que se tenían...

Dando por terminada la lectura del testamento, el licenciado se paró y les dijo:

—Mi más sentido pésame a todos, y gracias por venir esta tarde.

Todos se pararon y empezaron a salir.

—Titi sabía lo mucho que a Queta le gustaba su cafetería —Ani Conchi le susurró a su hermana—, y quería que pudiera volver a Loíza y continuara su negocio; por eso le dejó la casa y tanto capital, ¿no crees?

—Creo que quizás haya más a esa teoría, quizás nunca nos enteremos —dijo Susana con tono erudito.

—Qué familia tan complicada, ¿verdad?

Susana se dirigió a Benito y Juan. Salieron caminando los dos doctores juntos mientras Benito fue hacia Ani Conchi, su media hermana y jefa. Ella lo tomó por el brazo.

—Y tenemos un tío también.

Esta pequeña reunión entre hermanos sirvió de mucho para todos. Felipe era el más sorprendido, ya que había tantos apellidos diferentes y todos tenían el mismo padre. Razonó que su padre había tenido amoríos con dos mujeres negras antes de casarse con su madre, y no durante.

—Ustedes que son mayores, ¿qué se acuerdan de cómo era papá?

Queta miró a Teresa. "No, otra vez no", parecían decirse las dos mujeres con los ojos y una sonrisa de complicidad.

—Y el abuelo también, ¿qué me dices? —dijo Susana en un tono que parecía regaño.

Benito, el hermano mayor le dijo:

—Nuestro padre jugó pelota conmigo un par de veces, ¿sabes? Pero en verdad, no creo que le interesara mucho, más bien era con mi mamá que quería pasar rato.

—Yo no me acuerdo de él en *veldad*, para serte sincero, —añadió Juan, que ya se veía que andaba apurado, mirando su reloj a cada rato—. Sí me acuerdo que me llamaba "negrito", y que a mi mamá no le gustaba.

Felipe se entristeció y no preguntó más. Ni se giró a preguntarle a Luz, que obvio, siendo la mayor de todos, tendría más memoria aún. Ella tampoco contribuyó nada. Fueron a almorzar todos juntos. Queta y Teresa se excusaron para que entre ellos los hermanos hablaran más a gusto.

Ambas mujeres se fueron a caminar por la plaza y recordaron algunas anécdotas vividas. Queta paró frente al piragüero, otro vendedor a quien no conocía. Se sentaron en un banco las dos mujeres y pasaron los minutos sin hablar.

A los cinco días, Queta y Teresa regresaron a Loíza Aldea para hablar con el abogado en privado, como él se los había pedido.

Entraron Teresa y Queta al vestíbulo del Licenciado Rodríguez, a ver en qué incumbía exactamente los últimos deseos de Amalia. El abogado, sobrino de quien había sido abogado de Benat Sánchez Gorriti, les explicó a las dos damas algunas cosas que él había discutido con su clienta antes de fallecer.

—Queta, Amalia me explicó que tú sabrías cómo cuidar y continuar su cafetería, que para ella era más que un negocio, más bien un servicio a esta comunidad; estas tierras, que tanto trabajaron los loiceños por siglos, deberían de tener este restaurante como lugar de reunión y de celebración.

Después se dirigió a la otra dama.

—Amalia también dejó esta carta para usted, doña Teresa. Hablamos del asunto y no es mandatorio hacerlo mientras esté viva, se puede dejar como asunto post-mortem. —Se inclinó hacia Teresa para alcanzarle una carta sellada.

—¿De qué me habla, licenciado? —No tenía ni la menor idea, ¿o sí?

La abrió lentamente. Leyó que Amalia les pedía a las dos, a Enriqueta y a ella, que le dejaran saber a Felipe su verdadero origen. Era su derecho. No había querido hacerlo en vida por temor a un rechazo, o porque no pensaba que fuera lo más prudente para Felipe mientras ella estuviera viva, pero que lo dejara preparado para su propia muerte. Teresa anonadada le pasó la carta a Queta para que la leyera ella misma.

Queta pensó que se iba a desmayar, ya eran demasiadas sorpresas. Teresa sonrió pensando que su amada cuñada quizás tenía razón. Total, han pasado tantos años. Sin embargo, ¿cómo decirle a Felipe que lo habían estado engañando casi treinta años?

—Esto no es exactamente mentirle a una criatura sobre la existencia de los Reyes o Santa Claus, —dijo suspirando Teresa.

—Licenciado, ¿nos daría una semana para pensar todo esto, por favor?

—Doña Teresa, por supuesto, tómese el tiempo que quiera. Mientras tanto, Queta, no hay ningún inconveniente en que usted se mude tan pronto cuando quiera, le entrego dos copias de llaves de la casa.

Queta enseguida pensó, "¿y si no me quiero mudar? ¿Podré ser independiente? ¿Podré vivir sin Doña Teresa?"

Sentadas en el carro, juntas como dos buenas amigas, Teresa se inclinó y le agarró la mano a Queta. Teresa observó que su propia mano blanca contra la de Queta se veía más suave y joven que la de quien había sido su sirvienta por casi treinta años. Notó un brillo precioso en su piel caoba; todavía le parecían esas manos llenas de amor, manos que acariciaron, cuidaron y le dieron de comer a sus hijos y a ella por tantos años. Sintió una inmensa tristeza, a la vez egoísmo, pero esa era una gran oportunidad para Queta, y se la merecía.

Finalmente habló.

—Queta, ¿qué piensas tú de todo esto?

—Si vamos a hablar con Felipito, —se encogió de hombros Queta—, hagámoslo pronto para que no nos estemos mortificando el resto de la vida, doña Teresa.

—Bueno. Pero primero te llevo a tu casa.

Queta miró las llaves que tenía en las manos; sintió una punzada en el pecho, le vino a la mente ese dedo índice de Yeiza y sus palabras volvieron a resonarle: "tienes que creer que podrás hacer algo de tu vida; créelo y así se hará, créelo y así será".

La voz de Yeiza vino y se fue, como la brisa que acababa de sentir por la ventanita triangular del carro de doña Teresa.

En la distancia le pareció oler bacalaíto frito.

—Doña Teresa, primero la invito a comernos unos bacalaítos y una Corona.

—¿Tú invitas? —Teresa le sonrió—. Perfecto, doña Queta.

Las dos sonrieron.

Sentadas a una mesa de madera rústica, la brisa del mar acariciaba a las dos mujeres, mientras en un rincón se escuchaba por la radio un juego de pelota y más allá unos jóvenes tocando un bongo; Queta cerró los ojos y podía oír en el fondo el oleaje que entraba y salía al compás de los sonidos de Loíza, su Loíza. El olor al aceite la hizo recordar su niñez, la voz de su abuela, las peleas entre sus primas. Abrió los ojos y vio un cielo azul y una palma que se movía con la brisa.

Hablaron largo rato. Teresa le dijo que se iba a regresar con Susana.

—Creo que esta vez me quedaré un tiempo, para así descansar de todas estas emociones. —Teresa no tenía ni idea si hablarían con

Felipito antes o después del viaje, no lo habían decidido. Por fin Teresa se atrevió a preguntarle.

—¿Qué quieres tú que hagamos, Queta?

Mirando su cerveza, le sonrió a quien había sido su jefa toda la vida, ahora preguntándole qué quería ella.

—Hablemos con él antes de su viaje, doña Teresa.

—Teresa, yo soy Teresa.

Queta, con las llaves en la mano, fue sola a su nueva propiedad. Entró y se puso a mirar por la antigua casa de Amalia. La tenía muy ordenada, los muebles como si recién les hubieran quitado el polvo. ¿Cómo se llamaba la sirvienta que venía a limpiarle? Tratando de acordarse, se aseguraría de que esa muchacha no fuera a perder su trabajo. Queta siguió pensando en todo lo que le venía ahora que era dueña de una propiedad. Tan pronto se dio cuenta, se asustó; nunca había sido dueña de nada, con la excepción de su acta de nacimiento y su poca ropa. Jamás en todos sus años pensó tener una casa propia. Vio un estante con dos libros de recetas de cocina, recordó que a Amalia simplemente le gustaba tenerlo de adorno.

—Se ve lindo en la cocina.

Queta se sentó en la silla de la esquina, ojeó un estante lleno de libros que jamás pensó que podría leer en su vida. Agarró un libro y vio que tenía muchas fotos en blanco y negro, raro… No se asustó al ver la cara de Benat en las fotos. Lo dejó donde estaba, se lo daría a alguno de los tantos hijos de Benat.

Se paró y regresó a la cocina; le encantó ver unas botellas y envases de hierbas y aguas de vainilla, cocos y lavandas como ella le había enseñado a hacer. Las tomó y las movió a la ventana para que le diese más sol.

—Amalia, como te he extrañado.

Se volvió a sentar y lloró hasta que no le quedó otra lágrima más. No volvería a llorar más, quedó seca.

—A trabajar, que así me siento feliz.

A la hora, *pum pum*, le tocaron a la puerta.

—Hola doña Queta, yo soy la muchacha de limpieza de Amalia.

—Niña, entra.

—Perdone que llegara tarde, fue mi intención recibirla, ¿sabe? —dijo arreglándose la falda blanca.

—No pasa nada, nena, entra.

—Tuve que ayudar a mi hermana y acompañarla con sus hijos al *doctol*.

—¿Al doctor? —reaccionó Queta.

—Sí, les tocan unas vacunas, y el mayorcito no se está quieto y el chiquitín lo copia y *pa'* qué le cuento...

Queta le pidió a la muchacha que le enseñara todo lo que había en la cafetería. Recordó la última vez que hizo un postre con Amalia, las dos juntas, cómo se rieron esa tarde. Se sintió sentimental. Le vino a la mente la triste Berta, ya muy enferma, sentada en el sillón, mirándolas entretenida.

—Ay, perdona, dime tu nombre, nena.

—Yeiza, para servirle —dijo con una sonrisa tierna y lista para ayudar a su nueva jefa.

Queta abrió los ojos, y medio sorprendida se quedó mirando a la niña.

—¿Eres nieta de Yeiza?

—Era mi bisabuela, —le contestó con orgullo la muchacha—. Soy nieta de Freddy, uno de sus hijos, el tercero.

Siguió sonriendo, mientras abría una gaveta en la despensa para que viera qué bien mantenía todo organizado. Queta, con sentimientos encontrados, tratando de volver al presente, le sonrió a su nueva Yeiza.

—Gracias, sé que estaré en muy buenas manos. ¿Sabes que tu bisabuela era una mujer muy inteligente? Yo la conocía muy bien. ¿Te sabes algunas de sus recetas de hierbas medicinales?

—*Ooof*, —suspiró, tirando la cabeza para atrás como deseosa—. ¡Ojalá! Yo no, pero se lo sabe casi todo el Dr. Molino. Él escribió todo, era muy creyente en todo lo que hacía Abi.

—¿Qué qué? —exclamó Queta. Qué me perdí todos estos años, se dijo a sí misma. Ella quería volver al pasado de alguna manera para ver todo lo que no había presenciado, demasiado se perdió todos esos años fuera. Se acercó a la joven y le vio el collar con unos coralitos y un amuleto de los que ella misma había llevado antes.

—Yeiza, me alegro tanto de que estés aquí. Dime, ¿cuál es tu horario?

—Yo vengo cuatro veces a la semana, pero me voy a las 3:00 de la tarde, vivo con mi hermana a las afueras. La guagua me deja aquí a las 8:15, ¿*okay*?

—Me parece perfecto.

Se metió en su cartera, sacó su libretita y pluma.

—Apúntame tu teléfono, tu nombre y el de tu hermana y sus nenes. —Era importante saber algo de los seres queridos de los empleados, preguntarle cómo estaban, cuando cumplían los niños.

Sonrió Yeiza, pensando "menos mal que no vivo con mis siete tíos, primos y sobrinos, estaría escribiendo por rato".

—También vienen Paquita y Cuca a cocinar y servir, y el joven Sebastián que hace todo lo demás.

—Me alegro, cuánto me alegro. Sus teléfonos los tengo, me los dio el abogado.

Queta metió la libreta de vuelta en la cartera, alzó la vista y vio un recipiente de barro con utensilios de cocina: allí estaba su espátula bien usada. Se volvió a acordar del día que la compró con Míster Carlos, ese mismo día en que abrió su cuenta de banco. Qué días felices esos. Sin acordarse de los malos momentos en manos de Benat.

"Dale tiempo al tiempo", volvió a escuchar la voz de la vieja Yeiza.

En la distancia vio un humo y pensó "abanica eso, nena". Había pasado mucho tiempo desde que ella era una niña descalza echándole aire al fuego de la caldera de su tía. Por fin volvería a cocinar para mucha gente, prepararía comida diaria para todos quienes vinieran a su cafetería, ese sería un verdadero rincón de amor.

Queta empezó a sentir un inmenso orgullo, ahora que tenía un negocio propio, uno que ella había ayudado a comenzar.

"¿Quién es esa nena negrita descalza?", oyó la voz de Benat decir en sus recuerdos. En voz alta y eufórica, gritó:

—¡Yo, una negrita descalza, ahora soy dueña de las tierras que eran de la gran familia Sánchez Gorriti!

"Gracias Obbatalá". Se echó a reír a carcajadas.

Sacó su libreta y se sentó a la mesa a seguir escribiendo su libro. Ya llevaba apuntadas cuarenta recetas, y ahora escribiría la del flan que hizo con coco. Acompañaría un cuento de como se le ocurrió a Amalia echárselo.

Escribió: "No fue idea mía, sino la de la señorita Amalia, una de las mujeres más especiales y única que jamás he conocido".

"Reza como si todo dependiera de Dios. Trabaja como si todo dependiera de ti."

San Agustín

Sin darse cuenta se la pasó horas sentada, escribiendo. Escribió receta tras receta, con algún recordatorio de su niñez, otros en memoria de Encarna. Tan pronto pensó que había terminado por la noche, se acordó del Dr. Molino. ¿Él escribiendo un libro de medicina de hierbas naturales? Qué cómico le parecía. ¿Sabrá el remedio para después de una hartera? Lo incluyó, sería su última página: un remedio especial que le enseñó Encarna, acordándose del jengibre que ralló por días, y se lo metía con el veneno que le dio Yeiza para matar a Benat.

—Eso no lo pondré —dijo, mordiéndose los labios. Se rio consigo misma.

—¡Doña Queta!

"A mi llamándome doña, ¡a Dios cara!", pensó entre risas.

—Buenos días, Yeiza, ¿qué tienes en esa bolsa?

—Le traigo la malanga que me pidió.

—Ah, verdad. Pues mira, hoy te voy a enseñar a hacer malanga con viandas y bacalao. —Recordó a Encarna diciéndole exactamente lo mismo en lo que parecía ser otra vida—. Quiero que abramos mañana. Tú les dices a todos con quienes te encuentres en el camino que vengan a almorzar, mañana abrimos, pero se tienen que traer su propia bebida, porque yo no hago pitorro. Ya la semana que viene tendremos cerveza y Coca-Cola.

Llegó el Dr. Molino, y le acompañaba un médico joven, alto, guapo y bien moreno. Iban con ellos tres enfermeras morenas, también. Queta se alegró de verlo, y sintió un gran orgullo al ver a esos profesionales morenos junto al buen doctor. Le sonrió y se acercó a su mesa. Él se le quedó mirando fijamente a los ojos, y torpemente se paró, sin estar seguro como saludarla. Finalmente, le dio un beso en la mejilla, e intercambiaron palabras placenteras. La presentó a sus colegas.

—¿Y quién se quedó cuidando la clínica? —se atrevió preguntar.

—Somos varios ahora; eso sí, mañana les toca a los otros venir a almorzar aquí, Queta. ¿Te acuerdas del nieto de Mario, Pepe?

—Sí, claro.

—Ahora es el Dr. Casillas.

—¡Mira qué bien, qué buena noticia! El menú de mañana es arroz con jueyes y habichuelas. Y gracias, doctor Felipe.

Así le decía ella, ya que decirle solo Felipe, como una vez él le pidió, no le salía. No había escuchado en todos esos años si se había casado, separado, tenido hijos, nada sobre la vida personal del Dr. Felipe Rafael Molino. Sintió una gran curiosidad.

—Queta, te presento, el Dr. Pérez.

Augusto se paró y le estrechó la mano cortésmente. Las enfermeras se pararon una a una a presentarse. Una de las mayores le dio un abrazo a Queta, recordándole que era de una de las familias de las parcelas de La Donostia. Queta se emocionó al ver como esos muchachos estaban echando su isla hacia adelante.

—Buen provecho. —Queta se retiró feliz. Notó que el doctor Molino la seguía mirando, mientras ella estaba sirviendo y hablando con otros clientes.

La Voz del pueblo, voz del cielo

En un corto tiempo, Queta se convirtió en el corazón de la aldea. Siguió la tradición de Amalia, pero extendiendo las horas laborales y permitiendo fiestas hasta la noche. Queta pudo contratar más personal, incorporó a varias de sus sobrinas nietas, con tal de que continuaran asistiendo a la escuela. Podían trabajar y distribuirse las propinas diariamente.

—Y quiero ver esas notas... —algo que había escuchado a Teresa decir a sus hijos y a los hijos postizos. Tenía que demostrarles que la escuela era lo más importante para su futuro y el bienestar de su país, Puerto Rico.

La gente se reunía en la cafetería para el almuerzo, un postrecito por la tarde o una cerveza fría con algunas frituras al salir del trabajo; iban a hablar de sus negocios o a juntarse con amigos. Allí donde una vez hubo un gran trapiche, con cientos de sus mismos ancestros cortando con machetes acres de caña durante largas horas al día, ahora se había convertido en un centro de reunión, acompañado de una rica comida típica. Queta siempre tenía algo que ofrecer.

El menú del día era lo que se les servía a todos en la Cafetería El Rincón de Amalia, hasta el mismo postre para todos. El menú variaba día a día, pero nada se desperdiciaba.

—Y él que no me puede pagar hoy, se me queda trabajando, lavando platos, barriendo, mapeando y limpiando baños, —decía—. Pero aquí no doy crédito.

Con frecuencia por las noches, se empezaba a formar el corillo de voces al ritmo de algún tambor, seguido por los bailes típicos. Tantos los niños como los adultos se ingresaban a la Bomba. Loíza latía más que nunca.

—Gracias, Amalia, —decía Queta más de una vez, mirando hacia el cielo lleno de estrellas.

Jimmy encontraba cada excusa para ir a almorzar o merendar, con tal de poder conversar con Queta un ratito. Ella se dio cuenta que también le agradaba estar con él.

Una semana, llegó una señora muy mayor, agarrándose del brazo de un joven que pareciese le servía de lazarillo. Se veían mucho más humildes que los otros que frecuentaban el local. Desde el rincón de su cocina, Queta se fijó en ellos; fue entonces, cuando lentamente se les fue acercando, que de repente le pareció algo familiar, pero no estaba segura.

—Bienvenidos al Rincón de Amalia.

La señora, mirándola hacia la cara, pero no exactamente a los ojos, le preguntó:

—Queta, ¿de verdad que eres tú?

Sintiendo el pecho apretado, Queta respondió:

—¿Titi Lulú? —pronunció el nombre lentamente, sin estar segura.

—¡Ay, bendito sea Dios, entonces es cierto! —exclamó la vieja ciega.

Pensando que estaba a punto de llorar, Queta encontró el aliento para respirar hondo.

—Titi, entra por favor.

Agarró a su vieja tía, hermana de su difunta madre. Su titi Lulú, que hacía veinte años no veía, esa misma tía que le enseñó cuándo sacar la yuca del agua hervida, no vería otro día en pobreza. El joven se presentó, sonriéndole con respeto; de inmediato le cayó bien a Queta. Un año después, él sería su ayudante principal.

Diez años más tarde, Queta pudo ayudar a su sobrino nieto Alfredito a tomar unos cursos ofrecidos por un gran hotel americano. Se luciría en su arte culinario, sería otro gran cocinero, pero en un hotel elegante en San Juan que había construido la firma de Ani Conchi. Queta estaría llena de orgullo, recordando a su abuela y a sus tías rallando coco, pelando yuca o agarrando jueyes para cocinar un salmorejo. A Alfredito lo llamarían Chef Cano. La receta favorita y más conocida del Chef Cano sería *Queta's crab and shrimp rice*.

Amor con Amor se Paga, Loíza

Sentado en la esquina de la cama, Felipe miraba una foto. Charlene se había dado cuenta de esa rutina discreta, como quien tiene un momento privado con Dios. Esa vez se atrevió acercarse.

—*Who is that, honey*?

—Mi amigo, compañero de la escuela desde chiquito, *my best friend*.

—*He was a soldier like you*?

—*Yes*, murió ese día en Corea.

Se quedó mirando la foto un rato más y la volvió a meter en su cartera. Charlene sabía que rezaba por él todos los días, ese gran amigo al que nunca olvidaría. Buen amigo, buen esposo, gran hijo y buenísimo padre su Felipe Matienzo, se dijo Charlene, sintiéndose bendecida por la vida.

Felipe salió antes del amanecer. Besó a su esposa y luego a su niña. Él tenía que llegar a horas tempranas, ya que era profesor de matemáticas y el director de la escuela superior, que gracias a Amalia y todo su cabildeo llegaron a edificar.

Ya a las nueve de la mañana, Charlene y Mari Tere, tomadas de la mano caminaron por la acera recién hecha hasta llegar a la casa de Queta. Allí se quedó Mari Tere, mientras Charlene se iba a la clínica del Dr. Molino, donde trabajaba seis horas al día. Una rutina que duraría por algunos años. A Mari Tere le encantaba observar a todas las señoras trabajando en la cocina.

Esa mañana, allí estaban Míster Jimmy y Queta con sus cafés con leche y tostadas desayunando en la marquesina. Entró Mari Tere corriendo y abrazó a Queta y luego al señor vecino, otra persona que hablaba en inglés, como su mamá. Charlene siempre le reportaba a su marido cuando veía a Jimmy desayunando con Queta.

—*They make a cute couple*.

Qué soledad

Teresa no se atrevió confrontar a Felipito antes de su viaje a España.

—Cuando vuelva te lo prometo, —le dijo a Queta por teléfono. Queta dijo que ningún problema, estaba disfrutando de ver a Felipito, Charlene y Mari Tere todos los días y juntos con Mr. Jimmy Adams comían los domingos.

—Oyendo a Charlene y a Mr. Jimmy hablar, estoy aprendiendo inglés además Mari Tere me enseña muchas frases.

A Teresa le gustó oír la voz de Queta tan contenta.

Teresa cerró su casa y se fue a España junto a su hija Susana y su nieto Carlos. Pensó que le sentaría bien cambiar de aires. No quiso quedarse sola. Un viaje de tres semanas se hizo uno de tres meses. Teresa estaba sorprendida de la relación tan abierta que tenía con su hija mayor y lo mucho que le gustaba estar con ella, la admiraba tanto. Sentía orgullo al recoger a su nieto del colegio.

A veces iba a ver a su hija a su consultorio para asegurarse de que almorzara algo. Le fascinaba verla en acción, cómo la respetaban y le hacían preguntas sobre cosas que Teresa no entendía ni un comino. Se sentaba algunas tardes a escribirles cartas a Ani Conchi, sus nietas, Felipe y a Queta, les contaba de su rutina diaria incluso de algo cómico en algún supermercado. A Queta le decía "tan pronto vuelva hablamos con Felipe, te lo prometo".

Queta le escribía de vuelta en cuanto recibía su carta. Tenía mucho que contarle, tanto del negocio como de su vida amorosa. Jimmy buscaba cualquier excusa para pasar a ver a Queta. Ella lo recibía amablemente, y cuando traía a su mamá ella conversaba mucho con ella; en ocasiones le sacaba el sillón favorito de Amalia y se lo ponía cerca de la cocina para que se distrajera viendo trabajar y conversar a las mujeres. Cuando se agrupaban los músicos por alguna ocasión especial en el "Rincón de Amalia", Jimmy terminaba sacando a Queta a bailar, algo que siempre le costaba a ella. Nunca se sintió cómoda bailando. No obstante, admiraba como Jimmy se atrevía, se lanzaba a nuevas experiencias. No cabía duda de que Jimmy, por más brusco que fuera en su trato en ocasiones, estaba feliz de vivir en Puerto Rico, en la isla que lo vio nacer. El hecho de que hubiera logrado su gran sueño de comprar la casa de quienes echaron y humillaron a su mamá le había dado satisfacción y gran sentido de ser. Esa noche, durante un bolero, besó a Queta. Ella recordó la frase de Yeiza en su lejano recuerdo, "amarás dos veces"...

Como si oyera a Yeiza susurrarle en ese mismo momento, respirando hondo, dejó salir su pena por Horacio por esa ventana abierta y dejó entrar en su vida al gran hombre, Jesús Alejandro Adams.

Las Navidades, 1960

—Casi todos juntos, —se dijo Teresa. La familia Matienzo Sánchez Gorriti, sin Amalia ni Encarna.

Decidieron pasar la nochebuena en Loíza, repartidos entre la casa de Queta y la de Felipe y Charlene. Susana paseó a su hijo por todos los rincones de su infancia. El enamorado de Queta, Míster Adams, invitó a la familia el día de Navidad a comer un pavo enorme estilo americano. Queta llevó arroz con gandules, pasteles de yuca con pollo y muchos amarillitos fritos.

Susana había pasado horas en la clínica junto al Dr. Felipe Molino, el Dr. Augusto Jesús Pérez y su cuñada Charlene. Estaba impresionada por la linda labor que a través de los años había ido engrandeciendo y modernizando el centro de salud. Se estaba llenando de ilusiones, ¿cómo podría volver y realizar su sueño?

El dos de enero hubo una llamada a casa de Teresa, ella contestó el teléfono. Tras escuchar, le dijo al oficial que tendría que volver a llamar, ella de ninguna manera podría darle tan horrible noticia a nadie. El oficial trató de discutir con doña Teresa, lo cual rápidamente se dio cuenta que era como discutir con su propia madre. Se le hizo imposible y se rindió.

—Vale doña, la llamo mañana.

Así hizo: volvió a llamar a las siete de la mañana de San Juan, dos de la tarde en España.

Curioso que el 31 de diciembre, mientras Susana y Carlitos pasaban las fiestas navideñas en Puerto Rico, el marido de Susana, el Dr. Jaime Ulloa tuviera un accidente de auto mortal, manejando embriagado con una acompañante en La Coruña.

20 de febrero de 1961

Por fin, coordinaron la reunión para hablar los tres. Queta los esperaba con su libro de cocina, para darle una copia a Teresa y otra para que Felipe se lo diera a Charlene. Felipe, con una inmensa sonrisa le dio las gracias, y le dio un beso en la mejilla.

—Estoy bien orgulloso de este libro, ¿sabes, mi Queta?

Teresa no sabía cómo empezar la conversación, así que lo interrumpió.

—Lo que te voy a decir será una verdad que espero que nos perdones.

Pasaron horas hablando del pasado, del presente, de recuerdos de personas buenas, y otras no tanto. A veces la verdad duele, y mucho, pero es necesario conocerla para entendernos y entender nuestra historia.

Loíza, mayo 1968

Martín, agarrado de la mano de su hermana mayor, iba corriendo hacia los brazos de Queta. Enrique se soltó de su madre y fue derecho a la cocina a ver qué había de comer. Charlene le dio un beso a Queta, dándole las gracias por ayudarla con los niños.

—*Never a problem, I love them*, —dijo Queta, orgullosa de su inglés. Mari Tere, Enrique y Martín pasaban las mañanas de sus veranos en el "Rincón de Amalia", mientras Charlene trabajaba en la clínica y Felipe daba clases de verano en la escuela superior.

—Sabes que los amarillos son más ricos ¿verdad?

Queta con la mirada perdida, sonrió.

—¿Qué a ti no te gustan más también? —La niña tenía la nuca y la sien ya sudadas del calor de esa cocina.

—Mari Tere, mi niña, me encantan, búscame uno y te enseño cómo cocinarlo como tú quieras.

María Teresa se exaltó al encontrar, entre tantas viandas y verduras del país, el plátano perfecto para acompañar su almuerzo, porque sin ello no era comida.

—¡Lo encontré, Abu!

Se lo alcanzó a su abuela, la mejor cocinera del mundo, la agarró e hizo que se agachara para darle un beso en ese cachete sudado.

—¿Me lo fríes, por favor?

FIN

HAIKU

Siempre mi palmar

Me bañas mar Taina

Amor de madre

Gracias por todos los granitos de arena

Tengo que empezar por dar las gracias a mis tías de Loíza: Valela, Guta y Milla, QEPD, que a través de los años me contaron de su niñez y la de mi mamá con sus hermanos en la finca de La Virginia.

Mi prima, Cecilia Betancourt López, qué lindo fue abrir ese baúl de los recuerdos. ¡Gracias!

Mi prima, Flor del Valle López, por llevarme al Ancón ese día cuando yo era una niña y como adulta al taller de arte de Samuel Lind.

A mi prima hermana y amiga incondicional, Conchy López Atienza, por todas nuestras charlas y mandarme el libro de cocina loiceña de Carmen Lydia Rivera Rodríguez, Caldo Santo/Holy Broth, recetas que inspiraron a Queta y Encarna.

Mil gracias, Adrián Gualdoni, muy agradecida por tus enseñanzas y sugerencias.

Gracias a mi amigo, Enrique Acosta Pumarejo, JD de la Pontificia Universidad Católica de Puerto Rico.

A Fernando Picó por sus extraordinarios libros sobre la historia de Puerto Rico. Todo puertorriqueño debería de tener su libro: Historia General de Puerto Rico.

A Nelson A. Denis por una detallada investigación: War Against All Puerto Ricans, Revolution and Terror in America's Colony.

A todos los Borinqueneers, gracias. A los artículos escrito por el Centro For Puerto Rican Studies, What the Korean War Meant for Puerto Rico, HUNTER Korean War.

María Consuelo Sáez Burgos, gracias por permitirme usar el hermoso poema de Julia de Burgos.

Algunos primos más y algunas de mis panas del alma, amantes de la lectura, gracias por leer y animarme durante este proceso: Lillian Pubillones Nolan, Luz Molinari, Susie Latif, Marta Vega, Sandra Afione, Makaki Cossu, Ileana López Plaza, María Meier, María Amelia Ruíz, Francis Kalush, Rosa Cassidy y Carlos López Atienza.

A mis hijos, Rafi, Mari, y a mi esposo, por el amor y gran apoyo. LQM

Finalmente, mi inspiración, los cuadros de mi madre, mi artista favorita, que me dieron tantas alas para imaginar cuentos.

Y a ti, por leer Para Queta.

Marta.

ÍNDICE

83409141R10210